知識工場
Knowledge is everything！

知識工場
Knowledge is everything！

一眼多記

獨家贈送 必備多義字附錄

你想得到的多義字，我們全包了。

英單王
翻倍記憶術

EZ GO ! Memorizing Words Instantly.

張翔 / 編著

使用說明
User's Guide

一標題一單字，好清楚

每單元標題清楚列出英文多義字的拼法與音標，讀者可藉由標題初步回憶這個單字，有利於之後的學習。

單字暖身操，兼顧樂趣與學習

提供兩句英文與中文選項，讓讀者自行推敲字義，藉由選擇的過程，增強對字義的印象。

圖解單字架構，多義字一目瞭然

提供清楚的字義架構，逐次列出單字的多種意思，刺激讀者右腦的圖像記憶能力，激發學習效率。

原來如此，整理脈絡好好記

圖解架構下的原來如此，將整理單字的字義，解釋推想的脈絡，最大化地幫助讀者理解該單字。

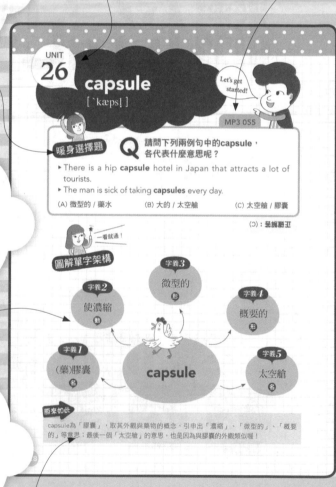

UNIT **26**

capsule
[ˋkæpsḷ]

Let's get started!

MP3 055

暖身選擇題

Q 請問下列兩例句中的capsule，各代表什麼意思呢？

▶ There is a hip **capsule** hotel in Japan that attracts a lot of tourists.
▶ The man is sick of taking **capsules** every day.

(A) 微型的／藥水　　(B) 大的／太空艙　　(C) 太空艙／膠囊

(C)：案答題上

一看就通！

圖解單字架構

字義**3**
微型的
形

字義**2**
使濃縮
動

字義**4**
概要的
形

字義**1**
(藥)膠囊
名

capsule

字義**5**
太空艙
名

原來如此

capsule為「膠囊」，取其外觀與藥物的概念，引申出「濃縮」、「微型的」、「概要的」等意思；最後一個「太空艙」的意思，也是因為與膠囊的外觀類似喔！

5 外師親錄 MP3，發音最道地

由外籍名師親自錄製的 MP3 內容，學會單字發音與句子語調，道地美式口吻就要這麼說。

6 情境主題式分類，架構超實用

將中高階英文單字最常見的核心字義，依情境分為六大主題，學習時能聚焦，複習時也更便利。

Part 1　Part 2　Part 3　Part 4　Part 5　Part 6

這個單字能表達這些意思！

字義1 (藥)膠囊 名　　　**片語** get sb. to take capsule 讓某人吃藥
同義 medicament [mɛˋdɪkəmənt] 名 藥　　**相關** vaccinate [ˋvæksn̩.et] 動 接種
例句 The little girl doesn't know how to swallow a capsule.
這名小女孩不知道如何吞膠囊。

字義2 使濃縮 動　　　**片語** make a point of 強調
同義 condense [kənˋdɛns] 動 使濃縮　　**反義** amplify [ˋæmplə.faɪ] 動 擴大
例句 Bill's assistant capsules the financial and economic news for him every day.
比爾的助理每天都替他濃縮財經新聞的內容。

字義3 微型的 形　　　**片語** cut sb. down to size 挫某人的銳氣
同義 compact [kəmˋpækt] 形 小型的　　**反義** monstrous [ˋmɑnstrəs] 形 巨大的
例句 The renowned building in capsule size attracts a lot of attention.
將著名建築以微型尺寸呈現，吸引了許多人的目光。

字義4 概要的 形　　　**片語** cross out 刪去
同義 synoptic [sɪˋnɑptɪk] 形 概要的　　**反義** overall [ˋovə.ɔl] 形 全面的
例句 I need to give the delegates a capsule view of the project at the beginning.
我一開始就必須將企劃的概要介紹給與會的代表聽。

字義5 太空艙 名　　　**片語** take off 起飛
同義 spacecraft [ˋspes.kræft] 名 太空船　　**相關** astronaut [ˋæstrə.nɔt] 名 太空人
例句 The sp___ ___ys a lot of equipment that can be f___
___器材。

11

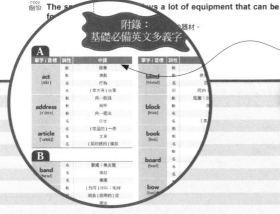

附錄：基礎必備英文多義字

單字 / 音標	詞性	中譯		單字 / 音標	詞性	詞性
A						
act [ækt]	動	從事		blind [blaɪnd]	動	使...
	動	演戲			名	百...
	名	行為			形	瞎的...
	名	(某大事)法案			動	阻塞；...
address [əˋdrɛs]	動	向...致詞		block [blɑk]	動	...
	動	稱呼			名	...
	動	向...提出			名	...
	名	住址			名	(美)...
article [ˋɑrtɪk!]	名	(電器的)一件		book [bʊk]	動	...
	名	文章			名	
	名	(契約裡的)條款		board [bɔrd]	名	...
B						
band [bænd]	名	繫繩；橡皮圈			名	...
	名	條紋			名	...
	名	樂團		bow [baʊ]	名	...
	名	(狗等)狀況；吠叫				
	動	剝去(樹幹的)皮				
	名	樹皮				

7 補充關聯字詞，實力再上一階

針對字義補充相關片語及進階字彙（同義字 / 近義字 / 反義字 / 相關字），進一步提升英文實力。

8 附錄擴增基礎多義字，超值贈

附錄單字從 A-Z 依次排列，補充最實用的基礎英文多義字，用這些常見字一舉攻佔高分殿堂吧！

讓一字多義的英文單字，找回學習的效率！

在與學生互動的過程中，我常常在思考一個問題：「什麼是最有效的單字學習法？」這個問題並不容易回答，但是，有一點是肯定的，在英文能力日趨重要，各大檢定考不斷推陳出新的現代，能讓學生快速掌握核心，縮短他們的背誦時間，肯定是教學時的一大考量。

我遇過不少在背單字上肯花功夫的學生，不管是一步一腳印的學習者，還是會彈性調整自己的讀書方式，都能讓他們的成績逐漸往上提升，看出成效，但是，當中也有不少學生，會遇到一個瓶頸，無論平時花了多少功夫背誦，真的要與老外開口交談，或是在面試中要用英文陳述意見，甚至是考試遇到必須寫作的內容時，往往會因為各種因素而忘記自己花了很多時間背的困難字，腦中一片空白，只好隨便應答，結果往往都不盡人意。就是為了這樣的學習者，我才特別編寫本書，以「一字多義」的概念，介紹母語人士最常使用的英文多義字。

國內一般的教學概念，都是要學生盡量背誦高階單字，以提升程度，在這樣的教學氛圍之下，有時會忽略了「應用力」與「實用度」，因為平日太注重「點」的記憶方式，反而用不出來；另外一種情況則是，真的講出了那些困難字，老外反而奇怪你為何要用那麼複雜的單字表達。而一字多義，剛好能同時解決這兩個問題，一方面擴充學習者對同一個單字的應用力，二方面介紹老外真的在用的英文，若真的學會這些多義字，並能靈活運用的話，不管是口說還是寫作，就算一時間忘記那些背了半天的高階用法，也能用簡單字靈活表達，不要小看這些英文多義字，有時候，僅僅是用對了時機，都能讓老外感受到你的英文語感與一般學習者不同，因而對你印象深刻呢！

張翔

CONTENTS
目錄

一字多義的妙英文，
你知道怎麼用嗎？
跟著本書拓展
你的英文實力，
準備出發，Let's go～！

Part **1**

生物與性格
Creature

學習目標

學會與生物、性格相關的英文多義字，並活用其各種意思。

Follow me!
跟著這樣看

Step **1**
暖身題目
猜猜看
Warming up!

Step **2**
圖解架構
超清楚
Graphic!

Step **3**
掌握字義，
進階補充
Level up!

hawk 除了「**鷹**」之外，還能表示「**叫賣**」？
hive 除了「**蜂巢**」之外，還能形容「**群居**」？
bold 除了「**無畏的**」性格，還能指「**粗筆畫的**」線條？

這些與生物、性格相關的單字，原來不只一種意思？
靈活運用多義字，加速提升英語力，
快來體驗一字多義的妙用吧！

動 動詞　　**形** 形容詞

名 名詞　　**連** 連接詞

副 副詞

片語 與字義或單字有關的補充片語

同義 與字義具備相同意思的單字

近義 與字義的意思很接近的單字

反義 與字義意思相反的單字

相關 與字義有關的補充單字

UNIT 01

bold

[bold]

Let's get started!

MP3 001

暖身選擇題

Q 請問下列兩例句中的bold，各代表什麼意思呢？

▶ The professor asked me to put the title of my paper in **bold**.

▶ My boss is a young man who is **bold** and always ready to take risks.

(A) 很黑的 / 禿頭的　　(B) 有禮貌的 / 強壯的　　(C) 粗筆畫的 / 無畏的

正確解答：(C)

一看就通！

圖解單字架構

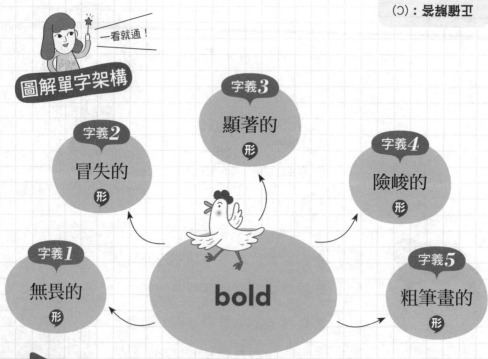

字義**2**
冒失的
形

字義**3**
顯著的
形

字義**4**
險峻的
形

字義**1**
無畏的
形

字義**5**
粗筆畫的
形

bold

原來如此

bold通常形容「無所畏懼的」性格，性格過了頭就變成「冒失」；也能用以表示「顯著的」特徵、「險峻的」地形或「(字體的)粗筆畫」，皆隱含『顯眼的』意思喔！

008

這個單字能表達這些意思！

字義 1 ▶ 無畏的 形　　　**片語** ride sth. out 克服難關

同義 audacious [ɔˋdeʃəs] 形 無畏的　　　**反義** timid [ˋtɪmɪd] 形 膽小的

例句 **If you study the history, you'll know that this area was first discovered by bold pioneers.**
如果你研究這段歷史，就會知道這個區域是被無畏的拓荒者發現的。

字義 2 ▶ 冒失的 形　　　**片語** as bold as brass 厚臉皮

同義 impudent [ˋɪmpjədṇt] 形 冒失的　　　**反義** methodical [məˋθɑdɪk] 形 有序的

例句 **This new employee received a lot of complaints for being too bold.**
這位新員工的冒失行徑導致許多人對他頗有微詞。

字義 3 ▶ 顯著的 形　　　**片語** take notice of 注意

同義 distinct [dɪˋstɪŋkt] 形 明顯的　　　**反義** dubious [ˋdjubɪəs] 形 含糊的

例句 **The bold sculpture in the city attracts a lot of attention.**
這個坐落在城市裡的雕像吸引人們的目光。

字義 4 ▶ 險峻的 形　　　**片語** by degrees 逐漸地

同義 steep [stip] 形 陡峭的　　　**反義** gradual [ˋgrædʒuəl] 形 平緩的

例句 **The tour guide told us that the mountain is famous for its bold cliffs.**
導遊告訴我們這座山出名的地方就是它那險峻的懸崖。

字義 5 ▶ 粗筆畫的 形　　　**片語** stand out 使明顯

同義 thick [θɪk] 形 粗筆畫的　　　**反義** faint [fent] 形 暗淡的；模糊的

例句 **The paragraph typed in bold indicates the theme of my paper.**
用粗體標示起來的這段內容說明我文章的主旨。

cast
[kæst]

Let's get started!

MP3 002

暖身選擇題

Q 請問下列兩例句中的cast，各代表什麼意思呢？

▸ I cannot wait to see this movie. The **cast** is outstanding.
▸ My brother **cast** his baseball at the living room wall and broke a vase.

(A) 演員陣容 / 丟　　　　(B) 特效 / 玩　　　　(C) 編劇 / 滾

正確解答：(A)

一看就通！

圖解單字架構

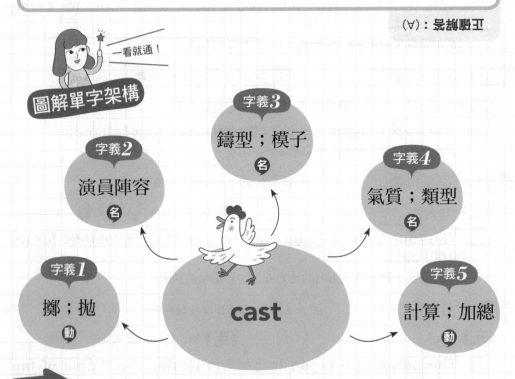

字義3
鑄型；模子
名

字義2
演員陣容
名

字義4
氣質；類型
名

字義1
擲；拋
動

cast

字義5
計算；加總
動

原來如此

cast常見的用法有「拋」的動作與「(電影等的)演員陣容」；也可以用來形容「鑄型」，有形狀的模子轉為抽象概念就變成「氣質與類型」；另外也有「計算」的意思呢！

這個單字能表達這些意思！

字義1 擲；拋 動　　　**片語** a stone's cast 投石可及的距離

同義 toss [tɔs] 動 扔；拋　　　**相關** altitude [ˋæltəˌtjud] 名 高度

例句 Mike **cast** a ball across the court and hit a member of the audience in the head.
麥克丟的球穿過球場，打到一名觀眾的頭。

字義2 演員陣容 名　　　**片語** ring a bell 引起共鳴

近義 performer [pəˋfɔrmə] 名 表演者　　　**相關** director [dəˋrɛktɚ] 名 導演

例句 It is an extremely rare opportunity to see such a great **cast** in one movie.
要在一部電影裡看到這麼豪華的演員陣容，可是很少見的。

字義3 鑄型；模子 名　　　**片語** break the mold 打破模式

同義 mold [mold] 名 鑄型；模型　　　**相關** shapeless [ˋʃeplɪs] 形 無形體的

例句 Pottery made with this **cast** is expensive to buy.
用這個鑄型做的瓷器賣得很貴。

字義4 氣質；類型 名　　　**片語** look up to 尊敬

近義 demeanor [dɪˋminə] 名 風度　　　**相關** gorgeous [ˋgɔrdʒəs] 形 極好的

例句 That movie star's unique **cast** of mind is appealing to many people.
那名演員獨特的氣質吸引了很多人。

字義5 計算；加總 動　　　**片語** count sb. in 把某人算進去

同義 calculate [ˋkælkjəˌlet] 動 計算　　　**相關** enumerate [ɪˋnjuməˌret] 動 列舉

例句 Lisa needs to **cast** up the accounts at the end of every week.
每週結束的時候，麗莎都要結算帳目。

liberal
[`lɪbərəl]

Let's get started!

MP3 003

暖身選擇題　**Q** 請問下列兩例句中的liberal，
各代表什麼意思呢？

▶ I echoed with the **liberal** party's viewpoints on some social issues.

▶ He is a **liberal** man who never gets mad over trivial affairs.

(A) 獨裁的 / 守舊的 (B) 自由的 / 心胸寬闊的 (C) 社會主義的 / 有責任感的

(B)：答稱題五暖

一看就通！

圖解單字架構

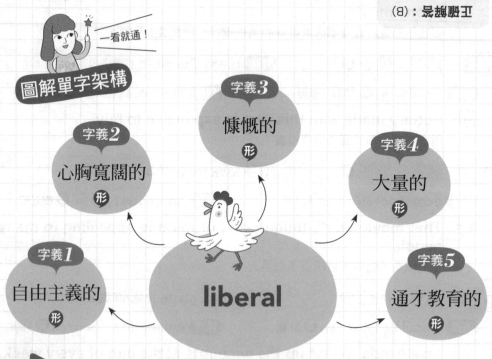

字義**3**
慷慨的
形

字義**2**
心胸寬闊的
形

字義**4**
大量的
形

字義**1**
自由主義的
形

liberal

字義**5**
通才教育的
形

原來如此

liberal常見的用法為「自由主義的」，這種思想通常會造就「心胸寬闊的」人，進而引申出「慷慨的」與「大量的」意思；強調數量時，就符合「通才教育」的概念。

這個單字能表達這些意思！

字義1 自由主義的 形　　**片語** by means of 用…的手段

近義 progressive [prəˋgrɛsɪv] 形 革新的　　**相關** convention [kənˋvɛnʃən] 名 習俗

例句 Claire has a **liberal** mind towards her children's education.
克萊兒對於孩子的教育態度相當開明。

字義2 心胸寬闊的 形　　**片語** lend an ear to 注意聽

同義 tolerant [ˋtɑlərənt] 形 包容的　　**相關** prejudice [ˋprɛdʒədɪs] 名 偏見

例句 My manager is very **liberal**. He welcomes different points of view.
我的經理心胸寬闊，他樂於聽到不同的意見。

字義3 慷慨的 形　　**片語** be generous to 對…慷慨

同義 generous [ˋdʒɛnərəs] 形 大方的　　**反義** stingy [ˋstɪndʒɪ] 形 吝嗇的

例句 Bill Gates is known to be a **liberal** philanthropist who often makes huge donations.
比爾蓋茲時常捐贈大筆善款，是一名家喻戶曉的慷慨慈善家。

字義4 大量的 形　　**片語** a great deal of 大量的

同義 ample [ˋæmpl] 形 大量的；充裕的　　**反義** scarce [skɛrs] 形 缺乏的

例句 They served a **liberal** amount of wine at the party.
在派對上，他們提供了大量的酒品。

字義5 通才教育的 形　　**片語** fit in with 適合

同義 general [ˋdʒɛnərəl] 形 各方面的　　**反義** specific [spɪˋsɪfɪk] 形 專一的

例句 Many educators now are advocates of a **liberal** education.
現在有很多教育家都提倡通才教育。

pad
[pæd]

Let's get started!

MP3 004

暖身選擇題 Q 請問下列兩例句中的pad，各代表什麼意思呢？

▶ I took off this jacket because its shoulder **pads** are too bulky.
▶ His mom wrote a note for him on a **pad** before she went out.

(A) 裁線 / 平板電腦　　(B) 花紋 / 筆記本　　(C) 襯墊 / 便條紙簿

正確解答：(C)

一看就通！

圖解單字架構

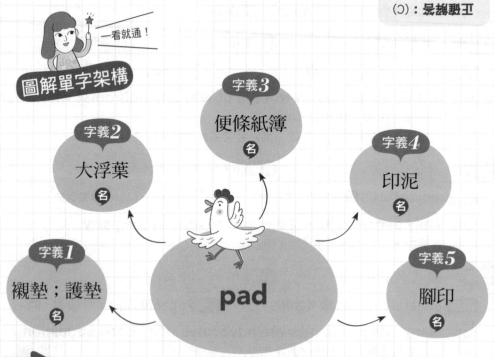

字義3
便條紙簿
名

字義2
大浮葉
名

字義4
印泥
名

字義1
襯墊；護墊
名

pad

字義5
腳印
名

原來如此

pad一般用來形容「襯墊」，厚的質感引申出「荷花的大浮葉」與「便條紙簿」的意思；也可以形容「印泥」，印章壓在印泥上的痕跡，不就像動物留下的「腳印」嗎？

這個單字能表達這些意思！

字義1 襯墊；護墊 名　　**片語** pad a bra 墊厚胸罩

同義 bolster [ˋbolstɚ] 名 襯墊；靠枕　　**相關** mattress [ˋmætrɪs] 名 床墊

例句 You'd better put a pad under the potted plant so that the water doesn't leak out.
你最好在盆栽下面鋪墊子，水才不會流出來。

字義2 (荷花的)大浮葉 名　　**片語** float the idea of 為⋯試水溫

同義 water lily [ˋwɔtɚ ˋlɪlɪ] 名 荷花；睡蓮　　**相關** cactus [ˋkæktəs] 名 仙人掌

例句 Many tourists are drawn to the lily pads in the park.
許多遊客都被公園裡睡蓮的大浮葉吸引而來。

字義3 便條紙簿 名　　**片語** take note of 注意；留心

同義 jotter [ˋdʒɑtɚ] 名 (備忘用的)筆記本　　**相關** schedule [ˋskɛdʒʊl] 名 日程表

例句 I rely on the pads to remind myself of what needs to be done.
我靠便條簿來提醒自己待辦事項有哪些。

字義4 印泥 名　　**片語** ink a contract (俚)簽合約

同義 ink paste [ɪŋk pest] 名 印泥　　**相關** seal [sil] 動 蓋章於；批准

例句 I rushed to the company with my stamp and found I had forgotten my pad.
我急忙帶著我的印章去公司，卻發現忘了帶印泥。

字義5 (動物的)腳印 名　　**片語** pad in a circle 沈重地繞圈走

近義 paw [pɔ] 名 腳爪；爪子　　**相關** footpath [ˋfut͵pæθ] 名 小徑

例句 We saw traces of pads left behind by the bears.
我們看到熊留下的腳印。

pilot
[`paɪlət]

Let's get started!

MP3 005

暖身選擇題

Q 請問下列兩例句中的**pilot**，各代表什麼意思呢？

▶ I believe that Bill can **pilot** the R&D division quite well.
▶ I would recommend you start a **pilot** run with your product.

(A) 帶領 / 測試性的　　　(B) 協助 / 第一次的　　　(C) 改變 / 重大的

（A）：案答翻五

一看就通！

圖解單字架構

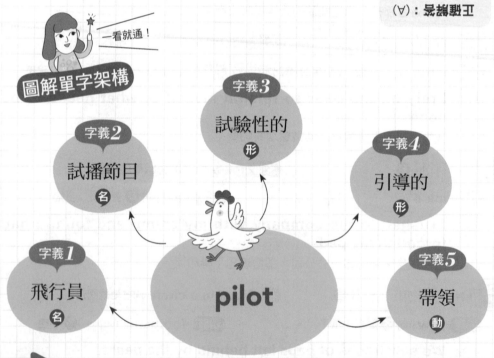

字義**3**
試驗性的
形

字義**2**
試播節目
名

字義**4**
引導的
形

字義**1**
飛行員
名

pilot

字義**5**
帶領
動

原來如此

pilot最常見的字義為「飛行員」，國外影集第一集的名稱都叫pilot，表示「試播」，具備「試驗的」性質；另外，其『引導』的概念，也帶出「引導的」與「帶領」的用法。

這個單字能表達這些意思！

字義1 飛行員 名　　　**片語** on the fly 飛快地進行

同義 aviator [ˋevɪ.etə] 名 飛行員　　　**相關** stewardess [ˋstjuwədɪs] 名 空姐

例句 The **pilot** informed the people in the control tower that he had to take an emergency action.
飛行員通知塔台的工作人員，說明他必須採取緊急行動。

字義2 試播節目 名　　　**片語** be made into 被改拍

同義 trailer [ˋtrelə] 名 電視預告片　　　**相關** episode [ˋɛpə.sod] 名 一集

例句 The TV **pilot** didn't gain enough traction, so we cut the show.
這個試播節目沒有得到足夠的市場關注度，所以被砍掉了。

字義3 (小規模)試驗性的 形　　　**片語** go through 經歷；舉行

同義 exploratory [ɪkˋsplorə.torɪ] 形 勘探的　　　**反義** official [əˋfɪʃəl] 形 正式的

例句 Our team is tasked with making a **pilot** sample for the new product.
我們的團隊被指派替新產品製作測試樣品。

字義4 引導的；導向的 形　　　**片語** be in charge of 負責

同義 supervisory [.supəˋvaɪzərɪ] 形 引導的　　　**相關** command [kəˋmænd] 動 命令

例句 A **pilot** light is a small flame which is kept burning to ignite a gas burner.
常燃小火是一種持續燃燒的小火焰，作用在點燃煤氣爐。

字義5 帶領；引導 動　　　**片語** fit the bill 勝任

同義 steer [stɪr] 動 帶領；指導　　　**反義** defer [dɪˋfɜ] 動 順從；聽從

例句 One of the responsibilities of a product manager is to **pilot** the team.
產品經理的其中一項職責是帶領團隊。

UNIT
06

queer
[kwɪr]

Let's get started!

MP3 006

暖身選擇題

Q 請問下列兩例句中的queer，各代表什麼意思呢？

▸ I can't believe you just **queered** this perfect moment.
▸ I want to take this **queer** painting home for decoration.

(A) 使更好 / 漂亮的   (B) 破壞 / 古怪的   (C) 嘲笑 / 細緻的

(B)：案答靜五

一看就通！

圖解單字架構

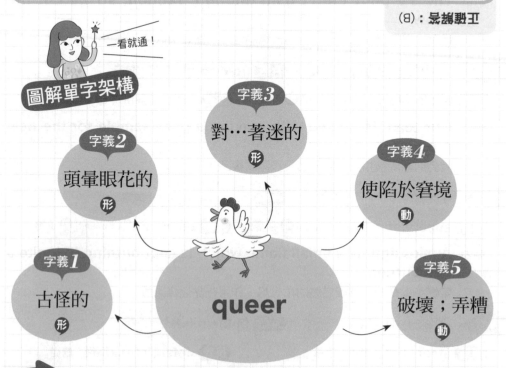

字義3
對…著迷的
形

字義2
頭暈眼花的
形

字義4
使陷於窘境
動

字義1
古怪的
形

queer

字義5
破壞；弄糟
動

原來如此

queer常用來形容「古怪的」，口語上也有「頭暈眼花的」意思，想像「對…著迷」時，腦袋是不是也暈頭轉向的呢？另外較特別的動詞用法還有「陷於窘境」與「破壞」。

這個單字能表達這些意思！

字義 1 ▶ 古怪的 形　　**片語** be interested in 感興趣

同義 eccentric [ɪk`sɛntrɪk] 形 古怪的　　**反義** ordinary [`ɔrdn̩,ɛrɪ] 形 一般的

例句 I saw a **queer** figure in the garden. Can you go and check it out?

我看到花園裡有奇怪的人影，你能不能去看一下？

字義 2 ▶ (口)頭暈眼花的 形　　**片語** feel weak in the knees 頭暈

同義 dizzy [`dɪzɪ] 形 頭暈目眩的　　**相關** illness [`ɪlnɪs] 名 身體不適

例句 I felt **queer** as I walked into the fragrance department.

我一走進香水部門就感到一陣頭暈眼花。

字義 3 ▶ (俚)對⋯著迷的 形　　**片語** be head over heels 被迷得神魂顛倒

同義 fascinated [`fæsn̩,etɪd] 形 著迷的　　**反義** repulsive [rɪ`pʌlsɪv] 形 厭惡的

例句 Angie has been **queer** for the rock band since junior high.

安琪打從國中時就一直著迷於這個搖滾樂團。

字義 4 ▶ 使陷於窘境 動　　**片語** put sb. in lower hand 使處於劣勢

近義 jeopardize [`dʒɛpəd,aɪz] 動 危及　　**反義** perk [pɜk] 動 使振作；使活躍

例句 They are good at **queering** their opponents in online games.

他們擅長在線上遊戲中讓對手陷入困境。

字義 5 ▶ 破壞；弄糟 動　　**片語** queer a plan 破壞計畫

同義 destroy [dɪ`strɔɪ] 動 破壞；毀壞　　**反義** construct [kən`strʌkt] 動 建造

例句 John's neglect of his schoolwork has **queered** his chances of graduation.

約翰對課業的忽視導致他無法順利畢業。

scout
[skaut]

Let's get started!

MP3 007

Q 請問下列兩例句中的scout，
各代表什麼意思呢？

▸ This NBA **scout** is capable of finding players with potential.
▸ The colonel sent a group to **scout** out the area to get more information about it.

(A) 明星 / 討論　　　(B) 球探 / 偵查　　　(C) 教練 / 研究

正確解答：(B)

一看就通！

圖解單字架構

字義3
偵察；搜索
動

字義2
球探；星探
名

字義4
物色人才
動

字義1
童子軍
名

scout

字義5
嘲笑
動

原來如此

scout作為名詞有「童子軍」與「球探或星探」的意思，作為球探，當然會時時「偵查」與「物色人才」；特別的是，這個單字甚至能表示「嘲笑」的行為喔！

這個單字能表達這些意思！

字義1 童子軍 名 　　　　 **片語** call the roll 點名

同義 cub scout [kʌb skaʊt] 名 童子軍 　　　 **相關** canvas [ˈkænvəs] 名 帳篷

例句 The major suspect in this crime used to be a girl scout.
這個案件的主嫌曾經是一名女童軍。

字義2 球探；星探 名 　　　　 **片語** search for 尋找

近義 recruiter [rɪˈkrutə] 名 招聘人員 　　　 **相關** glamor [ˈglæmə] 名 魅力

例句 The scout who discovered Larry is famous in this organization.
發掘賴瑞的球探在這個機構裡很有名。

字義3 偵察；搜索 動 　　　　 **片語** have to do with 與…有關

同義 scrutinize [ˈskrutn̩ˌaɪz] 動 詳查 　　 **相關** observe [əbˈzɝv] 動 觀察

例句 Two reconnaissance aircraft were sent up to scout around.
兩架偵察機被派去進行偵查。

字義4 物色人才 動 　　　　 **片語** a headhunter 獵人頭公司

同義 recruit [rɪˈkrut] 動 招募；補充 　　 **相關** apply [əˈplaɪ] 動 申請；請求

例句 This experienced agent is good at scouting for talent. I believe he'll find someone with great potential.
這名經紀人對物色人才很在行，我相信他會找到有潛力的人。

字義5 嘲笑 動 　　　　 **片語** make fun of 嘲笑

同義 mock [mɑk] 動 嘲笑；嘲弄 　　 **反義** respect [rɪˈspɛkt] 動 尊重

例句 The teacher punished the kid for scouting for girls.
因為這個小孩嘲笑女生，所以老師處罰了他。

seal
[sil]

Let's get started!

MP3 008

暖身選擇題 Q 請問下列兩例句中的seal，
各代表什麼意思呢？

▶ I have **sealed** the cap so the juice won't come out.
▶ This letter must be important since there is a big **seal** on it.

(A) 黏著 / 封條　　　(B) 開啟 / 貼紙　　　(C) 密封 / 印章

正確解答：(C)

一看就通！

圖解單字架構

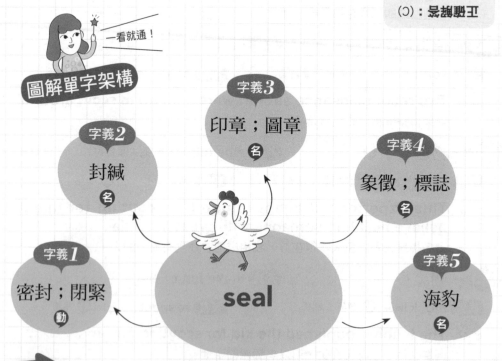

字義3
印章；圖章
名

字義2
封緘
名

字義4
象徵；標誌
名

字義1
密封；閉緊
動

seal

字義5
海豹
名

原來如此

seal當動詞表示「密封」，此動作也與「封緘」有關，信件封緘的時候，常會在信封口蓋上「印章」，而印章本身就是封緘者的「標誌」；另外，還能用來指「海豹」喔！

這個單字能表達這些意思！

字義1 密封；閉緊 動　　　**片語** seal off sth. 關緊某物

近義 screw [skru] 動 (用螺釘等)固定　　　**反義** detach [dɪ`tætʃ] 動 分開；使分離

例句 **The secretary sealed the letters carefully so that no one else could see them.**
秘書為了不讓其他人看到內容，小心地將信件彌封起來。

字義2 封緘 名　　　**片語** one's lips are sealed 守口如瓶

近義 cloak [klok] 名 遮蓋物　　　**相關** envelope [`ɛnvə‚lop] 名 信封

例句 **They put big seals on the poll boxes right away.**
他們馬上就替投票箱上了大型的封緘條。

字義3 印章；圖章 名　　　**片語** apply for 申請

同義 stamp [stæmp] 名 印章；圖章　　　**相關** signature [`sɪgnətʃə] 名 簽名

例句 **The officer placed a seal on the document to prove its authenticity.**
這個官員在文件上蓋印章以證明其真實性。

字義4 象徵；標誌 名　　　**片語** show signs of 暗示

近義 indication [‚ɪndə`keʃən] 名 指示　　　**相關** illustrate [`ɪləstret] 動 說明

例句 **Their handshake was a seal of partnership between the two countries.**
他們的握手象徵兩國的合作關係。

字義5 海豹 名　　　**片語** few and far between 寥寥可數

近義 sea lion [si `laɪən] 名 海獅　　　**相關** aquatic [ə`kwætɪk] 形 水生的

例句 **You can see a lot of seals lying near the pier.**
你可以看到很多海豹躺在碼頭附近。

hatch

[hætʃ]

Let's get started!

MP3 009

暖身選擇題

Q 請問下列兩例句中的hatch，各代表什麼意思呢？

▸ I saw eggs **hatching** when I was little.
▸ After a few days, Brian **hatched** a perfect plan.

(A) 保護 / 啟動　　　　(B) 孵化 / 策劃　　　　(C) 坐 / 描述

正確解答：(B)

一看就通！

圖解單字架構

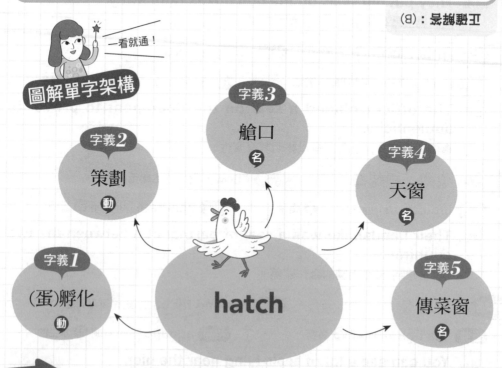

字義3
艙口
名

字義2
策劃
動

字義4
天窗
名

字義1
(蛋)孵化
動

hatch

字義5
傳菜窗
名

原來如此

hatch一般指雞蛋的「孵化」，引申義「策劃」也具備孵化的性質；當名詞時，則與『窗、口』的概念有關，能指「艙口」、「天窗」、「傳菜窗」等等。

這個單字能表達這些意思！

字義1 ▶ (蛋)孵化 動　　　**片語** be about time 是時候了

同義 brood [brud] 動 孵化；孵出　　　**相關** parent [ˋpɛrənt] 動 養育

例句 As soon as the three chicks had **hatched**, the mother bird brought them food.

這三隻小鳥一孵化出來，母鳥就帶食物來餵牠們。

字義2 ▶ 策劃 動　　　**片語** in detail 詳細地

同義 conceive [kənˋsiv] 動 構想　　　**反義** dissuade [dɪˋswed] 動 勸阻

例句 It was a surprise to know that they were **hatching** a plan to kill the queen.

得知他們正策劃著謀殺皇后，真令人吃驚。

字義3 ▶ (飛機等的)艙口 名　　　**片語** boarding pass 登機證

同義 entrance [ˋɛntrəns] 名 入口　　　**相關** departure [dɪˋpɑrtʃə] 名 起程

例句 The captain shouted loudly at the crew through the **hatch**.

船長對著艙口大聲地吼船員。

字義4 ▶ 天窗 名　　　**片語** on top of 在…的上面

同義 skylight [ˋskaɪ͵laɪt] 名 天窗　　　**相關** design [dɪˋzaɪn] 名 設計

例句 My sister has always wanted a sports car with a panorama **hatch**.

我姊姊一直希望能擁有一台具全景天窗的跑車。

字義5 ▶ 傳菜窗 名　　　**片語** hand over 交給

近義 gateway [ˋget͵we] 名 通道　　　**相關** assiduous [əˋsɪdʒuəs] 形 殷勤的

例句 The cooks passed the dishes to the waiters through the **hatch**.

廚師透過傳菜窗遞菜給服務生。

UNIT
10
hawk
[hɔk]

Let's get started!

MP3 010

暖身選擇題 Q 請問下列兩例句中的hawk，
各代表什麼意思呢？

▶ I really can't stand the loud **hawking** sound of the vendors.
▶ This group of young men is considered to be the **hawks** in the party.

(A) 辱罵 / 溫和派成員　　(B) 講話 / 主和派成員　　(C) 叫賣 / 主戰派成員

正確解答：(C)

一看就通！

圖解單字架構

字義3
貪婪的傢伙
名

字義2
主戰派成員
名

字義4
叫賣
動

字義1
鷹；隼
名

hawk

字義5
散播
動

原來如此

hawk最常見的意思為「鷹」，由此引申出好戰的「主戰派成員」及隱含負面語意的「貪婪的人」；當動詞則有「叫賣」與「散播」之意(與老鷹盤旋的動作有關)。

026

這個單字能表達這些意思！

字義1 鷹；隼 名　　　**片語** have an eagle eye 有好眼力

近義 vulture [ˈvʌltʃə] 名 禿鷹　　　**相關** magpie [ˈmæɡ.paɪ] 名 喜鵲

例句 The teacher is teaching the kids to differentiate between eagles and hawks.
老師在教小朋友分辨老鷹和隼的不同之處。

字義2 主戰派成員 名　　　**片語** wage a war 開戰

近義 militancy [ˈmɪlətənsɪ] 名 好戰性　　　**相關** peaceful [ˈpisfəl] 形 和平的

例句 These guys are considered to be aggressive hawks from the party.
這群人被認為是黨內激進的主戰派成員。

字義3 貪婪的傢伙 名　　　**片語** aim at sth. 以某事為目的

同義 wolf [wʊlf] 名 貪婪的人　　　**相關** humanity [hjuˈmænətɪ] 名 人道

例句 Some customers are real hawks and just won't stop bargaining.
有些顧客真是貪婪成性，絕不會停止殺價。

字義4 叫賣 動　　　**片語** sell out 售完

同義 peddle [ˈpɛdl] 動 叫賣　　　**相關** auction [ˈɔkʃən] 名 拍賣

例句 The vendors are busy hawking down the street all day long.
這些小販整天都忙著沿街叫賣。

字義5 散播 動　　　**片語** spread out 散播

同義 broadcast [ˈbrɔd.kæst] 動 散播　　　**反義** disguise [dɪsˈɡaɪz] 動 掩飾

例句 No one wants to play with May since she likes to hawk gossip at school.
沒有人想跟梅玩，因為她喜歡在學校散播八卦。

UNIT
11

hive
[haɪv]

Let's get started!

MP3 011

暖身選擇題 **Q** 請問下列兩例句中的hive，各代表什麼意思呢？

▶ Be careful not to get the **hives** when you go hiking.

▶ Roger is **hiving** a lot of confidential information on the company.

(A) 不毛之地 / 透露　　　(B) 熱度 / 說明　　　(C) 蜂巢 / 貯備

正確選項：(C)

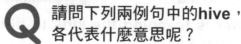

一看就通！

圖解單字架構

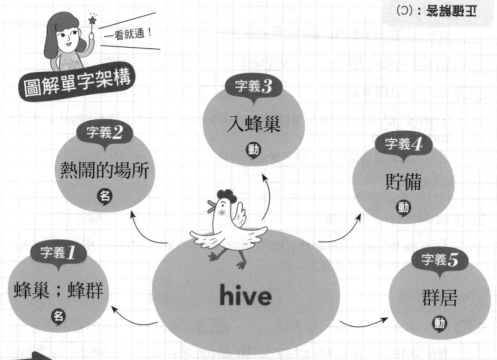

字義**3**
入蜂巢
動

字義**2**
熱鬧的場所
名

字義**4**
貯備
動

字義**1**
蜂巢；蜂群
名

字義**5**
群居
動

hive

原來如此

hive當名詞時指「蜂巢」，引申出「熱鬧的場所」之意；當動詞時，除了「入蜂巢」的核心意義外，也藉由蜜蜂的習性，引申出「貯備」與「群居」兩個意思。

這個單字能表達這些意思！

字義1 蜂巢；蜂群 名　　**片語** make a beeline for 直奔

同義 honeycomb [ˋhʌnɪ͵kom] 名 蜂巢　　**相關** buzz [bʌz] 動 (蜜蜂等)嗡嗡叫

例句 **Don't hit the hive, or the bees might sting you.**
不要打蜂巢，否則蜂群可能會螫你。

字義2 熱鬧的場所 名　　**片語** cut a poor figure 出醜

近義 prosperity [prɑsˋpɛrətɪ] 名 繁榮　　**相關** shrinkage [ˋʃrɪŋkɪdʒ] 名 低落

例句 **This shopping mall is a hive of activity during the holidays.**
每到節日，這間購物中心總是一派繁忙的景象。

字義3 使(蜂)入蜂巢 動　　**片語** hive off 離開

同義 access [ˋæksɛs] 動 接近　　**反義** withdraw [wɪðˋdrɔ] 動 退出

例句 **Henry was in awe when he saw the beekeeper carefully hiving a swarm.**
亨利對養蜂人小心翼翼地把蜂群移入蜂巢感到敬畏。

字義4 貯備 動　　**片語** keep sth. in stock 貯備

同義 amass [əˋmæs] 動 積累；積聚　　**反義** dispatch [dɪˋspætʃ] 動 配送

例句 **That old lady hived away some money from her husband.**
那位老婦人背著她的先生藏了一些錢。

字義5 (像蜜蜂般)群居 動　　**片語** live in herds 群居

同義 aggregate [ˋægrɪ͵get] 動 聚集　　**反義** segregate [ˋsɛgrɪ͵get] 動 分離

例句 **It's called Little Tokyo as there are many Japanese hiving here.**
由於有很多日本人群居於此，所以這個地方被稱為「小東京」。

暖身選擇題

Q 請問下列兩例句中的stiff，各代表什麼意思呢？

▸ Paul is not a good dancer. His body is too **stiff**.

▸ My sister is very **stiff**, so she won't apologize for the mistake.

(A) 僵硬的 / 倔強的　　　(B) 柔軟的 / 強勢的　　　(C) 靈活的 / 粗魯的

正確解答：(A)

一看就通！

圖解單字架構

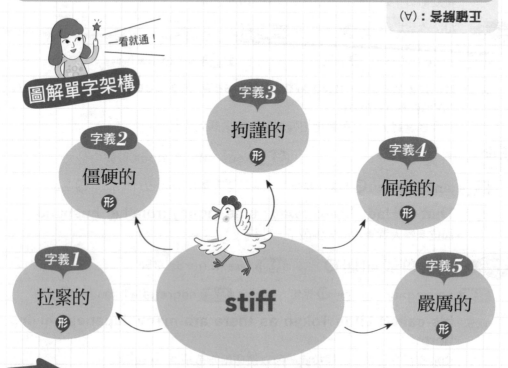

字義3
拘謹的
形

字義2
僵硬的
形

字義4
倔強的
形

字義1
拉緊的
形

stiff

字義5
嚴厲的
形

原來如此

stiff常用來形容「拉緊的」狀態，由此引申出「外在表現的僵硬」，也能形容個性「拘謹的」及「倔強的」；若再衍生其強硬的本意，就有「嚴厲的」意思。

這個單字能表達這些意思！

字義1 (繩子等)拉緊的 形　　　**片語** hold sth. in leash 抑制某物

同義 inflexible [ɪn`flɛksəbl] 形 剛硬的　　　**相關** restrain [rɪ`stren] 動 抑制

例句 The dog almost got suffocated because of the stiff leash.
因為繩子太緊，這隻狗差點被勒死。

字義2 僵硬的；硬的 形　　　**片語** a stiff price 無議價空間的價格

同義 rigid [`rɪdʒɪd] 形 堅硬的　　　**反義** floppy [`flɑpɪ] 形 鬆軟的

例句 I strained my neck while I was sleeping last night, so it's a little stiff.
我昨晚睡覺扭到我的脖子，所以現在有點僵硬。

字義3 拘謹的 形　　　**片語** concern about 擔心

同義 reserved [rɪ`zɝvd] 形 拘謹的　　　**反義** sociable [`soʃəbl] 形 好交際的

例句 It's hard for Matt to get a girlfriend since he is too stiff.
麥特的個性太拘謹，很難交到女朋友。

字義4 倔強的 形　　　**片語** give in 屈服

同義 stubborn [`stʌbən] 形 倔強的　　　**反義** compliant [kəm`plaɪənt] 形 順從的

例句 Nancy is a stiff child, and she won't take no for an answer.
南西是一個很倔強的小孩，她不會接受別人拒絕她的。

字義5 嚴厲的；猛烈的 形　　　**片語** learn one's lesson 學到教訓

同義 stern [stɝn] 形 嚴厲的；嚴格的　　　**反義** lenient [`linjənt] 形 寬容的

例句 Mr. Parker is a very stiff professor; however, his classes are very popular.
帕克先生是一個非常嚴厲的教授，但是他的課很受歡迎。

strength
[strɛŋθ]

Let's get started!

MP3 013

暖身選擇題 Q 請問下列兩例句中的strength，各代表什麼意思呢？

▶ My family and friends gave me **strength** to carry on.
▶ The **strength** of the wine is way too strong.

(A) 建議 / 量 　　　　(B) 力量 / 濃度 　　　　(C) 力氣 / 後勁

正確答案：(B)

一看就通！

圖解單字架構

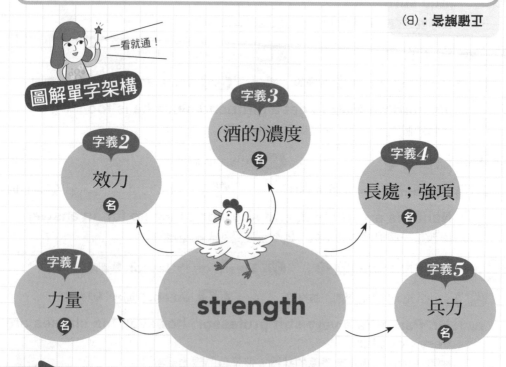

字義**3**
(酒的)濃度
名

字義**2**
效力
名

字義**4**
長處；強項
名

字義**1**
力量
名

strength

字義**5**
兵力
名

原來如此

strength指「力量」，又能形容事物的「效力」或「(酒等的)濃度」(濃度會影響喝醉的效力)；另外也能指「長處或強項」，還能用以形容「兵力」(士兵的數量)呢！

這個單字能表達這些意思！

字義1 力量 名 　　　　　　　　**片語** at full strength 最大的程度

近義 robustness [roˋbʌstnɪs] 名 強壯　　**反義** fragility [frəˋdʒɪlətɪ] 名 脆弱

例句 Helen's husband gave her **strength** to carry on after the incident.

在事件發生過後，海倫的老公給了她繼續堅持下去的力量。

字義2 效力 名 　　　　　　　　**片語** on the strength of 因為…的支持

同義 potency [ˋpotn̩sɪ] 名 效力　　**反義** expiry [ɪkˋspaɪrɪ] 名 失效

例句 The doctor said the medicine he prescribed would lose its **strength** after six hours.

醫師說他開的藥在六小時後會失去效力。

字義3 (酒等的)濃度 名 　　　　　**片語** cheer sb. up 鼓舞

近義 density [ˋdɛnsətɪ] 名 密度　　**相關** beverage [ˋbɛvərɪdʒ] 名 飲料

例句 The data shows that the average bottle **strength** of their wine has risen.

數據顯示他們所生產的酒，其平均濃度都上升了。

字義4 長處；強項 名 　　　　　**片語** to one's advantage 對某人有利

同義 advantage [ədˋvæntɪdʒ] 名 優勢　　**反義** handicap [ˋhændɪˏkæp] 名 障礙

例句 During the interview, the company might ask for your **strengths** and weaknesses.

面試的時候，公司可能會問你的長處與短處為何。

字義5 兵力 名 　　　　　　　　**片語** an army of sth. 一大群

同義 military [ˋmɪləˏtɛrɪ] 名 軍力　　**反義** civilian [sɪˋvɪljən] 名 平民

例句 The **strength** of the army in this country is not strong.

這個國家的兵力並不強。

UNIT
14

tender
[`tɛndɚ]

Let's get started!

MP3 014

暖身選擇題

Q 請問下列兩例句中的tender，各代表什麼意思呢？

▶ Hank likes his neighbor because of her **tender** heart.

▶ The couple used to ride a **tender** around the lake when they were young.

(A) 柔軟的 / 小船　　(B) 溫暖的 / 三輪車　　(C) 關懷的 / 火車

正確解答：(A)

一看就通！

圖解單字架構

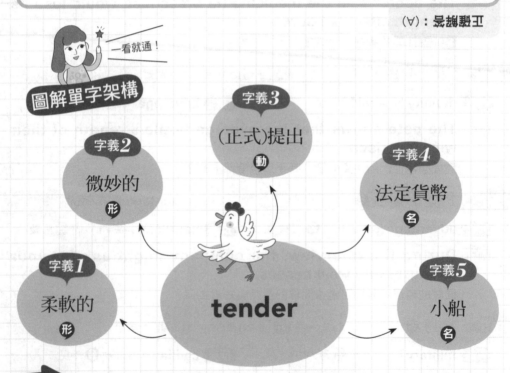

字義3
(正式)提出
動

字義2
微妙的
形

字義4
法定貨幣
名

字義1
柔軟的
形

tender

字義5
小船
名

原來如此

tender最常見的用法為「柔軟的」，也用來形容「微妙的」狀態；當動詞時的常見用法為「正式提出(議案等)」；名詞則有「法定貨幣」(legal tender)與「小船」之意。

這個單字能表達這些意思！

字義1 ▸ 柔軟的；溫柔的 **形**　　**片語** as nice as pie 意料之外的友善

同義 supple [ˋsʌpl̩] **形** 柔軟的　　　　**相關** character [ˋkærɪktə] **名** 性格

例句 Jimmy's mother is a **tender** woman who never gets angry easily.
吉米的媽媽是位溫柔的女性，從不輕易生氣。

字義2 ▸ 微妙的 **形**　　**片語** in case of 萬一；如果

同義 refined [rɪˋfaɪnd] **形** 微妙的　　　**相關** discern [dɪˋzɜn] **動** 察覺到

例句 It is very hard to explain the **tender** feeling between us.
我無法解釋我們之間微妙的感覺。

字義3 ▸ (正式)提出 **動**　　**片語** offer sth. up 為了酬謝而提供某物

同義 propose [prəˋpoz] **動** 提出　　　　**相關** proposal [prəˋpozl̩] **名** 提案

例句 Norman **tendered** $50,000 for this antique, which surprised everybody.
諾曼叫價五萬塊投標這個古董，讓大家都嚇了一跳。

字義4 ▸ 法定貨幣 **名**　　**片語** tender sth. for sth. 以物易物

同義 currency [ˋkɜənsɪ] **名** 貨幣；通貨　　**相關** property [ˋprɑpətɪ] **名** 財產

例句 I believe that United States currency is legal **tender** for the debts.
我認為美元是能用來償還債務的法定貨幣。

字義5 ▸ 小船 **名**　　**片語** miss the boat 錯失良機

近義 raft [ræft] **名** 木筏；橡皮艇　　**相關** coarse [kors] **形** 粗糙的

例句 The cheapest way for us to cross the river is to rent a **tender**.
對我們來說，最便宜的渡河方法就是去租一艘小船。

15

exhaust

[ɪgˋzɔst]

Let's get started!

MP3 015

暖身選擇題 **Q** 請問下列兩例句中的exhaust，
各代表什麼意思呢？

▸ Eddie feels **exhausted** after his three-day business trip.
▸ Our team has **exhausted** all the opportunities it had to approach this client.

(A) 開心 / 創造　　　(B) 精疲力竭 / 用盡　　　(C) 有精神 / 思考

正確答案：(B)

一看就通！

圖解單字架構

字義**3**
使精疲力盡
動

字義**2**
排出氣體
動

字義**4**
詳盡研究
動

字義**1**
汲乾；用完
動

exhaust

字義**5**
排出；排氣管
名

原來如此

exhaust指「汲乾」，引申出「排出氣體」的概念，再進一步形容人的精力被抽乾，即「精疲力盡」，繞著其『抽乾』之意而有「詳盡研究」的用法；當名詞則為「排出」。

這個單字能表達這些意思！

字義1 汲乾；用完 動　　**片語** use up sth. 用完某物

同義 deplete [dɪˋplit] 動 用盡；耗盡　　**反義** replenish [rɪˋplɛnɪʃ] 動 補充

例句 Some experts are concerned that human beings could exhaust fresh water supplies soon.
部份專家擔心人類很快就會用完乾淨的飲用水資源。

字義2 排出氣體 動　　**片語** vent one's anger 發洩

同義 discharge [dɪsˋtʃɑrdʒ] 動 排出　　**反義** absorb [əbˋsɔrb] 動 吸收

例句 The machine is broken, so it can't exhaust the smell properly.
這個機器壞了，所以它無法正常排出異味。

字義3 使精疲力盡 動　　**片語** burn oneself out 累壞自己

同義 drain [dren] 動 使精疲力盡　　**反義** refresh [rɪˋfrɛʃ] 動 使清新

例句 Andrew went to bed early last night because he was exhausted.
安德魯昨晚很早就上床睡覺，因為他累壞了。

字義4 詳盡研究 動　　**片語** know sth. inside out 徹底學會

近義 analyze [ˋænḷ͵aɪz] 動 解析　　**反義** ignore [ɪgˋnor] 動 忽視

例句 Mary had exhausted this topic last week in preparation for the interview.
為了面試，瑪麗上個星期詳細研究了這個主題。

字義5 排出；排氣管 名　　**片語** let it out 說出來

同義 tailpipe [ˋtelpaɪp] 名 排氣管　　**反義** aspirator [ˋæspə͵retə] 名 抽吸器

例句 John likes to fix his car on his own, so he buys new exhausts every now and then.
約翰很愛自己修車，所以他時不時就買新的排氣管。

intimate
[`ɪntəmɪt]

Let's get started!

MP3 016

暖身選擇題　**Q** 請問下列兩例句中的intimate，各代表什麼意思呢？

▸ Elaine has been my **intimate** since junior high.
▸ I think giving **intimate** clothing as gifts is not appropriate.

(A) 至交 / 私人的　　　(B) 軍師 / 酷炫的　　　(C) 朋友 / 舊的

正確選項：(A)

一看就通！

圖解單字架構

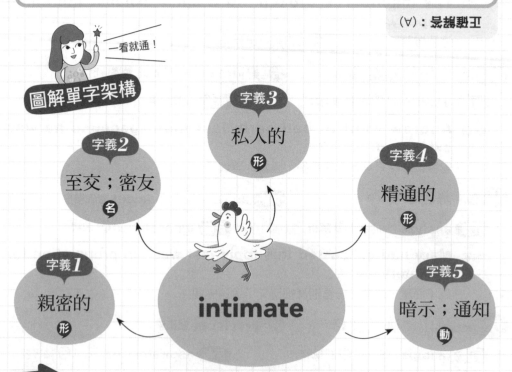

字義2
至交；密友
名

字義3
私人的
形

字義4
精通的
形

字義1
親密的
形

intimate

字義5
暗示；通知
動

原來如此

intimate常用來形容「親密的」，因此容易聯想到「至交」，而關係親密的人才比較容易了解「私人的」一面；另外還能形容「精通的」，甚至有「暗示或通知」的意思喔！

這個單字能表達這些意思！

字義1 ▶ 親密的 形　　**片語** on intimate terms with sb. 熟悉某人

近義 familiar [fə`mɪljə] 形 熟悉的　　**反義** aloof [ə`luf] 形 疏離的

例句 The couple has not been intimate since their last big fight.
這對情侶自從上次大吵一架後，關係就再也不親密了。

字義2 ▶ 至交；密友 名　　**片語** read one's mind 知道某人的想法

同義 confidant [ˌkɑnfɪ`dænt] 名 密友　　**反義** adversary [`ædvɚˌsɛrɪ] 名 敵人

例句 Amy has been an intimate of Sharon's ever since kindergarten.
艾咪與雪倫打從幼稚園開始就一直是至交。

字義3 ▶ 私人的 形　　**片語** pull strings 動用私人關係

同義 privy [`prɪvɪ] 形 個人的；私人的　　**相關** privacy [`praɪvəsɪ] 名 隱私

例句 That movie star prefers not to comment on intimate issues.
那名電影明星不願回應私人問題。

字義4 ▶ 精通的 形　　**片語** know one's onions 精通

同義 proficient [prə`fɪʃənt] 形 精通的　　**反義** amateur [`æməˌtʃʊr] 形 外行的

例句 Henry has an intimate knowledge of this subject. You can ask him about your questions.
亨利精通這個主題，你可以把問題拿去問他。

字義5 ▶ 暗示；通知 動　　**片語** intimate sth. to sb. 暗示某人某事

同義 imply [ɪm`plaɪ] 動 暗示；意味著　　**反義** demand [dɪ`mænd] 動 要求

例句 The evidence intimated a need for deeper investigation.
這個線索暗示了深入調查的必要。

UNIT
17
keen
[kin]

Let's get started!

MP3 017

暖身選擇題　**Q** 請問下列兩例句中的keen，各代表什麼意思呢？

▶ Tracy felt really sad when she saw her mother **keening** in the lobby.

▶ The brothers had such a **keen** fight that everyone could hear.

(A) 辯論 / 暴力的　　　(B) 慟哭 / 激烈的　　　(C) 吵架 / 大聲的

正確解答：(B)

一看就通！

圖解單字架構

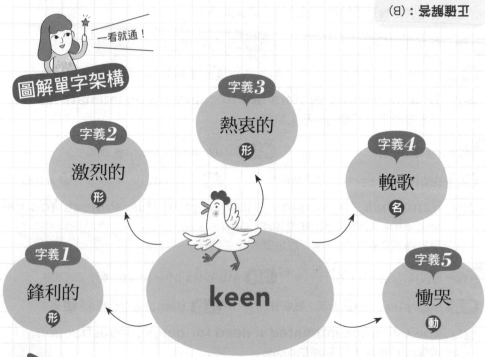

字義3
熱衷的
形

字義2
激烈的
形

字義4
輓歌
名

字義1
鋒利的
形

keen

字義5
慟哭
動

原來如此

keen原本形容「鋒利的」物品，後用來形容事態的「激烈」或個性上的「熱衷」；名詞則有「輓歌」之意，一聽到輓歌，緬懷的情緒也會讓人「慟哭」。

這個單字能表達這些意思！

字義1 鋒利的 形 ｜ **片語** have a keen eye for 敏銳的眼光

近義 jagged [ˋdʒægɪd] 形 尖利的 ｜ **反義** blunt [blʌnt] 形 不鋒利的

例句 My mother bought a knife with a keen edge in the store.
我媽媽在商店裡買了一把鋒利的刀。

字義2 激烈的 形 ｜ **片語** come into notice 引起注意

同義 intense [ɪnˋtɛns] 形 激烈的 ｜ **反義** moderate [ˋmɑdərɪt] 形 溫和的

例句 Mark and Ann are both outstanding, but the competition between them is keen.
馬克與安都很優秀，但他們之間的競爭很激烈。

字義3 熱衷的；渴望的 形 ｜ **片語** be absorbed in 專心於

同義 enthusiastic [ɪnˏθjuzɪˋæstɪk] 形 熱衷的 ｜ **反義** apathetic [ˏæpəˋθɛtɪk] 形 冷漠的

例句 Julia is keen to invite her friends to her villa for her birthday party.
茱莉亞熱切地邀請朋友到她的別墅，參加她的生日派對。

字義4 輓歌 名 ｜ **片語** burst into tears 大哭

同義 lament [ləˋmɛnt] 名 輓歌 ｜ **反義** celebration [ˏsɛləˋbreʃən] 名 慶祝

例句 I couldn't stop crying when they played the keen today.
當他們今天播放輓歌時，我無法停止哭泣。

字義5 慟哭 動 ｜ **片語** mourn over sth. 為了某事慟哭

同義 deplore [dɪˋplor] 動 痛惜；悲悼 ｜ **反義** delight [dɪˋlaɪt] 動 使高興

例句 The family keened the death of their father at the ceremony. That made me feel sad.
這家人在儀式上為死去的父親慟哭，那讓我感到很難過。

UNIT 18
lame
[lem]

Let's get started!

MP3 018

暖身選擇題

Q 請問下列兩例句中的lame，各代表什麼意思呢？

▸ Your presentation is **lame**! Try to come up with something else.
▸ The president has been **lamed** due to an accident.

(A) 爛的 / 使跛腳　　　(B) 不真實的 / 受傷　　　(C) 好的 / 罷免

正確解答：(A)

一看就通！

圖解單字架構

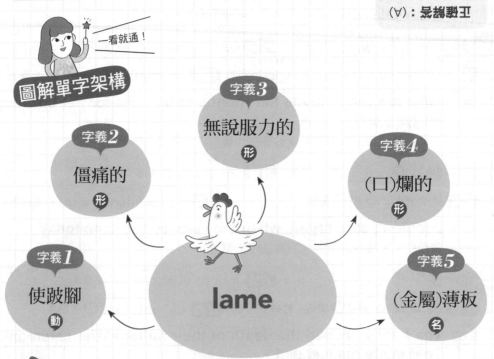

字義3
無說服力的
形

字義2
僵痛的
形

字義4
(口)爛的
形

字義1
使跛腳
動

lame

字義5
(金屬)薄板
名

原來如此

lame有「跛腳」之意，取其『無法』的意涵，形容「僵痛的」(肌肉狀態不佳)與「無說服力的」(口才不佳)，口語用法則為「爛的」；當名詞時則指「金屬薄片」。

這個單字能表達這些意思！

字義1 使跛腳 **動**　　　　**片語** be a lame duck 有名無實

同義 cripple [`krɪpl] **動** 使跛腳　　　　**相關** crutch [krʌtʃ] **動** 用拐杖支撐

例句 The soldier was lamed after his base was bombed in the war.
自從這名軍人的基地被炸毀後，他的腿就跛了。

字義2 僵痛的 **形**　　　　**片語** in poor shape 健康狀態不佳

近義 agonized [`ægənaɪzd] **形** 痛苦的　　　　**相關** paralyzed [`pærə͵laɪzd] **形** 麻痺的

例句 After the accident, Andy's right hand feels lame every once in a while.
在那場意外後，安迪的右手時不時就僵痛。

字義3 無說服力的 **形**　　　　**片語** convince sb. of sth. 說服某人做某事

同義 feeble [fibl] **形** 站不住腳的　　　　**反義** convincing [kən`vɪnsɪŋ] **形** 有力的

例句 Charles told a lame story when his girlfriend accused him of cheating.
當查爾斯的女朋友譴責他外遇時，他的說詞毫無說服力。

字義4 (口)爛的 **形**　　　　**片語** manage with 設法應付

近義 deficient [dɪ`fɪʃənt] **形** 有缺陷的　　　　**反義** pleasant [`plɛzənt] **形** 令人愉快的

例句 Mary's brother did a lame job taking care of his old dog.
瑪麗的弟弟沒有好好照顧他的老狗。

字義5 (金屬)薄板 **名**　　　　**片語** thin sth. out 分散；使變少

同義 foil [fɔɪl] **名** 金屬薄片；箔　　　　**相關** industry [`ɪndəstrɪ] **名** 工業

例句 The mechanic put a lame under the car while fixing it.
修理工在修車時放了一個金屬薄板在車底下。

UNIT
19

lump

[lʌmp]

Let's get started!

暖身選擇題

Q 請問下列兩例句中的lump，
各代表什麼意思呢？

▶ The noodles are not easy to eat as they are all **lumped** together.

▶ We should all be careful with any **lumps** found in our bodies.

(A) 煮 / 痣　　　　　(B) 併在一起 / 腫塊　　　　　(C) 放置 / 割傷

正確答案：(B)

一看就通！

圖解單字架構

字義3
歸併到一起
動

字義2
小方塊
名

字義4
笨重地移動
動

字義1
腫塊；團
名

lump

字義5
粗笨的人
名

原來如此

lump指「腫塊」或「小方塊」，看到這樣一團的狀態時，當然會聯想到「歸併」了；另外，這個單字也可以形容「笨重移動」的模樣，進而指「粗笨的人」。

這個單字能表達這些意思！

字義1 腫塊；團；塊 名　　**片語** have a lump in one's throat 哽咽

同義 swelling [`swɛlɪŋ] 名 腫塊；腫瘤　　**相關** deflation [dɪ`fleʃən] 名 抽出空氣

例句 The doctor found a lump near the patient's left breast.
醫生在病人的左胸附近發現一個腫塊。

字義2 小方塊 名　　**片語** divide into 把…分成…

近義 crumb [krʌm] 名 少許；點滴　　**相關** contour [`kɑntʊr] 名 外型

例句 How many lumps of sugar do you want in your coffee?
你的咖啡要加幾塊方糖？

字義3 歸併到一起 動　　**片語** group sth. together 把某物歸併

同義 combine [kəm`baɪn] 動 使結合　　**反義** disjoint [dɪs`dʒɔɪnt] 動 支離破碎

例句 The candidate tried to lump the talents together from different industries to form one team.
這名候選人試著把各個產業的精英聚集在一起，組成團隊。

字義4 笨重地移動 動　　**片語** move around 走來走去

近義 transfer [træns`fɝ] 動 搬；轉換　　**相關** stagnate [`stægnet] 動 沈滯

例句 Lucy got angry because the workers spent too much time lumping away the boxes.
工人花太多時間搬開箱子，這讓露西很生氣。

字義5 (口)粗笨的人 名　　**片語** play dumb 裝傻

同義 gawk [gɔk] 名 呆頭呆腦的人　　**反義** genius [`dʒinjəs] 名 天才

例句 The boy got punished by his parents for calling other kids lumps.
這個男孩因為叫其他小孩笨蛋而被他的父母懲罰。

UNIT 20
quack
[kwæk]

Let's get started!

MP3 020

暖身選擇題

Q 請問下列兩例句中的quack，各代表什麼意思呢？

▸ No girls like guys who always **quack** about their achievements.
▸ Don't believe in the **quacks**. Go to hospital instead!

(A) 嘲笑 / 巫師　　　(B) 大聲講話 / 中醫　　　(C) 吹噓 / 庸醫

正確解答：(C)

一看就通！

圖解單字架構

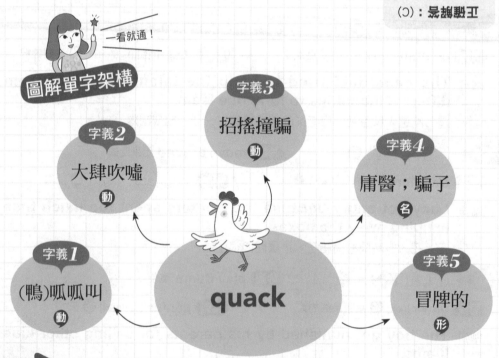

字義**3**
招搖撞騙
動

字義**2**
大肆吹噓
動

字義**4**
庸醫；騙子
名

字義**1**
(鴨)呱呱叫
動

quack

字義**5**
冒牌的
形

原來如此

quack指「鴨子呱呱叫」，其聲音就像「大肆吹噓」那樣不受歡迎，吹噓過度就可能是「招搖撞騙」；遇到吹噓的「庸醫」可得小心；也能用以形容「冒牌的」特質。

這個單字能表達這些意思！

字義1 (鴨)呱呱叫；大聲聊 動　**片語** be a chatterbox 很聒噪

同義 bawl [bɔl] 動 大喊；大叫　　　**反義** whisper [ˋhwɪspɚ] 動 耳語

例句 The children heard the wild ducks quacking in the pond.
孩子們聽見野鴨在池塘邊呱呱叫。

字義2 大肆吹噓 動　　　　　　　**片語** show off 愛現

同義 boast [bost] 動 吹噓；誇耀　　**反義** deprecate [ˋdɛprə͵ket] 動 輕視

例句 Hank quacks about his achievements at work whenever we meet each other.
每次我們碰面，漢克就要大肆吹噓他在工作上的成就。

字義3 招搖撞騙 動　　　　　　　**片語** quack for benefits 為了好處騙人

近義 pretend [prɪˋtɛnd] 動 假裝　　**反義** confide [kənˋfaɪd] 動 吐露

例句 Henry has been quacking to get what he wants.
為了達成目的，亨利一直以來都採用招搖撞騙的手段。

字義4 庸醫；騙子 名　　　　　　**片語** be Greek to 一竅不通

同義 phony [ˋfonɪ] 名 騙子；贗品　　**相關** authentic [ɔˋθɛntɪk] 形 真的

例句 Do not go to the quack again when you are sick!
生病時不要再去找那個庸醫了！

字義5 冒牌的；騙人的 形　　　　**片語** shed crocodile tears 假惺惺

同義 bogus [ˋbogəs] 形 冒牌的；假貨的　**反義** genuine [ˋdʒɛnjuɪn] 形 真實的

例句 It was shocking to know that Matt is a quack doctor. He's quite famous in this neighborhood.
麥特是冒牌醫生的這件事實在令人感到震驚，他在這一區還滿有名的呢！

robust

[rə`bʌst]

Let's get started!

MP3 021

暖身選擇題

Q 請問下列兩例句中的robust，
各代表什麼意思呢？

▸ This table is very **robust**. It has been with me since elementary school.

▸ This **robust** young man caused a lot of trouble.

(A) 堅固耐用的 / 粗魯的　　　(B) 復古的 / 殘暴的　　　(C) 美觀的 / 紳士的

正確解答：(A)

一看就通！

圖解單字架構

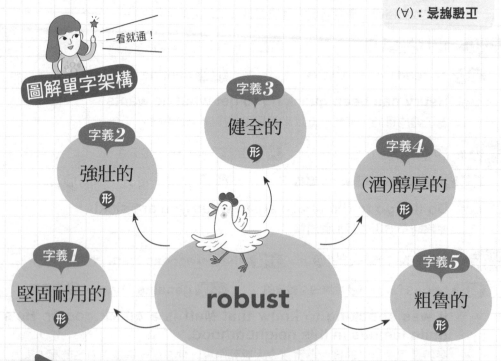

字義3
健全的
形

字義2
強壯的
形

字義4
(酒)醇厚的
形

字義1
堅固耐用的
形

robust

字義5
粗魯的
形

原來如此

robust用來形容物品「堅固耐用」，形容人時則指身體「強壯」，也能表達人或事物的「健全」；另有「(酒)醇厚的」意思；負面意涵則是用以形容人「粗魯的」舉止。

這個單字能表達這些意思！

字義1 堅固耐用的 形　　**片語** be in good shape 狀態很好

同義 sturdy [ˋstɜdɪ] 形 堅固的　　**反義** delicate [ˋdɛləkət] 形 易碎的

例句 Teddy prefers German cars because they are usually robust.
泰迪比較喜歡德國車，因為它們通常比較堅固耐用。

字義2 強壯的 形　　**片語** hold out 堅持到勝利

近義 vibrant [ˋvaɪbrənt] 形 活躍的　　**反義** vulnerable [ˋvʌlnərəbl] 形 脆弱的

例句 Although the wrestler is not robust enough, he won the championship with his skills.
雖然這名摔角選手不夠強壯，但他用技術贏得了冠軍。

字義3 健全的 形　　**片語** in one's right mind 精神健全的

同義 flawless [ˋflɔlɪs] 形 無瑕疵的　　**相關** blemish [ˋblɛmɪʃ] 名 瑕疵

例句 To be honest, the health system in our country is quite robust.
說實話，我們國家的健保制度相當健全。

字義4 (酒)醇厚的 形　　**片語** be rich in flavor 味道濃厚

近義 dense [dɛns] 形 (霧等)濃厚的　　**相關** intoxicate [ɪnˋtɑksə͵ket] 動 喝醉

例句 The robust flavor of the wine does not suit my taste.
這酒醇厚的味道不合我的口味。

字義5 粗魯的 形　　**片語** on purpose 故意地

同義 boorish [ˋburɪʃ] 形 粗魯的　　**反義** polished [ˋpɑlɪʃt] 形 圓滑的

例句 The new waiter is too robust. He broke several plates last week.
這個新來的服務生太粗魯，上週打破了好幾個盤子。

UNIT 22

server

[`sɜvə]

Let's get started!

MP3 022

暖身選擇題

Q 請問下列兩例句中的server，各代表什麼意思呢？

▸ **Servers** at this restaurant are very well-trained.
▸ There is something wrong with the website. The **server** is not responding.

(A) 清潔人員 / 電腦　　　(B) 侍者 / 伺服器　　　(C) 廚師 / 印表機

正確解答：(B)

一看就通！

圖解單字架構

字義**3**
送達者
名

字義**2**
餐具
名

字義**4**
發球員
名

字義**1**
侍者
名

server

字義**5**
伺服器
名

原來如此

server最容易看出的意思為「侍者」，作為物品則指「餐具」；衍生其『服務』的意涵，則產生「送達者」、「發球員」以及「伺服器」(從某一點擴散服務)的意思。

這個單字能表達這些意思！

字義1 ▸ 侍者 名　　　**片語** serve sb. well 對某人有益

同義 steward [ˋstjuwəd] 名 服務員　　　**相關** gourmet [ˋgurme] 名 美食家

例句 The hard-working **server** won the best service award for this month.
這名工作努力的侍者贏得這個月的最佳服務獎。

字義2 ▸ 餐具 名　　　**片語** medium rare 三分熟

同義 utensil [juˋtɛnsl] 名 餐具　　　**相關** entree [ˋɑntre] 名 主菜

例句 The **servers** in this French restaurant are very gracious.
這家法國餐廳裡的餐具非常雅緻。

字義3 ▸ (傳票等的)送達者 名　　　**片語** hit the mark 達到目的

近義 consigner [kənˋsaɪnə] 名 交付者　　　**反義** receiver [rɪˋsivə] 名 收件者

例句 The **server** needs to send the court summons on time, or he'll be in trouble.
送達者必須準時將法院傳票送達，不然他的麻煩就大了。

字義4 ▸ 發球員 名　　　**片語** pitch sb. a curve 使驚訝

同義 pitcher [ˋpɪtʃə] 名 發球員　　　**反義** catcher [ˋkætʃə] 名 捕手

例句 The injured **server** was still able to serve a ball at a very high speed.
這名受傷的投手依然能夠投出超快速球。

字義5 ▸ (電腦)伺服器 名　　　**片語** conform to 符合

近義 processor [ˋprasɛsə] 名 處理端　　　**相關** network [ˋnɛt͵wɜk] 名 網絡

例句 You can link Internet documents through the **server**.
你可以經由伺服器連結網際網路上的文件。

UNIT 23
skeleton
[`skɛlətn̩]

Let's get started!

MP3 023

暖身選擇題

Q 請問下列兩例句中的skeleton，各代表什麼意思呢？

▶ I helped my student review the **skeleton** of his essay.
▶ This museum displays the **skeletons** that were found underground.

(A) 結論 / 西裝　　　(B) 大綱 / 骨骼　　　(C) 內容 / 飾品

正確解答：(B)

一看就通！

圖解單字架構

字義**3**
大綱
名

字義**2**
(房屋)骨架
名

字義**4**
概略的
形

字義**1**
骨骼
名

skeleton

字義**5**
醜事
名

原來如此

skeleton原指「骨骼」，取其『核心架構』的意涵，用以形容「房屋的骨架」與「文章大綱」；當形容詞也不離「概略的」意思；除此之外還能用來指稱「醜事」。

052

這個單字能表達這些意思！

字義1 骨骼 名　　**片語** frame sth. out 架出框架

近義 osteology [ˌɑstɪˋɑlədʒɪ] 名 骨學　　**相關** organism [ˋɔrgən͵ɪzəm] 名 生物

例句 The showroom is taken up by the **skeletons** of the apes.
這間陳列室被猿猴的骨骸佔滿了。

字義2 (房屋等的)骨架 名　　**片語** be made of 以…建成

同義 scaffold [ˋskæfļd] 名 鷹架　　**相關** footing [ˋfʊtɪŋ] 名 基礎

例句 You can see how rigid the house is by looking at its **skeleton**.
看這個骨架就可以知道這棟房子有多堅固。

字義3 大綱 名　　**片語** cross out 刪去

同義 outline [ˋaʊt͵laɪn] 名 大綱　　**相關** content [ˋkɑntɛnt] 名 內容

例句 Our teacher asked us to turn in the **skeleton** of the essay first.
我們的老師要我們先繳交文章的大綱。

字義4 概略的；最基本的 形　　**片語** brush up on 複習

同義 essential [ɪˋsɛnʃəl] 形 基本的　　**反義** elaborate [ɪˋlæbərɪt] 形 複雜的

例句 The client is content with the **skeleton** crew who are fully experienced.
客戶對這組經驗豐富的精簡化人員非常滿意。

字義5 (不可外揚的)醜事 名　　**片語** at the risk of 冒…的危險

同義 scandal [ˋskænd!] 名 醜聞　　**相關** reputation [ˌrɛpjəˋteʃən] 名 名譽

例句 The senator is trying to cover up the **skeletons** in his closet.
這名參議員試圖隱瞞自己的醜聞。

sloppy
[`slɑpɪ]

Let's get started!

MP3 024

暖身選擇題

Q 請問下列兩例句中的sloppy，各代表什麼意思呢？

▸ Helen's mother is not content with her **sloppy** lifestyle.
▸ The workers were told not to make the concrete too **sloppy**.

(A) 懶散的 / 不整潔的　　　(B) 不整齊的 / 臭的　　　(C) 複雜的 / 刺鼻的

正確答案：(A)

一看就通！

圖解單字架構

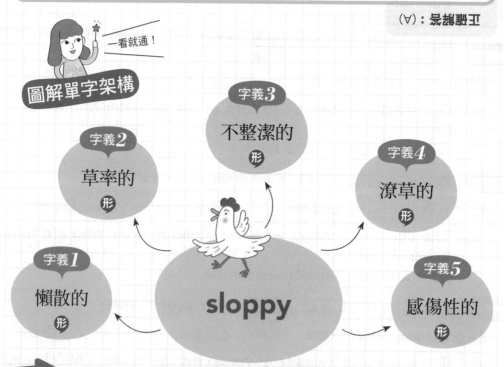

字義3
不整潔的
形

字義2
草率的
形

字義4
潦草的
形

字義1
懶散的
形

sloppy

字義5
感傷性的
形

原來如此

sloppy在口語上有「懶散的」意思，也能用來形容「草率或粗心的」人；形容物時，常指「不整潔的」與「潦草的(字跡)」；這個單字還能形容「感傷的」心情。

這個單字能表達這些意思！

字義1 (口)懶散的 形　　**片語** get one's hands dirty 親自動手

同義 slothful [ˋsloθfəl] 形 懶散的　　**反義** diligent [ˋdɪlədʒənt] 形 辛勤的

例句 Don't be so sloppy! Come pick up your socks!
不要這麼懶散！快把你的襪子撿起來！

字義2 草率的；粗心的 形　　**片語** couldn't care less about sth. 不在意

同義 heedless [ˋhidlɪs] 形 粗心的　　**反義** attentive [əˋtɛntɪv] 形 注意的

例句 You can tell that the carpenter is very sloppy by looking at his work.
從這名木工的作品就能看出他的個性草率。

字義3 不整潔的；泥濘的 形　　**片語** quick-and-dirty 快但粗劣的

同義 unkempt [ʌnˋkɛmpt] 形 不整潔的　　**相關** collate [kɑˋlet] 動 整理；校對

例句 Who is the sloppy boy standing over there?
站在那邊的邋遢男孩是誰？

字義4 潦草的 形　　**片語** fill in 填寫

同義 scratchy [ˋskrætʃɪ] 形 潦草的　　**反義** neat [nit] 形 整齊的；工整的

例句 None of us can recognize Roy's sloppy handwriting. I guess he'll have to rewrite it.
沒有人可以看懂羅伊潦草的字跡，我猜他得重寫了。

字義5 感傷性的 形　　**片語** break one's heart 使心碎

同義 sentimental [ˏsɛntəˋmɛntl] 形 感傷的　　**相關** sorrowful [ˋsɑrəfəl] 形 悲傷的

例句 Mike got very sloppy over his wife's sudden death.
麥克老婆的突然過世，讓他非常感傷。

sober
[`sobə]

Let's get started!

暖身選擇題

Q 請問下列兩例句中的sober，
各代表什麼意思呢？

▸ Justin always keeps **sober** when we go drinking together.

▸ **Sober** up! We have to finish up the project by the end of today.

(A) 守規矩的 / 大聲　　(B) 沒喝醉的 / 清醒　　(C) 有趣的 / 明顯

正確解答：(B)

一看就通！

圖解單字架構

字義**3**
嚴肅的
形

字義**2**
沒喝醉的
形

字義**4**
審慎的
形

字義**1**
使清醒
動

sober

字義**5**
素淨的
形

原來如此

sober表示「使清醒」，當形容詞常用來表示「沒喝醉的」清醒狀態；另外能引申出「嚴肅的」、「審慎的」等意思(與思路清楚有關)；形容物品時則表達「素淨的」。

這個單字能表達這些意思！

字義1 ▶ 使清醒；使嚴肅 動　　**片語** perk sb. up 使某人清醒

近義 sedate [sɪˋdet] 動 使鎮靜　　　**相關** observant [əbˋzɝvənt] 形 當心的

例句 The market reaction to the product has sobered down the team.
這個產品的市場反應讓團隊的大家都認清現實了。

字義2 ▶ 沒喝醉的 形　　**片語** pull oneself together 振作

同義 conscious [ˋkɑnʃəs] 形 有意識的　　**反義** wasted [ˋwestɪd] 形 (俚)喝醉的

例句 You should keep yourself sober when you drive.
開車的時候，你應該要保持清醒。

字義3 ▶ 嚴肅的 形　　**片語** at heart 本質上；內心裡

近義 staid [sted] 形 穩重的；沉著的　　**反義** humorous [ˋhjumərəs] 形 幽默的

例句 Lisa is a quiet and sober girl. She's often on her own.
麗莎是一個安靜又嚴肅的女孩，經常一個人獨處。

字義4 ▶ 審慎的 形　　**片語** be cautious with 小心；注意

同義 cautious [ˋkɔʃəs] 形 審慎的　　**反義** inattentive [͵ɪnəˋtɛntɪv] 形 怠慢的

例句 Don't worry about the press conference. Nelson is always sober with what he says.
別擔心記者會的事情，尼爾森說話一向很謹慎。

字義5 ▶ 素淨的 形　　**片語** wear sth. out 穿破；用壞

近義 subdued [səbˋdjud] 形 柔和的　　**反義** glittering [ˋglɪtərɪŋ] 形 華麗的

例句 Olivia is not into fashion. Her clothes are mostly sober.
奧莉薇亞不崇尚流行，她衣服的款式幾乎都很素淨。

UNIT
26

spine
[spaɪn]

Let's get
started!

MP3 026

暖身選擇題 **Q** 請問下列兩例句中的spine，
各代表什麼意思呢？

▸ Have some **spine**! Don't let those bullies push you around.
▸ The doctor told Angie that her **spine** is askew.

(A) 氣勢 / 內臟　　　　　(B) 小蜘蛛 / 手臂　　　　　(C) 骨氣 / 脊椎

正確解答：(C)

一看就通！

圖解單字架構

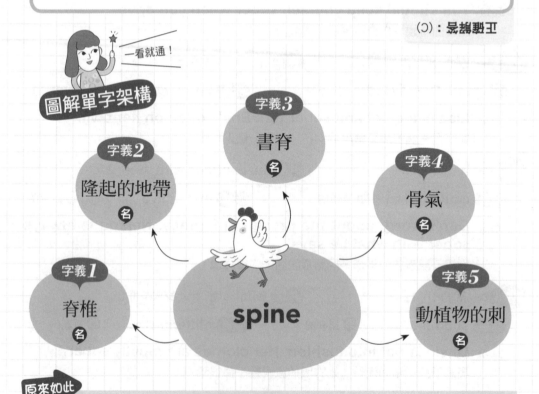

字義**3**
書脊
名

字義**2**
隆起的地帶
名

字義**4**
骨氣
名

字義**1**
脊椎
名

spine

字義**5**
動植物的刺
名

原來如此

spine一般形容「脊椎」，也被用來表達「隆起的地形」或「書脊」；引申至抽象意義
上，則指人的「骨氣」；另外還能指稱「動植物的刺」(例如：骨頭的刺)。

這個單字能表達這些意思！

字義1 ─ 脊椎 名　　　　**片語** send chills up one's spine 打冷顫

近義 vertebrate [`vɜtə.bret] 名 脊椎動物　　**相關** creature [`kritʃə] 名 生物

例句 Hold this pose and keep your spine straight for a second, please.
請暫時保持這個姿勢不動，脊椎打直。

字義2 ─ 似脊隆起的地帶 名　　**片語** over the hump 渡過艱難的階段

近義 pinnacle [`pɪnək!] 名 山峰　　　**反義** gorge [gɔrdʒ] 名 峽谷

例句 Riding on the camel is uncomfortable given its edgy spine on the back.
因為駱駝的背脊隆起，所以坐在牠上面不舒服。

字義3 ─ 書脊 名　　　　**片語** in a bind 陷入困境

近義 bookbinding [`bʊk.baɪndɪŋ] 名 裝訂　　**相關** paperback [`pepɚ.bæk] 名 平裝本

例句 The title and the author's name are printed on the spine of the book.
書脊上印有書名與作者的名字。

字義4 ─ 骨氣 名　　　　**片語** show some backbone 展現骨氣

近義 integrity [ɪn`tɛgrətɪ] 名 正直　　**反義** cowardice [`kaʊədɪs] 名 膽小

例句 Have some spine and part ways with your selfish girlfriend!
有點骨氣，和你那個自私的女友分手吧！

字義5 ─ （動植物的）刺 名　　**片語** take the sting out of sth. 改善

近義 spur [spɜ] 名 馬刺；靴刺　　　**相關** sharpen [`ʃɑrpn] 動 削尖；磨快

例句 Be careful with the spine when eating the fish!
吃魚的時候要注意魚刺！

UNIT
27
brisk
[brɪsk]

Let's get
started!

MP3 027

暖身選擇題　Q 請問下列兩例句中的brisk，
各代表什麼意思呢？

▶ **Brisk** up! We are almost done with the work for today.
▶ Tina's parents really like her **brisk** and polite fiancé.

(A) 使活躍 / 生氣勃勃的　　　(B) 醒來 / 帥氣的　　　(C) 使開心 / 刻薄的

正確解答：(A)

一看就通！

圖解單字架構

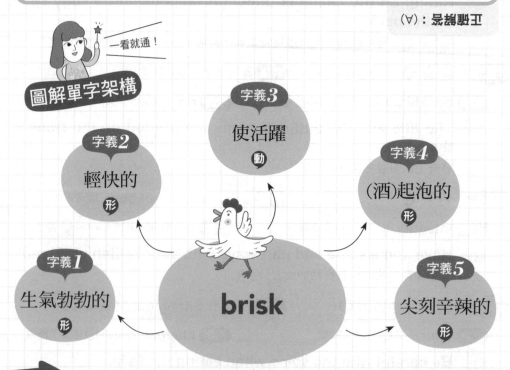

字義2
輕快的
形

字義3
使活躍
動

字義4
(酒)起泡的
形

字義1
生氣勃勃的
形

brisk

字義5
尖刻辛辣的
形

原來如此

brisk指「生氣勃勃的」，這樣的狀態感覺通常頗為「輕快」，做起事來也特別「活躍」；也可以形容「起泡的酒類」（活躍感）；另外還有「尖刻辛辣的」意思。

這個單字能表達這些意思！

字義1 ▶ 生氣勃勃的 形　**片語** brisk sb. up 使生氣勃勃

同義 vigorous [ˋvɪgərəs] 形 有精神的　　**反義** lethargic [lɪˋθɑrdʒɪk] 形 瞌睡的

例句 The brisk girl was chosen to be the Dancing Queen at the prom.
這位活潑的女孩在畢業舞會上被選為舞會女王。

字義2 ▶ 輕快的 形　**片語** get a move on 趕快

同義 snappy [ˋsnæpɪ] 形 敏捷的　　**反義** dowdy [ˋdaudɪ] 形 懶散的

例句 The black horse broke into a brisk trot when the trainer showed up.
馴馬師一出現，這匹黑馬就突然輕快地跑起步來。

字義3 ▶ 使活躍；使興旺 動　**片語** live it up 盡情享受

同義 enliven [ɪnˋlaɪvən] 動 使活躍　　**反義** dishearten [dɪsˋhɑrtn̩] 動 使沮喪

例句 The new manager aims to brisk up the failing business.
這名新來的經理試圖使衰落的生意重新活躍起來。

字義4 ▶ (酒)起泡的 形　**片語** sth. bubble up (某事)閃現

同義 effervescent [ˌɛfɚˋvɛsn̩t] 形 冒泡的　　**相關** winery [ˋwaɪnərɪ] 名 釀酒廠

例句 This brisk and light wine goes well with the roast beef.
這種起泡的淡酒和烤牛肉很搭。

字義5 ▶ 尖刻辛辣的 形　**片語** to the bitter end 到最後

同義 acrimonious [ˌækrəˋmonɪəs] 形 尖酸的　　**反義** tempered [ˋtɛmpəd] 形 溫和的

例句 This brisk manager was discovered to have engaged in fraud.
這個尖刻辛辣的主管被查到涉入一件詐欺案。

061

complexion

[kəm`plɛkʃən]

Let's get started!

MP3 028

暖身選擇題

Q 請問下列兩例句中的complexion，各代表什麼意思呢？

▶ That young girl does not need makeup. Her **complexion** is really good.

▶ The current **complexion** in this country is terrible.

(A) 身型 / 物價　　　　(B) 氣色 / 情況　　　　(C) 精神 / 交通

正確解答：(B)

一看就通！

圖解單字架構

字義 **3**
情況；樣子
名

字義 **2**
氣色；面色
名

字義 **4**
信念；觀點
名

字義 **1**
膚色
名

complexion

字義 **5**
使增添色彩
動

原來如此

complexion最常見的用法，是用來形容「天生的膚色」或人的「氣色」；進一步被拿來形容「(事的)情況」與「(人的)信念」；此外還能衍生出「增添色彩」的意思喔！

字義1 膚色 名 　　**片語** get under one's skin 讓人不悅

同義 skin tone [`skɪn͵ton] 名 膚色　　**相關** ancestry [`ænsɛstrɪ] 名 血統

例句 In my opinion, this suit doesn't go well with Ms. Lin's dark complexion.
就我看來，這件套裝跟林小姐的深膚色不搭。

字義2 氣色；面色 名　　**片語** put a smile on one's face 讓某人開心

同義 countenance [`kauntənəns] 名 面容　　**相關** gloomy [`glumɪ] 形 陰沉的

例句 The bride's complexion looks fabulous in the pictures.
照片中，新娘的氣色看起來好極了。

字義3 情況；樣子 名　　**片語** be aware of 意識到

同義 circumstance [`sɝkəm͵stæns] 名 情況　　**反義** surmise [sɚ`maɪz] 名 推測；臆測

例句 Did you see the news? The current complexion in Syria doesn't look very good.
你有看新聞嗎？敘利亞目前的情況看起來不太好。

字義4 信念；觀點 名　　**片語** have faith in sb. 相信某人

同義 perspective [pɚ`spɛktɪv] 名 觀點　　**相關** inclination [͵ɪnklə`neʃən] 名 意向

例句 The party is tilted more towards the liberal complexion.
這個黨比較傾向民主派主張。

字義5 使增添色彩 動　　**片語** show one's true colors 展現本性

同義 pigment [`pɪgmənt] 動 給…著色；染　　**反義** bleach [blitʃ] 動 將…漂白

例句 The scenery was beautiful when the rising sun complexioned the land.
旭日為大地增添色彩的景色實在太美了。

UNIT 29

correspondent

[ˌkɔrɪ`spɑndənt]

Let's get started!

MP3 029

暖身選擇題

Q 請問下列兩例句中的**correspondent**，各代表什麼意思呢？

▸ Steve has been my **correspondent** at headquarters.

▸ The price of this machine is **correspondent** with its quality.

(A) 通信者 / 符合的　　(B) 情報員 / 不符合的　　(C) 同事 / 超出的

正確解答：(A)

一看就通！

圖解單字架構

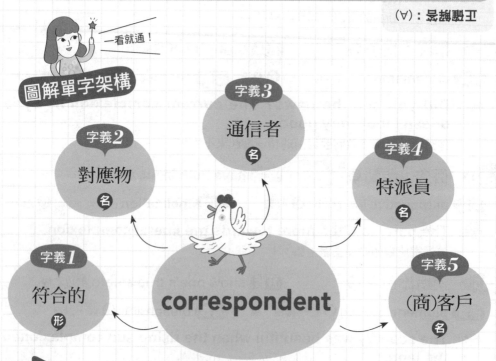

字義**3**
通信者
名

字義**2**
對應物
名

字義**4**
特派員
名

字義**1**
符合的
形

correspondent

字義**5**
(商)客戶
名

原來如此

correspondent常見的意思為「符合的」，能指「對應物」；形容人時則表示「通信者」或「特派員」，衍生其『互動、通信』的內涵，則能指往來的「客戶」。

這個單字能表達這些意思！

字義1 符合的 形　　　**片語** tally with 符合；同意

近義 consistent [kənˋsɪstənt] 形 一致的　　**相關** discord [ˋdɪskɔrd] 名 不一致

例句 The result of the experiment is **correspondent** with my expectation.
實驗結果符合我的期待。

字義2 對應物 名　　　**片語** have no relation to 與…沒有關聯

近義 parallelism [ˋpærəlɛl͵ɪzəm] 名 對應　　**反義** opposition [͵ɑpəˋzɪʃən] 名 反對

例句 The ultimate consequence is a **correspondent** to your previous assumption.
最終的結果是你先前假設的對應物。

字義3 通信者 名　　　**片語** be on edge 緊張不安的

近義 liaison [͵lɪeˋzɑn] 名 (軍)聯繫　　**相關** expatriate [ɛksˋpetrɪ͵et] 動 流放

例句 The **correspondent's** job is to write timely emails to the headquarters.
這名通信者的工作是適時地與總公司以信件往返。

字義4 特派員 名　　　**片語** be bound up with 與…有密切關係

同義 commissioner [kəˋmɪʃənə] 名 專員　　**相關** nominate [ˋnɑmə͵net] 動 任命

例句 The TV station has several **correspondents** in the U.S.A.
這家電視台在美國有好幾位特派員。

字義5 (商)客戶 名　　　**片語** discuss sth. with sb. 與某人討論某事

同義 clientele [͵klaɪənˋtɛl] 名 顧客　　**相關** counsel [ˋkaunsl] 動 商議

例句 Edmund has been a long-term **correspondent** to our company.
艾德蒙是我們公司的長期客戶。

Part **2**

物品與質感
Objects

學習目標

打破單一詞彙只連結到特定物品或質感的印象，靈活運用單字。

Follow me!

跟著這樣看

Step **1**

暖身題目
猜猜看

Warming up!

Step **2**

圖解架構
超清楚

Graphic!

Step **3**

掌握字義，
進階補充

Level up!

hook 除了「**鐮刀**」，還有「**廣告促銷花招**」的意思？
dresser 除了「**梳妝台**」之外，還能表示「**服裝師**」？
sponge 除了「**海綿**」之外，還能罵人是「**寄生蟲**」？

原來，這些「物品類」單字，意思一點都不單純，
學會一字多用，省時省力，還讓老外印象深刻，
懂得活用，就是學習的王道！

rough

[rʌf]

Let's get started!

MP3 030

暖身選擇題

Q 請問下列兩例句中的rough，各代表什麼意思呢？

▶ Can you give me a **rough** estimate of the selling volume?

▶ The flight to Frankfurt has been **rough** because of the turbulence.

(A) 草圖的 / 舒適的　　(B) 詳細的 / 暴風雨的　　(C) 粗略的 / 難受的

正確解答：(C)

一看就通！

圖解單字架構

字義3
暴風雨的
形

字義2
草圖；梗概
名

字義4
(口)難受的
形

字義1
粗糙的
形

rough

字義5
(酒等)烈性的
形

原來如此

rough形容「粗糙的」質感，所以能用來表示概略的「草圖」；取其『粗糙』的意涵引申出「暴風雨的」與「難受的」意思(皆表達不適)；另外還能形容「酒很烈」喔！

 這個單字能表達這些意思！

字義1 ▶ 粗糙的；未加工的 形　**片語** make a rough call 倉促決定

同義 approximate [əˋprɑksəmɪt] 形 粗略的　**反義** precise [prɪˋsaɪs] 形 精確的

例句 I can only give you a **rough** number for our future orders.
關於之後的訂單，我只能給你一個大略的數字。

字義2 ▶ 草圖；梗概 名　**片語** carry out 完成；實行

同義 blueprint [ˋblu͵prɪnt] 名 藍圖　**相關** architect [ˋɑrkə͵tɛkt] 名 建築師

例句 My interior designer gave me the first version of the **rough**.
我的室內設計師給了我初版的草圖。

字義3 ▶ 暴風雨的；粗野的 形　**片語** get better/worse 逐漸好轉/惡化

同義 fierce [fɪrs] 形 粗暴的　**相關** relentless [rɪˋlɛntlɪs] 形 持續的

例句 Lesley's husband may appear to be **rough**, but he is actually very tender.
雷思麗的先生看起來或許粗野，但他其實很溫柔。

字義4 ▶ (口)難受的 形　**片語** have a rough time 日子不好過

同義 afflictive [əˋflɪktɪv] 形 難受的　**相關** emotion [ɪˋmoʃən] 名 情感

例句 It has been a really **rough** and long drive coming home.
回家的路程很遠，又一路顛簸得難受。

字義5 ▶ (酒等)烈性的 形　**片語** on the wagon 戒酒

同義 strong [strɔŋ] 形 (酒)烈性的　**反義** velvety [ˋvɛlvɪtɪ] 形 (酒)醇和的

例句 The owner highly recommended this wine to me, but I found it too **rough**.
老闆強力推薦這款酒給我，但我覺得它太烈了。

UNIT 02
feature
[`fitʃɚ`]

Let's get started!

MP3 031

暖身選擇題 Q 請問下列兩例句中的feature，各代表什麼意思呢？

▶ This restaurant **features** the most well-known Italian chefs.
▶ This popular movie **features** Angelina Jolie and Brad Pitt.

(A) 擁有 / 演配角　　(B) 以…為特色 / 主演　　(C) 起作用 / 特別報導

(B)：案答鄆五

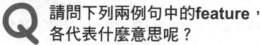

一看就通！

圖解單字架構

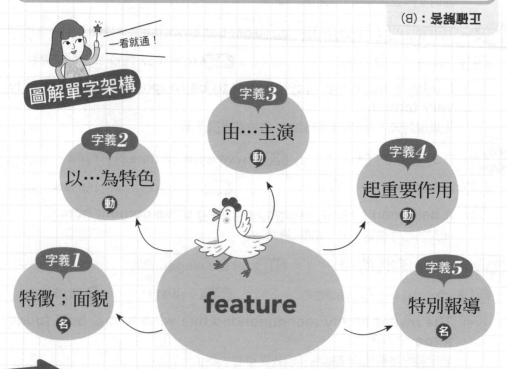

字義3
由…主演
動

字義2
以…為特色
動

字義4
起重要作用
動

字義1
特徵；面貌
名

feature

字義5
特別報導
名

原來如此

feature環繞其「特徵」的意思，轉為動詞的話會產生「以…為特色」、「由…主演」、「起重要作用」等意涵；另外還能用來指「特別報導」(聚焦於特色的報導)喔！

這個單字能表達這些意思！

字義1 特徵；面貌 名　　**片語** be peculiar to 特有的

同義 trait [tret] 名 特徵；特點　　**相關** charisma [kə`rɪzmə] 名 領導力

例句 We should combine the best features of socialism and capitalism.

我們應該將社會主義和資本主義兩者最好的特點結合起來。

字義2 以…為特色 動　　**片語** be famous for 以…著名

近義 spotlight [`spɑt‚laɪt] 動 使突出醒目　　**相關** ordinary [`ɔrdn‚ɛrɪ] 形 普通的

例句 The concert featured several famous singers, so it attracted lots of people.

這場演唱會的強打特色為幾位著名歌手，因此吸引了許多人前來。

字義3 (電影)由…主演 動　　**片語** be known to 為…所熟知

近義 perform [pə`fɔrm] 動 演出；表演　　**相關** supervise [`supəvaɪz] 動 指導

例句 That action movie features my favorite movie star, so I'll definitely watch it.

那部動作片由我最愛的電影明星主演，所以我絕對會去看。

字義4 起重要作用 動　　**片語** play a part in 對…有影響

近義 influence [`ɪnfluəns] 動 影響　　**相關** impotent [`ɪmpətənt] 形 無能力的

例句 David has been featured and put in an important role in his company.

大衛在他公司很受重用，並擔任要職。

字義5 特別報導 名　　**片語** a man of good report 名聲好的人

近義 dispatch [dɪ`spætʃ] 名 新聞稿　　**相關** factuality [‚fæktʃʊ`ælətɪ] 名 實在性

例句 We watched the feature on CNN to know the details of the incident.

我們看CNN的特別報導來了解這起事件的詳情。

cradle
[`kredl]

Let's get started!

MP3 032

暖身選擇題

Q 請問下列兩例句中的cradle，各代表什麼意思呢？

▶ My brother **cradled** his daughter in his arms and then she fell asleep.

▶ This historic place is the **cradle** of Chinese culture.

(A) 擁抱 / 搖籃　　　　(B) 抓住 / 支架　　　　(C) 搖晃 / 發源地

正確解答：(C)

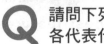
一看就通！

圖解單字架構

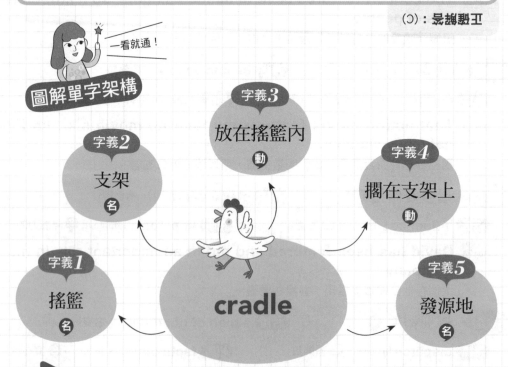

字義3
放在搖籃內
動

字義2
支架
名

字義4
擱在支架上
動

字義1
搖籃
名

cradle

字義5
發源地
名

原來如此

cradle為「搖籃」，也能指「支架」，轉成動詞後也與這兩個意思有關，為「放在搖籃內」與「擱在支架上」；另引申『搖籃』的核心意涵，能指「發源地」。

這個單字能表達這些意思！

字義1 搖籃 名　　　　**片語** from the cradle to grave 從小到大

同義 bassinet [ˌbæsɪˈnɛt] 名 嬰兒搖籃　　　**相關** wobble [ˈwɑbl] 動 使搖晃

例句 **The baby was lying in the cradle in the living room.**
嬰兒躺在客廳的搖籃裡。

字義2 支架 名　　　　**片語** hold up 舉起；支撐

同義 brace [bres] 名 支柱；支撐物　　　**相關** collapse [kəˈlæps] 動 倒塌

例句 **This cradle has a long history. We have had it since my grandfather was a child.**
這個架子歷史悠久，我爺爺還小的時候就有了。

字義3 放在搖籃內；撫育 動　**片語** bring up 養育；培育

同義 nurture [ˈnɝtʃɚ] 動 養育　　　**相關** toddler [ˈtɑdlɚ] 名 幼童

例句 **Lisa worked really hard to get her diploma since she was cradled in poverty.**
麗莎生長於窮困的環境，很努力才拿到畢業證書。

字義4 把⋯擱在支架上 動　**片語** put sth. aside 把⋯放到一邊

近義 arrange [əˈrendʒ] 動 佈置　　　**相關** position [pəˈzɪʃən] 名 位置

例句 **Colin and Jodie cradled up the quilts on their balcony.**
科林和喬蒂把被子放在陽台的支架上。

字義5 發源地 名　　　　**片語** be the cradle of 是⋯的發源地

同義 birthplace [ˈbɝθˌples] 名 發源地　　　**相關** derive [dɪˈraɪv] 動 衍生出

例句 **The infamous rumor about the mayor has its cradle in this restaurant.**
市長不名譽的傳聞就是從這間餐廳傳出來的。

fancy
[`fænsɪ]

Let's get started!

MP3 033

暖身選擇題 **Q** 請問下列兩例句中的fancy，各代表什麼意思呢？

▶ Rachel took a **fancy** to vintage toys and enjoyed collecting them.

▶ Many actresses' clothes are too **fancy** for everyday wear.

(A) 迷戀 / 花俏的　　　(B) 想像 / 需技巧的　　　(C) 厭倦 / 華麗的

正確解答：(A)

一看就通！

圖解單字架構

字義**3**
花俏的
形

字義**2**
想像；幻想
名

字義**4**
需技巧的
形

字義**1**
迷戀；愛好
名

fancy

字義**5**
特級的
形

原來如此

fancy常見的用法有「迷戀」與童話般的「想像」，當形容詞時則形容「花俏的」；花俏感有時候必須依靠「高度技巧的」手法，更能用來形容「特級的」物品喔！

這個單字能表達這些意思！

字義1 迷戀；愛好 名　　**片語** strike one's fancy 吸引某人

同義 fondness [ˋfɑndnɪs] 名 喜愛　　**反義** animosity [ˌænəˋmɑsətɪ] 名 仇恨

例句 My brother has a **fancy** for sports cars, but he doesn't have the money to buy one.

我的哥哥愛好跑車，但是他沒有錢買。

字義2 想像；幻想 名　　**片語** a man of imagination 想像力豐富的人

同義 imagination [ɪˌmædʒəˋneʃən] 名 想像　　**反義** existence [ɪgˋzɪstəns] 名 存在

例句 Artists usually have lively **fancies**; however, there are only few that can be turned into reality.

藝術家通常很有想像力，但那當中只有少數可以成真。

字義3 花俏的 形　　**片語** bring out 表現出來

同義 ornate [ɔrˋnet] 形 裝飾華麗的　　**反義** unadorned [ˌʌnəˋdɔrnd] 形 樸素的

例句 Both of them like **fancy** and eye-catching clothing from France.

她們兩個都喜歡花俏奪目的法國服裝。

字義4 需高度技巧的 形　　**片語** break down 故障；失敗

同義 intricate [ˋɪntrəkɪt] 形 複雜精細的　　**反義** obvious [ˋɑbvɪəs] 形 平淡無奇的

例句 This piece of furniture demonstrates Andy's **fancy** craftsmanship.

這一件傢俱展現出安迪精湛的工法。

字義5 (食品等)特級的 形　　**片語** be known to 為⋯所熟知

同義 luxurious [lʌgˋʒʊrɪəs] 形 精選的　　**反義** tasteless [ˋtestlɪs] 形 味道差的

例句 When we go on vacation, Alex usually spends a lot of money on **fancy** food and wine.

當我們去渡假的時候，艾力克斯通常會花大錢享受頂級的食物和酒。

UNIT 05

scale
[skel]

Let's get started!

MP3 034

一看就通！

圖解單字架構

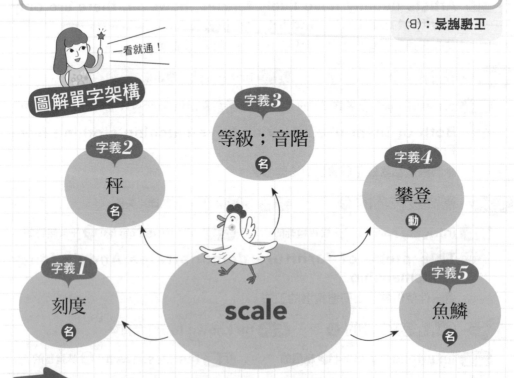

字義2
秤
名

字義3
等級；音階
名

字義4
攀登
動

字義1
刻度
名

scale

字義5
魚鱗
名

原來如此

scale最普遍的用法是「刻度」，很容易就讓人想到秤重的「秤」；另外，還有「等級」的意思，等級上升就像在「攀登」；甚至還能用來指「魚鱗」呢！

這個單字能表達這些意思！

字義1 刻度；比例尺 名　　**片語** on a scale of 從…到…的級別

近義 measurement [ˋmɛʒəmənt] 名 測量　　**反義** estimation [ˏɛstəˋmeʃən] 名 估算

例句 This ruler has one scale in millimeters and another in inches.
這把尺有公釐和英寸兩種尺度。

字義2 秤 名　　**片語** weigh against 權衡；衡量

同義 weighbridge [ˋweˏbrɪdʒ] 名 地秤　　**相關** hefty [ˋhɛftɪ] 形 重的；笨重的

例句 I gained so much weight that I would prefer to stay away from the scales.
我胖了很多，所以我想離磅秤遠一點。

字義3 等級；音階 名　　**片語** with one voice 異口同聲地

近義 magnitude [ˋmæɡnəˏtjud] 名 強度　　**相關** random [ˋrændəm] 形 隨機的

例句 The pianist taught his students the scales in their first class.
上第一堂課的時候，這名鋼琴家把音階的概念教給學生。

字義4 攀登 動　　**片語** scale to the next level 升級

同義 clamber [ˋklæmbɚ] 動 爬；攀登　　**相關** toilsome [ˋtɔɪlsəm] 形 辛苦的

例句 I am glad that I am able to scale one level closer to being a manager.
我很高興能爬到這個位置，離經理的職位更近了。

字義5 魚鱗 名　　**片語** be all at sea 茫然不知所措

同義 squama [ˋskwemə] 動 魚鱗　　**相關** scrape [skrep] 動 刮落；削掉

例句 My mother had to take the scales off from the fish since the seller didn't do it for her.
因為店家沒有幫我母親去除魚鱗，所以她必須自己動手。

UNIT
06
smooth
[smuð]

Let's get started!

暖身選擇題　Q　請問下列兩例句中的smooth，各代表什麼意思呢？

▶ Mary was surprised that the unplanned roadtrip turned out to be **smooth**.

▶ The nurse **smoothed** the ointment over Mike's arm.

(A) 順利的 / 輕塗　　　(B) 平淡的 / 用力塗　　　(C) 溫和的 / 覆蓋

正確答案：(A)

一看就通！

圖解單字架構

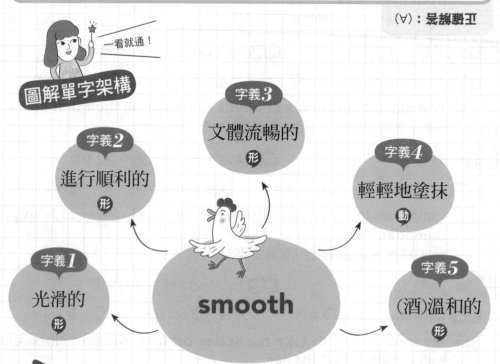

字義3
文體流暢的
形

字義2
進行順利的
形

字義4
輕輕地塗抹
動

字義1
光滑的
形

smooth

字義5
(酒)溫和的
形

原來如此

smooth最常見的意思為「光滑的」，進而用來形容事情「進行順利」或「(文體的)流暢」；當動詞則指「輕輕塗抹」；其『光滑』的意涵還能用以形容「溫醇的(酒)」。

這個單字能表達這些意思！

字義1 光滑的；平滑的 形　　**片語** get to smooth water 進入順境

同義 sleek [slik] 形 光滑的；柔滑的　　**反義** rugged [`rʌgɪd] 形 粗糙的

例句 The inner surface of this lamp is as smooth as the outer surface.
這盞燈的內部跟表面一樣平滑。

字義2 進行順利的 形　　**片語** work out 順利進行

同義 effortless [`ɛfətlɪs] 形 容易的　　**反義** onerous [`ɑnərəs] 形 麻煩的

例句 The referendum turned out to be a smooth one, which we hadn't expected at all.
出乎我們意料的是，公投進行得很順利。

字義3 (文體等)流暢的 形　　**片語** keep a diary 寫日記

同義 suave [swɑv] 形 流暢的　　**反義** disjointed [dɪs`dʒɔɪntɪd] 形 脫節的

例句 The editor is pleased with the writer's smooth writing.
編輯很喜歡這位作者流暢的文筆。

字義4 輕輕地塗抹 動　　**片語** smooth sth. away 消除；輕易擺脫

同義 swab [swɑb] 動 塗抹(藥)於　　**相關** ointment [`ɔɪntmənt] 名 藥膏

例句 The boy fell down badly, so his mother smoothed the ointment on his wound.
那名小男孩重重地摔了一跤，所以他母親將藥輕抹於他的傷口上。

字義5 (酒)溫和的 形　　**片語** sobriety test 酒測

同義 mellow [`mɛlo] 形 (酒)芳醇的　　**相關** excessive [ɪk`sɛsɪv] 形 過度的

例句 I would recommend this wine because it's smooth and it goes well with the grilled fish.
這酒很溫和，和烤魚很搭，所以我推薦這一款。

strip
[strɪp]

Let's get started!

MP3 036

暖身選擇題

Q 請問下列兩例句中的strip，
各代表什麼意思呢？

▸ The maid accidentally **stripped** down the drapes.
▸ The kid rushed to buy a newspaper for the weekly comic
  strips.

(A) 刪除 / 小冊子 　　　(B) 拆卸 / 連環漫畫 　　　(C) 掠奪 / 條

正確解答：(B)

一看就通！

圖解單字架構

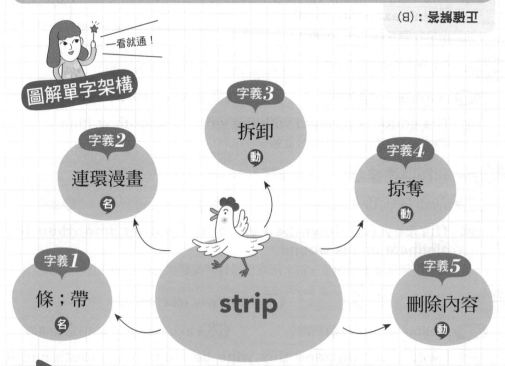

字義**3**
拆卸
動

字義**2**
連環漫畫
名

字義**4**
掠奪
動

字義**1**
條；帶
名

字義**5**
刪除內容
動

strip

原來如此

strip的常見用法為「條、帶」，「連環漫畫」通常都以整條的方式呈現，所以也稱strip；
當動詞則有「拆卸」、「掠奪」、「刪除內容」等意思(皆不離『去除』的概念)。

這個單字能表達這些意思！

字義 1 ▶ 條；帶 名　　**片語** tear a strip off sb. 因某人犯錯而斥責

近義 ribbon [ˋrɪbən] 名 緞帶；絲帶　　　**相關** interlace [ˌɪntɚˋles] 動 使交織

例句 Simon is very handy. He made a colorful rug using his old T-shirt **strips**.
賽門手非常巧，他用舊衣服的碎條做了一個色彩鮮艷的地毯。

字義 2 ▶ (報紙等)連環漫畫 名　　**片語** draw to an end 接近尾聲

同義 caricature [ˋkærɪkətʃɚ] 名 漫畫　　　**相關** column [ˋkɑləm] 名 專欄

例句 Peanuts has been one of Brian's favorite comic **strips** since childhood.
從小時候開始，史努比就一直是布萊恩最喜歡的連環漫畫之一。

字義 3 ▶ 拆卸 動　　**片語** pull down 拆掉；拉下來

近義 disrobe [dɪsˋrob] 動 脫去；使脫光　　　**反義** assemble [əˋsɛmbl] 動 組裝

例句 Mark was upset because he accidentally **stripped** down the curtain on stage.
馬克不小心把舞台布幕扯下來，這讓他很沮喪。

字義 4 ▶ 掠奪 動　　**片語** strip sb. of sth. 從某人身上掠奪某物

同義 deprive [dɪˋpraɪv] 動 剝奪　　　**反義** endow [ɪnˋdaʊ] 動 捐贈

例句 Henry was **stripped** of his video games as punishment for skipping class.
作為翹課的懲罰，亨利的電動被沒收。

字義 5 ▶ 刪除不必要的內容 動　　**片語** cut sth. in half 把某物縮減一半

同義 retrench [rɪˋtrɛntʃ] 動 精簡；刪除　　　**反義** perplex [pɚˋplɛks] 動 使複雜

例句 Can you please **strip** this paragraph from the essay? It's redundant.
可以請你刪除文章中的這一段內容嗎？太冗長了。

UNIT 08

circular
[ˋsɝkjələ]

Let's get started!

MP3 037

暖身選擇題 **Q** 請問下列兩例句中的circular，各代表什麼意思呢？

▸ The election is coming, so I have received a lot of **circulars** recently.

▸ There was an old **circular** staircase as I walked through the door.

(A) 傳單 / 環狀的　　(B) 面紙包 / 圓形的　　(C) 贈券 / 拐彎抹角的

正確解答：(A)

一看就通！

圖解單字架構

字義**3**
供傳閱的
形

字義**2**
循環的
形

字義**4**
拐彎抹角的
形

字義**1**
圓形的
形

circular

字義**5**
傳單
名

原來如此

circular常指「圓形的」，也用來形容「循環的」與「供傳閱的」，如果繞來繞去都沒有結果，就是「拐彎抹角的」；當名詞的時候則能指人們傳閱的「傳單」。

這個單字能表達這些意思！

字義1 圓形的 形　　**片語** round off sth. 變成整數；潤飾

同義 spherical [ˋsfɛrəkl] 形 圓的　　**反義** angular [ˋæŋgjələ] 形 有尖角的

例句 The architect decided to change the design of the **circular** staircase when he saw the plans.
建築師在看了平面圖之後，決定改變環狀樓梯的設計。

字義2 循環的 形　　**片語** business cycle 景氣循環

同義 cyclic [ˋsɪklɪk] 形 循環的　　**相關** occurrence [əˋkɝəns] 名 發生

例句 When I first learned **circular** reasoning, I found it quite complicated.
當我第一次接觸循環論證的時候，我覺得滿複雜的。

字義3 供傳閱的 形　　**片語** dish sth. out 傳閱

近義 distributive [dɪˋstrɪbjətɪv] 形 分配的　　**相關** advertise [ˋædvɚ͵taɪz] 動 宣傳

例句 The manager sent a **circular** email to all his contacts to remind them of the upcoming meeting.
那名經理發了通函給電子郵件中的聯絡人，提醒大家即將開會。

字義4 拐彎抹角的 形　　**片語** beat around the bush 拐彎抹角

同義 oblique [əˋlik] 形 拐彎抹角的　　**反義** explicit [ɪkˋsplɪsɪt] 形 直接的

例句 The politicians are usually **circular** in what they say.
政治家講話通常都拐彎抹角的。

字義5 傳單 名　　**片語** pass down 傳遞下去；傳承

同義 flier [ˋflaɪɚ] 名 廣告傳單　　**相關** billboard [ˋbɪl͵bord] 名 公告牌

例句 You can see a lot of **circulars** about the referendum these days.
你最近可以看到很多關於公投的傳單。

cushion
[`kuʃən]

Let's get started!

MP3 038

暖身選擇題 **Q** 請問下列兩例句中的cushion，各代表什麼意思呢？

▸ I want to bring home these beautiful **cushions**.
▸ The carmaker spends a lot of money on its crash **cushion** test.

(A) 橡皮邊 / 氣墊　　　(B) 墊子 / 緩衝器　　　(C) 椅子 / 壓力

正確答案：(B)

一看就通！

圖解單字架構

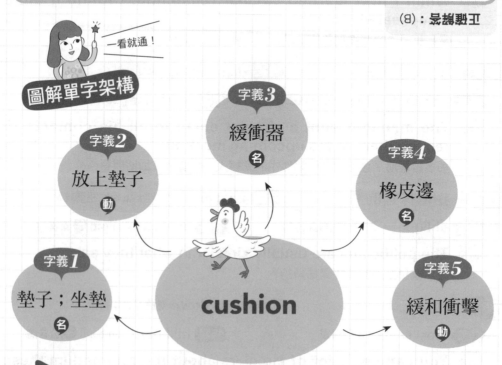

字義**3**
緩衝器
名

字義**2**
放上墊子
動

字義**4**
橡皮邊
名

字義**1**
墊子；坐墊
名

cushion

字義**5**
緩和衝擊
動

原來如此

cushion為「墊子」，當動詞則有「放上墊子」之意，軟墊具備保護的作用，所以也指「緩衝器」或「橡皮邊」；衍生至動詞用法，則產生「緩和衝擊」之意。

這個單字能表達這些意思！

字義 *1* 墊子；坐墊 名　　**片語** couch-cushion change 極少的錢

同義 hassock [ˋhæsək] 名 跪墊　　**相關** cotton [ˋkɑtn] 名 棉花

例句 Sharon put her kitten on the velvet cushion and then went to cook.
雪倫把她的貓放在天鵝絨的坐墊上，接著就去做菜了。

字義2 給⋯放上墊子 動　　**片語** be soft on 對⋯態度溫和

近義 buttress [ˋbʌtrɪs] 動 扶持　　**相關** locate [loˋket] 動 把⋯設置在

例句 I found out that the chairs in Mr. and Mrs. Lin's house are all cushioned.
我發現林先生與林太太家裡的椅子都裝有褥墊。

字義3 緩衝器 名　　**片語** ease off 減輕；緩和

同義 buffer [ˋbʌfə] 名 緩衝器　　**相關** accelerate [ækˋsɛlə͵ret] 動 加速

例句 The cushion of this car was damaged, so I took it to the repair shop.
這台車的緩衝器故障，所以我把它拿去修車廠。

字義4 (撞球檯的)橡皮邊 名　　**片語** lean on 靠著

近義 perimeter [pəˋrɪmətə] 名 邊緣　　**相關** rubber [ˋrʌbə] 名 橡膠

例句 The billiard table's cushion was specially designed.
這個撞球檯的橡皮邊是特別設計的。

字義5 緩和⋯的衝擊 動　　**片語** cushion the blow 減緩打擊

近義 retard [rɪˋtɑrd] 動 使減速　　**相關** impact [ɪmˋpækt] 動 衝擊

例句 Luckily, the toddler was cushioned by the pillows when he fell down.
幸運的是，這名幼童跌倒時，剛好跌坐在枕頭上。

delicate
[ˋdɛləkət]

Let's get started!

MP3 039

暖身選擇題

Q 請問下列兩例句中的delicate，各代表什麼意思呢？

▶ The **delicate** glassware from Switzerland is one of a kind.
▶ We need to handle this **delicate** situation very carefully.

(A) 易碎的 / 容易的　　　(B) 嬌弱的 / 嚴重的　　　(C) 精美的 / 棘手的

正確解答：(C)

圖解單字架構 一看就通！

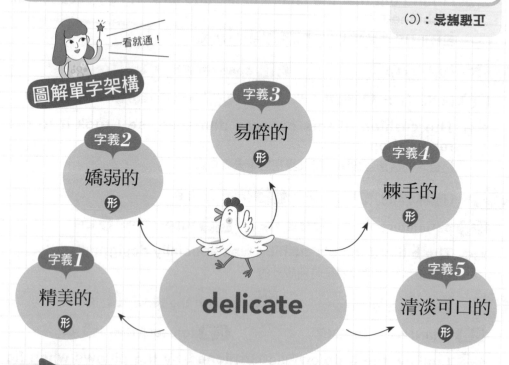

字義3　易碎的　形

字義2　嬌弱的　形

字義4　棘手的　形

字義1　精美的　形

delicate

字義5　清淡可口的　形

原來如此

delicate常用來形容「(物品)精美」或「(人)嬌弱」，東西很嬌弱就變成「易碎的」，形容事情則指「棘手的」(必須小心處理)，另外甚至能形容「(食物)清淡可口」呢！

這個單字能表達這些意思！

字義1 精美的 形　　**片語** have an eye for 對…有鑑賞力

同義 elegant [`ɛləgənt] 形 精緻的　　**反義** tacky [`tækɪ] 形 (口)俗不可耐的

例句 Bonnie often goes to this boutique because she loves its delicate accessories.
邦妮之所以經常光顧這家精品店，是因為她很愛店裡的精美配件。

字義2 嬌弱的；纖細的 形　　**片語** have a fever 發燒

同義 slender [`slɛndə] 形 纖細的　　**相關** stature [`stætʃə] 名 身材

例句 Mary has very delicate and sensitive skin, so she gets rashes easily.
瑪麗的皮膚非常嬌嫩敏感，所以很容易起紅疹。

字義3 易碎的 形　　**片語** handle sth. with care 小心移動某物

同義 brittle [`brɪtl] 形 易碎的　　**反義** durable [`djurəbl] 形 耐用的

例句 Be careful with that box. It's full of delicate stuff like the vases and wine glasses.
小心那個箱子，裡面裝的都是像花瓶或酒杯那樣的易碎物品。

字義4 棘手的 形　　**片語** on a delicate ground 處境微妙

近義 precarious [prɪ`kɛrɪəs] 形 不穩的　　**反義** painless [penlɪs] 形 容易的

例句 The situation might be too delicate for Bill, so we sent Eve to help him.
這個情況對比爾來說可能太過棘手，所以我們派伊芙去幫他。

字義5 清淡可口的 形　　**片語** be pleasant to the palate 可口

近義 delicious [dɪ`lɪʃəs] 形 美味的　　**反義** bland [blænd] 形 淡而無味的

例句 This Michelin three-star restaurant has many delicate dishes.
這家米其林三星的餐廳提供許多清淡可口的餐點。

UNIT 11

essential
[ɪˋsɛnʃəl]

Let's get started!

MP3 040

暖身選擇題

Q 請問下列兩例句中的essential，各代表什麼意思呢？

▸ As a pilot, having good sight is **essential**.
▸ Hannah uses **essential** oil once in a while to relax herself.

(A) 不可缺的 / 提煉的　　(B) 提煉的 / 香的　　(C) 本質的 / 潤膚的

正確解答：(A)

一看就通！

圖解單字架構

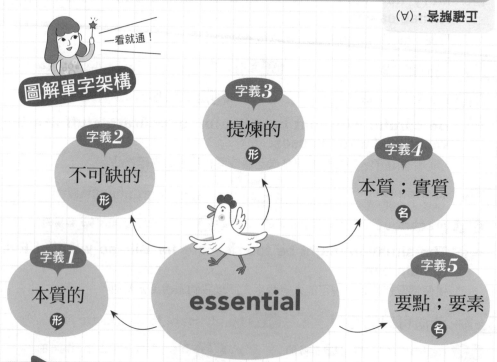

字義3
提煉的
形

字義2
不可缺的
形

字義4
本質；實質
名

字義1
本質的
形

essential

字義5
要點；要素
名

原來如此

essential常指「本質的」，從此意涵出發，也有「不可缺的」與「提煉的」意思；當名詞時同樣能指「本質」，或者具備核心意涵的「要點」。

字義1 本質的 形　　　**片語** in effect 實際上

同義 intrinsic [ɪn`trɪnsɪk] 形 本質的　　　**反義** incidental [ˌɪnsə`dɛntl̩] 形 附帶的

例句 This is an **essential** feature of the product, which we must contain in the slide.
這是這項產品的基本特質，我們必須放在投影片裡介紹。

字義2 不可缺的 形　　　**片語** a necessary evil 討厭但必須存在的事

同義 crucial [`kruʃəl] 形 重要的　　　**反義** redundant [rɪ`dʌndənt] 形 多餘的

例句 These vegetables contain vitamins, minerals and other **essential** nutrients.
這些蔬菜富含維他命、礦物質與其他不可或缺的養分。

字義3 提煉的 形　　　**片語** pick out 挑選

同義 extractive [ɪk`stræktɪv] 形 提取的　　　**反義** compound [`kɑmpaʊnd] 形 合成的

例句 I bought the organic **essential** oil because it can be used for many purposes.
這個有機的精油有很多用途，所以我才買下它。

字義4 本質；實質 名　　　**片語** pass off sth. as 冒充

近義 component [kəm`ponənt] 名 成分　　　**相關** kernel [`kɝn̩l] 名 核心；要點

例句 Living healthily and freely are two important **essentials** of life.
活得健康自在是生活中兩項重要的本質。

字義5 要點；要素 名　　　**片語** make a difference 有影響

近義 requisite [`rɛkwəzɪt] 名 必要條件　　　**反義** supplement [`sʌpləmənt] 名 補充

例句 The **essentials** for success vary from person to person.
成功的要素取決於個人。

UNIT 12

frame
[frem]

Let's get started!

MP3 041

暖身選擇題

Q 請問下列兩例句中的**frame**，
各代表什麼意思呢？

▶ I asked the shop owner to **frame** this beautiful painting for me.
▶ Every **frame** in this action movie is a masterpiece.

(A) 加強 / 外框　　　　(B) 建構 / 特效　　　　(C) 裝框 / 畫面

正確解答：(C)

一看就通！

圖解單字架構

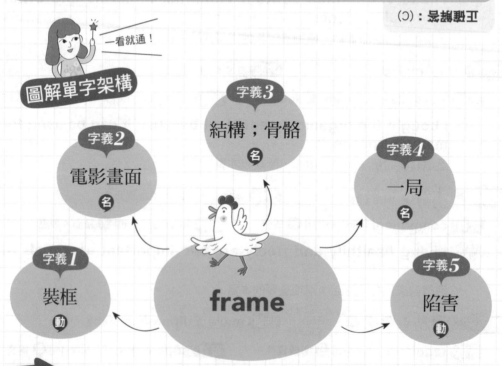

字義3
結構；骨骼
名

字義2
電影畫面
名

字義4
一局
名

字義1
裝框
動

frame

字義5
陷害
動

原來如此

frame有「裝框」之意，「電影畫面」正是被框在螢幕中的；衍生其『框架』的意涵能指「結構」；另外還有「(保齡球等的)一局」的意思；俚語用法則指「陷害」。

這個單字能表達這些意思！

字義 1 ▶ 裝框 動　　　**片語** make short work of 迅速完成

近義 enclose [ɪn`kloz] 動 圍住　　　**相關** artistic [ɑr`tɪstɪk] 形 藝術的

例句 Jerry tried to make a picture **frame** by himself and realized that it was not that simple.
傑瑞嘗試自己做畫框，才知道沒有那麼簡單。

字義 2 ▶ (電影的)畫面 名　　　**片語** by a long shot 成功機率不大

近義 spectacle [`spɛktəkl] 名 場面　　　**相關** scenario [sɪ`nɛrɪ,o] 名 情節

例句 This **frame** was shot from a historical spot in Paris.
這個畫面是在巴黎的一個歷史景點拍攝的。

字義 3 ▶ 結構；骨骼 名　　　**片語** bag of bones 皮包骨

同義 skeleton [`skɛlətn] 名 骨骼　　　**相關** tissue [`tɪʃu] 名 (動植物的)組織

例句 Americans tend to have bigger **frames** than Asians, so they usually look taller.
美國人的骨架大多比亞洲人大，所以他們看起來通常比較高大。

字義 4 ▶ (保齡球等的)一局 名　　　**片語** off one's game 比賽狀況不佳

同義 inning [`ɪnɪŋ] 名 (棒球)一局　　　**相關** contest [`kɑntɛst] 名 競爭

例句 I can't believe that the rookie bowled three strikes in the third **frame**.
那個新人在第三局打出了三個全倒的紀錄，真不敢相信。

字義 5 ▶ (俚)陷害 動　　　**片語** set sb. up 陷害某人

同義 entrap [ɪn`træp] 動 使陷入；欺騙　　　**相關** innocence [`ɪnəsns] 名 清白

例句 I realized that I was being **framed** when the policeman asked for my alibi.
當警官詢問我的不在場證明時，我才發覺自己被陷害了。

hook
[huk]

Let's get started!

MP3 042

暖身選擇題　**Q** 請問下列兩例句中的hook，各代表什麼意思呢？

▸ Julie's sweater accidentally **hooked** onto my bag.
▸ People used to cut grass with **hooks** in the early days.

(A) 鎖住 / 剪刀　　　　(B) 鉤住 / 鐮刀　　　　(C) 放置 / 鉤子

正確解答：(B)

一看就通！

圖解單字架構

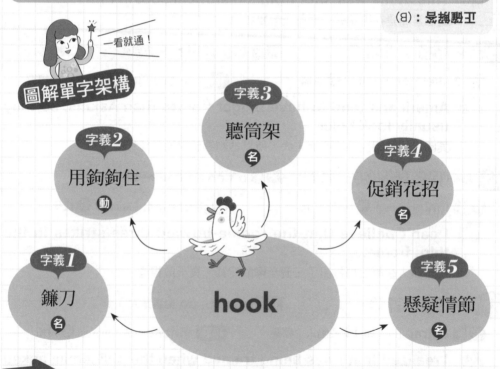

字義3
聽筒架
名

字義2
用鉤鉤住
動

字義4
促銷花招
名

字義1
鐮刀
名

hook

字義5
懸疑情節
名

原來如此

hook指「鐮刀」，當動詞有「用鉤鉤住」之意，另外也能表示「聽筒架」(可像鉤子般放置聽筒)；還能表示「促銷的花招」與『吊人胃口的情節』(與『鉤住』有關)。

這個單字能表達這些意思！

字義1 鐮刀 名　　　　　**片語** earn one's living 謀生

同義 sickle [ˋsɪkl̩] 名 鐮刀　　　　**相關** knife [naɪf] 動 劈開；穿過

例句 The scary-looking man with a **hook** in this horror movie really freaked me out.

這部恐怖片裡面那個相貌駭人、手持鐮刀的男子真的把我嚇壞了。

字義2 用鉤鉤住 動　　　　　**片語** hook sb. up with 幫某人作媒

同義 clasp [klæsp] 動 扣住；鉤住　　　　**相關** capture [ˋkæptʃɚ] 動 捕獲

例句 The fish was **hooked** as soon as Lance started fishing.

蘭斯一開始釣魚，魚就上鉤了。

字義3 (電話的)聽筒架 名　　　　　**片語** ring off the hook 電話響不停

近義 handset [ˋhænd‚sɛt] 名 電話聽筒　　　　**相關** dispose [dɪˋspoz] 動 布置

例句 There's something wrong with the **hook**, so I asked Henry to check it tomorrow.

聽筒架有點怪怪的，所以我叫亨利明天檢查一下。

字義4 廣告促銷花招 名　　　　　**片語** at a discount 打折扣

近義 enticement [ɪnˋtaɪsmənt] 名 引誘　　　　**反義** deterrent [dɪˋtɜrənt] 名 制止物

例句 The new marketing manager is good at coming up with fancy **hooks**.

新上任的行銷部經理很擅長構思廣告促銷的花招。

字義5 吊人胃口的情節 名　　　　　**片語** hang sb. on 吊某人胃口

近義 suspense [səˋspɛns] 名 懸疑　　　　**相關** curious [ˋkjʊrɪəs] 形 好奇的

例句 The end of this episode presented a real **hook**. I can't wait for the next season.

這一集的情節實在太吊人胃口，我等不及要看下一季了。

UNIT 14

spear
[spɪr]

Let's get started!

MP3 043

暖身選擇題

Q 請問下列兩例句中的spear，
各代表什麼意思呢？

▶ The aborigines would sharpen their **spears** before they went off hunting.

▶ I prefer **spearing** the fruit with a fork.

(A) 斧頭 / 發芽　　　　(B) 矛 / 戳　　　　(C) 刀子 / 切小塊

正確答案：(B)

一看就通！

圖解單字架構

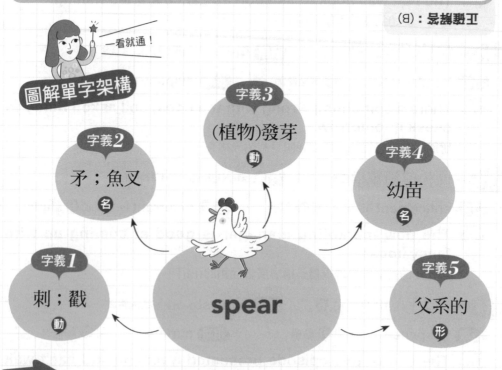

字義3
(植物)發芽
動

字義2
矛；魚叉
名

字義4
幼苗
名

字義1
刺；戳
動

spear

字義5
父系的
形

原來如此

spear能表達「刺或戳」的動作，也能指尖刺類的工具「矛、魚叉」；能形容「植物發芽」，所以具備「幼苗」的意思；更特別的是能表達「父系的」關係呢！

這個單字能表達這些意思！

字義1 ▶ 刺；戳 動　　　**片語** poke about 仔細翻找

同義 puncture [`pʌŋktʃə] 動 刺；刺穿　　　**相關** mending [`mɛndɪŋ] 名 修補工作

例句 **Most of the fishermen in this village can spear fish quickly.**
村莊裡大部份的漁夫都具備快速叉起魚隻的能力。

字義2 ▶ 矛；魚叉 名　　　**片語** prey on 捕食(動物等)

同義 lance [læns] 名 槍矛；魚叉　　　**相關** predator [`prɛdətə] 名 食肉動物

例句 **Warriors armed with spears and shields protected the village from the invasion.**
拿著矛與盾的武士保護了村子，使其不受侵犯。

字義3 ▶ (植物)發芽成莖 動　　　**片語** sprout up 長大

同義 sprout [spraut] 動 發芽　　　**反義** wither [`wɪðə] 動 枯萎

例句 **The plant is spearing up day by day with Emily's care.**
因為有艾蜜莉的照顧，這株植物一天天長大。

字義4 ▶ 幼苗 名　　　**片語** be junior to 比⋯年幼

同義 seedling [`sidlɪŋ] 名 幼苗　　　**相關** thicket [`θɪkɪt] 名 灌木叢

例句 **Helen often buys the spears from the local swap meet on weekends.**
週末的時候，海倫時常在住家附近的市集購買幼苗。

字義5 ▶ 父系的 形　　　**片語** ask for maternity leave 請產假

同義 paternal [pə`tɜnl] 形 父系的　　　**反義** maternal [mə`tɜnl] 形 母系的

例句 **In order to find out the possible motive, the officer looked into the spear side of the victim's family.**
為了找出可能的動機，警官調查受害者父親那一邊的親戚。

UNIT 15

anchor
[`æŋkə]

Let's get started!

MP3 044

暖身選擇題

Q 請問下列兩例句中的anchor，各代表什麼意思呢？

▸ The sailors would drop **anchor** when they arrived at a harbor.
▸ That famous **anchor** published his autobiography recently.

(A) 錨 / 新聞主播　　　(B) 貨物 / 偶像明星　　　(C) 燈 / 船員

正確解答：(A)

一看就通！

圖解單字架構

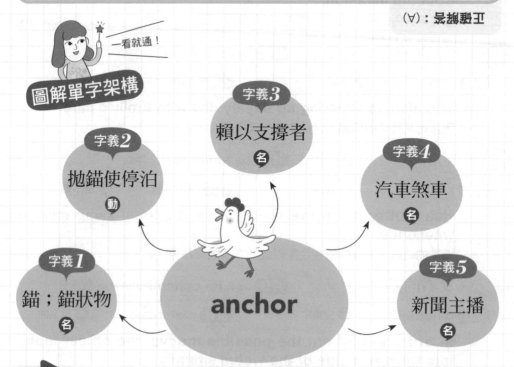

字義3
賴以支撐者
名

字義2
拋錨使停泊
動

字義4
汽車煞車
名

字義1
錨；錨狀物
名

anchor

字義5
新聞主播
名

原來如此

anchor最常用來指「錨」，當動詞則為「拋錨使停泊」，取其『支撐、停止』的概念，就有「賴以支撐的人或物」及「汽車煞車」的意思；另外還能表示「新聞主播」呢！

這個單字能表達這些意思！

字義1 ▶ 錨；錨狀物 名　　　　**片語** give a wide berth 遠離

同義 kedge [kɛdʒ] 名 錨　　　　**相關** pulley [ˋpulɪ] 名 滑輪

例句 As a newcomer, one of my daily routines is to check the anchor.
身為一名新人，我每天的例行工作之一就是去查看錨的狀況。

字義2 ▶ 拋錨使(船)停泊 動　　　**片語** in short supply 供應不足

同義 berth [bɝθ] 動 使停泊　　　**相關** ashore [əˋʃor] 副 在岸上

例句 The luxury yacht will anchor alongside the harbor for four days.
這艘豪華遊艇將會停靠在港口邊四天。

字義3 ▶ 賴以支撐者或物 名　　　**片語** out of a job 失業

同義 mainstay [ˋmen͵ste] 名 支柱　　**相關** bolster [ˋbolstɚ] 動 支撐

例句 My father is the anchor of our family, and he works really hard.
我爸爸是家裡的支柱，他很努力工作。

字義4 ▶ (俚)汽車煞車 名　　　　**片語** hit the brakes 緊急剎車

同義 brake [brek] 名 煞車　　　　**反義** throttle [ˋθrɑtl̩] 名 油門

例句 The taxi driver hit the anchors immediately when he saw the cat walking across the street.
計程車司機一看到貓穿越馬路的身影，就立刻踩煞車。

字義5 ▶ 新聞節目主播 名　　　　**片語** report on 報告；彙報

同義 newscaster [ˋnjuz͵kæstɚ] 名 新聞主播　　**相關** journalist [ˋdʒɝnəlɪst] 名 新聞記者

例句 The former anchor revealed his personal story just before his retirement.
就在退休之前，這名前主播透露了他的個人經歷。

UNIT
16
brace
[bres]

Let's get started!

MP3 045

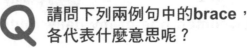

暖身選擇題

Q 請問下列兩例句中的brace，
各代表什麼意思呢？

▶ That teenage girl had difficulty eating with **braces** at first.
▶ When an earthquake occurs, remember to **brace** your head.

(A) 支柱 / 冷靜　　　(B) 矯正器 / 防備　　　(C) 石膏 / 壓低

正確答案：(B)

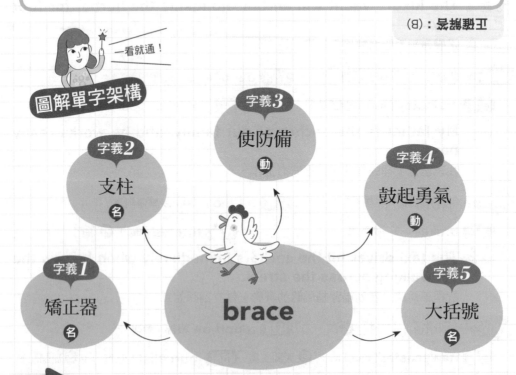

一看就通！

圖解單字架構

字義3
使防備
動

字義2
支柱
名

字義4
鼓起勇氣
動

字義1
矯正器
名

brace

字義5
大括號
名

原來如此

brace常見的用法為「(牙齒)矯正器」與「支柱」，取其『支撐』的概念，就能理解當動詞使用的「防備」與「鼓起勇氣」；特別的是還能指標點符號的「大括號」喔！

098

這個單字能表達這些意思！

字義1 (牙齒)矯正器 名　　**片語** wear a retainer 戴矯正器

近義 splint [splɪnt] 名 (醫)夾板　　**相關** rectify [ˋrɛktəˏfaɪ] 動 矯正

例句 Lindsay took off her **braces** for her date with Danny.
為了跟丹尼約會，琳賽將她的矯正器拿下來。

字義2 支柱；支撐物 名　　**片語** get behind sb./sth. 支援某人／某事

同義 bracket [ˋbrækɪt] 名 托架；托座　　**反義** hindrance [ˋhɪndrəns] 名 妨礙

例句 Let's add some **braces** to hold the bookshelf so that it won't fall.
我們來幫書櫃加強支撐，避免它倒下。

字義3 使防備 動　　**片語** brace oneself for 防備

同義 shelter [ˋʃɛltə] 動 保護；庇護　　**反義** endanger [ɪnˋdendʒə] 動 危及

例句 Don't forget to **brace** your knees before you run.
跑步之前，別忘記保護你的膝蓋。

字義4 鼓起勇氣 動　　**片語** get up the courage 鼓起勇氣

近義 poise [pɔɪz] 動 使做好準備　　**反義** relinquish [rɪˋlɪŋkwɪʃ] 動 放棄

例句 The villagers finally decided to **brace** themselves against the intruders.
村民們終於鼓起勇氣對抗入侵者。

字義5 大括號 名　　**片語** check off 劃記表示已核對

同義 parenthesis [pəˋrɛnθəsɪs] 名 括號　　**相關** punctuate [ˋpʌŋktʃuˏet] 動 加標點

例句 Our teacher suggested we add the additional information in the **braces** in the paper.
老師建議我們寫報告的時候，將額外的資訊放入大括號中。

dresser
[`drɛsə]

Let's get started!

MP3 046

暖身選擇題 **Q** 請問下列兩例句中的dresser，各代表什麼意思呢？

▶ The **dresser** came onto the court right away when the player got injured.

▶ The **dresser** is renowned for her taste in medieval dressing.

(A) 服裝師 / 梳妝臺　　(B) 醫師 / 仕女　　(C) 敷裹員 / 服裝師

(C)：案答鄧五

 一看就通！

圖解單字架構

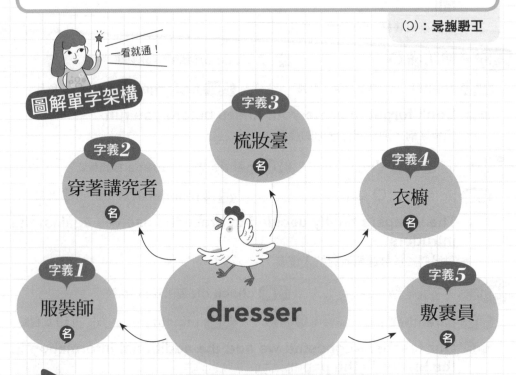

字義3
梳妝臺
名

字義2
穿著講究者
名

字義4
衣櫥
名

字義1
服裝師
名

dresser

字義5
敷裹員
名

原來如此

dresser最常見的意思為「服裝師」與「穿著講究者」，取『打扮』的概念衍生，則有「梳妝台」與「衣櫥」之意；比較特別的還有「(藥的)敷裹員」之意喔！

字義1 ▶ (劇場的)服裝師 名　　**片語** a window dresser 櫥窗設計師

同義 stylist [ˋstaɪlɪst] 名 服裝師　　　**相關** producer [prəˋdjusɚ] 名 舞台監督

例句 The bride hired a professional **dresser** for her big day.
這個新娘為了她的婚禮雇用了一名專業的服裝師。

字義2 ▶ 穿著講究者 名　　**片語** dress down 穿著休閒

近義 hipster [ˋhɪpstɚ] 名 趕時髦的人　　**相關** slovenly [ˋslʌvənlɪ] 形 邋遢的

例句 Julia is an exceptional **dresser** and knows how to make herself stand out.
茱莉亞很會穿衣服，也很清楚該如何突顯自己。

字義3 ▶ 梳妝臺 名　　**片語** put sth. away 收好；收拾

近義 bureau [ˋbjuro] 名 五斗櫃　　　**相關** mirror [ˋmɪrɚ] 名 鏡子

例句 Helen glanced at herself in the mirror of the **dresser** to make sure that she looked good.
海倫照了一下梳妝臺的鏡子，確保她看上去的狀態很好。

字義4 ▶ 衣櫥 名　　**片語** put sth. together 組裝

同義 closet [ˋklɑzɪt] 名 衣櫥　　　**相關** shawl [ʃɔl] 名 披肩；圍巾

例句 Henry and Vivian remodeled the whole bedroom, including the **dresser**.
亨利和薇薇安重新裝潢了整個臥室，包括衣櫥。

字義5 ▶ (傷口)敷裹員 名　　**片語** perform an operation 手術

近義 surgeon [ˋsɝdʒən] 名 外科醫生　　**相關** physician [fɪˋzɪʃən] 名 內科醫生

例句 The **dressers** in emergency rooms are busy caring for the injured.
急診室的敷裹員忙著照顧傷者。

flake
[flek]

Let's get started!

MP3 047

暖身選擇題

Q 請問下列兩例句中的flake，
各代表什麼意思呢？

▶ Amanda was excited to see the **flakes** of snow.
▶ Did you see Johnny **flaking** out while the president was giving his speech?

(A) 小薄片 / 入睡　　　(B) 很多的 / 發呆　　　(C) 小塊 / 起立

正確解答：(A)

一看就通！

圖解單字架構

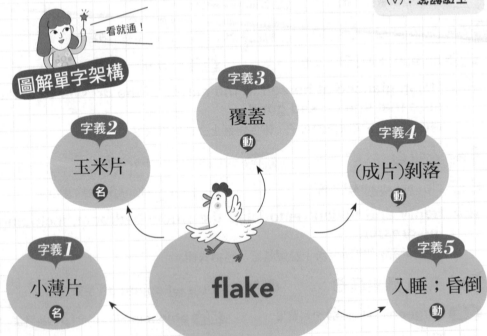

字義3
覆蓋
動

字義2
玉米片
名

字義4
(成片)剝落
動

字義1
小薄片
名

flake

字義5
入睡；昏倒
動

原來如此

flake一般指「小薄片」或「玉米片」(皆具備小、薄的意涵)，當動詞指「(像雪花般)覆蓋」或「成片剝落」(皆強調『片狀』)；另外，還能形容「入睡」。

這個單字能表達這些意思！

字義1 小薄片 名　　　　　**片語** flake off 成片剝落

同義 sheet [ʃit] 名 薄片；薄板　　　**相關** nugget [ˋnʌgɪt] 名 礦塊

例句 Even in winter, we rarely see flakes of snow in this region.
就算是冬天，我們這裡也幾乎看不到雪花片片的景色。

字義2 玉米片 名　　　　　**片語** lose one's appetite 沒食慾

近義 cereal [ˋsɪrɪəl] 名 穀類食品　　　**相關** breakfast [ˋbrɛkfəst] 名 早餐

例句 My daughter, Charlotte, loved corn flakes a lot when she was a child.
我的女兒夏洛特小時候很愛吃玉米片。

字義3 像雪花般覆蓋 動　　　　　**片語** keep under wraps 隱瞞

同義 blanket [ˋblæŋkɪt] 動 覆蓋　　　**相關** sprinkle [ˋsprɪŋkl] 動 撒

例句 The snowboarders were rejoiced to see the hill was flaked with snow.
看到山丘被雪花覆蓋的景象，這些滑雪客都很高興。

字義4 (成片)剝落 動　　　　　**片語** peel off 將表皮剝掉；剝落

同義 exfoliate [ɛksˋfolɪ‚et] 動 剝落　　　**相關** revamp [riˋvæmp] 動 修補

例句 My mother is upset because the paint in the living room started to flake off again.
因為客廳的油漆又開始剝落，所以我的母親很苦惱。

字義5 (俚)入睡；昏倒 動　　　　　**片語** sleep like a log 睡得很死

近義 catnap [ˋkætnæp] 動 打瞌睡　　　**反義** awake [əˋwek] 動 喚醒

例句 I guess Tracy's boyfriend didn't enjoy the movie since he flaked out very quickly.
我猜崔西的男友不怎麼喜歡這部電影，因為他很快就睡著了。

UNIT
19

foil
[fɔɪl]

Let's get started!

MP3 048

暖身選擇題　Q　請問下列兩例句中的foil，各代表什麼意思呢？

▶ I placed the food on aluminum **foil** before putting it into the oven.

▶ The lady was just a **foil** to her friend for the blind date.

(A) 烤箱盤 / 保護者　　　(B) 銀箔 / 陪襯者　　　(C) 餐巾紙 / 陪同者

正確解答：(B)

一看就通！

圖解單字架構

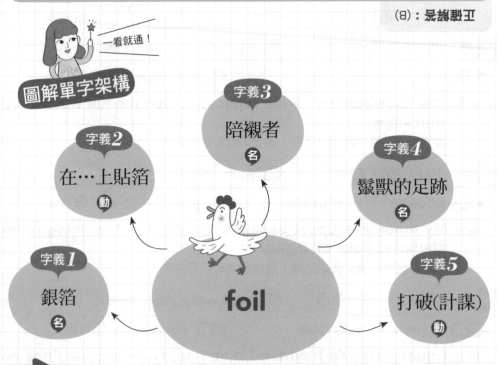

字義3
陪襯者
名

字義2
在⋯上貼箔
動

字義4
鬍獸的足跡
名

字義1
銀箔
名

foil

字義5
打破(計謀)
動

原來如此

foil最常見的意思為「銀箔」，轉為動詞則指「在⋯上貼箔」；另外能指「陪襯者」與「鬍獸逃跑的足跡」，由此衍生，還有「打破計謀」(所以才會逃跑)之意呢！

 這個單字能表達這些意思！

字義1 銀箔；食品包裝箔 名　**片語** cook sth. up 編造某事

近義 hardware [ˋhɑrd͵wɛr] 名 金屬器具　　**相關** bundle [ˋbʌndl] 動 捆；捲

例句 My mother wrapped the beef in tin **foil** to keep it fresh.
媽媽用錫箔紙將牛肉包起來，以保持新鮮。

字義2 在⋯上貼箔 動　**片語** be foiled in sth. 被某物裹著

近義 insulate [ˋɪnsə͵let] 動 隔離　　**反義** expose [ɪkˋspoz] 動 揭開

例句 The chef asked us to **foil** the dough before we went out.
主廚要求我們在出去之前，用錫箔紙將麵團包起來。

字義3 陪襯者；陪襯物 名　**片語** set aside 擱置不理

近義 contrast [ˋkɑn͵træst] 名 對比　　**相關** escort [ˋɛskɔrt] 動 陪同

例句 Elaine made Sarah feel that she is more like a **foil** than a friend.
伊蓮讓莎拉覺得自己比較像陪襯的人，而不像朋友。

字義4 (舊)鼇獸逃跑的足跡 名 **片語** leave no trace 沒有留下痕跡

同義 spoor [spʊr] 名 足跡；痕跡　　**相關** imprint [ɪmˋprɪnt] 動 壓印

例句 The park ranger saw the **foils** on the ground and reported it to his supervisor right away.
國家公園的管理員看到地上有鼇獸逃跑的足跡，立即通報給上級。

字義5 打破(計謀)；擊退 動　**片語** make out 分辨

同義 penetrate [ˋpɛnə͵tret] 動 識破　　**反義** retreat [rɪˋtrit] 動 撤退

例句 Due to information from an informant, the policemen **foiled** the scheme within one week.
因為告密者提供的情報，警官在一星期內就識破那則計謀。

UNIT 20

paddle
[ˋpædl̩]

Let's get started!

MP3 049

暖身選擇題

Q 請問下列兩例句中的paddle，各代表什麼意思呢？

▶ My father loves to **paddle** his canoe on weekends.

▶ Anthony always brings his **paddle** when we are going to play table tennis.

(A) 用槳划 / 球拍　　　　(B) 踩 / 用具　　　　(C) 涉水 / 攪棒

正確解答：(A)

一看就通！

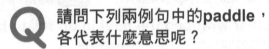

圖解單字架構

字義 **3**
涉水
動

字義 **2**
用槳划(船)
動

字義 **4**
用木板打
動

字義 **1**
桌球球拍
名

paddle

字義 **5**
攪拌棒
名

原來如此

paddle指「桌球球拍」，球拍和船槳有類似的特徵，後者用於「用槳划(船)」；還能表示「涉水」與「用木板打孩子」；甚至能用來表示「(煮食用的)攪拌棒」呢！

這個單字能表達這些意思！

字義 1 (桌球的)球拍 名　　**片語** right off the bat 想都不用想就…

同義 racquet [ˋrækɪt] 名 球拍　　**相關** athletics [æθˋlɛtɪks] 名 競技

例句 In order to play table tennis with her boyfriend, Ann bought a **paddle** last week.
為了陪男友一起打桌球，安上週去買了一個球拍。

字義 2 用槳划(船) 動　　**片語** paddle one's own canoe 獨立自主

同義 scull [skʌl] 動 划槳　　**相關** propel [prəˋpɛl] 動 推進

例句 Hank **paddled** the canoe to the other side of the lake.
漢克划著獨木舟到湖的另一邊。

字義 3 涉水 動　　**片語** wade into sth. 著手於某事

同義 dabble [ˋdæbl] 動 浸入水中　　**相關** sodden [ˋsɑdn] 形 溼透的

例句 Danny tried to cool off by **paddling** in the shallow water at the beach.
丹尼赤腳踏入海邊的淺灘，試圖涼爽一下。

字義 4 用木板打孩子 動　　**片語** hit the ceiling 氣炸了

近義 punish [ˋpʌnɪʃ] 動 處罰　　**相關** flip [flɪp] 動 輕彈；輕拍

例句 Ms. Lin **paddled** those misbehaving students to warn them not to do the same thing next time.
林老師用木板打那群行為不良的學生，警告他們下次不要再做同樣的事。

字義 5 (煮食用的)攪棒 名　　**片語** stir up a hornet's nest 惹麻煩

近義 stir [stɜ] 名 撥動；攪拌　　**相關** mixture [ˋmɪkstʃə] 名 混和

例句 The cook gave me a wooden stirring **paddle** and asked me to mix the flour and eggs.
廚師遞給我一支木製的攪拌棒，要我把麵粉與蛋混和均勻。

UNIT 21

saddle
[`sædl̩]

Let's get started!

MP3 050

暖身選擇題

Q 請問下列兩例句中的saddle，各代表什麼意思呢？

▶ The warrior threw himself into the **saddle** when he heard the news.

▶ Please don't **saddle** me with your troubles at work.

(A) 車座 / 使不快樂　　　(B) 脊椎 / 指責　　　(C) 馬鞍 / 使負擔

正確解答：(C)

一看就通！

圖解單字架構

字義**2**
鞍狀山脊
名

字義**3**
車座
名

字義**4**
帶骨的腰肉
名

字義**1**
馬鞍
名

saddle

字義**5**
使負擔
動

原來如此

saddle表「馬鞍」與「鞍狀山脊」(形狀)，另指「(機車等的)車座」(強調墊子)，也能指「帶脊骨的腰肉」；脊椎負荷著身體重量，所以也有「使負擔」之意。

這個單字能表達這些意思！

字義1 馬鞍 名　　　　**片語** be in the saddle 掌握局面

近義 cantle [ˋkænt!] 名 鞍尾　　　　**相關** equestrian [ɪˋkwɛstrɪən] 形 馬的

例句 You can choose one among these hand-made leather saddles.
你可以從這些手工皮製馬鞍中選擇一個。

字義2 鞍狀山脊 名　　　　**片語** name after 以…命名

近義 pinnacle [ˋpɪnək!] 名 山峰　　　　**相關** terrain [ˋtɛren] 名 地域

例句 The saddle in the county is famous for camping.
這郡裡的山脊以露營活動而出名。

字義3 (機車等的)車座 名　　　　**片語** sit on one's hands 按兵不動

近義 recliner [rɪˋklaɪnə] 名 活動躺椅　　　　**相關** squab [skwɑb] 名 厚重的墊子

例句 I want to replace my current saddle with a more padded one.
我想要換一個比較有厚度的車座。

字義4 帶脊骨的腰肉 名　　　　**片語** grab sth. to eat 隨便吃

近義 tenderloin [ˋtɛndə͵lɔɪn] 名 牛腰肉　　　　**相關** anatomy [əˋnætəmɪ] 名 解剖

例句 I love to order the saddle part of a lamb. It tastes delicious.
我喜歡點帶脊骨的羊腰肉，吃起來很美味。

字義5 使負擔 動　　　　**片語** saddle with 拖累

同義 strain [stren] 動 使過勞　　　　**反義** alleviate [əˋlivɪ͵et] 動 減輕

例句 Sam is feeling stressed since his wife has saddled him with a lot of requests.
山姆老婆的大量要求帶給他負擔，所以他感到很緊張。

UNIT 22

sponge
[spʌndʒ]

Let's get started!

MP3 051

暖身選擇題

Q 請問下列兩例句中的sponge，各代表什麼意思呢？

▶ I used the **sponge** to wipe off the coffee stain.
▶ The **sponge** is yet to be kneaded by the chefs.

(A) 海綿 / 麵團　　　　(B) 抹布 / 海綿　　　　(C) 衣服 / 食客

正確解答：(A)

圖解單字架構

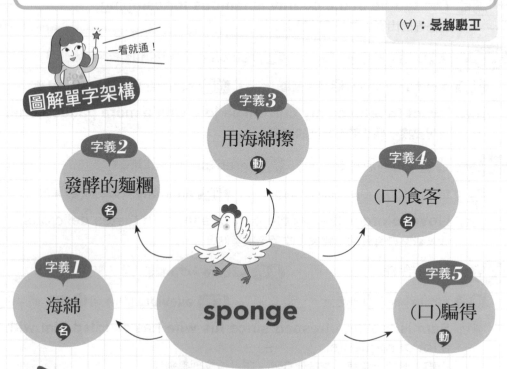

字義**3**
用海綿擦
動

字義**2**
發酵的麵糰
名

字義**4**
(口)食客
名

字義**1**
海綿
名

sponge

字義**5**
(口)騙得
動

原來如此

sponge指「海綿」，「發酵後的麵團」也隱含著海綿『膨脹』的概念；當動詞則為「用海綿擦」；口語上還有「食客」(彷彿海綿般吸收)與「騙得」的意思。

字義1 海綿 名　　　**片語** throw in the sponge 放棄

近義 absorbent [əb`sɔrbənt] 名 吸收物　　　**相關** duster [`dʌstə] 名 抹布

例句 My sister has ordered a sponge cake flavored with bananas.
我的姊姊訂購了一個香蕉口味的海綿蛋糕。

字義2 發了酵的麵糰 名　　　**片語** make...into... 製成；做成

同義 pastry [`pestrɪ] 名 麵團　　　**相關** ferment [fɝ`mɛnt] 動 使發酵

例句 There are several sponges to be kneaded in the kitchen.
廚房裡有好幾個未經揉捏的麵團。

字義3 用海綿擦或吸 動　　　**片語** tidy up 收拾；整理

同義 obliterate [ə`blɪtə,ret] 動 擦掉　　　**反義** smudge [smʌdʒ] 動 弄髒

例句 The couple have been taking turns to sponge the floor in the bathroom.
這對夫妻一直以來都輪流用海綿擦拭廁所地板。

字義4 (口)食客；寄生蟲 名　　　**片語** get a good appetite 胃口好

近義 moocher [`mutʃə] 名 敲詐者　　　**相關** relish [`rɛlɪʃ] 名 滋味；風味

例句 James is a sponge. He always expects his friends to pay for his meals.
詹姆士是個吃閒飯的傢伙,他總是期望朋友替他付餐費。

字義5 (口)騙得 動　　　**片語** cheat on sb. 外遇；劈腿

同義 defraud [dɪ`frɔd] 動 詐騙　　　**相關** swindler [`swɪndlə] 名 騙子

例句 You may see some people trying to sponge money from the tourists.
你或許會看到有些人意圖從遊客身上騙取金錢。

stack
[stæk]

Let's get started!

MP3 052

暖身選擇題

Q 請問下列兩例句中的stack，各代表什麼意思呢？

▸ The professor cleaned out **stacks** of books from his bookcase.
▸ The criminals worked together to **stack** the evidence against the scapegoat.

(A) 書庫 / 反駁　　　　(B) 一疊 / 對…作弊　　　　(C) 稻草堆 / 對抗

正確答案：(B)

一看就通！

圖解單字架構

字義**3**
書庫
名

字義**2**
一疊；大量
名

字義**4**
煙囪
名

字義**1**
稻草堆
名

stack

字義**5**
對…作弊
動

原來如此

stack常指「稻草堆」，以其『堆疊的數量』衍生，就有「一疊」與「書庫」的意思，還能用來表示「煙囪」；最特別的是當動詞時能表示「對…作弊」之意。

這個單字能表達這些意思！

字義 1 稻草堆 名　　**片語** hit the hay 上床睡覺

近義 straw [strɔ] 名 稻草；麥稈　　**相關** nourish [ˋnɝɪʃ] 動 養育；滋養

例句 The farmer moved all the **stacks** into the garage in case the weather turned bad.
為防天氣轉壞，這名農夫把稻草堆都移到車庫裡。

字義 2 一疊；大量 名　　**片語** pile sth. up 堆積

近義 amassment [əˋmæsmənt] 名 堆積　　**相關** aggregate [ˋæɡrɪ͵ɡet] 動 聚集

例句 There is a **stack** of wood in the backyard. Can you help me move it?
後院有一堆木柴，你可以和我一起搬走嗎？

字義 3 書庫 名　　**片語** stick one's nose into 忙於

近義 atheneum [͵æθəˋniəm] 名 讀書室　　**相關** literature [ˋlɪtərətʃɚ] 名 文學

例句 There are several **stacks** in the library designated for Art History.
圖書館裡有幾個特別為藝術史設置的書庫。

字義 4 煙囪 名　　**片語** blow one's stack 盛怒

同義 chimney [ˋtʃɪmnɪ] 名 煙囪　　**相關** ventilate [͵vɛntˋet] 動 使通風

例句 You can see fumes coming out of the **stack** during dinner time.
晚餐時，你可以看到煙從煙囪飄出來。

字義 5 對⋯作弊 動　　**片語** stack the deck against sb. 從中作梗

同義 manipulate [məˋnɪpjə͵let] 動 動手腳　　**相關** disenchant [͵dɪsɪnˋtʃænt] 動 醒悟

例句 That case was remanded for retrial because the jury was **stacked** to work against the defendant.
由於陪審團動了手腳對被告不利，所以這個案子被發回重審。

UNIT 24
token
[`tokən]

Let's get started!

MP3 053

暖身選擇題 **Q** 請問下列兩例句中的token，
各代表什麼意思呢？

▶ I gave my cousins some money for the arcade **tokens**.
▶ Henry sent Angela this bouquet to **token** his love for her.

(A) 紀念品 / 說明　　　(B) 代幣 / 表示　　　(C) 標誌 / 紀念

正確解答：(B)

一看就通！

圖解單字架構

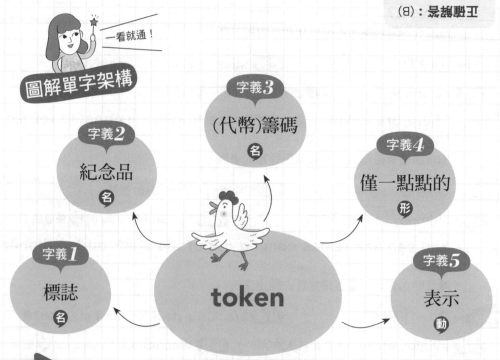

字義3
（代幣）籌碼
名

字義2
紀念品
名

字義4
僅一點點的
形

字義1
標誌
名

token

字義5
表示
動

原來如此

token意指「標誌」，取其『代表性』的概念，就能理解「紀念品」與「籌碼」；形容詞
有「僅一點點的」意思；當動詞時則依然圍繞著『代表性』，指「表示」。

這個單字能表達這些意思！

字義1 標誌 名　　　　**片語** point out 指出

同義 identity [aɪˋdɛntətɪ] 名 標示　　　**相關** purport [ˋpɝport] 名 目的

例句 The doves are **tokens** of freedom and ribbons represent condolences.

鴿子是和平的象徵，緞帶則表示弔唁。

字義2 紀念品 名　　　　**片語** in memory of 紀念

同義 souvenir [ˋsuvə͵nɪr] 名 紀念品　　　**相關** sightseeing [ˋsaɪt͵siɪŋ] 名 觀光

例句 The company gives fancy **tokens** to its stockholders every year.

那家公司每年都會給股東精緻的紀念品。

字義3 (代幣)籌碼 名　　　　**片語** by the same token 同樣地

同義 chip [tʃɪp] 名 (玩撲克牌用的)籌碼　　　**相關** triumph [ˋtraɪəmf] 名 (大)勝利

例句 Based on this rule, we will give the players 10 extra **tokens** for every 100 dollars spent.

根據這項規定，每當玩家花了一百元，我們會多給十個代幣。

字義4 僅一點點的 形　　　　**片語** dip into one's purse 揮霍

同義 sparse [spɑrs] 形 稀少的　　　**相關** quantity [ˋkwɑntətɪ] 名 數量

例句 Treating you to dinner was only a **token** gesture. Don't mention it.

請你吃晚飯只是一點小意思，不用放在心上。

字義5 表示 動　　　　**片語** as a token of 代表

同義 signify [ˋsɪgnə͵faɪ] 動 表示　　　**反義** connote [kənˋnot] 動 暗示

例句 The troops threw up the white flags to **token** an unconditional surrender.

軍隊丟擲白旗以示無條件投降。

acute
[ə`kjut]

Let's get started!

MP3 054

暖身選擇題

Q 請問下列兩例句中的acute，各代表什麼意思呢？

▸ I was sent to the emergency room due to **acute** appendicitis.
▸ The ambulance siren was really **acute** and loud.

(A) 急性的 / 尖聲的　　　(B) 嚴重的 / 吵人的　　　(C) 突發的 / 敏銳的

正確選項：(A)

一看就通！

圖解單字架構

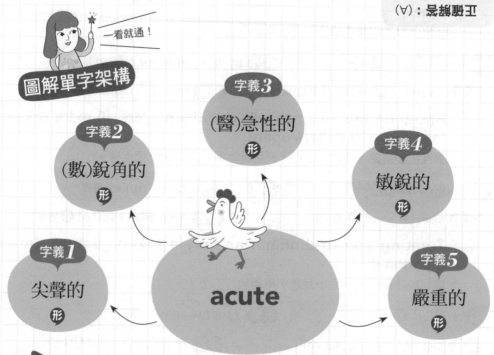

字義3
(醫)急性的
形

字義2
(數)銳角的
形

字義4
敏銳的
形

字義1
尖聲的
形

acute

字義5
嚴重的
形

原來如此

acute具備『尖銳』的概念，形容不同物件時就會產生不同的意思：「(聲音)尖銳的」、「(數)銳角的」、「(醫)急性的」、「(感官)敏銳的」、「(事)嚴重的」等意。

這個單字能表達這些意思！

字義1 尖聲的 形　　　　**片語** wake sb. up 叫醒某人

同義 piercing [ˈpɪrsɪŋ] 形 刺耳的　　　**相關** decibel [ˈdɛsɪbɛl] 名 分貝

例句 The **acute** scream last night scared many residents in this neighborhood.
昨晚那聲尖銳的叫聲嚇到這附近的居民。

字義2 (數)銳角的 形　　　　**片語** tell A from B 辨別A與B

近義 triangular [traɪˈæŋgjələ] 形 三角形的　　　**反義** obtuse [əbˈtjus] 形 鈍角的

例句 The kid is learning the differences between **acute** and **obtuse** angles.
這個小孩正在學習銳角跟鈍角的差別。

字義3 (醫)急性的 形　　　　**片語** turn the corner 好轉

同義 peracute [ˌpɜˈkjut] 形 急性的　　　**反義** chronic [ˈkrɑnɪk] 形 (病)慢性的

例句 The doctor decided to send some patients suffering from **acute** diseases to ER.
醫生決定把部分染上急症的患者送到急診室。

字義4 敏銳的 形　　　　**片語** be keen on sth. 對某事很敏銳

同義 sensitive [ˈsɛnsətɪv] 形 敏銳的　　　**反義** blunt [blʌnt] 形 遲鈍的

例句 Tina is an **acute** girl who can easily see through people.
蒂娜很敏銳，能輕易地看穿他人的想法。

字義5 嚴重的 形　　　　**片語** break the law 違反法律規定

同義 severe [səˈvɪr] 形 嚴重的　　　**反義** trifling [ˈtraɪflɪŋ] 形 微不足道的

例句 John has been suffering from an **acute** headache for years.
約翰這幾年來深受嚴重的頭痛所苦。

UNIT
26

capsule
[`kæps!.]

Let's get started!

MP3 055

暖身選擇題

Q 請問下列兩例句中的capsule，各代表什麼意思呢？

▶ There is a hip **capsule** hotel in Japan that attracts a lot of tourists.

▶ The man is sick of taking **capsules** every day.

(A) 微型的 / 藥水　　　(B) 大的 / 太空艙　　　(C) 太空艙 / 膠囊

正確解答：(C)

一看就通！

圖解單字架構

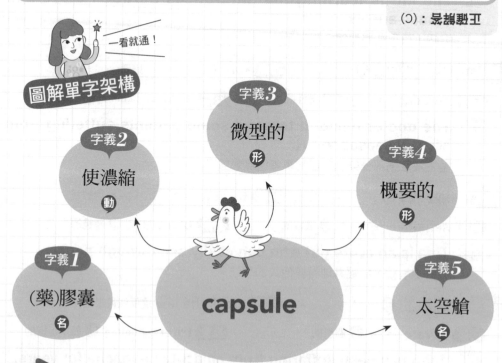

字義3
微型的
形

字義2
使濃縮
動

字義4
概要的
形

字義1
(藥)膠囊
名

capsule

字義5
太空艙
名

原來如此

capsule為「膠囊」，取其外觀與藥物的概念，引申出「濃縮」、「微型的」、「概要的」等意思；最後一個「太空艙」的意思，也是因為與膠囊的外觀類似喔！

這個單字能表達這些意思！

字義 1 (藥)膠囊 名　　**片語** get sb. to take capsule 讓某人吃藥

同義 medicament [mɛˋdɪkəmənt] 名 藥　　**相關** vaccinate [ˋvæksn̩͵et] 動 接種

例句 The little girl doesn't know how to swallow a **capsule**.
這名小女孩不知道如何吞膠囊。

字義 2 使濃縮 動　　**片語** make a point of 強調

同義 condense [kənˋdɛns] 動 使濃縮　　**反義** amplify [ˋæmplə͵faɪ] 動 擴大

例句 Bill's assistant **capsules** the financial and economic news for him every day.
比爾的助理每天都替他濃縮財經新聞的內容。

字義 3 微型的 形　　**片語** cut sb. down to size 挫某人的銳氣

同義 compact [kəmˋpækt] 形 小型的　　**反義** monstrous [ˋmɑnstrəs] 形 巨大的

例句 The renowned building in **capsule** size attracts a lot of attention.
將著名建築以微型尺寸呈現，吸引了許多人的目光。

字義 4 概要的 形　　**片語** cross out 刪去

同義 synoptic [sɪˋnɑptɪk] 形 概要的　　**反義** overall [ˋovɚ͵ɔl] 形 全面的

例句 I need to give the delegates a **capsule** view of the project at the beginning.
我一開始就必須將企劃的概要介紹給與會的代表聽。

字義 5 太空艙 名　　**片語** take off 起飛

同義 spacecraft [ˋspes͵kræft] 名 太空船　　**相關** astronaut [ˋæstrə͵nɔt] 名 太空人

例句 The space museum displays a lot of equipment that can be found in the **capsules**.
這個太空博物館展示許多能在太空艙裡看到的器材。

complement
[`kɑmpləmənt / `kɑmplə,mɛnt]

Let's get started!

MP3 056

暖身選擇題

Q 請問下列兩例句中的complement，各代表什麼意思呢？

▶ I think the couple really **complements** each other.
▶ The entire **complement** of the space station worked hard for the project.

(A) 相配 / 整套　　　(B) 補充 / 補數　　　(C) 使開心 / 補充物

正確解答：(A)

一看就通！

圖解單字架構

字義**2**
補充物
名

字義**3**
(數)餘數
名

字義**4**
與…相配
動

字義**1**
補充
動

complement

字義**5**
整套
名

原來如此

complement最常見的意思為「補充」(動詞)與「補充物」(名詞)，此概念轉移到數學領域就變成「餘數」；補充某物則帶出「與…相配」之意，也就能湊成「整套」。

字義1 補充 動　　**片語** be sold out 銷售一空

近義 augment [ɔgˋmɛnt] 動 增加　　**相關** adequate [ˋædəkwɪt] 形 足夠的

例句 Tim **complemented** his collection with the antiques he bought at the auction.
提姆在他的收藏品中補充了他在拍賣會上買的骨董。

字義2 補充物 名　　**片語** at one's service 隨時提供服務

同義 supplement [ˋsʌpləmənt] 名 補給品　　**相關** replenish [rɪˋplɛnɪʃ] 動 再補充

例句 White wine is a perfect **complement** to the smoked salmon.
白葡萄酒與燻鮭魚是完美的搭配。

字義3 (數)餘數；補數 名　　**片語** cut down on 削減

同義 remainder [rɪˋmendə] 名 餘數　　**相關** dividend [ˋdɪvəˌdɛnd] 名 被除數

例句 I know that **complement** is an important concept in probability, but I just can't understand it.
我知道補數是或然率中一個重要的數學概念，但我就是搞不懂。

字義4 與…相配 動　　**片語** go well with 與…很相配

同義 harmonize [ˋhɑrməˌnaɪz] 動 使協調　　**反義** dispute [dɪˋspjut] 動 爭執

例句 The roses **complement** the beautiful vase Ann gave me.
這些玫瑰與安送我的美麗花瓶很相配。

字義5 整套 名　　**片語** in relation to 關於

同義 collection [kəˋlɛkʃən] 名 整套　　**相關** assortment [əˋsɔrtmənt] 名 分類

例句 I bought a whole **complement** of tableware from the department store.
我在百貨公司買了一整組餐具。

spike
[spaɪk]

Let's get started!

MP3 057

暖身選擇題　**Q** 請問下列兩例句中的spike，各代表什麼意思呢？

▶ The infamous couple wanted to **spike** the rumor about them.
▶ The soccer player was badly injured by his opponent's **spikes**.

(A) 釘牢 / 細高跟　　　(B) 阻止 / 釘鞋　　　(C) 解釋 / 動作

正確解答：(B)

 一看就通！

圖解單字架構

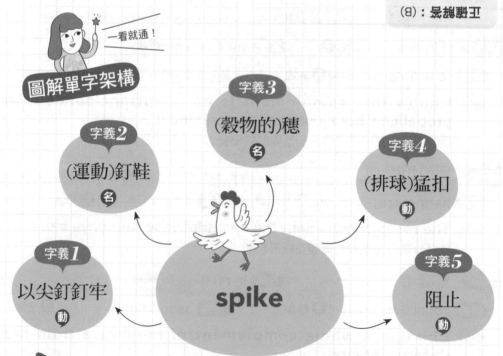

字義**3**
（穀物的）穗
名

字義**2**
（運動）釘鞋
名

字義**4**
（排球）猛扣
動

字義**1**
以尖釘釘牢
動

spike

字義**5**
阻止
動

原來如此

spike常見的意思為動詞的「釘牢」與名詞的「釘鞋」，取其細長的形狀指「（穀物的）穗」；取其尖銳的概念來表示犀利的「猛扣」；另外還有「阻止」之意呢！

這個單字能表達這些意思！

字義 1 ▶ 以尖釘釘牢 動　　**片語** fasten sth. up 繫緊

同義 impale [ɪm`pel] 動 刺穿；刺住　　**反義** dismantle [dɪs`mæntl] 動 拆卸

例句 My father bought a big painting and spiked it onto the wall in the living room.
我父親買了一幅大畫作，並將之釘在客廳的牆上。

字義 2 ▶ 釘鞋；細高跟 名　　**片語** on the heels of 緊接著

同義 pumps [pʌmps] 名 高跟鞋　　**反義** flats [flæts] 名 平底鞋

例句 Please take off your spikes, or the wooden floor might be scraped.
請脫掉你的細跟鞋，不然可能會刮壞木質地板。

字義 3 ▶ (穀物的)穗 名　　**片語** be abundant in 充裕

同義 tassel [`tæsl] 名 穗；流蘇　　**相關** agriculture [`ægrɪ͵kʌltʃɚ] 名 農業

例句 One of Millet's famous paintings is about women picking up spikes.
米勒名畫中的其中一幅是在描繪拾穗的女人。

字義 4 ▶ (排球)猛扣 動　　**片語** slam on 使勁放下

近義 whack [hwæk] 動 重打；猛擊　　**相關** serve [sɝv] 動 (排球)發球

例句 Maggie spiked the ball hard. And that's how we won the final.
瑪姬猛扣了一球，讓我們贏得決賽。

字義 5 ▶ 阻止 動　　**片語** prevent from 阻止；預防

同義 prohibit [prə`hɪbɪt] 動 阻止　　**反義** incite [ɪn`saɪt] 動 激勵；煽動

例句 Jimmy was spiked from entering this country due to his record.
吉米因為他的個人紀錄而被阻止進入這個國家。

staple
[`stepḷ]

Let's get started!

MP3 058

暖身選擇題

Q 請問下列兩例句中的staple，
各代表什麼意思呢？

▶ We need some **staples** to attach these piles of papers together.
▶ Can you tell me what we will have for vegetarian **staples**?

(A) 夾子 / 甜點　　　(B) 纖維 / 配料　　　(C) 訂書針 / 主食

正確選項：(C)

一看就通！

圖解單字架構

字義**3**
紡織纖維的
形

字義**2**
纖維
名

字義**4**
主要的
形

字義**1**
訂書針
名

staple

字義**5**
主食
名

原來如此

staple常指「訂書針」，也可指「纖維」（食物）與「紡織纖維」；除此之外，當形容詞時
有「主要的」意思，由此引申出「主食」之意（主要的食物）。

這個單字能表達這些意思！

字義 1 訂書針 名　　　　**片語** a 3-ring binder 三孔的資料夾

近義 binder [ˋbaɪndə] 名 裝訂夾　　　　**相關** stationery [ˋsteʃənˏɛrɪ] 名 文具

例句 I am out of **staples**, so I need a packet to **staple** the documents together.
我的訂書針用完了，所以需要一盒訂書針，好把這些文件訂起來。

字義 2 纖維 名　　　　**片語** be high in fiber 富含纖維

近義 vegetable [ˋvɛdʒətəbl] 名 蔬菜　　　　**相關** protein [ˋprotin] 名 蛋白質

例句 You should have more vegetables since they are the **staples** of a healthy diet.
就一份健康的飲食來說，蔬菜是纖維的來源，你應該多攝取。

字義 3 紡織纖維的 形　　　　**片語** be known for 以…特質聞名

同義 textile [ˋtɛkstaɪl] 形 紡織的　　　　**相關** spandex [ˋspænˏdɛks] 名 彈性纖維

例句 This warm and cozy sweater is made of long-**staple** wool.
這件保暖又舒服的毛衣是用長纖維綿羊毛做成的。

字義 4 主要的；經常用的 形　　**片語** generally speaking 一般來說

同義 primary [ˋpraɪˏmɛrɪ] 形 主要的　　　　**相關** secondary [ˋsɛkənˏdɛrɪ] 形 第二的

例句 Besides playing the saxophone, reading is another **staple** activity for Eugene.
除了吹薩克斯風以外，閱讀是尤金另一項主要的活動。

字義 5 主食 名　　　　**片語** dine on/off 以某物供餐

近義 provisions [prəˋvɪʒənz] 名 糧食　　　　**相關** principal [ˋprɪnsəpl] 形 主要的

例句 For most Asian people, rice is an important **staple**.
對大部份的亞洲人來說，稻米是重要的主食。

Part 3

行為與動作
Action

學習目標

熟知行為、動作類多義字的用法，提升道地英語力。

Follow me!

跟著這樣看

Step 1
暖身題目
猜猜看
Warming up!

Step 2
圖解架構
超清楚
Graphic!

Step 3
掌握字義，
進階補充
Level up!

squash 除了「**擠壓**」，還有「**南瓜**」的意思？
crack 除了「**猛擊**」，還能表示高超的「**破解**」技巧？
engage 是情意綿綿的「**訂婚**」，同時又能指「**交戰**」？

誰說行為動作類的單字，就只與動詞有關？
快進入本章內容，學會這些詞彙的多樣意思，
一個單字，不再只有一個動作！

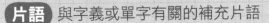

UNIT 01

appreciate
[ə`priʃɪˌet]

Let's get started!

MP3 059

暖身選擇題

Q 請問下列兩例句中的appreciate，各代表什麼意思呢？

▸ My house has **appreciated** two-fold in the past five years.
▸ Danny has never **appreciated** what his wife has done for him.

(A) 欣賞 / 增值　　　(B) 鑑別 / 體會　　　(C) 增值 / 感激

正確解答：(C)

 一看就通！

圖解單字架構

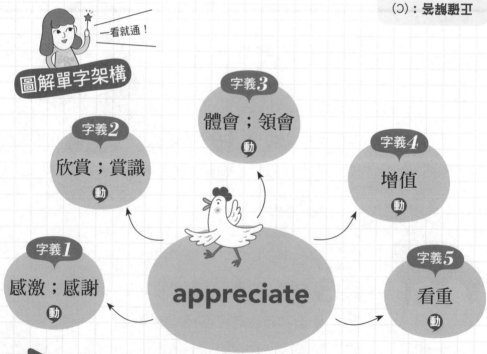

字義**3** 體會；領會 動

字義**2** 欣賞；賞識 動

字義**4** 增值 動

字義**1** 感激；感謝 動

appreciate

字義**5** 看重 動

原來如此

appreciate常見的用法為「感激」與「欣賞」，這類的評價可都是「體會」過後才會有的心情；另外能指「(土地等)增值」，或用以形容「看重」某人或某事。

字義1 感激；感謝 🔟　　　**片語** feel grateful for 感激

近義 express [ɪkˋsprɛs] 🔟 表達　　　**反義** condemn [kənˋdɛm] 🔟 責難

例句 Tony's mother has never appreciated his thoughtfulness for her.
東尼的媽媽從不感激他的體貼。

字義2 欣賞；賞識 🔟　　　**片語** the apple of one's eye …的摯愛

同義 savor [ˋsevə] 🔟 欣賞；品味　　　**反義** detest [dɪˋtɛst] 🔟 嫌惡

例句 Kent appreciates vintage cameras from the 40s more than cameras nowadays.
和現在的照相機相比，東尼比較欣賞四○年代的復古相機。

字義3 體會；領會 🔟　　　**片語** be out of the picture 狀況外

同義 comprehend [ˌkɑmprɪˋhɛnd] 🔟 領會　　　**反義** disregard [ˌdɪsrɪˋgɑrd] 🔟 忽視

例句 I don't think you will be able to stay calm once you appreciate the urgency of the case.
如果你察覺到這件事的急迫性，就應該無法保持冷靜了。

字義4 (土地等)增值 🔟　　　**片語** run the hazard 冒險

近義 inflate [ɪnˋflet] 🔟 抬高(物價)　　　**反義** devalue [diˋvælju] 🔟 貶值

例句 Do you think the house prices will appreciate in the next two years?
你覺得未來兩年內房價會增值嗎？

字義5 看重 🔟　　　**片語** be of great value 非常有價值

近義 apprise [əˋpraɪz] 🔟 評價　　　**相關** worthless [ˋwɝθlɪs] 🔟 無價值的

例句 If you read the musician's biography, you'll understand that he wasn't appreciated during his lifetime.
如果你讀了那個音樂家的傳記，你就會知道他在有生之年並不受重視。

engage
[ɪnˋgedʒ]

Let's get started!

MP3 060

暖身選擇題

Q 請問下列兩例句中的engage，
各代表什麼意思呢？

▸ The general has ordered the troops to **engage** the enemy.
▸ Sherry has just gotten **engaged** to her boyfriend.

(A) 雇用 / 同居　　　　(B) 交戰 / 訂婚　　　　(C) 使從事 / 分手

正確答案：(B)

一看就通！

圖解單字架構

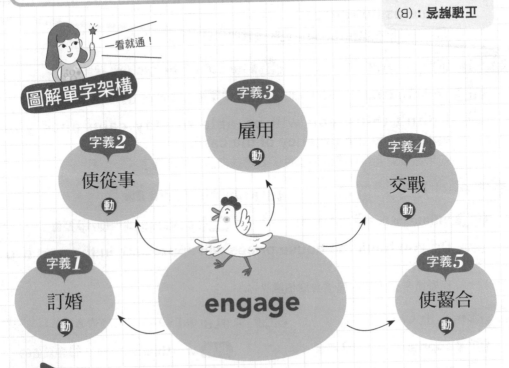

字義3
雇用
動

字義2
使從事
動

字義4
交戰
動

字義1
訂婚
動

engage

字義5
使齧合
動

原來如此

engage常見於「訂婚」與「使從事」的用法，仔細想想，使從事的概念不是與「雇用」
某人做事很像嗎？另外也有「交戰」和「使(齒輪等)齧合」之意。

這個單字能表達這些意思！

字義1 訂婚；預定 ⑩　　**片語** get engaged to 與某人訂婚

同義 betroth [bɪ`troθ] ⑩ 訂婚　　**相關** divorce [də`vors] ⑩ 離婚

例句 Mary has just gotten engaged to a guy who was her classmate in elementary school.
瑪麗跟她的小學同學訂婚了。

字義2 使從事 ⑩　　**片語** participate in 從事

近義 activate [`æktə͵vet] ⑩ 使活動起來　　**反義** withdraw [wɪð`drɔ] ⑩ 退出

例句 The two strangers engaged in a serious conversation about life and death.
那兩名陌生人開始討論起嚴肅的生死話題。

字義3 雇用 ⑩　　**片語** work like a horse 辛勤工作

同義 employ [ɪm`plɔɪ] ⑩ 雇用　　**反義** expel [ɪk`spɛl] ⑩ 開除；把…除名

例句 My manager engaged two graduates as his assistants recently.
我的主管最近雇用了兩名剛出社會的新人做他的助理。

字義4 交戰 ⑩　　**片語** knuckle under 放棄

同義 skirmish [`skɜmɪʃ] ⑩ 進行戰鬥　　**反義** renounce [rɪ`nauns] ⑩ 聲明放棄

例句 If the tension escalates, the two countries might engage in war.
如果緊張局勢升高，那兩個國家可能會開戰。

字義5 使(齒輪等)齧合 ⑩　　**片語** turn off 關掉；停止

同義 interlock [͵ɪntɚ`lɑk] ⑩ 使齧合　　**相關** material [mə`tɪrɪəl] ⑧ 工具

例句 Roy realized that the gears of the machine were not engaged.
羅伊發現機器的齒輪沒有齧合。

UNIT 03

rank
[ræŋk]

Let's get started!

MP3 061

暖身選擇題

Q 請問下列兩例句中的rank，各代表什麼意思呢？

▶ The university Cindy went to is **ranked** very highly.

▶ They sued the neighbor for letting out the **rank** odor of rotten food.

(A) 收費 / 怪異的　　　(B) 生產 / 多產的　　　(C) 評級 / 難聞的

正確解答：(C)

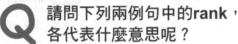

一看就通！

圖解單字架構

字義**3**
叢生的
形

字義**2**
把…評級
動

字義**4**
過於多產的
形

字義**1**
橫列；隊伍
名

rank

字義**5**
臭氣難聞的
形

原來如此

rank指「隊伍」，取其『排列』的概念就帶出「評級」的意思，如果排列的數量很多，就可能造成「叢生的」或「過於多產的」現象；特別的是，還能形容「難聞的」。

這個單字能表達這些意思！

字義1 橫列；隊伍 名　　**片語** walk in procession 排成一列行走

同義 procession [prə`sɛʃən] 名 一列　　**反義** sprawl [sprɔl] 動 雜亂的擴展

例句 This **rank** is known for capturing the terrorists that were involved in the explosion.
這個隊伍以逮捕參與爆炸案的恐怖份子聞名。

字義2 把…評級；排列 動　　**片語** do sth. in sequence 接續著做

近義 valuate [`væljuˌet] 動 對…估價　　**反義** disorder [dɪs`ɔrdə] 動 使混亂

例句 When Maria was a kid, she was always **ranked** top of her class.
瑪麗亞小的時候，在班上總是名列前茅。

字義3 叢生的 形　　**片語** fertile ground for 進行…的絕佳地點

同義 fertile [`fɜtl] 形 茂盛的　　**反義** barren [`bærən] 形 貧瘠的

例句 The tourists are thrilled that they are going to see the **rank** jungle.
這些遊客對於能看到叢林感到很興奮。

字義4 過於多產的 形　　**片語** hundreds of 數以百計的

同義 surplus [`sɜpləs] 形 過剩的　　**反義** scarce [skɛrs] 形 缺乏的

例句 In the tulip festival, you can see **rank** amounts of tulips in different colors.
在鬱金香花節的時候，你可以看到大量又多彩的鬱金香。

字義5 臭氣難聞的 形　　**片語** smell a rat 察覺到不對勁

同義 odorous [`odərəs] 形 難聞的　　**反義** fragrant [`fregrənt] 形 香的

例句 I am leaving this place because there are too many people smoking. It's **rank**!
我要離開了，這地方太多人在抽菸，好臭！

UNIT 04

reduce
[rɪˋdjus]

Let's get started!

MP3 062

暖身選擇題

Q 請問下列兩例句中的reduce，
各代表什麼意思呢？

▶ Please **reduce** the driving speed as you see speed bumps.
▶ Nina's glad that her snubby manager is going to get **reduced**.

(A) 減少 / 降職　　　　(B) 維持 / 迫使　　　　(C) 加快 / 裁員

(A)：案答鞭五

一看就通！

圖解單字架構

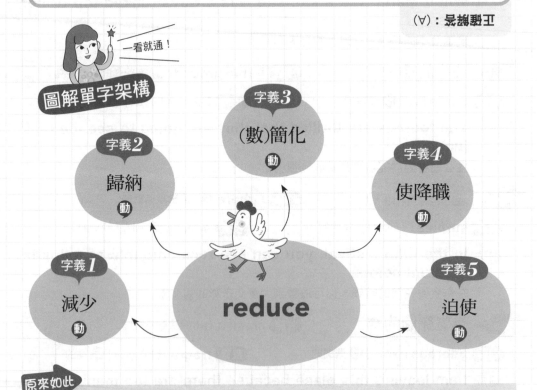

字義**3**
(數)簡化
動

字義**2**
歸納
動

字義**4**
使降職
動

字義**1**
減少
動

reduce

字義**5**
迫使
動

原來如此

reduce指「減少」，理論方面的減少就有「歸納」與「(數)簡化」之意；另外也具備方向
性的減少，指「使降職」，這種處分或多或少都是「迫使」而造成的啊！

134

這個單字能表達這些意思！

字義1 減少 動　　　**片語** use up 用光；筋疲力盡

近義 subside [səbˋsaɪd] 動 退落　　**反義** expand [ɪkˋspænd] 動 擴張

例句 After the check-up, the doctor advised my dad to reduce the intake of protein.
身體檢查結束後，醫生建議我父親減少對蛋白質的攝取。

字義2 歸納 動　　　**片語** boil down to sth. 歸結為

同義 summarize [ˋsʌmə͵raɪz] 動 歸納　　**反義** deduce [dɪˋdjus] 動 演繹；推論

例句 The reason for Martin's negligence can be reduced to the fact that he is not interested in his work.
馬丁粗心大意的原因，可被歸結為對工作不感興趣。

字義3 (數)簡化 動　　　**片語** according to 根據

同義 simplify [ˋsɪmplə͵faɪ] 動 簡化　　**反義** complicate [ˋkɑmplə͵ket] 動 複雜

例句 You can reduce the equation by plugging in the numbers.
你可以帶入數字來簡化這個方程式。

字義4 使降職 動　　　**片語** fall into disgrace 失寵

同義 demote [dɪˋmot] 動 使降職　　**反義** promote [prəˋmot] 動 使升職

例句 Linda got reduced since her review this year didn't look good.
因為琳達今年的評鑑不是很好，所以被降職了。

字義5 迫使 動　　　**片語** do nothing but 僅；只

同義 coerce [koˋ3s] 動 迫使　　**反義** exhort [ɪgˋzɔrt] 動 規勸

例句 The abducted girl was reduced by having to make a call to her parents.
這名被綁架的小女孩被強迫打電話給她的父母親。

UNIT 05

relate
[rɪ`let]

Let's get started!

MP3 063

暖身選擇題

Q 請問下列兩例句中的relate，
各代表什麼意思呢？

▶ I am sorry, but I cannot **relate** to what you said.
▶ Please **relate** your first experience of going abroad on your own.

(A) 涉及 / 回想　　　(B) 認同 / 敘述　　　(C) 符合 / 認同

正確選項：(B)

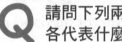

一看就通！

圖解單字架構

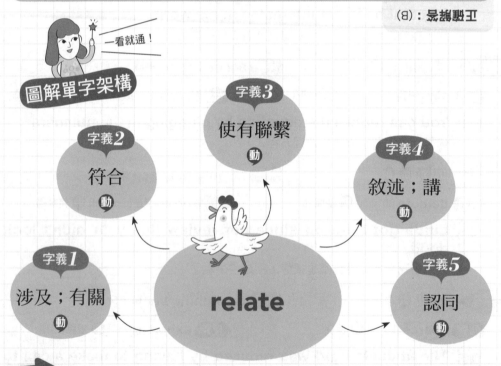

字義3
使有聯繫
動

字義2
符合
動

字義4
敘述；講
動

字義1
涉及；有關
動

relate

字義5
認同
動

原來如此

relate具備講述關係的「涉及」、「符合」、「使有聯繫」之意；另外也有「敘述」的意思，聽到他人的敘述後，也就會產生「認同」與否的回應。

這個單字能表達這些意思！

字義1 涉及；有關 動   **片語** involve in 牽涉

同義 pertain [pə`ten] 動 有關；關於    **相關** unconcern [ˌʌnkən`sɜn] 名 冷漠

例句 The police couldn't conclude that the evidence was related to this guy.
警方無法斷定這些證據與這傢伙有關。

字義2 符合 動   **片語** meet the requirements 符合要求

同義 accord [ə`kɔrd] 動 符合    **反義** oppose [ə`poz] 動 使相對

例句 The applicant fully relates to the job requirements we set out.
這名求職者完全符合我們當初列的徵人條件。

字義3 使有聯繫 動   **片語** keep in touch 保持聯絡

同義 approach [ə`protʃ] 動 聯繫    **反義** elude [ɪ`lud] 動 躲避；逃避

例句 Irene could relate to almost half of her classmates in junior high school.
艾琳能聯絡到近半數的國中同學。

字義4 敘述；講 動   **片語** give an account of 敘述

同義 recount [ˌri`kaunt] 動 敘述    **相關** interpret [ɪn`tɜprɪt] 動 說明

例句 The witnesses are slowly relating what they saw when the accident took place.
目擊者正在慢慢地敘述事件發生時，他們看到的情況。

字義5 認同 動   **片語** keep up with 趕上

近義 identify [aɪ`dɛntəˌfaɪ] 動 確認    **反義** refute [rɪ`fjut] 動 反駁；駁斥

例句 Angie found it hard to relate to Andy after he cheated on her.
自從安迪的劈腿事件後，安琪發現自己很難再認同他。

UNIT 06

release
[rɪˋlis]

Let's get started!

MP3 064

暖身選擇題

Q 請問下列兩例句中的release，
各代表什麼意思呢？

▶ The well-behaved prisoner will be **released** by the end of the month.

▶ The **release** date for the long-awaited sequel is Feb. 1st.

(A) 假釋 / 棄權　　　　(B) 判刑 / 發射　　　　(C) 釋放 / 發行

正確解答：(C)

一看就通！

圖解單字架構

字義3
釋放；解放
動

字義2
發射
動

字義4
赦免；免除
動

字義1
發行物
名

release

字義5
(律)棄權
名

原來如此

release具備『向外發』的內涵，在不同領域中會有「發行物」與「發射」之意；涉及法律權利、義務時，會帶有『免除』的意涵，產生「釋放」、「赦免」、「棄權」等意。

138

這個單字能表達這些意思!

字義1 發行的書(或電影) **名**　　**片語** right around the corner 即將

同義 publication [ˌpʌblɪˋkeʃən] **名** 發行　　**相關** proclaim [prəˋklem] **動** 宣告;聲明

例句 **The clerk recommended a few releases to us this week.**
店員推薦了幾部本週發行的電影給我們。

字義2 發射 **動**　　**片語** on record 正式記錄的

同義 launch [lɔntʃ] **動** 發射;使升空　　**相關** satellite [ˋsætlˌaɪt] **名** 衛星

例句 **Everyone in this country is expecting the satellite to be released soon.**
這個國家的每個人都在期待衛星的發射。

字義3 釋放;解放 **動**　　**片語** let sb. off the hook 釋放某人

同義 liberate [ˋlɪbəˌret] **動** 釋放　　**反義** incarcerate [ɪnˋkɑrsəˌret] **動** 監禁

例句 **The prisoner was released last Friday though many people disagreed with the action.**
雖然很多人不同意,但那名囚犯上週五還是獲釋了。

字義4 赦免;免除 **動**　　**片語** speak out 陳述意見

同義 remit [rɪˋmɪt] **動** 赦免;豁免　　**反義** detain [dɪˋten] **動** 扣留;居留

例句 **The CEO agreed to release several managers from personal responsibility for the loss.**
執行長同意免除幾位經理在這件過失上的個人責任。

字義5 (律)棄權 **名**　　**片語** abstain from voting 放棄投票

同義 abstention [æbˋstɛnʃən] **名** 棄權　　**相關** endeavor [ɪnˋdɛvə] **動** 力圖

例句 **The runner-up just gave a release speech stating that he will not run for mayor.**
排名第二的候選人發佈了棄權聲明,宣布他不會競選市長。

swell
[swɛl]

Let's get started!

MP3 065

暖身選擇題　Q　請問下列兩例句中的swell，各代表什麼意思呢？

▶ Andy is such a **swell**! He is on the cover of the fashion magazine again.

▶ That speaker can easily **swell** up the attendees' mood.

(A) 騙子 / 使驕傲　　　(B) 名人 / 煽動　　　(C) 時髦的人 / 使情緒高漲

正確答案：(C)

一看就通！

圖解單字架構

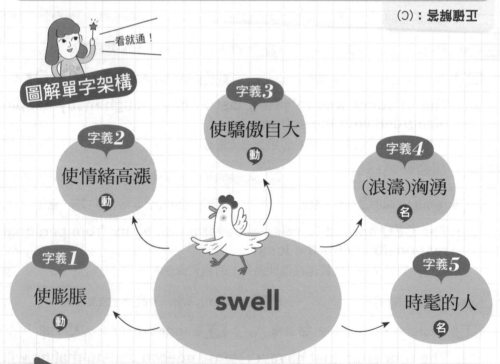

字義3
使驕傲自大
動

字義2
使情緒高漲
動

字義4
(浪濤)洶湧
名

字義1
使膨脹
動

swell

字義5
時髦的人
名

原來如此

swell指物體「膨脹」，也能進一步形容抽象的膨脹，即「情緒高漲」與「驕傲自大」，還能形容「(浪濤)洶湧」的樣子；特別的是，口語上還能指「時髦的人」喔！

字義1 使膨脹 🔵 　　**片語** be bulged with 因…而膨脹

同義 bulge [bʌldʒ] 🔵 使膨脹 　　**反義** diminish [dəˋmɪnɪʃ] 🔵 使縮小

例句 Harry's ankle began to swell right after the basketball game.
籃球賽結束後，哈利的腳踝開始腫起來了。

字義2 使(情緒等)高漲 🔵 　　**片語** kill one's buzz 掃興

同義 upsurge [ʌpˋsɜdʒ] 🔵 使高漲 　　**相關** downturn [ˋdaʊntɜn] 🟢 下降

例句 The audience was all swelled up by that magician's performance.
所有觀眾都因魔術師的表演而情緒高漲。

字義3 使驕傲自大 🔵 　　**片語** puff sb. up 使驕傲自大

近義 arrogate [ˋærəˌget] 🔵 妄指 　　**相關** conceit [kənˋsit] 🟢 自滿；自負

例句 Lisa has been swelled with pride since she got the promotion.
麗莎自從升職後，就開始自滿起來。

字義4 (浪濤的)洶湧 🟢 　　**片語** back and forth 來回地

近義 turbulence [ˋtɜbjələns] 🟢 狂暴 　　**相關** wane [wen] 🔵 退潮

例句 All fishermen refrained from fishing today because of the big swells.
因為海浪太大，所有漁夫今天都不出海捕魚。

字義5 (舊)衣著時髦的人 🟢 　　**片語** a snappy dresser (口)穿著時髦的人

近義 hipster [ˋhɪpstə] 🟢 趕時髦的人 　　**反義** frump [frʌmp] 🟢 穿著邋遢的人

例句 Eddy was far from a swell when he was in high school.
艾迪高中時完全不是衣著時髦的人。

UNIT 08

tumble
[`tʌmbḷ]

Let's get started!

MP3 066

暖身選擇題

Q 請問下列兩例句中的**tumble**，各代表什麼意思呢？

▶ My mother doesn't like to **tumble** dry the clothes. She prefers hanging them.

▶ My nephew **tumbled** on his way through the hall.

(A) 亂扔 / 暴跌　　　　(B) 燙衣服 / 翻觔斗　　　　(C) 烘乾 / 跌倒

正確解答：(C)

一看就通！

圖解單字架構

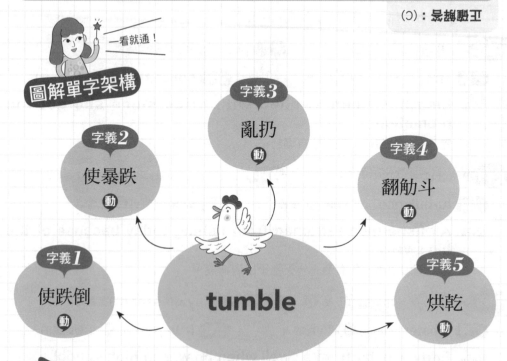

字義3
亂扔
動

字義2
使暴跌
動

字義4
翻觔斗
動

字義1
使跌倒
動

tumble

字義5
烘乾
動

原來如此

tumble指「跌倒」，形容事物則有「暴跌」之意；衍生其『不規則動態』的概念，就有「亂扔」及「翻觔斗」的意思，另外還能形容在烘衣機裡「烘乾」攪動的狀態喔！

字義1 使跌倒;踉蹌 動　　　**片語** topple over 跌倒

同義 stumble [ˋstʌmbl] 動 絆倒　　　**相關** tramp [træmp] 動 腳步沈重地走

例句 Henry tumbled over a tree root and twisted his ankle.
亨利被樹根絆倒,扭傷了腳踝。

字義2 使暴跌 動　　　**片語** tumble down 崩塌

同義 plummet [ˋplʌmɪt] 動 筆直落下　　　**反義** elevate [ˋɛləˌvet] 動 上升

例句 The stock market tumbled after the war against Iraq started.
在與伊拉克交戰後,股票市場開始暴跌。

字義3 亂扔 動

片語 mess up 弄亂;弄髒

同義 jumble [ˋdʒʌmbl] 動 使雜亂　　　**反義** collate [kɑˋlet] 動 整理

例句 Tony's mother nagged him because he tumbled his socks again.
因為東尼又亂扔襪子,所以他母親才叨念他。

字義4 翻觔斗 動

片語 upside down 上下顛倒

同義 cartwheel [ˋkɑrtˌhwil] 動 橫翻觔斗　　　**相關** pushup [ˋpʊʃˌʌp] 動 伏地挺身

例句 The Olympic athlete tumbled firmly and won the medal at last.
那名奧運選手翻了一個穩健的觔斗,最後贏得了獎牌。

字義5 用烘乾機烘乾 動

片語 dry up with 用…擦乾

同義 drain [dren] 動 晒乾;使流出　　　**反義** dampen [ˋdæmpən] 動 使潮溼

例句 I cannot sleep with the clothes tumbling so loudly in the dryer.
烘衣機烘衣服的聲音那麼大,我無法在這種噪音下睡覺。

crack
[kræk]

Let's get started!

MP3 067

暖身選擇題 **Q** 請問下列兩例句中的crack，
各代表什麼意思呢？

▸ I asked Tim to **crack** open the can for me.
▸ Even if May thinks there's no **crack** in Bill, her parents think she can find someone better.

(A) 鋸 / 不良嗜好　　　(B) 打開 / 缺點　　　(C) 使破裂 / 特質

(B)：案答郵五

一看就通！

圖解單字架構

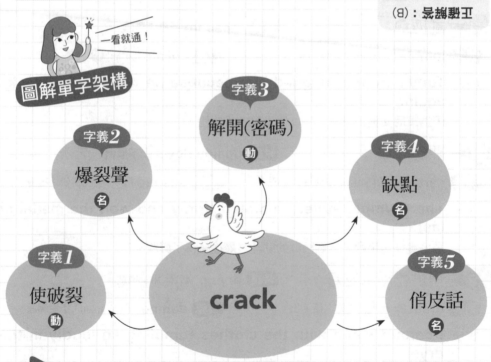

字義**3**
解開(密碼)
動

字義**2**
爆裂聲
名

字義**4**
缺點
名

字義**1**
使破裂
動

crack

字義**5**
俏皮話
名

原來如此

crack常見的用法為「使破裂」與形容「爆裂聲」，衍生其『破裂』的概念，有「解開(密碼等)」與「缺點」等用法；若一句話便能揭露趣味，那不正是「俏皮話」嗎？

這個單字能表達這些意思！

字義1 使破裂；猛擊 動　　**片語** knock out 擊昏；打敗

同義 fracture [ˋfræktʃə] 動 破裂　　**反義** cement [sɪˋmɛnt] 動 鞏固

例句 The beautiful vase was cracked into pieces after the strong earthquake.
強烈地震後，這個漂亮的花瓶破成碎片。

字義2 爆裂聲 名　　**片語** in a mess 亂七八糟

近義 boom [bum] 名 隆隆聲　　**相關** rupture [ˋrʌptʃə] 名 破裂

例句 I heard a big crack far away last night. That was quite shocking.
昨晚我聽見遠方傳來的爆裂聲，真的很嚇人。

字義3 解開(密碼等) 動　　**片語** crack the code 解密

同義 decipher [dɪˋsaɪfə] 動 破解　　**反義** encrypt [ɛnˋkrɪpt] 動 加密

例句 The house is secure as the code couldn't be easily cracked.
這個房子很安全，因為設置的密碼不會輕易被破解。

字義4 缺點 名　　**片語** gloss over sth. 搪塞；掩飾

同義 drawback [ˋdrɔ͵bæk] 名 缺點　　**反義** strength [strɛŋθ] 名 長處

例句 Bonnie was voted the best teacher of the year as there is nearly no crack in her.
邦妮幾乎沒有缺點，因而被票選為年度最佳教師。

字義5 俏皮話 名　　**片語** crack sb. up 笑得人仰馬翻

同義 pun [pʌn] 名 俏皮話；雙關語　　**相關** chuckle [ˋtʃʌkl] 動 咯咯地笑

例句 This stand-up comedian made my day with her funny cracks.
這個脫口秀喜劇演員妙語如珠，讓我今天心情很好。

UNIT 10

exposure
[ɪkˋspoʒɚ]

Let's get started!

MP3 068

暖身選擇題

Q 請問下列兩例句中的exposure，各代表什麼意思呢？

▸ Too much sun **exposure** may give you a higher chance of getting skin cancer.
▸ There has been huge **exposure** of the political scandal.

(A) 曝晒 / 揭發　　　　(B) 曝光 / 陳列　　　　(C) 朝向 / 曝晒

正確選項：(A)

一看就通！

圖解單字架構

字義2
曝晒
名

字義3
曝光
名

字義4
陳列
名

字義1
揭發
名

exposure

字義5
朝向
名

原來如此

exposure的核心概念為『揭露；揭開』，衍生到不同領域就有「揭發(事情)」、「曝晒(物品)」、「曝光(照片)」、「陳列(商品)」與「朝向」(朝著某方向開放)等意。

146

字義1 揭發 **名**　　　　　**片語** hang over 威脅；延續

同義 revelation [ˌrɛvlˈeʃən] **名** 揭示　　　　**相關** scandal [ˈskændl] **名** 醜聞

例句 Nobody could have predicted that the **exposure** would lead to the minister's resignation.
沒有人能想到這次揭發的事件竟導致部長的辭職。

字義2 曝晒 **名**　　　　　**片語** exposure to sth. 暴露在⋯底下

近義 suntan [ˈsʌntæn] **名** 晒黑　　　　**相關** shelter [ˈʃɛltɚ] **動** 遮掩；遮蔽

例句 This area lacks **exposure** to the sun, so the tourism industry has never taken off.
這地區的陽光曝晒率不足，所以旅遊業發展不起來。

字義3 (照片等)曝光 **名**　　　　　**片語** zoom out 放大

近義 optics [ˈɑptɪks] **名** 光學　　　　**相關** disclose [dɪsˈkloz] **動** 顯露

例句 The photographer meticulously set the **exposure** time just about right.
那名攝影師細心地設定剛剛好的曝光時間。

字義4 (商品等的)陳列 **名**　　　　　**片語** put sth. on display 陳列某物

同義 display [dɪˈsple] **名** 陳列　　　　**相關** exhibition [ˌɛksəˈbɪʃən] **名** 展覽

例句 You can tell a window dresser's taste through the **exposure** of the clothes they choose.
從選擇擺放於櫥窗的陳列衣物就能看出設計師的品味。

字義5 (住家等的)朝向 **名**　　　　　**片語** be facing east 面向東方

同義 orientation [ˌorɪɛnˈteʃən] **名** 坐向　　　　**相關** locality [loˈkæləti] **名** 方位

例句 The building is very popular due to its view and the southern **exposure**.
景觀與面南的朝向使得這棟建築物很熱門。

fetch
[fɛtʃ]

Let's get started!

MP3 069

暖身選擇題

Q 請問下列兩例句中的fetch，各代表什麼意思呢？

▸ My dog, Springroll, is good at **fetching** balls.
▸ The celebrity's house has **fetched** the highest price in the region.

(A) 發出(嘆息) / 拿來　　(B) 玩耍 / 上漲　　(C) 拿來 / 售得

正確解答：(C)

一看就通！

圖解單字架構

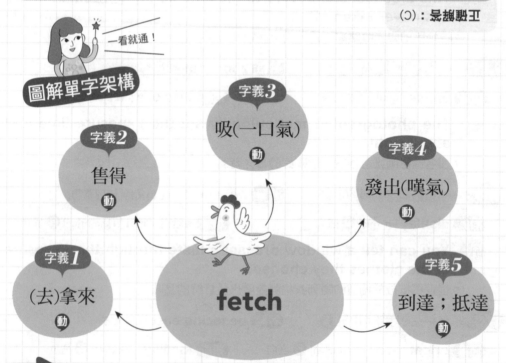

字義**3**
吸(一口氣)
動

字義**2**
售得
動

字義**4**
發出(嘆氣)
動

字義**1**
(去)拿來
動

fetch

字義**5**
到達；抵達
動

原來如此

fetch為「(去)拿來」，衍生其『取得』的概念，便能理解「售得」、「吸一口氣」等意，也有「發出」的意思；另外，也能形容「(船隻)抵達」，尤其是在逆風狀態下。

這個單字能表達這些意思！

字義 1 (去)拿來 動　　**片語** be not far to seek 近在眼前

近義 retrieve [rɪˋtriv] 動 收回　　**相關** mislay [mɪsˋle] 動 把…放錯地方

例句 Can you **fetch** me my book over on the counter, please?
你能不能幫我把我在櫃子上的書拿過來？

字義 2 售得 動　　**片語** deal in sth. 交易；成交

近義 merchandise [ˋmɝtʃənˏdaɪz] 動 買賣　　**相關** bargain [ˋbɑrgɪn] 動 達成協議

例句 Even though the house **fetched** a good price, the tax was very high.
雖然這房子賣了個好價錢，但支付的稅額也很高。

字義 3 (舊)吸(一口氣) 動　　**片語** can hardly breathe 難以呼吸

同義 inhale [ɪnˋhel] 動 吸氣　　**反義** exhale [ɛksˋhel] 動 呼氣

例句 Bobby **fetched** his last breath and then passed away leaving us in tears.
巴比嚥下最後一口氣便過世，留下我們大家難過地哭泣。

字義 4 (舊)發出(嘆氣聲等) 動　　**片語** fetch over sth. 因某事嘆氣

同義 suspire [səˋspaɪr] 動 嘆息　　**相關** misfortune [mɪsˋfɔrtʃən] 名 不幸

例句 Maria has a bad habit of **fetching** every now and then.
瑪麗亞有一個不好的習慣，就是時不時嘆氣。

字義 5 到達；抵達 動　　**片語** go a long way 成功

同義 arrive [əˋraɪv] 動 抵達；到達　　**相關** transport [ˋtræsˏpɔrt] 名 運輸

例句 Did you see the boat over there? I think it's trying to **fetch** us.
你看到那邊那艘船了嗎？我覺得它正試圖要靠近我們這裡。

flush
[flʌʃ]

Let's get started!

MP3 070

暖身選擇題

Q 請問下列兩例句中的flush，
各代表什麼意思呢？

▶ To keep the bathroom clean, don't forget to **flush** the toilet when you finish.

▶ Sherry **flushed** bright red when the teacher praised her.

(A) 用水沖洗 / 臉紅　　　(B) 擦乾 / 發燒　　　(C) 清潔 / 生氣勃勃

正確解答：(A)

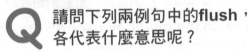
圖解單字架構

一看就通！

字義3
臉紅
動

字義2
使興奮
動

字義4
綻出新芽
動

字義1
用水沖洗
動

flush

字義5
生氣勃勃
名

原來如此

flush最常見的用法為「用水沖洗」，取其『動態』的概念衍生，就有「興奮」下可能會「臉紅」；另外還能形容「(植物)綻出新芽」與「(人)生氣勃勃」的活力。

字義1 用水沖洗；淹沒 🔵 　　**片語** flush sth. out 清洗某物

同義 rinse [rɪns] 🔵 沖洗；輕洗　　**相關** unkempt [ʌmˋkɛmpt] 🔵 不整潔的

例句 Hank **flushed** the toilet, cleaned the bathroom and then went back to his room.

漢克沖了馬桶，清洗了浴室，之後才回到房間。

字義2 使興奮；使激動 🔵 　　**片語** warm up to 逐漸接受或喜歡

同義 animate [ˋænə͵met] 🔵 激勵；鼓舞　　**反義** tranquilize [ˋtræŋkwɪ͵laɪz] 🔵 鎮定

例句 The players feel **flushed** whenever they hear cheers from the audience.

每當聽到觀眾的歡呼聲，球員們總是感到很興奮。

字義3 臉紅 🔵 　　**片語** one's cup of tea 喜歡的類型

同義 blush [blʌʃ] 🔵 臉紅　　**相關** embarrass [ɪmˋbærəs] 🔵 使窘

例句 Rachel suddenly **flushed** when her crush came to talk to her.

當瑞秋心儀的男生上前與她說話時，她馬上就臉紅了。

字義4 (植物)綻出新芽 🔵 　　**片語** nip it in the bud 防患於未然

近義 blossom [ˋblɑsəm] 🔵 開花　　**相關** harvest [ˋhɑrvɪst] 🔵 收穫

例句 Those kids were excited to see seeds **flushing** from soil.

看到種子從土裡發芽的景象，那群孩子感到很興奮。

字義5 生氣勃勃 🔵 　　**片語** bring sth. into blossom 使…興旺

同義 mushroom [ˋmʌʃrum] 🔵 湧現　　**反義** depression [dɪˋprɛʃən] 🔵 蕭條

例句 The 90s was a **flush** period for Taiwan. Every business was booming.

九〇年代是台灣產業起飛的時期，每個行業都蓬勃發展。

UNIT 13

mischief
[`mɪstʃɪf]

Let's get started!

MP3 071

Q 請問下列兩例句中的**mischief**，各代表什麼意思呢？

▸ Henry is a troublemaker who always starts **mischief**.
▸ The CEO has caused huge **mischief** to the reputation of the brand.

(A) 爭執 / 結果　　　(B) 惡作劇 / 損害　　　(C) 遊戲 / 禍根

正確選項：(B)

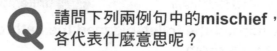

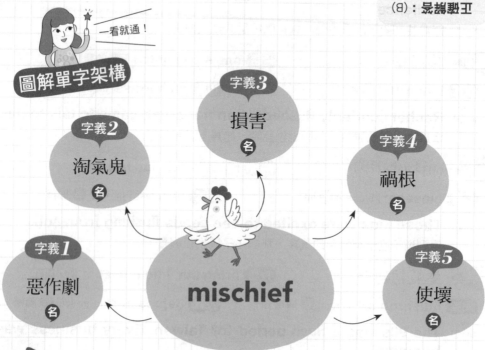

字義**3** 損害 名

字義**2** 淘氣鬼 名

字義**4** 禍根 名

字義**1** 惡作劇 名

mischief

字義**5** 使壞 名

原來如此

mischief有「惡作劇」之意，很愛惡作劇的人常被稱作「淘氣鬼」；胡鬧過了頭，可能造成嚴重的「損害」，種下「禍根」；甚至還能用來形容「(刻意地)使壞」呢！

字義1 惡作劇；胡鬧 名　　　**片語** pull a prank on sb. 跟某人惡作劇

同義 prank [præŋk] 名 惡作劇　　　**相關** annoying [əˋnɔɪɪŋ] 形 惱人的

例句 The teacher is annoyed by Tommy's constant mischief in the classroom.
老師被湯米在教室不停的胡鬧搞得相當氣惱。

字義2 淘氣鬼 名　　　**片語** goof off 逃學；逃離職責

同義 prankster [ˋpræŋkstə] 名 惡作劇者　　　**反義** bookworm [ˋbʊk͵wɝm] 名 書呆子

例句 My brother used to be a mischief back in high school.
高中的時候，我弟弟曾經是一個淘氣鬼。

字義3 損害 名　　　**片語** suffer from 因…而受到損害

同義 deprivation [͵dɛprɪˋveʃən] 名 損失　　　**相關** indemnify [ɪnˋdɛmnə͵faɪ] 動 賠償

例句 A sudden storm or typhoon will do much mischief to the crops.
突如其來的暴風雨或颱風會使農作物受到嚴重的損害。

字義4 禍根 名　　　**片語** indulge in 沉迷；放縱

同義 canker [ˋkæŋkə] 名 腐敗的原由　　　**反義** catastrophe [kəˋtæstrəfɪ] 名 災害

例句 Bob is considered to be the mischief of his family, but I don't think he's that bad.
鮑伯被認為是家裡的禍根，但我不認為他有那麼壞。

字義5 (口)使壞；挑撥離間 名　**片語** get in a fight with sb. 爭執

近義 discord [ˋdɪskɔrd] 名 不和　　　**相關** discussion [dɪˋskʌʃən] 名 溝通

例句 Don't be so quick to trust Lucy's words. I think she is just making mischief between you and Tom.
別那麼輕易相信露西的話，我覺得她是在挑撥你與湯姆的關係。

UNIT
14

scratch
[skrætʃ]

Let's get started!

MP3 072

暖身選擇題　**Q** 請問下列兩例句中的scratch，各代表什麼意思呢？

▶ Amy's cat shows its resistance to showers by **scratching** her arms.

▶ The runners are waiting anxiously at the **scratch**.

(A) 擁抱 / 終點線　　(B) 掙扎 / 休息區　　(C) 抓傷 / 起跑線

正確解答：(C)

一看就通！

圖解單字架構

字義3
潦草地塗寫
動

字義2
抓痕
名

字義4
打草稿用的
形

字義1
抓傷；刮傷
動

scratch

字義5
起跑線
名

原來如此

scratch指「抓傷」，其結果就是產生「抓痕」；衍生其抓的不規則脈絡，就能用來形容「潦草地塗寫」，甚至是「打草稿用的」；取其『痕跡』的概念，可形容「起跑線」。

這個單字能表達這些意思！

字義1 抓傷；刮傷 動　　**片語** in trouble 起衝突

同義 scrape [skrep] 動 擦破　　**反義** recover [rɪˋkʌvɚ] 動 恢復

例句 The nozzle was damaged and scratched during the shipment.
噴嘴在運送過程中損壞，表面被刮到。

字義2 抓痕；刮擦聲 名　　**片語** look out for sth. 小心某物

同義 abrasion [əˋbreʒən] 名 擦傷　　**相關** incisive [ɪnˋsaɪsɪv] 形 銳利的

例句 This unintended scratch on the car cost me two months worth of my salary.
車子上的意外刮痕花了我兩個月的薪水去補漆。

字義3 潦草地塗寫 動　　**片語** write down 寫下來

同義 scribble [ˋskrɪbl] 動 潦草地塗寫　　**相關** scrawl [skrɔl] 動 塗鴉

例句 Evan scratched off a love letter to the girl he had admired for years.
伊凡潦草地寫了一封情書給他愛慕了好幾年的女孩。

字義4 打草稿用的 形　　**片語** draft up a paper 寫草稿

同義 preliminary [prɪˋlɪməˏnɛrɪ] 形 預備的　　**相關** formal [ˋfɔrml] 形 正式的

例句 The teaching assistant warned us to turn in the scratch essay by end of this week.
助教提醒我們這個星期要繳交文章的草稿。

字義5 起跑線 名　　**片語** neck and neck 不相上下

同義 outset [ˋautˏsɛt] 名 開始；最初　　**相關** defeat [dɪˋfit] 動 戰勝；擊敗

例句 Leo is a legend in his town for he has built a billion dollars worth of business from scratch.
里歐是小鎮裡的傳奇人物，因為他從無到有打造了一個價值十億的公司。

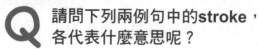

暖身選擇題

Q 請問下列兩例句中的stroke，
各代表什麼意思呢？

▶ The man had a **stroke** last night and it was quite serious.
▶ The artist put her last **stroke** to the painting, leaving everyone
in awe.

(A) 全壘打 / 撕毀　　　(B) 跳動 / 簽名　　　(C) 中風 / 筆觸

正確選項：(C)

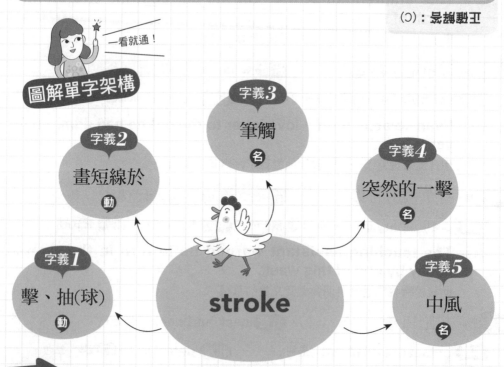

一看就通！

圖解單字架構

字義**2**
畫短線於
動

字義**3**
筆觸
名

字義**4**
突然的一擊
名

字義**1**
擊、抽(球)
動

stroke

字義**5**
中風
名

原來如此

stroke有「擊、抽(球)」之意，取其『快速』的概念，指「畫短線於」，也能用以形容
「筆觸」；另外也能表達「突然的一擊」(短促)及「中風」(短促及突發)。

這個單字能表達這些意思！

字義 1 ▶ 擊、抽(球) 動　　　**片語** drive a ball straight 打直球

同義 smack [smæk] 動 打(球)　　　**相關** rebound [rɪ`baʊnd] 動 彈回(球)

例句 Larry **stroked** the ball very hard and made a home run.
賴瑞大力擊球，結果擊出了一支全壘打。

字義 2 ▶ 畫短線於 動　　　**片語** stroke out 用線畫掉；刪去

同義 underscore [ˌʌndə`skor] 動 畫線　　　**相關** accentuate [æk`sɛntʃu‚et] 動 強調

例句 The bank teller asked me to **stroke** a line after the number, just to be safe.
為了保險起見，銀行出納員請我在數字後面畫短線。

字義 3 ▶ 筆觸 名　　　**片語** keep a diary 寫日記

同義 brushwork [`brʌʃ‚wɜk] 名 筆法　　　**相關** feature [fitʃə] 名 特色

例句 Nora touched up her painting with a last delicate **stroke**.
諾拉畫上最後細細的一筆，完成她的畫作。

字義 4 ▶ 突然的一擊 名　　　**片語** miss a beat of sth. 中斷某事

近義 bang [bæŋ] 名 猛擊；猛撞　　　**相關** abruptly [ə`brʌptlɪ] 副 突然地

例句 When the little girl saw a **stroke** of lightning, she felt afraid and then ran into the house.
當小女孩看到閃電時，她感到害怕並跑回屋子裡。

字義 5 ▶ 中風 名　　　**片語** face up to 勇敢面對

同義 apoplexy [`æpə‚plɛksɪ] 名 中風　　　**相關** paralyze [`pærə‚laɪz] 動 癱瘓

例句 Although the **stroke** paralyzed the left side of the patient's body, he won't give up.
即使中風導致那位病人左半邊的身體癱瘓，他還是不放棄。

bolt
[bolt]

Let's get started!

MP3 074

暖身選擇題

Q 請問下列兩例句中的bolt，
各代表什麼意思呢？

▶ I **bolted** out of my house since I got up too late.
▶ The last one who leaves the office should **bolt** up the door.

(A) 衝出 / 閂上　　　(B) 離開 / 釘牢　　　(C) 閂上 / 弩箭

正確答案：(A)

一看就通！

圖解單字架構

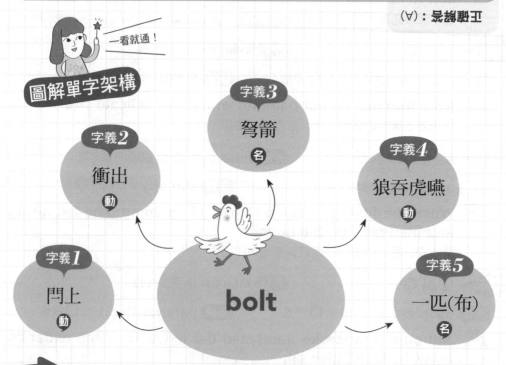

字義3
弩箭
名

字義2
衝出
動

字義4
狼吞虎嚥
動

字義1
閂上
動

bolt

字義5
一匹(布)
名

原來如此

bolt當動詞有「閂上」與「衝出」兩個意思，衍生後者『快速』的概念，就產生「弩箭」
與「狼吞虎嚥」兩種用法；另外也可以用來表示數量的「一匹(布)」喔！

這個單字能表達這些意思！

字義1 閂上 動　　**片語** lock sb. up 把某人關起來

同義 secure [sɪˋkjʊr] 動 弄牢；關緊　　**反義** unravel [ʌnˋrævl] 動 解開

例句 Jack asked Tiffany for the key so that he could **bolt** the door when he left.
傑克向蒂芬妮拿鑰匙，這樣他離開的時候才能鎖門。

字義2 衝出 動　　**片語** run after 追趕；追求

同義 scurry [ˋskɜ˙ɪ] 動 急趕　　**反義** stroll [strol] 動 緩步走；溜達

例句 We abandoned our belongings and **bolted** out of the theater when we heard the alarm.
一聽到警鈴，我們就丟下隨身物品，立即衝出戲院。

字義3 弩箭 名　　**片語** take aim at 針對；著手處理

同義 arrow [ˋæro] 名 箭　　**相關** catapult [ˋkætə͵pʌlt] 名 彈弓

例句 Mike quickly pulled a **bolt** from behind his back and aimed at the prey.
麥克很快地從背後抽出弩箭，瞄準獵物。

字義4 狼吞虎嚥 動　　**片語** gulp down sth. 狼吞虎嚥地吃

同義 gorge [gɔrdʒ] 動 狼吞虎嚥　　**反義** nibble [ˋnɪbl] 動 一口口地咬

例句 My brother was so hungry that he **bolted** down his dinner in a few minutes.
我弟弟實在太餓，所以在幾分鐘內就吃完他的晚餐。

字義5 (棉布等的)一匹 名　　**片語** put on 穿上；穿戴

近義 furl [fɜl] 名 捲收；摺疊　　**相關** fabric [ˋfæbrɪk] 名 織品；織物

例句 In the past, a **bolt** of silk could be exchanged for a lot of things.
古時候，一匹絲綢可以換很多東西。

UNIT
17

compact
[kəm`pækt / `kɑmpækt]

Let's get started!

MP3 075

暖身選擇題 **Q** 請問下列兩例句中的compact，各代表什麼意思呢？

▶ Recently, **compact** cars have become very popular.
▶ Maria brings her **compact** and concealer everywhere she goes.

(A) 壓縮的 / 小型車　　　(B) 小型的 / 粉盒　　　(C) 油電的 / 護唇膏

正確解答：(B)

 一看就通！

圖解單字架構

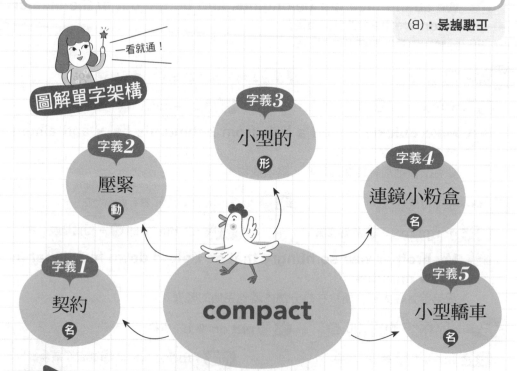

字義3
小型的
形

字義2
壓緊
動

字義4
連鏡小粉盒
名

字義1
契約
名

compact

字義5
小型轎車
名

原來如此

compact最常見的名詞用法是「契約」，動詞則為「壓緊」，衍生其『壓縮』的概念而產生「小型的」、「連鏡小粉盒」(化妝用品)以及「小型轎車」等意思。

這個單字能表達這些意思！

字義1 契約 名 　　　　**片語** in agreement on 對…表示同意

同義 contract [ˋkɑntrækt] 名 契約　　　**相關** obligation [ˌɑbləˋgeʃən] 名 義務

例句 **Ryan just signed a five-year compact with Mr. Chang's company.**
萊恩剛剛和張先生的公司簽了五年合約。

字義2 壓緊 動 　　　　**片語** full-court press (籃球)全場緊迫盯人

同義 compress [kəmˋprɛs] 動 壓縮　　　**反義** disperse [dɪˋspɝs] 動 散發

例句 **My mother has recently bought a new trash can that can compact trash.**
我媽媽最近新買了一個能壓縮垃圾的垃圾桶。

字義3 小型的 形 　　　　**片語** small potatoes 微不足道的事物

近義 atomic [əˋtɑmɪk] 形 極微的　　　**反義** gigantic [dʒaɪˋgæntɪk] 形 巨大的

例句 **The man lived in a very compact apartment before he got promoted.**
這名男子在升職前都住在一間很小型的公寓裡。

字義4 連鏡小粉盒 名 　　　　**片語** put on makeup 化妝

近義 concealer [kənˋsilə] 名 遮瑕膏　　　**相關** cosmetics [kɑzˋmɛtɪks] 名 彩妝

例句 **Did anyone drop her compact with Hello Kitty on it? I found one in the lobby.**
有人遺失了她的Hello Kitty粉盒嗎？我在大廳撿到一個。

字義5 (美)小型轎車 名 　　　　**片語** cut sb. off 超車(負面)

近義 sedan [sɪˋdæn] 名 (美)轎車　　　**相關** trailer [ˋtrelə] 名 拖車

例句 **Danny's parents gave him a compact for commuting to school.**
丹尼的父母給了他一台小型轎車，方便他通勤上學。

embrace
[ɪm`bres]

Let's get started!

MP3 076

暖身選擇題

Q 請問下列兩例句中的embrace，各代表什麼意思呢？

▶ Mary quit her job since her manager never **embraced** her ideas.

▶ The lake is **embraced** by the magnificent mountains.

(A) 包括 / 擁抱　　　　(B) 欣然接受 / 環繞　　　　(C) 鼓勵 / 俯瞰

正確答案：(B)

一看就通！

圖解單字架構

字義**3**
環繞
動

字義**2**
包括
動

字義**4**
欣然接受
動

字義**1**
擁抱
動

embrace

字義**5**
信奉
動

原來如此

embrace最常見的用法為「擁抱」，這個概念可以另外解讀成「包括」、「環繞」與「欣然接受」等；比較特殊的是「信奉」，但此意也脫離不了擁抱和接受(某宗教)的概念。

這個單字能表達這些意思！

字義1 擁抱 動　　**片語** clasp sb. by the hand 緊握某人的手

近義 cuddle [ˋkʌdl̩] 動 親熱地摟住　　**相關** discomfort [dɪsˋkʌmfət] 名 不適

例句 Jennifer embraced her boyfriend when she saw him after a two-year separation.
經過兩年的分離，珍妮佛一看到她男友，便上前擁抱他。

字義2 包括 動　　**片語** in the loop 接近權力核心

同義 encompass [ɪmˋkʌmpəs] 動 包含　　**反義** exclude [ɪkˋsklud] 動 不包含

例句 Please embrace me at the meeting with the client.
當你跟這個客戶開會時，請把我算進去。

字義3 環繞 動　　**片語** be surrounded by 被…環繞

同義 environ [ɪnˋvaɪrən] 動 圍繞　　**相關** adjacent [əˋdʒesnt] 形 鄰近的

例句 My father made a fence to embrace our dogs so that they won't wander off.
我爸爸建了一個圍籬來圍住我們的狗，以避免牠們亂跑。

字義4 欣然接受(提議等) 動　　**片語** approve of 贊成

同義 welcome [ˋwɛlkəm] 動 欣然接受　　**反義** repel [rɪˋpɛl] 動 排斥；抵制

例句 I embraced this amazing offer with no hesitance.
我毫不遲疑地接受這個非常棒的工作機會。

字義5 信奉 動　　**片語** devote oneself to 將自己奉獻給

近義 worship [ˋwɜʃɪp] 動 信奉　　**反義** dishonor [dɪsˋɑnə] 動 不尊重

例句 Andy began to embrace Buddhism after he lost his dear family members.
安迪在失去他親愛的家庭成員後，便開始信奉佛教。

UNIT
19
falter
[ˋfɔltɚ]

Let's get started!

MP3 077

暖身選擇題

Q 請問下列兩例句中的**falter**，各代表什麼意思呢？

▸ My support for this medicine **faltered** after I found out the side effects.
▸ Mike was too shy and **faltered** while talking to us.

(A) 猶豫 / 踉蹌　　　　(B) 停擺 / 沉默　　　　(C) 動搖 / 結巴

正確解答：(C)

一看就通！

圖解單字架構

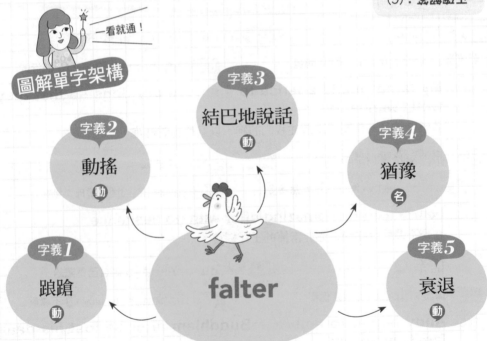

字義3
結巴地說話
動

字義2
動搖
動

字義4
猶豫
名

字義1
踉蹌
動

falter

字義5
衰退
動

原來如此

falter常用來形容走路「踉蹌」，取這個概念引申出「(內心)動搖」、「(說話)結巴」與「(態度)猶豫」等意思；另外取其踉蹌跌倒的概念形容「衰退」的情形。

這個單字能表達這些意思！

字義1 跟蹌 🔟　　**片語** stumble through sth. 跌跌撞撞地進行

同義 stumble [ˋstʌmbḷ] 🔟 跌跌撞撞地走　　**反義** straighten [ˋstretn] 🔟 使挺直

例句 The police could tell that the driver was not sober by the way he faltered.
警員從駕駛走路跟蹌的模樣，就能看出他喝醉了。

字義2 動搖 🔟　　**片語** falter over sth. 在…上動搖

同義 shatter [ˋʃætɚ] 🔟 動搖　　**反義** persist [pɚˋsɪst] 🔟 堅持

例句 My long-term goal, which is to be an entrepreneur, has never faltered.
我長遠的目標是成為一名創業家，這個想法從來沒有動搖過。

字義3 結巴地說話 🔟　　**片語** in stutter mode 處於斷斷續續的狀態

同義 stammer [ˋstæmɚ] 🔟 口吃　　**相關** splutter [ˋsplʌtɚ] 🔟 氣急敗壞地說

例句 Joey faltered when answering the tough question Professor Lin asked.
喬伊在回答林教授的艱難問題時，顯得結結巴巴。

字義4 猶豫 🔞　　**片語** have hesitation in 對…感到猶豫

同義 hesitation [ˌhɛzəˋteʃən] 🔞 猶豫　　**反義** certainty [ˋsɝtntɪ] 🔞 確定

例句 The groom-to-be said he never had any falter in marrying Jenny.
這名準新郎說，關於要與珍妮結婚的這件事，他從來沒有猶豫過。

字義5 衰退 🔟　　**片語** be on decline 衰退中

同義 deteriorate [dɪˋtɪrɪəˌret] 🔟 衰退　　**反義** advance [ədˋvæns] 🔟 前進

例句 As you grow old, it's inevitable that your agility falters.
當你年紀漸長，敏捷度會衰退是無可避免的。

UNIT 20

flap

[flæp]

Let's get started!

MP3 078

Q 請問下列兩例句中的**flap**，各代表什麼意思呢？

▸ The injured bird tried hard to **flap** its wings.

▸ The barbeque cart comes in handy with its long **flap** that holds a lot of dishes.

(A) 拍動 / 摺板　　　(B) 移動 / 蓋口　　　(C) 翻滾 / 蓋子

正確解答：(A)

一看就通！

圖解單字架構

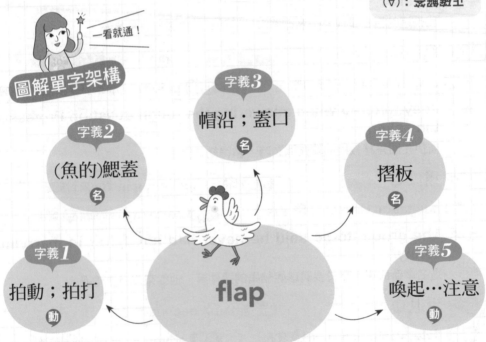

字義3
帽沿；蓋口
名

字義2
(魚的)鰓蓋
名

字義4
摺板
名

字義1
拍動；拍打
動

字義5
喚起…注意
動

flap

原來如此

flap當動詞為「拍動」，當名詞則指那些具備拍動特性的片狀物，例如「(魚的)鰓蓋」、「帽沿」以及「摺板」等等；另外，當物品拍動的時候，自然會「引起注意」。

這個單字能表達這些意思！

字義1 拍動；拍打 動　　**片語** brush sb. off 不接受某人

同義 flutter [ˈflʌtɚ] 動 拍(翅)　　**反義** steady [ˈstɛdɪ] 動 使穩固；使鎮定

例句 The national flag of Australia flapped in the wind.
澳洲的國旗在風中飄揚。

字義2 (魚的)鰓蓋 名　　**片語** cold fish 孤僻的人

近義 cheek [tʃik] 名 臉頰　　**相關** nostril [ˈnɑstrɪl] 名 鼻孔

例句 The fisherman cut the flap off the fish immediately when he caught the fish.
這名漁夫一抓到魚，就馬上把魚鰓割掉。

字義3 帽沿；(信封的)蓋口 名 **片語** give a nod to 同意

同義 visor [ˈvaɪzɚ] 名 (英)帽舌　　**相關** headgear [ˈhɛd.gɪr] 名 帽；盔

例句 The letter has been lost because the envelope's flap wasn't sealed.
因為信封口沒有封住，所以裡面的信件不見了。

字義4 (桌子的)摺板 名　　**片語** in preparation for 準備

近義 extension [ɪkˈstɛnʃən] 名 擴大部份　　**相關** holder [ˈholdɚ] 名 置放處

例句 The table can accommodate many people by pulling out the flap on the side.
如果把摺板從桌邊拉出來，便可容納很多人。

字義5 喚起…注意 動　　**片語** call for attention 引起注意

同義 arouse [əˈrauz] 動 喚起　　**相關** pretend [prɪˈtɛnd] 動 佯裝

例句 It's not a good time to talk now. I think we have people's ears flapping here.
現在不方便和你聊，我覺得有人在注意我們的談話。

167

UNIT 21

incense
[`ɪnsɛns / ɪn`sɛns]

Let's get started!

MP3 079

暖身選擇題

Q 請問下列兩例句中的incense，各代表什麼意思呢？

▸ The scent of the incense made me feel calm and peaceful.
▸ Joe was incensed by the mean and untrue rumors about him.

(A) 香味 / 點燃　　　　(B) 尊敬 / 興奮　　　　(C) 焚香 / 激怒

正確答案：(C)

一看就通！

圖解單字架構

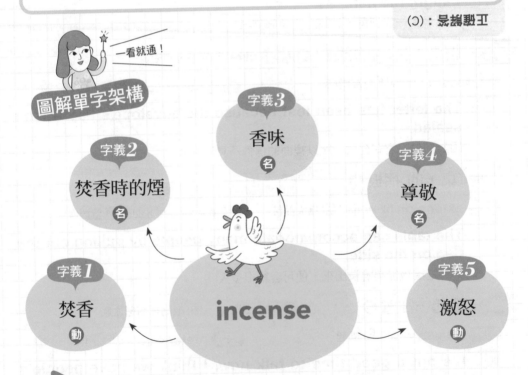

字義3
香味
名

字義2
焚香時的煙
名

字義4
尊敬
名

字義1
焚香
動

incense

字義5
激怒
動

原來如此

incense當動詞指「焚香」，也能表達「焚香時的煙」，或者用以形容「香味」；焚香也讓人聯想到祭拜等場合的「尊敬」心態；另外，可取其『焚』的概念形容「激怒」。

168

 這個單字能表達這些意思！

字義1 焚香 🔲 　　　　片語 light up the incense 點香

同義 cense [sɛns] 🔲 焚香敬(神)　　　相關 ignite [ɪgˋnaɪt] 🔲 點燃

例句 **My grandmother incenses everyday to pay respect to the ancestors.**
我外婆每天都焚香以祭拜祖先。

字義2 焚香時的煙 🔲 　　　片語 fume over sth./sb. 因…而惱怒

近義 smog [smɑg] 🔲 煙霧　　　相關 odorant [ˋodərənt] 🔲 有氣味的

例句 **If you walk into the temple, you'll smell the strong incense burning there.**
如果你走進寺廟，就會發現那裡充斥著焚香的味道。

字義3 香味 🔲 　　　　片語 smell one's breath 聞某人的口氣

同義 fragrance [ˋfregrəns] 🔲 香味　　　反義 stench [stɛntʃ] 🔲 惡臭

例句 **Are you wearing perfume? I can smell the incense around you.**
你有噴香水嗎？我在你旁邊都能聞到一股香味。

字義4 尊敬 🔲 　　　　片語 pay respect to 向…致敬

同義 esteem [ɪsˋtim] 🔲 尊敬　　　反義 contempt [kənˋtɛmpt] 🔲 輕蔑

例句 **The teacher is furious because the students show no incense to the elders.**
老師之所以動怒，是因為學生沒有尊敬長者。

字義5 激怒 🔲 　　　　片語 push one's buttons 激怒某人

同義 infuriate [ɪnˋfjʊrɪ͵et] 🔲 激怒　　　反義 comfort [ˋkʌmfət] 🔲 安撫

例句 **Grant's rude and barbaric behavior incensed me badly.**
葛蘭特無禮與粗野的舉止激怒了我。

UNIT 22

mash
[mæʃ]

Let's get started!

MP3 080

暖身選擇題

Q 請問下列兩例句中的mash，
各代表什麼意思呢？

▸ I would like **mashed** potato on the side, please.
▸ Mike is a playboy and he will **mash** any girls he meets.

(A) 搗成糊狀 / 調情　　　(B) 壓碎 / 邀約　　　(C) 煮熟 / 壓碎

正確解答：(A)

一看就通！

圖解單字架構

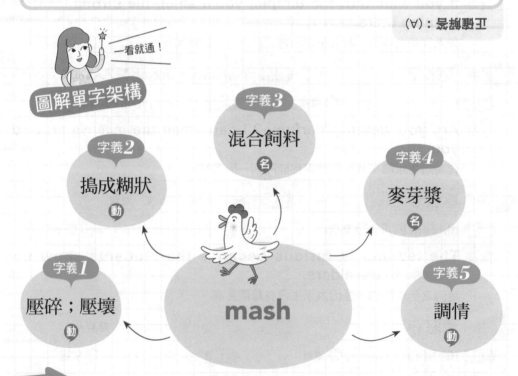

字義3
混合飼料
名

字義2
搗成糊狀
動

字義4
麥芽漿
名

字義1
壓碎；壓壞
動

mash

字義5
調情
動

原來如此

mash意指「壓碎」，取其破壞型態的概念，能表示「搗成糊狀」；當名詞則為「混合飼料」與「麥芽漿」之意(搗成糊狀的結果)；甚至還能用來形容黏膩的「調情」狀態呢！

這個單字能表達這些意思！

字義1 壓碎；壓壞 **動**　　　**片語** be ground to 被壓成…

同義 masticate [ˋmæstə͵ket] **動** 粉碎　　　**反義** stiffen [ˋstɪfn̩] **動** 使變硬

例句 The mother mashed up the food into small pieces before feeding her kid.

在餵孩子之前，這名母親將食物壓成小碎片。

字義2 搗成糊狀 **動**　　　**片語** mash up sth. 把…搗成泥

近義 pulverize [ˋpʌlvə͵raɪz] **動** 研磨　　　**相關** adhesive [ədˋhisɪv] **形** 黏的

例句 The cook is mashing the potatoes in preparation for the dishes.

那個廚師為了準備菜餚，正將馬鈴薯搗成泥。

字義3 混合飼料 **名**　　　**片語** feed on 以…為食

同義 forage [ˋfɔrɪdʒ] **名** 飼料　　　**相關** vittle [ˋvɪtl̩] **動** (家畜等)進食

例句 The vet recommended that I not give my dog mash.

獸醫建議我不要給我的狗吃混合飼料。

字義4 麥芽漿 **名**　　　**片語** have a sweet tooth 喜歡甜食

近義 syrup [ˋsɪrəp] **名** 糖漿　　　**相關** sweetness [ˋswitnɪs] **名** 甜美

例句 Mandy insisted that pancakes are best served with mash and butter.

曼蒂堅持煎餅跟麥芽漿和奶油是絕配。

字義5 調情 **動**　　　**片語** flirt with sb. 與某人調情

同義 flirt [flɜt] **動** 調情；賣俏　　　**相關** faithful [ˋfeθfəl] **形** 忠貞的

例句 Moore's friend recommended that he stop mashing those girls.

莫爾的朋友勸他不要再跟那群女生調情了。

pinch

[pɪntʃ]

Let's get started!

MP3 081

暖身選擇題　**Q** 請問下列兩例句中的pinch，
各代表什麼意思呢？

▸ Danny was **pinched** by his girlfriend because of his inappropriate words.

▸ We're in a **pinch**. Please evacuate from this building now.

(A) 打 / 大新聞　　　(B) 捏 / 緊急情況　　　(C) 斥責 / 防災演練

正確選項：(B)

一看就通！

圖解單字架構

字義**3**
節省
動

字義**2**
勒索
動

字義**4**
使消瘦
動

字義**1**
捏；捏掉
動

pinch

字義**5**
緊急情況
名

原來如此

pinch有「捏；捏掉」的意思，引申到抽象涵義上就有「勒索」(負面)及「節省」(正面)之意，還能表達「使消瘦」；另外還能指「緊急情況」喔！

字義1 捏；掐掉(嫩枝等) 動　　**片語** tweak one's ears 捏耳朵

同義 squeeze [skwiz] 動 捏；擠　　**相關** torment [tɔr`mɛnt] 動 使痛苦

例句 **Stop pinching me. I've got enough bruises because of you.**
不要再捏我了，我因為你已經有夠多的瘀青了。

字義2 勒索 動　　**片語** hold sb. for ransom 為了贖金挾持

同義 blackmail [`blæk͵mel] 動 勒索　　**相關** bribe [braɪb] 動 賄賂

例句 **The abductor called the child's parents yesterday to pinch money.**
為了勒索，這名綁架犯昨天打電話給小孩的家長。

字義3 節省 動　　**片語** save one's pocket 節省

同義 retrench [rɪ`trɛntʃ] 動 節省　　**反義** squander [`skwɑndə] 動 浪費

例句 **Since you want to start a business, you should try to pinch every penny.**
既然你想創業，就要試著省下所有能省的錢。

字義4 使消瘦 動　　**片語** for the time being 暫時

同義 emaciate [ɪ`meʃɪ͵et] 動 使消瘦　　**相關** downcast [`daʊn͵kæst] 形 沮喪的

例句 **After Nick was struck by cancer, his face became extremely pinched.**
尼克罹癌後，臉變得非常消瘦。

字義5 緊急情況 名　　**片語** in case of emergency 緊急狀況時

同義 emergency [ɪ`mɝdʒənsɪ] 名 緊急情況　　**相關** exigent [`ɛksədʒənt] 形 危急的

例句 **People admire the team because of their performance in that pinch.**
因為這個團隊在危機中的表現出色，使得大家都很欽佩他們。

pledge

[plɛdʒ]

Let's get started!

MP3 082

暖身選擇題

Q 請問下列兩例句中的**pledge**，
各代表什麼意思呢？

▸ The groom **pledged** to remain faithful to the bride.

▸ This watch was a **pledge** which I brought to the pawn shop.

(A) 發誓 / 典當品　　　(B) 向…祝酒 / 紀念物　　　(C) 答應 / 信物

正確解答：(A)

一看就通！

圖解單字架構

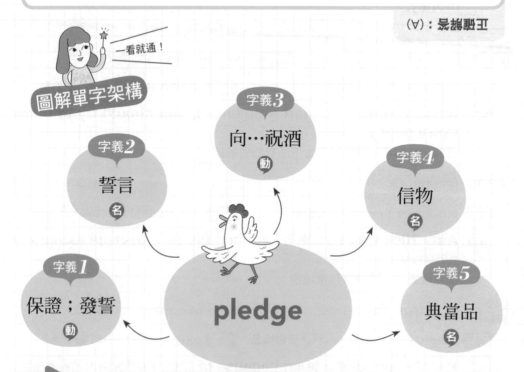

字義3
向…祝酒
動

字義2
誓言
名

字義4
信物
名

字義1
保證；發誓
動

pledge

字義5
典當品
名

原來如此

pledge最常見的用法為「發誓」(動詞)與「誓言」(名詞)，正式場合中也可能包含「祝酒」的舉動；另外，還能指帶有誓言或紀念意義的「信物」或「典當品」。

這個單字能表達這些意思！

字義1 保證；發誓 動　　**片語** plight one's troth 訂婚

同義 plight [plaɪt] 動 發誓；保證　　**反義** hoodwink [ˋhʊdˌwɪŋk] 動 欺詐

例句 I chose to trust Lance since he had pledged to us.
我選擇相信蘭斯，因為他對我們發過誓。

字義2 誓言 名　　**片語** be under oath to 發誓要

同義 guarantee [ˌgærənˋti] 名 保證　　**反義** breach [britʃ] 名 違反；破壞

例句 The general made the soldier take a pledge before that mission.
在執行任務之前，將軍要那名士兵發誓。

字義3 向…祝酒 動　　**片語** make a toast to sb. 向某人祝酒

同義 salute [səˋlut] 動 向…致意　　**相關** jubilant [ˋdʒublənt] 形 歡騰的

例句 Let's pledge to Mom and wish her happiness and health all her life.
讓我們向母親敬酒，並祝她一輩子健康快樂。

字義4 (友情等的)信物 名　　**片語** make friends 交朋友

同義 memento [mɪˋmɛnto] 名 紀念物　　**相關** friendship [ˋfrɛndʃɪp] 名 友誼

例句 Leo gave Angie a ring as a pledge for love before he went to study abroad.
里歐出國唸書前，給了安琪一枚戒指作為定情物。

字義5 典當品 名　　**片語** be in pledge 典當

近義 collateral [kəˋlætərəl] 名 抵押品　　**相關** antique [ænˋtik] 形 古老的

例句 To help Phil get back on track, Sarah didn't hesitate to put her earrings in pledge.
為了幫助菲爾步上軌道，莎拉毫不猶豫地典當了她的耳環。

UNIT 25

prune
[prun]

Let's get started!

MP3 083

暖身選擇題　**Q** 請問下列兩例句中的prune，各代表什麼意思呢？

▸ We hired a gardener to **prune** the plants in our backyard.
▸ I like to wear **prune** nail polish for special occasions.

(A) 刪除 / 橘色的　　　(B) 修剪 / 深紫紅色的　　　(C) 鋸 / 賽車用的

正確解答：(B)

一看就通！

圖解單字架構

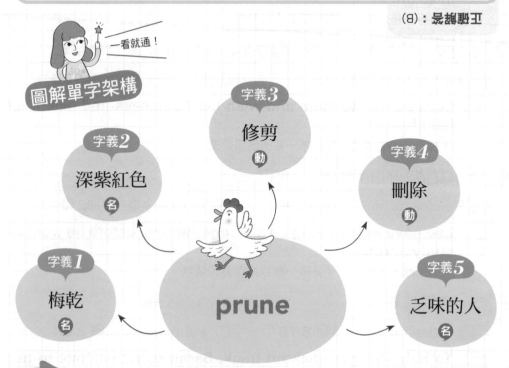

字義3　修剪　動

字義2　深紫紅色　名

字義4　刪除　動

字義1　梅乾　名

prune

字義5　乏味的人　名

原來如此

prune指「梅乾」，通常呈現「深紫紅色」；另外一個常見的用法為動詞「修剪」，其中包含「刪除」的意思，一個人的性格修剪得太乾淨，也容易被看作是「乏味的人」呢！

這個單字能表達這些意思！

字義1 梅乾 名　　　**片語** have a bite 咬一口

近義 plum [plʌm] 名 梅子　　　**相關** morsel [ˋmɔrsl̩] 名 (美味)小吃

例句 I noticed that girls usually like prunes more than boys do.
我發現女生通常比男生喜歡吃梅乾。

字義2 深紫紅色 名　　　**片語** see red 勃然大怒

同義 mulberry [ˋmʌl͵bɛrɪ] 名 深紫紅色　　　**相關** olive [ˋɑlɪv] 名 橄欖色

例句 The lady in prune really stands out from the crowd at the ball.
這位身穿深紫紅色衣服的女士在舞會的人群裡很顯眼。

字義3 修剪 動　　　**片語** prune sth. away 剪去某物

近義 shear [ʃɪr] 動 修剪　　　**相關** modeling [ˋmɑdl̩ɪŋ] 名 造型(術)

例句 The couple decided to hire a gardener to prune the plants in their garden.
這名夫妻決定雇用一名園丁來修剪他們花園內的植物。

字義4 刪除 動　　　**片語** weed out 刪除；清除

同義 eradicate [ɪˋrædɪ͵ket] 動 根絕　　　**反義** retain [rɪˋten] 動 保留；保持

例句 Jeff hasn't been a good boy, so his dad has pruned his allowance by NT$1,000 a month.
傑夫最近不乖，所以他爸爸每個月少給他一千元零用錢。

字義5 (俚)乏味的人 名　　　**片語** a pain in the neck 難搞的人

同義 fribble [ˋfrɪbl̩] 名 無聊的人　　　**相關** downer [ˋdaʊnɚ] 名 掃興的人

例句 Tony is a prune, so most of our classmates don't like to talk to him.
東尼的個性乏味，所以班上大部份的同學都不喜歡與他交談。

retort

[rɪˋtɔrt]

Let's get started!

MP3 084

暖身選擇題

Q 請問下列兩例句中的retort，
各代表什麼意思呢？

▸ In this movie, the woman **retorts** the death of her son.
▸ Mandy **retorted** that it was not her fault when I blamed her.

(A) 反駁 / 解釋　　　　(B) 哭泣 / 回覆　　　　(C) 進行報復 / 反駁

正確解答：(C)

一看就通！

圖解單字架構

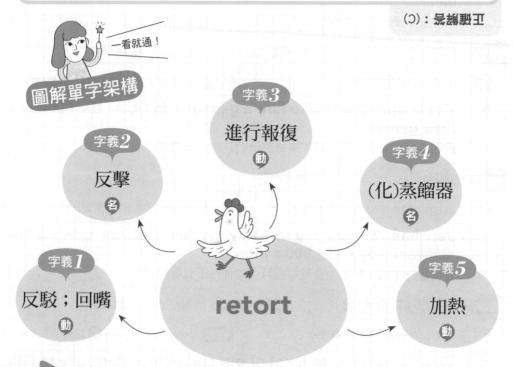

字義**3**
進行報復
動

字義**2**
反擊
名

字義**4**
(化)蒸餾器
名

字義**1**
反駁；回嘴
動

retort

字義**5**
加熱
動

原來如此

retort最常見的用法為「反駁」或「反擊」，也能進一步形容較為激烈的「進行報復」；
另外一個實用的用法為「蒸餾器」，或者將物品「置於蒸餾器中加熱」。

字義1 ▶ 反駁；回嘴 動　　**片語** open to question 可以反駁

同義 refute [rɪˋfjut] 動 反駁　　**反義** ratify [ˋrætə‚faɪ] 動 許可

例句 My mother said that she never retorted to her parents when she was young.

我媽說她年輕的時候從來沒有反駁過她的父母。

字義2 ▶ 反擊 名　　**片語** one's Achilles' heel 某人的弱點

同義 comeback [ˋkʌm‚bæk] 名 (口)反擊　　**相關** withstand [wɪðˋstænd] 動 反抗

例句 Mary has made a funny retort that made everyone burst into laughter.

瑪麗有趣的反擊讓每個人都大笑。

字義3 ▶ (舊)進行報復 動　　**片語** get revenge against sb. 報復

同義 revenge [rɪˋvɛndʒ] 動 報復　　**相關** aftermath [ˋæftɚ‚mæθ] 名 後果

例句 The woman swore that she would retort against the ones who had cheated on her.

那位女性發誓報復那些曾經欺騙她的人。

字義4 ▶ (化)蒸餾器 名　　**片語** the boiling point 沸點

同義 distiller [dɪˋstɪlɚ] 名 蒸餾器　　**相關** container [kənˋtenɚ] 名 容器

例句 The winemaker used a retort to distill whisky.

製酒師用蒸餾器蒸餾威士忌。

字義5 ▶ 於蒸餾器中加熱 動　　**片語** give it a shot 試試看

同義 steam [stim] 動 加熱；蒸煮　　**反義** quench [kwɛntʃ] 動 冷卻

例句 Retorting techniques have been invaluable since shale oil is quite rare.

將頁岩油加熱的技術一直都很昂貴，因為頁岩油相當稀少。

smash
[smæʃ]

Let's get started!

MP3 085

暖身選擇題

Q 請問下列兩例句中的smash，
各代表什麼意思呢？

▸ Don't play baseball here. You are going to **smash** the windows.
▸ The movie was a **smash** hit when I was in high school.

(A) 殺球 / 成功的　　　(B) 打碎 / 轟動的　　　(C) 撞擊 / 無名的

正確答案：(B)

一看就通！

圖解單字架構

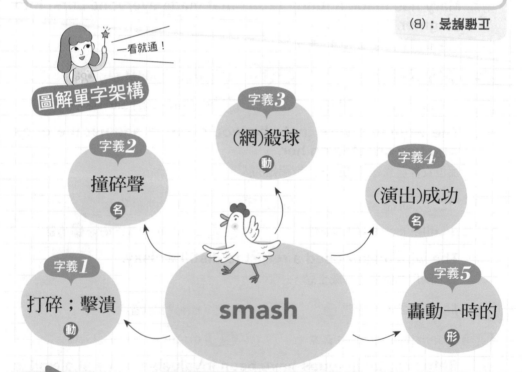

字義3
(網)殺球
動

字義2
撞碎聲
名

字義4
(演出)成功
名

字義1
打碎；擊潰
動

smash

字義5
轟動一時的
形

原來如此

smash意指「打碎」，轉為名詞就是「撞碎聲」；另外能取其『擊潰』的概念來形容
「(網球的)殺球」與「(演出等的)成功」，也能形容表演等「轟動一時的」狀態。

這個單字能表達這些意思！

字義1 打碎；擊潰 動　　**片語** smash into sth. 撞到某物

同義 scatter [`skætə] 動 潰散　　**反義** establish [ə`stæblɪʃ] 動 建造

例句 The man realized that smashing up the car wasn't a smart move when he was under arrest.
在被逮捕的時候，那名男子才發覺打爛車子不是個聰明的作法。

字義2 撞碎聲 名　　**片語** be in chips 變成碎片

同義 fragment [`frægmənt] 名 碎片　　**反義** entirety [ɪn`taɪrtɪ] 名 全體

例句 The windshield was broken completely with a smash sound.
伴隨著撞碎聲，擋風玻璃完全碎裂。

字義3 (網)殺球 動　　**片語** hit an overhead 殺球

近義 score [skor] 動 得分；贏得　　**相關** backhand [`bæk`hænd] 名 反手拍

例句 Sharapova smashed the ball and ended the game.
莎拉波娃殺球成功，結束了這場比賽。

字義4 (演出等的)成功 名　　**片語** be successful in 在…很成功

近義 sensation [sɛn`seʃən] 名 轟動的事件　　**反義** fiasco [fɪ`æsko] 名 可恥的失敗

例句 Even if the cast of the movie is amazing, it is far from being a smash.
雖然這部電影的卡司很強，但它始終不是部成功的電影。

字義5 轟動一時的 形　　**片語** bring down the house 博得喝采

同義 sensational [sɛn`seʃənəl] 形 轟動的　　**相關** knockout [`nɑk‚aʊt] 名 印象深刻物

例句 "Titanic" was a smash movie when I was in high school. And it's still my favorite.
《鐵達尼號》在我高中時期是轟動一時的電影，而且它仍是我最愛的電影。

UNIT 28

squash
[skwaʃ]

Let's get started!

MP3 086

暖身選擇題

Q 請問下列兩例句中的squash，各代表什麼意思呢？

▸ The teacher made his students carve the **squashes** for Halloween.

▸ Unfortunately, the rest of us have to **squash** into this car.

(A) 雕刻 / 裝滿　　　(B) 南瓜 / 擠進　　　(C) 甜瓜 / 鎮壓

正確解答：(B)

一看就通！

圖解單字架構

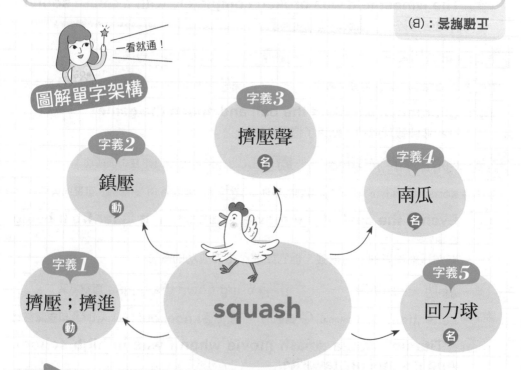

字義3
擠壓聲
名

字義2
鎮壓
動

字義4
南瓜
名

字義1
擠壓；擠進
動

squash

字義5
回力球
名

原來如此

squash當動詞常指「擠壓」，也能進一步表示「鎮壓」或者擠壓時所產生的「擠壓聲」；另一個常見的名詞意思為「南瓜」，取其形狀的概念，還能形容「回力球」喔！

這個單字能表達這些意思！

字義1 擠壓；擠進 動

片語 squeeze sth. down 擠壓下去

同義 squeeze [skwiz] 動 擠；榨

反義 slacken [`slækən] 動 鬆開

例句 **My brother fell down and accidentally squashed the tomatoes I had bought.**
我弟弟跌了一跤，不小心把我買回來的番茄壓扁了。

字義2 鎮壓 動

片語 leave it to sb. 交給某人辦

同義 suppress [sə`prɛs] 動 鎮壓

反義 sanction [`sæŋkʃən] 動 支持

例句 **The army squashed the insurrectionists with tanks and guns.**
軍隊用坦克車與槍來鎮壓叛亂份子。

字義3 擠壓聲 名

片語 pipe down 使安靜

同義 squelch [skwɛltʃ] 名 擠壓聲

相關 precarious [prɪ`kɛrɪəs] 形 不穩的

例句 **Be careful with my shopping bags. I heard a squash sound.**
小心我的袋子，我聽到了擠壓聲。

字義4 南瓜 名

片語 do a face plant 倒栽蔥

同義 pumpkin [`pʌmpkɪn] 名 南瓜

相關 vine [vaɪn] 名 藤蔓(植物)

例句 **My parents used to take me to the squash field every Halloween.**
每逢萬聖節，我爸媽都會帶我去南瓜田。

字義5 回力球 名

片語 bounce off the walls 情緒緊繃

同義 racquetball [`rækɪt,bɔl] 名 回力球

相關 indoors [`ɪn`dorz] 副 在室內

例句 **A squash ball is similar to a tennis ball, except that the latter is bigger.**
回力球與網球很像，除了後者的球比較大之外。

UNIT 29

stagger
[ˋstægɚ]

Let's get started!

MP3 087

一看就通！

圖解單字架構

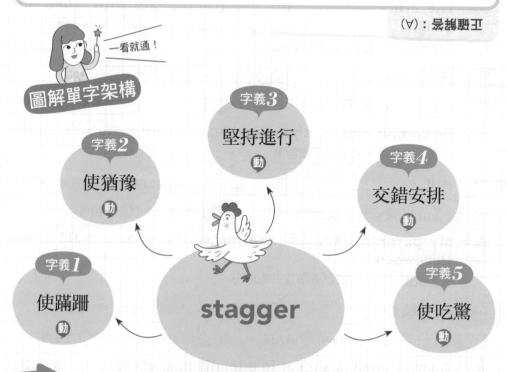

字義**3**
堅持進行
動

字義**2**
使猶豫
動

字義**4**
交錯安排
動

字義**1**
使蹣跚
動

stagger

字義**5**
使吃驚
動

原來如此

stagger最常見的用法為「蹣跚」，也可以用來形容「(心理上的)猶豫」；即便蹣跚也跨出步伐，就帶有「堅持進行」與「交錯安排」的意味；另外也有「使吃驚」的意思。

字義 1 ▶ 使蹣跚 🗐　　　**片語** stagger along 蹣跚地走

同義 totter [ˈtɑtɚ] 🗐 蹣跚；跟蹌　　　**相關** saunter [ˈsɔntɚ] 🗐 閒逛；漫步

例句 Several ducks staggered across the road in front of our car.
幾隻鴨子在我們車的前面搖搖晃晃地穿過馬路。

字義 2 ▶ 使猶豫 🗐　　　**片語** sway sb. to 說服某人…

近義 fumble [ˈfʌmbl] 🗐 笨拙地做　　　**相關** stoppage [ˈstɑpɪdʒ] 🗐 停止

例句 Some people have started to stagger in their stance after they heard the news.
聽完新聞後，有些人的立場開始動搖。

字義 3 ▶ 堅持進行 🗐　　　**片語** persist in 堅持做

同義 persevere [ˌpɜsəˈvɪr] 🗐 堅持不懈　　　**相關** obstruct [əbˈstrʌkt] 🗐 妨礙

例句 The government decided to stagger on with their nuclear policies.
政府堅持進行他們的核能政策。

字義 4 ▶ 交錯安排 🗐　　　**片語** take sth. into account 將…考慮進去

同義 interlace [ɪntɚˈles] 🗐 交錯　　　**相關** dispose [dɪˈspoz] 🗐 配置

例句 Mr. Lin has been staggering our shifts since he became the store manager.
自從林先生成為店長後，他一直都將我們的排班時間錯開。

字義 5 ▶ 使吃驚 🗐　　　**片語** take sb. by surprise 讓某人吃驚

近義 overwhelm [ˌovɚˈhwɛlm] 🗐 不知所措　　　**相關** abrupt [əˈbrʌpt] 🗐 突然的

例句 I am staggered by the news that the celebrity is getting married this month.
聽到那位名人這個月要結婚的消息，我好吃驚。

UNIT 30

strain
[stren]

Let's get started!

MP3 088

暖身選擇題

Q 請問下列兩例句中的strain，
各代表什麼意思呢？

▶ My dad has suffered from a serious ankle strain.
▶ Andy needs to see a therapist for he's been under too much strain.

(A) 擦傷 / 擔憂　　　(B) 緊拉 / 問題　　　(C) 扭傷 / 過勞

正確解答：(C)

一看就通！

圖解單字架構

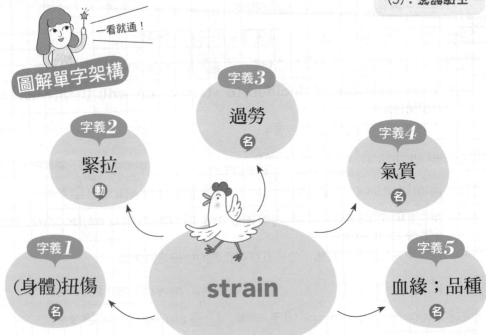

字義3
過勞
名

字義2
緊拉
動

字義4
氣質
名

字義1
(身體)扭傷
名

strain

字義5
血緣；品種
名

原來如此

strain常指「(身體的)扭傷」，這是肌肉過度「緊拉」的結果，也可以形容「(身心的)過勞」；比較特別的是可以形容「氣質」，這就與表達「血緣或品種」的概念有關了。

字義1 ▶ (身體的)扭傷 名　　　片語 add insult to injury 雪上加霜

同義 sprain [spren] 名 扭傷　　　相關 muscle [ˋmʌsl] 名 肌肉

例句 **The athlete suffered from muscular strain.**
那名運動員因肌肉拉傷而感到不適。

字義2 ▶ 緊拉 動　　　片語 stretch oneself 伸展四肢

同義 wrench [rɛntʃ] 動 猛扭；猛擰　　　相關 extremity [ɪkˋstrɛmətɪ] 名 極端

例句 **I need to strain at the leash whenever I walk my dog, or it might run off.**
每次我遛狗的時候,都必須拉緊繩子,不然牠可能會跑走。

字義3 ▶ (身心的)過勞 名　　　片語 be on one's back 臥病不起

近義 burden [ˋbɝdn] 名 負擔；重擔　　　相關 tension [ˋtɛnʃən] 名 緊繃

例句 **Ray's health collapsed under too much strain of work.**
雷因工作過勞而累倒了。

字義4 ▶ 氣質 名　　　片語 at one's ease 自在;不拘束

同義 temperament [ˋtɛmprəmənt] 名 氣質　　　相關 placidity [pləˋsɪdətɪ] 名 沉著

例句 **Becky has an exceptional leadership strain. No wonder she got promoted.**
貝琪具備優秀的領導氣質,難怪她被提拔。

字義5 ▶ 血緣;品種 名　　　片語 give birth to 出生

同義 breed [brid] 名 品種　　　相關 inherit [ɪnˋhɛrɪt] 動 遺傳

例句 **The puppy I bought for my son's birthday is a strain of short-legged hounds.**
我買來作為兒子生日禮物的那隻狗,屬於短腿獵犬的品種。

strand
[strænd]

Let's get started!

MP3 089

暖身選擇題 **Q** 請問下列兩例句中的strand，
各代表什麼意思呢？

▸ This café is facing the **strand** and has a great view.
▸ Brian cannot move his kayak since it is **stranded**.

(A) 沙灘 / 黏住　　　　(B) 海濱 / 絞住　　　　(C) 美景 / 停泊

正確解答：(B)

一看就通！

圖解單字架構

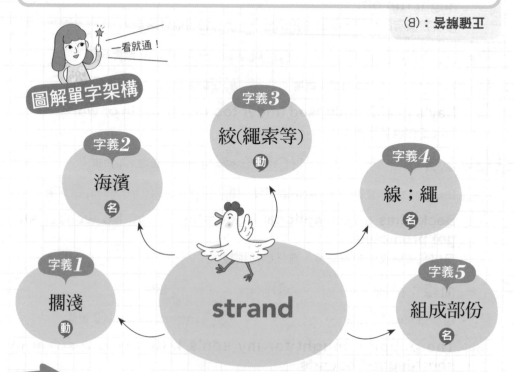

字義**3**
絞(繩索等)
動

字義**2**
海濱
名

字義**4**
線；繩
名

字義**1**
擱淺
動

strand

字義**5**
組成部份
名

原來如此

strand指「擱淺」，當名詞常用來表示「海濱」；擱淺的船隻可用「絞繩」或「繩索」拖曳；另外，這個字還能用來形容「(整體的)一個組成部份」喔！

這個單字能表達這些意思！

字義1 擱淺；處於困境 動　　**片語** pull over on the side 停在…邊上

近義 discard [dɪs`kɑrd] 動 丟棄　　　**相關** embark [ɪm`bɑrk] 動 上船

例句 We found out that the cruise got stranded because of that storm.

我們發現那艘船因為受到暴風雨的影響而擱淺。

字義2 海濱 名　　　　　　　**片語** ship sth. offshore 運送…到海外

同義 coastline [`kost.laɪn] 名 海岸線　　**相關** riverbank [`rɪvə.bæŋk] 名 河堤

例句 My parents enjoy watching the waves come and go the strand.

我的父母很喜歡觀賞浪花來回拍打海岸的景象。

字義3 絞(繩索等) 動　　　　　**片語** be equipped with 裝備有

同義 wring [rɪŋ] 動 絞；擰　　　**反義** unleash [ʌn`liʃ] 動 鬆開

例句 Cindy stranded the leash around the tree before she went to the store.

在辛蒂走進店家之前，她先將狗鍊栓在樹幹上。

字義4 線；繩 名　　　　　　**片語** walk a fine line 遊走在危險邊緣

同義 cordage [`kɔrdɪdʒ] 名 (總稱)繩索　　**相關** stitch [stɪtʃ] 名 針線

例句 Mary loves to make her own bead strands with colorful crystals and stones.

瑪麗喜歡用多彩的水晶與石頭做自己的珠珠項鍊。

字義5 組成部份 名　　　　　**片語** be based on/upon 基於

同義 constituent [kən`stɪtʃuənt] 名 成分　　**反義** unity [`junətɪ] 名 整體

例句 I am confused by the plot of the movie as it involved several parallel strands.

這部電影的劇情分成好幾條支線，使我感到困惑。

stumble

[`stʌmbḷ]

Let's get started!

MP3 090

暖身選擇題

Q 請問下列兩例句中的stumble，各代表什麼意思呢？

▶ Nina **stumbled** while she was running the marathon.

▶ Teresa thinks that marrying John was the biggest **stumble** in her life.

(A) 絆倒 / 錯誤　　　　(B) 猶豫 / 決定　　　　(C) 結巴 / 障礙

正確答案：(A)

一看就通！

圖解單字架構

字義 **3**
猶豫不決
動

字義 **2**
結巴地說
動

字義 **4**
偶然碰見
動

字義 **1**
絆倒
動

stumble

字義 **5**
錯誤
名

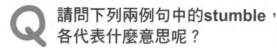

原來如此

stumble取其『受牽絆而無法順利進行』的概念，產生「絆倒」、「結巴地說」及「猶豫不決」等意思；另外也指一時的「偶然碰見」與衍生『絆倒』涵義而產生的「錯誤」。

這個單字能表達這些意思！

字義 1 絆倒；蹣跚而行 動　　**片語** stumble over sth. 絆到某物

同義 lurch [lɜtʃ] 動 蹣跚；跟蹌　　**反義** stabilize [ˋstebḷ͵aɪz] 動 使穩定

例句 Penny **stumbled** by the toys on the floor and then burst into tears.

潘妮被地上的玩具絆倒，接著就大哭了起來。

字義 2 結結巴巴地說 動　　**片語** say sth. with stutter 結巴地說

同義 bumble [ˋbʌmbl] 動 含糊不清地說　　**相關** repetition [͵rɛpɪˋtɪʃən] 名 反覆說

例句 Maggie comforted her brother when he started to **stumble** out of fear.

瑪姬在弟弟因為害怕而結巴時安慰他。

字義 3 猶豫不決 動　　**片語** make up one's mind 下定決心

同義 dither [ˋdɪðɚ] 動 躊躇；猶豫　　**反義** determine [dɪˋtɜmɪn] 動 下決心

例句 The team lost the best opportunity as they **stumbled** too much.

這個團隊的猶豫不決導致他們錯過了最好的機會。

字義 4 偶然碰見 動　　**片語** bump into 突然碰見

同義 encounter [ɪnˋkaʊntɚ] 動 偶然碰見　　**反義** evade [ɪˋved] 動 逃避；迴避

例句 Lisa felt awkward when she **stumbled** upon her ex-boyfriend.

突然碰見前男友讓麗莎感到很尷尬。

字義 5 錯誤 名　　**片語** at one's own risk 自行負責

同義 blunder [ˋblʌndɚ] 名 大錯　　**相關** accuracy [ˋækjərəsɪ] 名 正確性

例句 Could you tell me what **stumbles** you've made in your last company?

可以告訴我你在上一家公司犯了什麼錯嗎？

stump
[stʌmp]

Let's get started!

MP3 091

暖身選擇題

Q 請問下列兩例句中的stump，
各代表什麼意思呢？

▶ The tobacco industry often hires lobbyists to **stump** the congress.
▶ They sat on the **stumps** to rest after a long walk.

(A) 影響 / 地板　　(B) 笨重地走 / 講台　　(C) 遊說 / 殘幹

正確答案：(C)

一看就通！

圖解單字架構

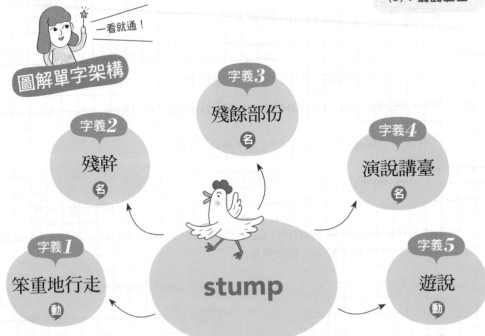

字義3
殘餘部份
名

字義2
殘幹
名

字義4
演說講臺
名

字義1
笨重地行走
動

stump

字義5
遊說
動

原來如此

stump形容「笨重行走」的模樣，也可以用來形容一塊物體，例如「殘幹」、「殘留部份」或「演說的講台」，其中講台的意思與政治演說有關，所以被拿來形容「遊說」。

 這個單字能表達這些意思！

字義1 笨重地行走 (動) | **片語** trample around 逗留

同義 trample [`træmpl] (動) 腳步沈重地走 | **反義** sprint [sprɪnt] (動) 奮力地跑

例句 I need to lose some weight so that I wouldn't look like I am **stumping**.
我需要減重，走起路來才不會顯得這麼笨重。

字義2 (樹的)殘幹 (名) | **片語** chop down 砍伐

同義 stem [stɛm] (名) 樹幹；葉柄 | **相關** botany [`bɑtənɪ] (名) 植物學

例句 Tony made a slash across the **stump** with his axe.
東尼用斧頭在這塊殘幹上劃出了一道砍痕。

字義3 殘餘部份；(煙)蒂 (名) | **片語** the remaining of sth. 剩餘物

同義 remnant [`rɛmnənt] (名) 殘餘 | **反義** addition [ə`dɪʃən] (名) 新增

例句 You would be fined if you litter cigarette **stumps** on the streets.
如果你在街上亂丟煙蒂，會被罰款。

字義4 政治演說的講臺 (名) | **片語** stir up the spirit 煽動

同義 podium [`podɪəm] (名) 講臺 | **相關** audience [`ɔdɪəns] (名) 觀眾

例句 Nelson became a totally different person when he stood on the **stump**.
尼爾森一站上講臺，就變成了一個完全不同的人。

字義5 遊說 (動) | **片語** stump for sb. 替某人站台

同義 canvass [`kænvəs] (動) 向…遊說 | **相關** intention [ɪn`tɛnʃən] (名) 意圖

例句 Engaging social networks might work better than having people **stump** for you.
動用社群關係搞不好會比找人替你站台來得有用。

thrust
[θrʌst]

Let's get started!

MP3 092

暖身選擇題

Q 請問下列兩例句中的thrust，
各代表什麼意思呢？

▸ The naughty kid **thrust** the wine stopper in the bottle.
▸ The **thrust** of the army overthrew its government unlawfully.

(A) 開瓶 / 反撲　　　　(B) 塞 / 猛攻　　　　(C) 扔 / 幹勁

正確答案：(B)

一看就通！

圖解單字架構

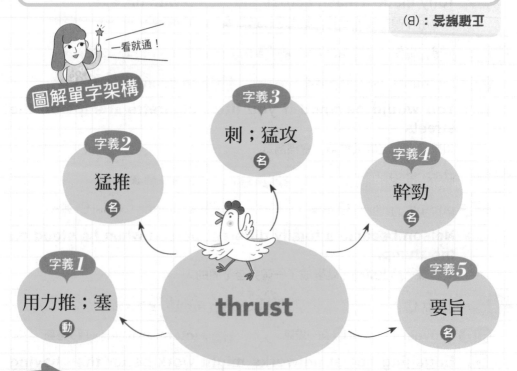

字義3
刺；猛攻
名

字義2
猛推
名

字義4
幹勁
名

字義1
用力推；塞
動

thrust

字義5
要旨
名

原來如此

thrust最常見的用法為「用力推、塞」與「猛推」，衍生其概念用於攻擊類的「猛攻」與
人所具備的「幹勁」；另外還能表示「要旨」（強而有力的重點）。

字義 1 用力推；塞 動　　**片語** thrust sb. away from 用力推開某人

近義 heave [hiv] 動 用力舉起　　**相關** percuss [pə`kʌs] 動 敲；叩

例句 **Joe thrust himself into the crowded train before it took off.**
喬在火車開走之前，將自己塞進擁擠的車廂內。

字義 2 猛推 名　　**片語** scoot over 往旁邊挪

同義 propulsion [prə`pʌlʃən] 名 推進　　**相關** horde [hord] 名 一大群(人/動物)

例句 **The thrust of the crowd made the woman fall down the stairs.**
人群的猛力推進害那個女人跌下樓梯。

字義 3 刺；猛攻 名　　**片語** at the back of 在…後面

近義 plunge [plʌndʒ] 名 猛衝　　**反義** defense [dɪ`fɛns] 名 防守

例句 **The Navy Seals made its name with its Bin Laden thrust.**
海豹部隊因為對賓拉登的猛攻而成名。

字義 4 幹勁 名　　**片語** begin with 從…開始

同義 ambition [æm`bɪʃən] 名 衝勁　　**反義** slackness [`slæknɪs] 名 懈怠

例句 **Steve has a keen eye for talent. He sees the thrust in Bill.**
史蒂夫很會看人，他看得出比爾的幹勁。

字義 5 要旨 名　　**片語** in essence 其實；本質上

同義 synopsis [sɪ`nɑpsɪs] 名 概要　　**相關** briefly [`briflɪ] 副 簡潔地

例句 **The thrust of the verdict is the release of the wrongly convicted men.**
這份判決書的要旨是釋放那些遭受冤判的人。

UNIT
35

trim

[trɪm]

Let's get started!

MP3 093

暖身選擇題　Q 請問下列兩例句中的trim，各代表什麼意思呢？

▶ The gardener is hired to **trim** the trees in the park.
▶ The situation looks **trim** for the patient who just had surgery.

(A) 砍伐 / 不樂觀的　　　(B) 佈置 / 苗條的　　　(C) 修剪 / 良好的

(C)：案答鄱五

一看就通！

圖解單字架構

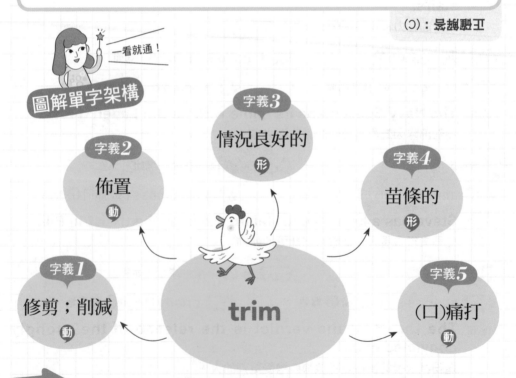

字義3
情況良好的
形

字義2
佈置
動

字義4
苗條的
形

字義1
修剪；削減
動

trim

字義5
(口)痛打
動

原來如此

trim最常見的意思為「修剪」，也與「佈置」的概念有關；修剪整齊的物品看起來是「情況良好的」，也可以形容人的身材「苗條」。口語上，還有「痛打」之意。

這個單字能表達這些意思！

字義1 修剪；削減 動 　　　**片語** shear off sth. 修剪某物

同義 prune [prun] 動 修剪　　　**相關** disorder [dɪsˋɔrdə] 名 混亂

例句 **Jerry asked the barber to trim his hair according to the picture.**
傑瑞請理髮師依照相片修剪他的頭髮。

字義2 佈置 動 　　　**片語** polish up sth. 點綴

同義 decorate [ˋdɛkəˌret] 動 佈置　　　**相關** occasion [əˋkeʒən] 名 場合

例句 **Our family is working on trimming the Christmas trees with ornaments.**
我們全家人正在用吊飾佈置聖誕樹。

字義3 情況良好的 形 　　　**片語** be certain of 有把握

同義 decent [ˋdisṇt] 形 情況良好的　　　**反義** improper [ɪmˋprɑpə] 形 不合適的

例句 **My brother keeps trim by running and swimming from time to time.**
我哥哥有時會去跑步及游泳，以維持良好的體態。

字義4 苗條的 形 　　　**片語** keep one's figure 保持良好體形

同義 slender [ˋslɛndə] 形 苗條的　　　**反義** plump [plʌmp] 形 豐腴的

例句 **I can't believe Helen has gotten so trim after all these years!**
我不敢相信海倫經過這些年以後竟然變這麼瘦！

字義5 (口)痛打 動 　　　**片語** beat sb. up 痛打某人

同義 clobber [ˋklɑbə] 動 痛打；擊倒　　　**相關** abrasion [əˋbreʒən] 名 擦傷

例句 **Several students stopped the bully from trimming others.**
幾名學生阻止了那個霸凌者揍人。

UNIT 36

whirl
[hwɝl]

Let's get started!

MP3 094

暖身選擇題

Q 請問下列兩例句中的whirl，
各代表什麼意思呢？

▸ The tornado **whirled** up the roofs of the houses in the air.
▸ Why don't you give this project a **whirl**?

(A) 旋轉 / 嘗試 　　　(B) 急駛 / 短暫旅行 　　　(C) 吹 / 一連串的事

正確解答：(A)

一看就通！

圖解單字架構

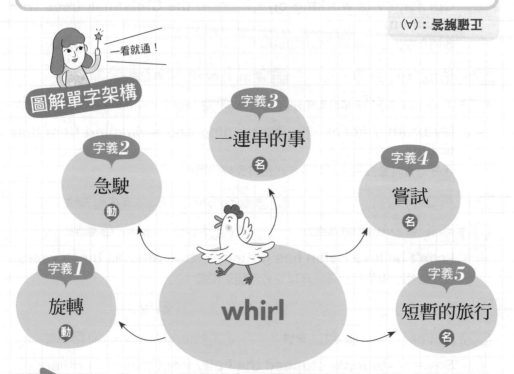

字義3
一連串的事
名

字義2
急駛
動

字義4
嘗試
名

字義1
旋轉
動

whirl

字義5
短暫的旅行
名

原來如此

whirl指「旋轉」，取其『動作快速』的概念表示「急駛」；旋轉帶有『動作連續』的概念，所以有「一連串的事」這個用法；口語上則能表示「嘗試」與「短暫旅行」。

這個單字能表達這些意思！

字義 1 旋轉 動　　片語 whirl sb. around (跳舞)旋轉某人

同義 twirl [twɜl] 動 使快速轉動　　相關 motion [ˋmoʃən] 名 移動

例句 **Tony and Sam are betting which side the whirling coin will end up.**
東尼和山姆在打賭這枚旋轉的銅板最後會朝向哪一面。

字義 2 急駛 動　　片語 behind the wheel 駕駛；開車

近義 haste [hest] 動 趕緊；匆忙　　反義 cruise [kruz] 動 慢速行駛

例句 **Alan often whirls his Harley late at night and wakes up his neighbors.**
艾倫經常在晚上急駛他的哈雷機車，吵醒他的鄰居。

字義 3 一連串的事 名　　片語 a series of 一連串的

同義 sequence [ˋsikwəns] 名 一連串　　相關 occurrence [əˋkɝəns] 名 發生

例句 **Bill has been under a lot of pressure with the whirls of incidents in his family.**
比爾家最近發生一連串的事，所以他的壓力很大。

字義 4 (口)嘗試 名　　片語 pass a tryout 通過篩選、測試

同義 attempt [əˋtɛmpt] 名 嘗試　　反義 withdrawal [wɪðˋdrɔəl] 名 退縮

例句 **I should have given Alan a whirl when I was in college.**
我在大學時應該給艾倫一個機會的。

字義 5 (口)短暫的旅行 名　　片語 off the beaten track 鮮有人涉足之處

同義 outing [ˋautɪŋ] 名 短途旅遊　　相關 relocate [riˋloket] 動 重新安置

例句 **Would you like to join me in this whirl to Bali?**
你想和我一起參加在峇里島的短暫旅行嗎？

UNIT 37

accommodation
[ə‚kɑmə`deʃən]

Let's get started!

MP3 095

暖身選擇題

Q 請問下列兩例句中的accommodation，各代表什麼意思呢？

▶ The accommodation in the hotel is top-class.
▶ She is not someone who can make accommodations to different environments.

(A) 住處 / 和解　　　(B) 設施 / 適應　　　(C) 預訂舖位 / 犧牲

正確解答：(B)

一看就通！

圖解單字架構

字義3
預訂舖位
名

字義2
方便設施
名

字義4
適應
名

字義1
住處
名

accommodation

字義5
和解
名

原來如此

accommodation有兩個常見的意思，其一為「住處」，也與建築物內的「設施」及「(船、車等的)舖位」有關；其二為「適應」，衍生其『緩和』的概念可以形容「和解」。

200

 **字義1** 住處 名　　　**片語** live out of a suitcase 四處遷徙

同義 lodgment [`lɑdʒmənt] 名 住處　　　**相關** dwell [dwɛl] 動 居住

例句 We have reserved overnight accommodation for tonight.
我們已經預訂了今晚過夜的住處。

字義2 方便設施 名　　　**片語** be convenient to 對…方便

同義 equipment [ɪ`kwɪpmənt] 名 裝備　　　**相關** upkeep [`ʌn. kip] 名 保養；維修

例句 If you fly coach, you'll end up with accommodations that are not very delicate.
如果你是坐經濟艙，就只能使用較為簡易的設施。

字義3 (船等的)預訂舖位 名　　　**片語** make a reservation 預約

同義 reservation [ˌrɛzə`veʃən] 名 預訂　　　**相關** verified [`vɛrə. faɪd] 形 已核實的

例句 I would make a booking as the accommodations for the train are limited.
因為火車上的舖位有限，所以我會先預訂。

字義4 適應 名　　　**片語** adapt oneself to 適應

同義 adjustment [ə`dʒʌstmənt] 名 適應　　　**相關** diversity [daɪ`vɜsətɪ] 名 差異

例句 It is hard for many parents to make accommodations when their kids grow up.
許多父母難以適應孩子長大後的改變。

字義5 和解 名　　　**片語** bring about 引起；造成

近義 placation [ple`keʃən] 名 安撫　　　**相關** appease [ə`piz] 動 平息

例句 These two groups have reached an accommodation to stop fighting.
這兩群人已達成停止鬥爭的和解。

UNIT 38

commitment
[kə`mɪtmənt]

Let's get started!

MP3 096

暖身選擇題

Q 請問下列兩例句中的commitment，
各代表什麼意思呢？

▶ Once Danny made a **commitment** to work, he would work really hard.
▶ The crime **commitment** rate in this state remains high.

(A) 答應 / 和解　　　(B) 信奉 / 下獄　　　(C) 承諾 / 罪行

正確解答：(C)

一看就通！

圖解單字架構

字義3
託付
名

字義2
信奉
名

字義4
承付款項
名

字義1
承諾
名

commitment

字義5
罪行
名

原來如此

commitment常見的意思有兩個，第一個為「承諾」，與其概念相關的其他字義還有「信奉」、「託付」(與信念有關)與「承付款項」；還能指須承擔責任的「罪行」。

202

字義1 承諾 名　　　　　　　　**片語** on no account 絕不要

同義 obligation [ˌɑbləˈgeʃən] 名 責任　　　　**反義** breach [britʃ] 名 違反；破壞

例句 After making a commitment, Adam wouldn't retract.
在做了承諾之後，亞當就不會反悔。

字義2 信奉 名　　　　　　　　**片語** act on 奉行；按照⋯行動

近義 devotion [dɪˈvoʃən] 名 奉獻　　　　**反義** disloyalty [dɪsˈlɔɪəltɪ] 名 不忠

例句 I think Tracy has way too strong of a commitment to her religion.
我覺得崔西太過於投入她的宗教了。

字義3 託付 名　　　　　　　　**片語** commit sth. to one's care 託付

同義 committal [kəˈmɪtl] 名 委任　　　　**相關** entrust [ɪnˈtrʌst] 動 委託

例句 The commitment to this project shows our manager's approval in our competence.
被託付這個專案代表主管認可我們的能力。

字義4 承付款項 名　　　　　　　**片語** at the expense of 以⋯為代價

近義 liability [ˌlaɪəˈbɪlətɪ] 名 負債　　　　**相關** finance [faɪˈnæns] 名 財政

例句 After signing the contract, I marked the expense as a financial commitment on the balance sheet.
簽約之後，我在收支平衡表上將這筆花費標記為承付款項。

字義5 罪行 名　　　　　　　　**片語** catch sb. red-handed 抓到現行犯

同義 crime [kraɪm] 名 罪行　　　　**反義** innocence [ˈɪnəsn̩s] 名 無罪

例句 The commitment of the horrible murder shocked the public.
那件可怕的謀殺罪行震驚了社會。

coordinate
[koˋɔrdnet / koˋɔrdnɪt]

Let's get started!

MP3 097

暖身選擇題　**Q**　請問下列兩例句中的coordinate，各代表什麼意思呢？

▸ The manager is good at **coordinating** among different groups.
▸ Please give me the **coordinates** of your location.

(A) 協調 / 座標　　　　(B) 溝通 / 資訊　　　　(C) 議價 / 照片

正確解答：(A)

一看就通！

圖解單字架構

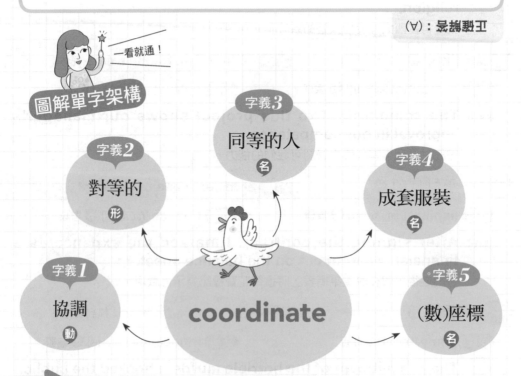

字義**3**
同等的人
名

字義**2**
對等的
形

字義**4**
成套服裝
名

字義**1**
協調
動

coordinate

字義**5**
(數)座標
名

原來如此

coordinate最常用來指「協調」，通常涉及雙方，所以也能表示「對等的」及「同等的人或物」，衍生其『涉及雙方』的概念，有「成套服裝」與「座標」之意(X與Y座標)。

字義1 協調 動　　**片語** leave room for 留有…的餘地

同義 harmonize [ˈhɑrməˌnaɪz] 動 協調　　**相關** opinion [əˈpɪnjən] 名 意見

例句 Tina will help coordinate the different opinions from everybody.
蒂娜會幫忙協調大家不同的意見。

字義2 對等的 形　　**片語** correspond with 配合

同義 reciprocal [rɪˈsɪprəkl] 形 對等的　　**相關** equity [ˈɛkwətɪ] 名 公平；公正

例句 The rights of the laborers are not coordinate with that of owners.
勞方與資方的權利是不對等的。

字義3 同等的人或物 名　　**片語** by comparison 比較起來

同義 equivalence [ɪˈkwɪvələns] 名 同等　　**相關** replace [rɪˈples] 動 以…代替

例句 People in the same coordinate tend to compete with each other.
職位同等的人通常會彼此競爭。

字義4 成套服裝；傢俱 名　　**片語** distinguish...from 把…與…區分開來

同義 furniture [ˈfɜnɪtʃə] 名 傢俱　　**相關** assemblage [əˈsɛmblɪdʒ] 名 裝配

例句 Some of Jessica's fancy coordinates were bought from vintage stores.
潔西卡某些別緻的服裝是從二手店買來的。

字義5 (數)座標 名　　**片語** be located in/at 位置在…

同義 ordinate [ˈɔrdṇˌet] 名 縱座標　　**相關** precise [prɪˈsaɪs] 形 精確的

例句 The control tower asked the pilot to provide his current coordinates.
塔台要求飛行員提供他目前所在的座標。

205

cramp
[kræmp]

Let's get started!

MP3 098

暖身選擇題

Q 請問下列兩例句中的cramp，
各代表什麼意思呢？

▶ I had serious **cramps** yesterday and they were killing me.
▶ Would you do me a favor and **cramp** the pieces of wood?

(A) 露營 / 切　　　　(B) 偏頭痛 / 轉向　　　　(C) (腹)絞痛 / 夾緊

正確解答：(C)

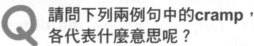

一看就通！

圖解單字架構

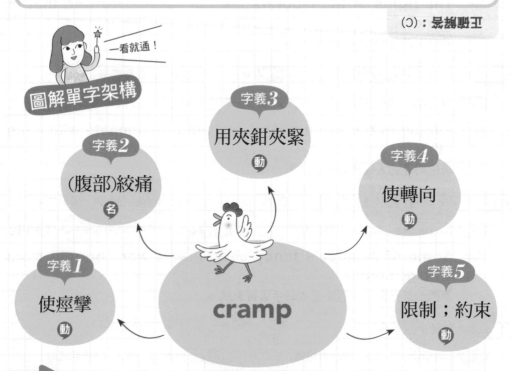

字義**3**
用夾鉗夾緊
動

字義**2**
(腹部)絞痛
名

字義**4**
使轉向
動

字義**1**
使痙攣
動

cramp

字義**5**
限制；約束
動

原來如此

cramp指「痙攣」與「(腹)絞痛」，取其『出力扭緊』的概念，產生「用夾鉗夾緊」與
「使轉向」之意；不管是腹絞痛還是扭轉，都涉及一個區塊，所以能形容「限制」。

字義1 使痙攣 動　　**片語** share one's pain 感受他人的痛苦

同義 convulse [kən`vʌls] 動 痙攣　　**相關** physical [`fɪzɪk]] 形 身體的

例句 My mother's feet **cramped** when she woke up this morning.
我媽媽今天早上起床時，雙腳突然一陣痙攣。

字義2 (腹部)絞痛 名　　**片語** be in a cold sweat 冒冷汗

同義 twinge [twɪndʒ] 名 劇痛　　**相關** shiver [`ʃɪvə] 動 發抖；打顫

例句 Larry took sick leave today because he got stomach **cramps**.
亨利今天請假，因為他胃絞痛。

字義3 用夾鉗夾緊 動　　**片語** cramp up 把…夾緊

同義 clamp [klæmp] 動 鉗緊；夾住　　**相關** pincers [`pɪnsəz] 名 鉗子

例句 Andy helped me **cramp** the screws when I was assembling the shelves.
我在組裝架子的時候，安迪幫我夾緊螺絲帽。

字義4 使(車子前輪)轉向 動　　**片語** veer away from 從…轉離

近義 diverge [daɪ`vɜdʒ] 動 使偏離　　**相關** direction [də`rɛkʃən] 名 方向

例句 Tony helped me **cramp** the front tires of my scooter since I couldn't do it myself.
東尼幫忙我轉動我機車的前輪，因為我自己轉不動。

字義5 限制；約束 動　　**片語** cramp one's style 使某人無法發揮

同義 confine [kən`faɪn] 動 限制　　**相關** spacious [`speʃəs] 形 寬敞的

例句 Hong Kong is a small island, so the houses are usually very **cramped**.
香港是一個小島，所以房子通常都很狹窄。

discharge
[dɪsˋtʃɑrdʒ]

Let's get started!

MP3 099

暖身選擇題

Q 請問下列兩例句中的discharge，各代表什麼意思呢？

▶ Henry was **discharged** from his role as CEO last month.
▶ Millions of people are waiting for the missiles to be **discharged**.

(A) 排出 / 執行　　　(B) 解雇 / 發射　　　(C) 升職 / 卸貨

正確答案：(B)

一看就通！

圖解單字架構

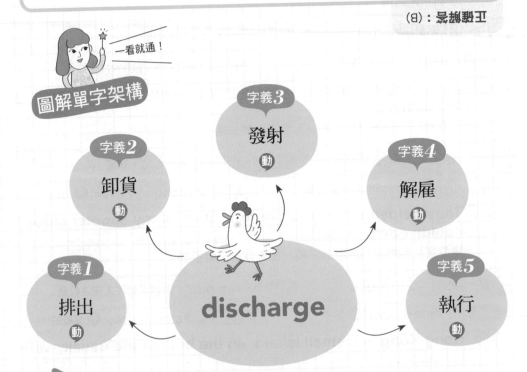

字義3
發射
動

字義2
卸貨
動

字義4
解雇
動

字義1
排出
動

discharge

字義5
執行
動

原來如此

discharge有「排出」的意思，取其『向外』的概念衍生，就產生「卸貨」、「發射」、「解雇」等不同的意思；另外，向外排出涉及動作，強調『動作』就有「執行」之意。

這個單字能表達這些意思！

字義**1** 排出 動　　　片語 vent out sth. 排出某物

同義 eject [ɪˋdʒɛkt] 動 排出　　　相關 exhaust [ɪgˋzɔst] 名 廢氣

例句 **The gasoline has been discharged illegally by those ships into the sea.**
那些船非法地將油排入海裡。

字義**2** 卸貨 動　　　片語 take a load off sth. 卸下某物

同義 disburden [dɪsˋbɝdn] 動 放下重擔　　　相關 freight [fret] 名 貨物

例句 **The workers discharged the goods at the dock in the middle of the hot day.**
工人在炎熱的日子於碼頭卸貨。

字義**3** 發射 動　　　片語 nuclear crisis 核子危機

同義 launch [lɔntʃ] 動 發射；下水　　　相關 missile [ˋmɪsl] 名 飛彈

例句 **The missile's discharging shot of the movie is an epic scene.**
這部電影中飛彈發射的片段是很經典的一幕。

字義**4** 解雇 動　　　片語 cut back hours 減少工作時數

同義 dismiss [dɪsˋmɪs] 動 解雇　　　相關 cutback [ˋkʌtˌbæk] 名 減少

例句 **It is illegal to discharge an employee just because of his age.**
僅因為年齡而解雇員工是不合法的。

字義**5** 執行 動　　　片語 follow up on a task 執行某工作

同義 enforce [ɪnˋfors] 動 執行　　　相關 arbitrary [ˋɑrbəˌtrɛrɪ] 形 獨斷的

例句 **We need someone to discharge the well-thought-out plan.**
我們需要有人來執行這個精心設計的計畫。

UNIT
42
fling
[flɪŋ]

Let's get started!

MP3 100

暖身選擇題

Q 請問下列兩例句中的fling，各代表什麼意思呢？

▸ Bob is ill-tempered. He always **flings** stuff when he fights.
▸ It is not polite to **fling** at people with disdain.

(A) 拿 / 敬畏地看　　　　(B) 扔 / 輕蔑地看　　　　(C) 脫掉 / 毆打

正確解答：(B)

圖解單字架構

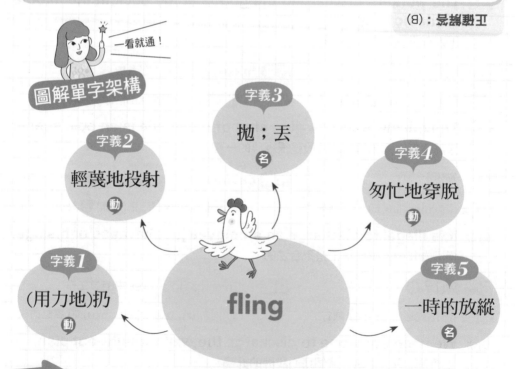

字義3
拋；丟
名

字義2
輕蔑地投射
動

字義4
匆忙地穿脫
動

字義1
(用力地)扔
動

fling

字義5
一時的放縱
名

原來如此

fling指「用力扔」，衍生至眼光，則有「輕蔑地投射」之意，也能表示「拋、丟」，衍生其速度感，可形容「匆忙穿脫」；若取扔中的『瞬間感』，則能表示「一時的放縱」。

字義1 (用力地)扔；擲 **動**　　**片語** toss sth. in one's face 把…往臉上丟

同義 sling [slɪŋ] **動** 拋；扔；擲　　**相關** distance [ˋdɪstəns] **名** 距離

例句 Andy **flung** a ball with his full energy, but it still missed the hoop.
安迪用盡全力扔那顆球，但還是沒打中籃框。

字義2 輕蔑地投射 **動**　　**片語** face to face 面對面

同義 scorn [skɔrn] **動** 輕視；藐視　　**相關** eyesight [ˋaɪ.saɪt] **名** 視野

例句 I felt a chill down my spine when Jill **flung** me with a scornful look.
當吉兒以輕蔑的眼神看我時，我感到不寒而慄。

字義3 拋；丟 **名**　　**片語** fling oneself at sb. 投懷送抱

同義 throw [θro] **名** 投擲　　**相關** probability [.prɑbəbɪlətɪ] **名** 機率

例句 It's your turn. Give a **fling** of the dice, and then we will decide.
輪到你了，擲一下骰子，然後來決定吧！

字義4 匆忙地穿或脫 **動**　　**片語** get into a dress 穿上洋裝

近義 hustle [ˋhʌsl] **動** 趕緊做(某事)　　**相關** undress [ʌnˋdrɛs] **動** 脫下

例句 I always **fling** off my clothes and put on something comfortable when I get home.
回到家，我都會脫下衣服，換上舒適的服裝。

字義5 一時的放縱 **名**　　**片語** have one's fling 使放縱

同義 indulgence [ɪnˋdʌldʒəns] **名** 放縱　　**反義** abstention [æbˋstɛnʃən] **名** 節制

例句 That movie star is not going to confess who his **fling** was.
那名電影明星不會承認誰是他暫時的交往對象。

UNIT 43

hack
[hæk]

Let's get started!

MP3 101

暖身選擇題

Q 請問下列兩例句中的hack，各代表什麼意思呢？

▶ The game is to see which guy can **hack** the woods faster.
▶ The defensive player tried to stop his opponent by **hacking**, but he didn't succeed.

(A) 排列 / 阻擋 　　　(B) 劈 / 打(手) 　　　(C) 曬 / 抄球

正確解答：(B)

一看就通！

圖解單字架構

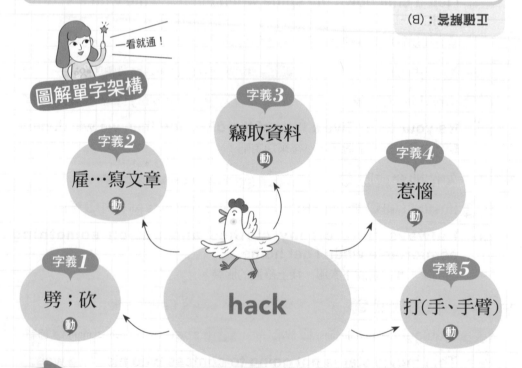

字義3
竊取資料
動

字義2
雇…寫文章
動

字義4
惹惱
動

字義1
劈；砍
動

hack

字義5
打(手、手臂)
動

原來如此

hack最常見的用法為「劈、砍」，也有指「雇人寫文章」之意，取其『劈(進)』的概念帶出「竊取資料」之意；特別的是，還能用來表示「惹惱」與「打(手)」的意思呢！

字義1 劈;砍 動　　**片語** hack sth. off 把…砍下

同義 slash [slæʃ] 動 砍;砍擊　　**相關** hatchet [ˈhætʃɪt] 名 短柄小斧

例句 The adventurers hacked their way through the thick thorns.
冒險者在茂密的荊棘中闢出了一條路。

字義2 雇…寫文章 動　　**片語** hire a ghostwriter 雇用代筆人

近義 appoint [əˈpɔɪnt] 動 指派　　**相關** comment [ˈkɑmɛnt] 名 評論

例句 Laura signed the contract and was hacked to finish the novel.
蘿拉簽了約,被雇用完成這篇小說。

字義3 竊取電腦資料 動　　**片語** hack a computer 破解電腦系統

近義 crack [kræk] 動 破解　　**相關** register [ˈrɛdʒɪstə] 動 註冊

例句 The engineer was shocked when he found out that half of the computers had been hacked.
當工程師發現半數的電腦遭駭客入侵時,嚇了一跳。

字義4 惹惱;使生氣 動　　**片語** get one's goat 激怒某人

同義 agitate [ˈædʒə.tet] 動 使激動　　**反義** soothe [suð] 動 撫慰

例句 Can you assemble your bookshelf tomorrow? The knocking sound really hacks me off!
你能不能明天再組裝你的書架?敲打的聲音讓我很煩躁!

字義5 打(手、手臂) 動　　**片語** in vain 無用的

近義 foul [faʊl] 動 碰撞;犯規　　**相關** defensive [dɪˈfɛnsɪv] 形 防禦的

例句 Hacking is a type of foul that happens a lot in basketball games.
打手犯規是籃球比賽中常見的犯規型態。

render
[`rɛndə]

Let's get started!

MP3 102

暖身選擇題　Q　請問下列兩例句中的render，各代表什麼意思呢？

▶ Hank immediately **rendered** an apology to me after he hit my car.

▶ I was hired to **render** the book into German.

(A) 讓與 / 執行　　　(B) 表達 / 翻譯　　　(C) 匯報 / 校對

正確解答：(B)

一看就通！

圖解單字架構

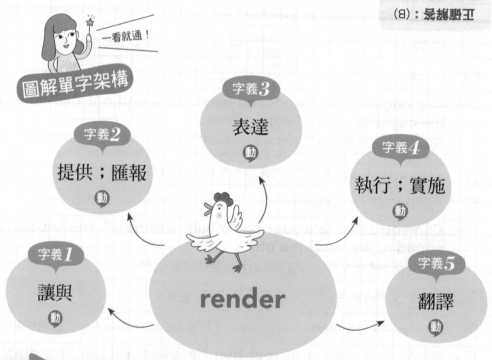

字義3
表達
動

字義2
提供；匯報
動

字義4
執行；實施
動

字義1
讓與
動

render

字義5
翻譯
動

原來如此

render常用來表示「讓與」，與其相關的字義有「提供」，其中當然包含「表達」的意思；另外若強調『行為動作』，則有「執行」之意；最後還能表達修改的「翻譯」。

字義1 讓與 勔　　**片語** give away 贈送；分發

近義 bequeath [bɪ`kwiθ] 勔 遺贈給　　**反義** receive [rɪ`siv] 勔 接收

例句 **Vanessa saw an old lady on the bus and rendered her seat to her.**
凡妮莎在公車上看到一位老婦人，就將座位讓給了她。

字義2 提供；匯報 勔　　**片語** render a service 提供一項服務

同義 provide [prə`vaɪd] 勔 提供　　**反義** deplete [dɪ`plit] 勔 用盡

例句 **The store reserves the right to refuse to render its service to anyone.**
這家店有權利拒絕提供服務給任何人。

字義3 表達 勔　　**片語** put sth. in words 用文字表達

同義 convey [kən`ve] 勔 表達　　**反義** contain [kən`ten] 勔 遏制

例句 **No one has rendered Picasso's unique style flawlessly so far.**
到目前為止，還沒有人可以完美無缺地表現畢卡索的風格。

字義4 執行；實施 勔　　**片語** change one's mind 改變主意

同義 perform [pə`fɔrm] 勔 實施　　**反義** annul [ə`nʌl] 勔 廢除；取消

例句 **The team did not render their work in time, so the project got canceled.**
這個團隊沒有及時完成工作，所以專案被取消了。

字義5 翻譯 勔　　**片語** translate sth. into 把某物翻譯成

同義 translate [træns`let] 勔 翻譯　　**相關** language [`læŋgwɪdʒ] 名 語言

例句 **The translator did a perfect job in rendering the novel into Chinese.**
這名譯者將這本書翻成中文，翻譯得很棒。

UNIT 45

retrieve
[rɪˋtriv]

MP3 103

暖身選擇題

Q 請問下列兩例句中的**retrieve**，各代表什麼意思呢？

▸ Unfortunately, I am unable to **retrieve** my password.
▸ The successful **retrieve** of the ball turned around the game.

(A) 檢索 / 失誤　　　(B) 彌補 / 挽回　　　(C) 重新得到 / 救出險球

正確選項：(C)

一看就通！

圖解單字架構

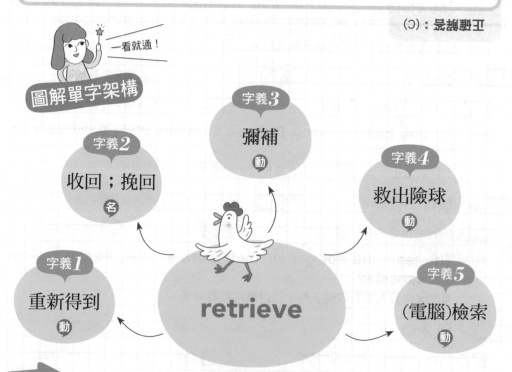

原來如此

retrieve意指「重新得到」，衍生其『(重新)取得』的概念，會有「挽回」、「彌補」以及「救出險球」等意，「(電腦)檢索」的用意在取得資訊，所以也能用這個單字表示。

216

字義 1 重新得到 🔲   **片語** get back together with sb. 與某人復合

同義 recover [rɪ`kʌvə] 🔲 重新獲得    **反義** misplace [mɪs`ples] 🔲 遺忘

例句 You can **retrieve** enormous information bits instantly by using the computers.
藉由電腦，你可以立即重新得到龐大的資訊位元。

字義 2 收回；挽回 🔲   **片語** win back sth. 贏回某物

同義 recall [rɪ`kɔl] 🔲 收回    **相關** restoration [͵rɛstə`reʃən] 🔲 復辟

例句 The car company announced a **retrieve** of all its models due to the defect in airbags.
因為氣囊的缺陷，那家汽車公司宣布收回所有的車輛。

字義 3 彌補 🔲   **片語** make it up to sb. 彌補某人

同義 redeem [rɪ`dim] 🔲 彌補    **相關** forfeit [`fɔr͵fɪt] 🔲 沒收物

例句 To **retrieve** to Sherry, Henry promised to do the house chores from today.
為了彌補雪莉，亨利承諾從今天開始做家事。

字義 4 救出險球 🔲   **片語** compete with 與…競爭

近義 defend [dɪ`fɛnd] 🔲 (體育)防守    **相關** rebound [rɪ`baʊnd] 🔲 彈回

例句 The tennis player just made a beautiful **retrieve** of the serve.
那名網球選手漂亮地救回這顆發球。

字義 5 (電腦)檢索 🔲   **片語** look sth. up 查閱

同義 index [`ɪndɛks] 🔲 為…編索引    **相關** enormous [ɪ`nɔrməs] 🔲 龐大的

例句 My laptop makes a loud noise when it is in the middle of **retrieving** data.
我的筆記型電腦在檢索資料時會發出大聲的噪音。

217

UNIT
46

skim

[skɪm]

Let's get
started!

MP3 104

暖身選擇題

Q 請問下列兩例句中的**skim**，
各代表什麼意思呢？

▶ I have no patience for this article, so I quickly **skim** through it.
▶ Being weight conscious, I only drink **skim** milk.

(A) 瀏覽 / 脫脂牛奶   (B) 撇去 / 低脂牛奶   (C) 閱讀 / 羊奶

正確解答：(∀)

—看就通！

圖解單字架構

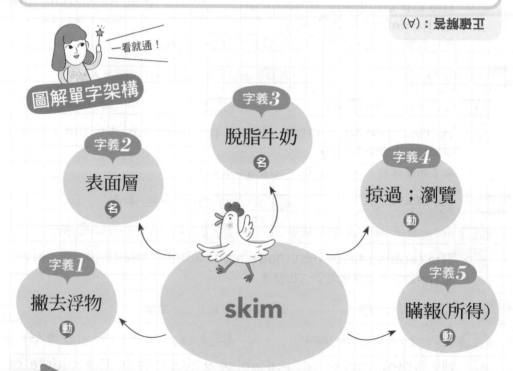

字義 **3**
脫脂牛奶
名

字義 **2**
表面層
名

字義 **4**
掠過；瀏覽
動

字義 **1**
撇去浮物
動

skim

字義 **5**
瞞報(所得)
動

原來如此

skim有兩個常見的意思，其一為「撇去浮物」，衍生出「表面層」及「脫脂牛奶」等意
思；其二為「掠過」，以及以表層掩蓋住的「瞞報(所得)」。

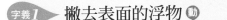

字義1 撇去表面的浮物 動 　　**片語** get rid of 移除

近義 ladle [`ledl] 動 以杓舀取 　　**相關** mingle [`mɪŋgl] 動 混合

例句 **Dolly doesn't like cream, so she skimmed it off the milk.**
朵莉不喜歡奶油，所以她撇掉牛奶上的奶油。

字義2 表面層 名 　　**片語** over the top 浮在表面上

同義 surface [`sɝfɪs] 名 表面 　　**反義** underneath [ˌʌndɚˋniθ] 名 底部

例句 **Some people might be afraid of drinking the skim of soymilk.**
有些人可能會怕喝豆漿表層的凝結物。

字義3 脫脂牛奶 名 　　**片語** dine on/off 以某物供餐

同義 buttermilk [`bʌtɚˌmɪlk] 名 脫脂乳 　　**相關** beestings [`bistɪŋz] 名 (牛)初乳

例句 **Sally started her day off with a cup of warm skim milk.**
莎莉喝了一杯溫的脫脂牛奶，開始她的一天。

字義4 掠過；瀏覽 動 　　**片語** look into 調查；研究

同義 glimpse [glɪmps] 動 看一眼 　　**相關** survey [sɚˋve] 名 調查

例句 **Skimming through the data from the Internet wouldn't help you get a real picture of the issue.**
只是瀏覽網路上的資料，沒辦法讓你對這個議題有完整的認識。

字義5 瞞報(所得) 動 　　**片語** fall to the ground 一敗塗地

近義 dodge [dɑdʒ] 動 躲避；巧妙迴避 　　**相關** taxation [tæksˋeʃən] 名 徵稅

例句 **The entrepreneur was caught skimming the income.**
那名企業家被抓到瞞報所得。

Part 4

學習與專業
Profession

學習目標

掌握學習、專業類的核心字義,並擴展其多元化用法。

Follow me!

跟著這樣看

Step 1

暖身題目
猜猜看

Warming up!

Step 2

圖解架構
超清楚

Graphic!

Step 3

掌握字義,
進階補充

Level up!

auxiliary 除了文法的「**助動詞**」，還能指「**助手**」？
contract 除了「**契約**」，還能表達「**收縮**」現象？
fiddle 除了「**小提琴**」，竟然還有「**騙局**」之意？

看起來只與學習、專業有關的單字，其實還能這樣用？
想跳脫絞盡腦汁背單字列表的舊習，真正活用英文，
就一定要體驗一字多義的巧用！

動 動詞		**形** 形容詞	
名 名詞		**連** 連接詞	
副 副詞			

片語 與字義或單字有關的補充片語

同義 與字義具備相同意思的單字

近義 與字義的意思很接近的單字

反義 與字義意思相反的單字

相關 與字義有關的補充單字

account

[ə`kaunt]

Let's get started!

MP3 105

暖身選擇題

Q 請問下列兩例句中的account，各代表什麼意思呢？

▸ Please give me your **account** number.
▸ Mary gave us a detailed **account** of why she turned down the client.

(A) 電話 / 帳目　　　(B) 帳戶 / 解釋　　　(C) 員工 / 利益

(B)：答賴酮五

一看就通！

圖解單字架構

字義3
利益
名

字義2
解釋；理由
名

字義4
客戶
名

字義1
帳目；帳戶
名

account

字義5
把…視為
動

原來如此

account最常見的意思為「帳目」，帳目的功能是用來「解釋」收支細節，以及呈現獲得的「利益」，還可衍生為開立帳號的「客戶」。此外還能當動詞，指「把…視為」。

這個單字能表達這些意思！

字義1 帳目；帳戶 名　　**片語** balance the accounts 結算帳戶

近義 statement [ˋstetmənt] 名 結單　　**相關** receipt [rɪˋsit] 名 收據

例句 My father kept detailed accounts every month.
我父親保留每個月的詳細帳目。

字義2 解釋；理由 名　　**片語** clear the air 化解誤會

同義 explanation [͵ɛkspləˋneʃən] 名 解釋　　**相關** brawl [brɔl] 名 爭吵

例句 The HR manager gave an account for the recent job slashes.
人資經理說明了近日裁員的理由。

字義3 利益 名　　**片語** put sth. to good account 善用

同義 interest [ˋɪntərɪst] 名 利益　　**反義** paucity [ˋpɔsətɪ] 名 缺乏

例句 Tiffany turned her good interpersonal skills to good account.
蒂芬妮讓她良好的人際關係能力成為她的強項。

字義4 客戶 名　　**片語** deal with 處理；應付

同義 client [ˋklaɪənt] 名 客戶；顧客　　**反義** supplier [səˋplaɪɚ] 名 供應商

例句 Kevin is the top Account Relationship Manager in our company.
凱文是本公司頂尖的客戶關係經理。

字義5 把…視為 動　　**片語** treat...as... 視為

近義 perceive [pɚˋsiv] 動 察覺　　**相關** prospect [ˋprɑspɛkt] 名 預期

例句 Lady Gaga is accounted as a talented musician and fashion icon.
女神卡卡被視為一個有才華的音樂家與引領潮流的偶像。

balance

[`bæləns]

Let's get started!

MP3 106

暖身選擇題

Q 請問下列兩例句中的balance，
各代表什麼意思呢？

▶ The bank teller gave me the balance of my account.
▶ The recent salary raise is balanced off by the high commodity price.

(A) 秤 / 平衡　　　　　(B) 明細 / 權衡　　　　　(C) 結餘 / 抵銷

正確解答：(C)

一看就通！

圖解單字架構

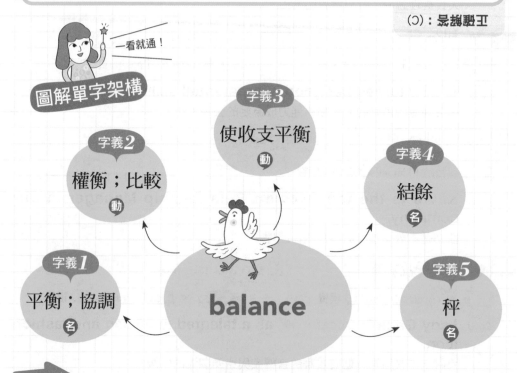

字義**3**
使收支平衡
動

字義**2**
權衡；比較
動

字義**4**
結餘
名

字義**1**
平衡；協調
名

balance

字義**5**
秤
名

原來如此

balance最常用來表達與「平衡」、「權衡」相關的概念和行為，例如「使收支平衡」，
以及收支相抵後的帳戶「結餘」。此外，還能衍生為衡量重量的「秤」呢！

這個單字能表達這些意思！

字義1 平衡；協調 名　　**片語** out of balance 失去平衡

同義 equilibrium [ˌikwəˈlɪbrɪəm] 名 平衡　　**反義** unbalance [ʌnˈbæləns] 名 失衡

例句 The painting strikes a good balance with the color tone of the room.
這幅畫跟這個房間的顏色很搭。

字義2 權衡；比較 動　　**片語** pros and cons 利弊得失

同義 weigh [we] 動 權衡；考慮　　**相關** deliberate [dɪˈlɪbəˌret] 動 仔細想

例句 The judge balanced the statements from both parties.
法官權衡了雙方的說法。

字義3 使收支平衡；抵銷 動　　**片語** balance the budget 平衡收支預算

同義 offset [ˈɔfˌsɛt] 動 抵銷；使平衡　　**相關** equal [ˈikwəl] 形 等量的

例句 You need to balance the income and expenses for your clients.
你必須為你的客戶平衡其收入與支出。

字義4 結餘 名　　**片語** bank balance 銀行存款的餘額

近義 totality [toˈtælɪtɪ] 名 總額；總計　　**相關** income [ˈɪnˌkʌm] 名 收入

例句 Henry won't be able to live off another month with his bank balance.
亨利帳戶中的餘額無法再讓他撐一個月的開銷。

字義5 秤 名　　**片語** weigh out 準確秤出

同義 scales [skelz] 名 秤；天平　　**相關** measure [ˈmɛʒə] 動 測量

例句 The butcher in the traditional market still weighs the meat with the balance.
這位傳統市場的肉販還是用秤衡量肉的重量。

contract

[`kɑntrækt / kən`trækt]

Let's get started!

MP3 107

暖身選擇題

Q 請問下列兩例句中的contract，各代表什麼意思呢？

▶ Before I joined the company, I signed a non-competition **contract**.

▶ Mike **contracted** hepatitis on his trip to Laos.

(A) 契約 / 沾染　　(B) 備忘錄 / 收縮　　(C) 支票 / 傳播

正確解答：（A）

一看就通！

圖解單字架構

字義 **3**
承辦
動

字義 **2**
訂契約
動

字義 **4**
收縮
動

字義 **1**
契約
名

contract

字義 **5**
沾染
動

原來如此

contract常用來表達與承諾有關的意思，包含「契約」、「訂契約」和「承辦」。此外也可用於身體行為，表達肌肉的「收縮」或習慣、疾病的「沾染」喔！

這個單字能表達這些意思！

 契約 名　　　　　　片語 breach of contract 毀約

同義 pact [pækt] 名 契約　　　　　　相關 article [`ɑrtɪkl] 名 條款

例句 The manager won a five-year contract with a famous company.
這位經理贏得一家知名公司的五年合約。

字義2 訂契約 動　　　　　　片語 enter into an agreement 訂約

近義 establish [ə`stæblɪʃ] 動 制定　　　　　　反義 rescind [rɪ`sɪnd] 動 廢止(合約)

例句 The former Microsoft CEO contracted for the purchase of the LA Clippers.
微軟的前執行長簽訂了購買洛杉磯快艇隊的合約。

字義3 承辦 動　　　　　　片語 contract out (工作)發包

同義 undertake [.ʌndə`tek] 動 承辦　　　　　　相關 confer [kən`fɜ] 動 商談；協商

例句 My company is short on staff so I decided to contract out this job.
我公司人手不足，所以我決定要把這個工作外發。

字義4 收縮 動　　　　　　片語 muscle contraction 肌肉收縮

同義 shrink [ʃrɪŋk] 動 收縮　　　　　　反義 expand [ɪk`spænd] 動 膨脹

例句 On cold days, blood vessels contract, making it dangerous for heart disease patients.
天氣太冷時，血管收縮的現象會讓患有心臟疾病的患者產生危險。

字義5 沾染(習慣等) 動　　　　　　片語 pick up a habit 沾染了習慣

同義 acquire [ə`kwaɪr] 動 養成；學到　　　　　　反義 abstain [əb`sten] 動 戒除

例句 Mary contracted an illness after she got fired.
瑪麗在被解雇後便染上了疾病。

volume
[`vɑljəm]

Let's get started!

MP3 108

暖身選擇題

Q 請問下列兩例句中的volume，
各代表什麼意思呢？

▶ The market value of this company spikes as the sales **volume** takes off.

▶ Please tell me the **volume** of the large container.

(A) 厚本書 / 音量　　　(B) 量 / 容積　　　(C) 卷 / 交易量

正確解答：(B)

一看就通！

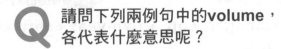
圖解單字架構

字義**3**
音量
名

字義**2**
容積
名

字義**4**
卷；冊
名

字義**1**
生產交易量
名

volume

字義**5**
厚本書
名

原來如此

volume常用來表達與量有關的概念，包含「生產交易的數額」、容器的「容積」以及聲音的「音量」等。此外，也可用來指書的一「卷/冊」，或衍伸為內容豐實的「厚本書」。

字義1 生產交易量 名　　**片語** one and a half times 一倍半

同義 quantity [`kwɑntətɪ] 名 量　　**相關** amount [ə`maʊnt] 名 總額；數量

例句 When the trading volume is reduced, stockholders will lose more.
交易量一減少，股民的損失就變大。

字義2 容積 名　　**片語** of big volume 容積很大

同義 capacity [kə`pæsətɪ] 名 容量　　**相關** dimension [dɪ`mɛnʃən] 名 尺寸

例句 The huge box can hold a lot of items given its big volume.
這個箱子的容積很大，可以裝很多東西。

字義3 音量 名　　**片語** play sth. at full volume 以最大聲播放

近義 sound [saʊnd] 名 聲音；響聲　　**相關** mute [mjut] 動 靜音

例句 Please turn the volume down a bit when your sister is sleeping.
請把聲音關小一點，你姊姊在睡覺。

字義4 卷；冊 名　　**片語** limited edition 限量發行

同義 book [bʊk] 名 卷；篇；部　　**相關** series [`sɪriz] 名 叢書

例句 I have yet to finish the third volume of the Harry Potter series.
我還沒有讀完哈利波特系列的第三冊。

字義5 厚本書 名　　**片語** thread-bound book 線裝書

近義 collection [kə`lɛkʃən] 名 集冊　　**相關** hardcover [`hɑrd`kʌvə] 名 精裝本

例句 I could barely finish this volume in one month.
我差一點就無法在一個月內看完這本書了。

abstract
[`æbstrækt / æb`strækt]

Let's get started!

MP3 109

暖身選擇題

Q 請問下列兩例句中的abstract，
各代表什麼意思呢？

▸ I am not a fan of Picasso since his pieces are too abstract.
▸ Steve is only looking for abstracts from you, not the entire story.

(A) 多彩的 / 萃取物　　　(B) 簡化的 / 理論　　　(C) 抽象的 / 摘要

正確解答：(C)

一看就通！

圖解單字架構

字義**3**
抽象的
形

字義**2**
做摘要
動

字義**4**
深奧的
形

字義**1**
摘要
名

abstract

字義**5**
(化)萃取物
名

原來如此

abstract常表達精髓、「摘要」等概念；做出的摘要通常是「抽象的」和「深奧的」；更特別的是，此單字還能化抽象為具體，借代為實體的「萃取物」(物的精髓)喔！

字義1 摘要 名　　　**片語** extended abstract 長摘要

同義 summary [ˋsʌmərɪ] 名 摘要　　　**反義** specifics [spɪˋsɪfɪks] 名 詳情

例句 I read the abstract of the book before buying it.
我在買下這本書前，閱讀了書的摘要。

字義2 做摘要 動　　　**片語** fill sb. in 向某人介紹

同義 epitomize [ɪˋpɪtə͵maɪz] 動 寫梗概　　　**反義** clarify [ˋklærə͵faɪ] 動 闡明

例句 I need to abstract to my manager once a month on the project progress.
我必須每個月向經理報告一次專案的進程。

字義3 抽象的 形　　　**片語** to one's knowledge 據某人的理解

近義 intangible [ɪnˋtændʒəbl] 形 無形的　　　**反義** concrete [ˋkɑnkrit] 形 具體的

例句 Equity and justice are both abstract principles.
公平和正義兩者皆是抽象原則。

字義4 深奧的；純理論的 形　　　**片語** theoretically speaking 就理論而言

同義 profound [prəˋfaʊnd] 形 深奧的　　　**反義** pragmatic [prægˋmætɪk] 形 實務的

例句 Philosophy is an abstract subject that requires a lot of thinking and debating.
哲學是一個很深奧的主題，它需要大量的思考以及辯論。

字義5 (化)萃取物 名　　　**片語** be made up of 由…組成

同義 extract [ˋɛkstrækt] 名 萃取物　　　**相關** essence [ˋɛsn̩s] 名 精華

例句 The vitamin Rita suggested is made from abstracts of grapes.
芮塔推薦的維他命是用葡萄的萃取物做成的。

bond
[band]

Let's get started!

MP3 110

暖身選擇題 **Q** 請問下列兩例句中的bond，各代表什麼意思呢？

▶ These studies show that older people prefer **bonds** over stocks.
▶ The **bond** between my brother and me has never diminished.

(A) 債券 / 聯繫　　　(B) 基金 / 束縛　　　(C) 利息 / 黏著劑

正確答案：(A)

一看就通！

圖解單字架構

字義**3**
以…作抵押
動

字義**2**
聯繫
名

字義**4**
黏著劑
名

字義**1**
束縛
名

bond

字義**5**
債券
名

原來如此

bond常與「束縛」的概念扯上關係，舉凡情感上的「聯繫」，金錢關係上的「抵押」，甚至是具體實物「黏著劑」等。而公部門所發行的「債券」，就是由抵押所衍生而來。

字義1 束縛 名　　　　**片語** release sb. from bonds 釋放某人

同義 hamper [ˋhæmpə] 名 束縛　　　　**相關** unbind [ʌnˋbaɪnd] 動 解開

例句 It is illegal to put the suspects in bonds when you don't have supporting evidence.
沒有確切的證據就把嫌疑犯束縛起來是不合法的。

字義2 聯繫 名　　　　**片語** lose contact with 失去聯繫

同義 connection [kəˋnɛkʃən] 名 聯繫　　　　**反義** alienation [ˏeljəˋneʃən] 名 疏離

例句 Mary has always held a strong bond with Sherry since they were kids.
瑪麗與雪莉從小就有深厚的聯繫。

字義3 以⋯作抵押 動　　　　**片語** on loan 借調；借入

同義 hock [hɑk] 動 典當；抵押　　　　**相關** covenant [ˋkʌvɪnənt] 動 立約承諾

例句 I bonded my house because I needed the cash for my business.
因為公司需要錢，所以我抵押了房子。

字義4 黏著劑 名　　　　**片語** glue stick 口紅膠

同義 adhesive [ədˋhisɪv] 名 膠黏劑　　　　**相關** plaster [ˋplæstə] 動 黏貼；貼滿

例句 Henry puts the shelves up with bond since he doesn't want to damage the wall.
亨利不想傷到牆壁，所以用黏著劑把小櫃子黏上去。

字義5 債券 名　　　　**片語** compensate sb. for sth. 補償某人某物

同義 security [sɪˋkjurətɪ] 名 證券；債券　　　　**相關** issuance [ˋɪʃuəns] 名 發行

例句 The housing project will be financed by government bonds.
這個住宅計畫將由政府發行公債，以籌措資金。

233

composition
[ˌkɑmpəˈzɪʃən]

Let's get started!

MP3 111

暖身選擇題

Q 請問下列兩例句中的composition，各代表什麼意思呢？

▶ We have made compromises and reached a composition.
▶ The excellent composition of this artist has put her in first place.

(A) 合成物 / 表演　　　(B) 爭執 / 氣質　　　(C) 和解協議 / 作品

正確解答：(C)

一看就通！

圖解單字架構

字義3
作品
名

字義2
氣質
名

字義4
合成物
名

字義1
成分
名

composition

字義5
和解協議
名

原來如此

composition與『構成』有關，包含物質的「成分」、性格的「氣質」、構思出的「作品」、由不同要素組成的「合成物」，以及達成之「和解協議」。

字義1 成分 名
片語 be composed of 由…組成
同義 element [ˈɛləmənt] 名 成分　　　**相關** aggregation [ˌægrɪˈgeʃən] 名 聚集

例句 **Dog foods in the market often contain too many compositions.**
市售狗食的成分通常都太過複雜。

字義2 氣質 名
片語 frame of mind 心境；心情
同義 disposition [ˌdɪspəˈzɪʃən] 名 氣質　　　**反義** appearance [əˈpɪrəns] 名 外貌

例句 **The girl has a very unique composition that sets her apart from others.**
那名女孩所散發出來的特殊氣質與其他人都不一樣。

字義3 作品 名
片語 work of art 藝術作品
同義 creation [krɪˈeʃən] 名 創作品　　　**反義** forgery [ˈfɔrdʒərɪ] 名 贗品

例句 **The students have to write a composition about the trip last weekend.**
學生們必須寫一篇關於上週末旅行的作文。

字義4 合成物 名
片語 consist of 組成；構成
同義 compound [ˈkɑmpaʊnd] 名 化合物　　　**相關** decompose [ˌdikəmˈpoz] 動 分解

例句 **I prefer organic food over composition food, even if it's more costly.**
和合成食品相比，我寧願多花點錢吃有機食品。

字義5 和解協議 名
片語 file a settlement 提出和解
同義 settlement [ˈsɛtḷmənt] 名 和解　　　**反義** controversy [ˈkɑntrəˌvɜsɪ] 名 爭論

例句 **After you sign the composition, any disputes filed later will be held invalid.**
你簽下這個和解協議後，之後提出的任何爭議都會被視為無效。

gear

[gɪr]

Let's get started!

MP3 112

暖身選擇題

Q 請問下列兩例句中的gear，
各代表什麼意思呢？

▶ We have to **gear** up for the development of next phase.
▶ Let's get some camping **gear** from the store next door.

(A) 安排好 / 工具　　　(B) 嚙合 / 起落架　　　(C) 起床 / 排檔

正確答案：(A)

一看就通！

圖解單字架構

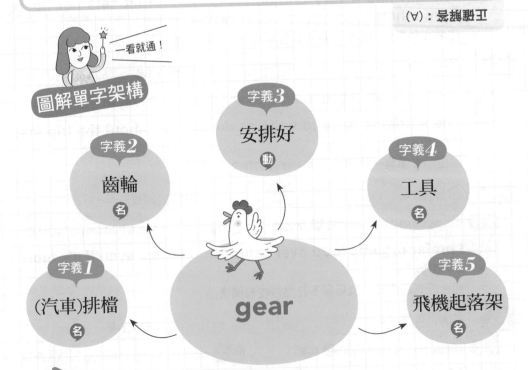

字義3
安排好
動

字義2
齒輪
名

字義4
工具
名

字義1
(汽車)排檔
名

gear

字義5
飛機起落架
名

原來如此

gear最常指汽車的「排檔」及嚙合連動的工具「齒輪」。依此衍生出妥善「安排好」事物，以及工欲善其事、必先利其器的「工具」等字義。此外還可當飛機的「起落架」。

這個單字能表達這些意思！

字義1 (汽車)排檔 名　　**片語** be in high gear 高速運行中

同義 speed [spid] 名 (汽車)排檔　　**相關** gearbox [ˈgɪrˌbɑks] 名 齒輪箱

例句 The car has three forward gears and one reverse gear.
這輛車有三個前進檔和一個倒車檔。

字義2 齒輪 名　　**片語** take apart 拆開

近義 cogwheel [ˈkɑgˌhwil] 名 鈍齒輪　　**相關** dismantle [dɪsˈmæntl] 動 拆卸

例句 You can see the mechanical gears nicely from the backside of a self-winding watch.
從這隻上發條的手錶背後，你可以清楚地看到裡面的齒輪。

字義3 安排好 動　　**片語** fix sb. up 替某人安排好

同義 arrange [əˈrendʒ] 動 安排　　**反義** obstruct [əbˈstrʌkt] 動 妨礙

例句 They need to gear up for the trip in the upcoming month.
他們必須準備好下個月即將到來的旅程。

字義4 工具 名　　**片語** camping gear 露營用具

同義 equipment [ɪˈkwɪpmənt] 名 用具　　**相關** device [dɪˈvaɪs] 名 儀器；裝置

例句 James is a frequent customer of this fishing gear store.
詹姆士是這個漁具店的熟客。

字義5 (飛機的)起落架 名　　**片語** deploy the landing gear 放下起落架

近義 landing [ˈlændɪŋ] 名 著陸　　**相關** descend [dɪˈsɛnd] 動 下降

例句 The escaped prisoner climbed up to the aircraft's landing gear and hid in the compartment.
這名逃犯爬上飛機的起落架，藏身在隔間裡。

margin
[`mɑrdʒɪn]

Let's get started!

MP3 113

暖身選擇題

Q 請問下列兩例句中的margin，
各代表什麼意思呢？

▸ Please pay close attention to the pages that are **margined** with comments.

▸ The profit **margin** for manufacturing the parts is not big.

(A) 為…付保證金 / 邊緣　　(B) 加旁註於 / 利潤　　(C) 用線劃掉 / 支出

正確解答：(B)

一看就通！

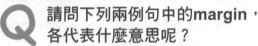

圖解單字架構

字義 **3**
餘地；餘裕
名

字義 **2**
加旁註於
動

字義 **4**
利潤
名

字義 **1**
邊緣；頁邊
名

margin

字義 **5**
付保證金
動

原來如此

margin常指「邊緣、頁邊」，引申為在頁邊空白處「加上旁註」；也表達「餘裕」的概念，以及產品的「利潤」差額。此外，還能用作「付保證金」。

字義1 邊緣；頁邊空白處 **名** 　**片語** full page 滿版的；整頁的

同義 border [ˋbɔrdɚ] **名** 邊緣　　　　**反義** nucleus [ˋnjuklɪəs] **名** 中心；起點

例句 It's amazing how Mary's book has comments that she wrote all over the margins.

瑪麗的書頁邊緣全是她寫的註解，真是驚人。

字義2 加旁註於 **動**　　　　　**片語** comment on 下註解

同義 annotate [ˋænoˌtet] **動** 註解　　　**相關** mystify [ˋmɪstəˌfaɪ] **動** 使困惑

例句 The English teacher margins the papers with his suggestions.

這位英文老師在頁面邊邊的留白處寫下他的建議。

字義3 餘地；餘裕 **名**　　　　　**片語** keep a flexible schedule 保留餘裕

同義 buffer [ˋbʌfɚ] **名** (時間上保留的)緩衝　　**相關** ampleness [ˋæmplnɪs] **名** 充裕

例句 The manager allows us a margin of ten minutes every morning before he called it being late.

每天早上，經理預留給我們十分鐘的時間，超過這時間就算遲到。

字義4 利潤 **名**　　　　　**片語** make a huge profit 賺大錢

近義 revenue [ˋrɛvəˌnju] **名** 收益　　　**相關** benefit [ˋbɛnəfɪt] **動** 受惠

例句 The selling price will allow only a small margin of profit.

這樣的售價只能賺到一點利潤。

字義5 (商)為…付保證金 **動**　　**片語** down payment 頭款；定金

同義 deposit [dɪˋpɑzɪt] **動** 付(保證金)　**相關** venture [ˋvɛntʃɚ] **名** 投機；冒險

例句 In order to buy the securities, you have to margin the deposit by a certain amount.

要買證券的話，你必須先支付一部分的保證金。

UNIT
10
merit
[`mɛrɪt]

Let's get started!

暖身選擇題　**Q** 請問下列兩例句中的merit，各代表什麼意思呢？

▶ What he said makes no sense and has no **merits**.
▶ Henry's persistence and endeavors **merit** a reward.

(A) 法律依據 / 值得　　　(B) 功勞 / 得到　　　(C) 價值 / 為求

正確解答：(A)

一看就通！

圖解單字架構

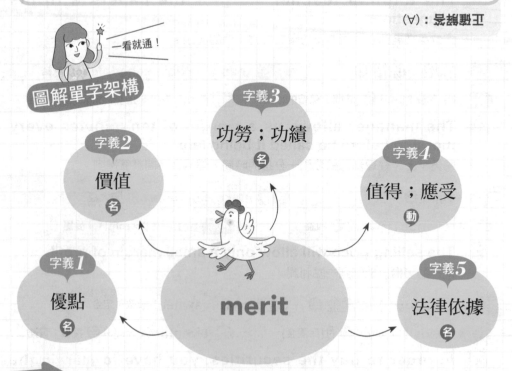

字義3
功勞；功績
名

字義2
價值
名

字義4
值得；應受
動

字義1
優點
名

merit

字義5
法律依據
名

原來如此

merit常用來形容『好的特質』，如「優點」、「價值」和「功勞」（當名詞用），以及「值得；應受」（當動詞用）。此外也可作為法律用語，指「法律依據」。

字義1 優點 名　　　　　**片語** advantage and disadvantage 優缺點

同義 strength [strɛŋθ] 名 優點　　　　**反義** weakness [ˋwiknɪs] 名 缺點

例句 **Everyone has his merits, so don't underestimate yourself.**
每個人都有優點，所以不要小看自己。

字義2 價值 名　　　　　**片語** on the merits 決定⋯的價值

同義 worth [wɝθ] 名 價值　　　　**相關** valuation [ˌvæljuˋeʃən] 名 評估

例句 **Helen demonstrated that her merit is worth the high pay.**
海倫證明了自己的價值，無愧於支付給她的高薪。

字義3 功勞；功績 名　　　　　**片語** have an advantage over 勝過

同義 achievement [əˋtʃivmənt] 名 功勞　　　　**相關** exertion [ɪgˋzɝʃən] 名 努力

例句 **The merit Angie brought to the team is enormous.**
安琪在這個團隊的功績很大。

字義4 值得；應受 動　　　　　**片語** be worthy of 值得

同義 deserve [dɪˋzɝv] 動 值得　　　　**反義** disqualify [dɪsˋkwɑləˌfaɪ] 動 不值

例句 **Most of the judges think that Amy's willingness to help others merits a special award.**
大部分的評審都認為艾咪的樂於助人值得頒給她一個特別獎。

字義5 法律依據 名　　　　　**片語** according to 根據；按照

近義 foundation [faunˋdeʃən] 名 根據　　　　**相關** principle [ˋprɪnsəpl] 名 原則

例句 **A just judge determines solely on merits instead of personal preferences.**
公正的法官做決定時只會按法律依據判斷，不會摻入個人喜好。

UNIT 11

operation
[ˌɑpəˈreʃən]

Let's get started!

MP3 115

Q 請問下列兩例句中的operation，各代表什麼意思呢？

▶ I am glad the colon **operation** my father went through turned out very well.

▶ The student wrote down the **operation** for this question.

(A) 經營 / 操作　　　(B) 效力 / 分數　　　(C) 手術 / 運算

正確解答：(C)

一看就通！

圖解單字架構

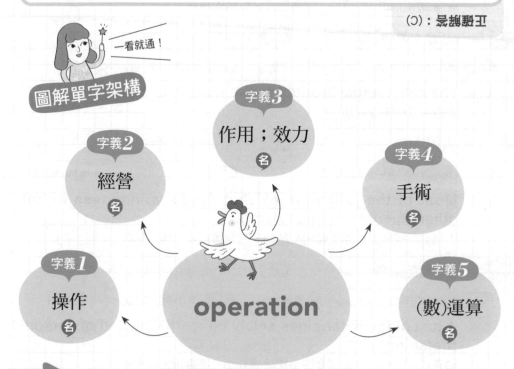

字義**2**
經營
名

字義**3**
作用；效力
名

字義**4**
手術
名

字義**1**
操作
名

operation

字義**5**
(數)運算
名

原來如此

operation常指器械的「操作」、事業的「經營」以及經由操作所產生的「作用」。在醫學領域中，指「手術」的操作；甚至還能表示數學的「運算」呢！

242

這個單字能表達這些意思！

字義*1* 操作 名　　　片語 come into operation 開始實施

同義 manipulation [mə,nɪpjuˋleʃən] 名 操作　相關 domination [,dɑməˋneʃən] 名 支配

例句 **The owner of this body shop posted the operation manual on the wall.**

這家修車行的老闆把操作手冊貼在牆上。

字義*2* 經營 名　　　片語 run a business 經營事業

近義 business [ˋbɪznɪs] 名 營業　　　相關 marketing [ˋmɑrkɪtɪŋ] 名 行銷

例句 **The boss decided to end the operation unit due to its low profit.**

經營這個組織的利潤過低，所以老闆決定關閉。

字義*3* 作用；效力 名　　片語 attribute...to... 把⋯歸因於

同義 efficacy [ˋɛfəkəsɪ] 名 效力　　相關 effective [ɪˋfɛktɪv] 形 有效的

例句 **I would suggest you follow the regulations as they are still in operation.**

因為這些規則依然具備效力，所以我會建議你遵從。

字義*4* 手術 名　　　片語 undergo plastic surgery 做整形手術

同義 surgery [ˋsɜdʒərɪ] 名 手術　　相關 surgeon [ˋsɜdʒən] 名 內科醫師

例句 **Andy is in the hospital recovering from an operation on his leg.**

安迪正在醫院裡，從腿部手術中恢復。

字義*5* (數)運算 名　　　片語 count up 算出⋯的總數

同義 algorithm [ˋælgə,rɪðm] 名 運算　　相關 addition [əˋdɪʃən] 名 加法

例句 **It takes a very complicated operation to get the best results.**

要得到最佳結果，需要很複雜的運算。

UNIT 12

prime
[praɪm]

Let's get started!

MP3 116

暖身選擇題

Q 請問下列兩例句中的prime，各代表什麼意思呢？

▶ Due to its prior success, the TV show is being shown in prime time again.
▶ A professional painter would not take priming lightly.

(A) 冷門 / 準備工作　　(B) 主要的 / 塗底漆　　(C) 晨間 / 指導

正確答案：(B)

一看就通！

圖解單字架構

字義 3
事先指導
動

字義 2
初期
名

字義 4
塗上底漆
動

字義 1
主要的
形

prime

字義 5
(數)質數
名

原來如此

prime常用於描述重要性的「主要的」，也用於表達「初期」階段，由此發展出與打基礎有關的概念，如「事先指導」及「塗上底漆」；另外也表達數學中「質數」的概念。

字義 1 主要的；第一流的 形 **片語** in one's prime 在某人最好的時間

同義 superior [sə`pɪrɪə] 形 優良的　　**反義** inferior [ɪn`fɪrɪə] 形 不好的

例句 **The prime minister of this country is close to the people.**
這個國家的首相很親民。

字義 2 初期 名　　**片語** initial stage 萌芽階段

同義 commencement [kə`mɛnsmənt] 名 開始　**反義** epilogue [`ɛpə.lɔg] 名 結尾

例句 **Henry used to be very naïve in the prime of his career.**
亨利在他事業剛起步時曾經非常天真。

字義 3 事先給…指導 動　　**片語** ramp up sb. with sth. 事先用…指導某人

近義 prepare [prɪ`pɛr] 動 使…準備好　　**相關** supervise [`supəvaɪz] 動 監督

例句 **My professor primed us with some real business cases in class.**
我的教授在課堂上用一些真實的營運案例指導我們。

字義 4 在…上塗底漆 動　　**片語** primer paint 底漆

近義 lacquer [`lækə] 動 塗亮漆　　**相關** glaze [glez] 動 在表面上光

例句 **We primed the wood with green paint the entire morning.**
我們一整個早上都在給木頭上綠色的底漆。

字義 5 (數)質數 名　　**片語** do the math 自己算算看

近義 integer [`ɪntədʒə] 名 整數　　**相關** divisible [də`vɪzəbl] 形 可除盡的

例句 **The math teacher is teaching students about prime numbers and composite numbers.**
數學老師正在教學生質數和合成數的概念。

reference
[ˈrɛfərəns]

Let's get started!

MP3 117

暖身選擇題

Q 請問下列兩例句中的**reference**，
各代表什麼意思呢？

▸ Please give me a **reference** person from your past job experience.

▸ I provided you with the documents as a **reference** in the email.

(A) 推薦人 / 參考文獻　　　(B) 提及 / 關聯　　　(C) 家人 / 委託權限

正確選項：(A)

一看就通！

圖解單字架構

字義3
推薦函/人
名

字義2
參考文獻
名

字義4
委託權限
名

字義1
提及
名

reference

字義5
關聯
名

原來如此

reference表達『供參考』的意念，發展出核心字義「提及」、文章的「參考文獻」、以及應徵者的「推薦人」等；此外，還能充當「委託的權限」以及「關聯」等意義喔！

字義1 ▶ 提及 名 　　　　**片語** refer to 提到；談論

同義 mention [ˋmɛnʃən] 名 提及；說起 　　**反義** concealment [kənˋsilmənt] 名 隱瞞

例句 In her bibliography, there are several references to her birth mother.

在她的參考書目裡，有部分內容提及她的生母。

字義2 ▶ 參考文獻 名 　　　　**片語** reference book 參考書

近義 citation [saɪˋteʃən] 名 引用 　　**相關** plagiarism [ˋpledʒəˏrɪzəm] 名 抄襲

例句 The publishing house publishes reference books only.

這家出版社只出版參考書。

字義3 ▶ 推薦函/人 名 　　　　**片語** apply for 申請

同義 referee [ˏrɛfəˋri] 名 推薦人 　　**反義** criticism [ˋkrɪtəˏsɪzəm] 名 批評

例句 To add weight to my resume, I provided several references.

為了讓我的履歷更有說服力，我提供了幾位推薦人。

字義4 ▶ 委託權限 名 　　　　**片語** a rubber stamp 無實際作用

同義 authority [əˋθɔrətɪ] 名 權限 　　**相關** entrust [ɪnˋtrʌst] 動 委託

例句 I have nothing to say on this issue since this is not within the reference I was given.

關於這個議題，我沒有意見，因為這不在我的委託權限範圍內。

字義5 ▶ 關聯 名 　　　　**片語** in reference to sb. 與某人有關聯

同義 relation [rɪˋleʃən] 名 關聯；關係 　　**相關** irrelevant [ɪˋrɛləvənt] 形 無關的

例句 Happiness does not have reference to how much money you have.

快樂跟你有多少錢無關。

UNIT 14

auxiliary

[ɔg`zɪljərɪ]

Let's get started!

MP3 118

暖身選擇題

Q 請問下列兩例句中的auxiliary，
各代表什麼意思呢？

▸ George would like to hire **auxiliaries** as soon as possible.
▸ Henry is a member of an **auxiliary** troop, so he may never go
  to war.

(A) 秘書 / 輔助的　　　(B) 附屬機構 / 督導的　　　(C) 助手 / 後備的

正確答案：**(C)**

一看就通！

圖解單字架構

字義 *3*
附屬機構
名

字義 *2*
助手
名

字義 *4*
(語)助動詞
名

字義 *1*
輔助的
形

auxiliary

字義 *5*
後備的
形

原來如此

auxiliary的核心概念為「輔助的」，由此發展出「助手」、「附屬機構」等相關字義和具
輔助效果的「助動詞」；此外，還能形容「後備的」的意思喔！

字義1 輔助的 形 　　　**片語** be of auxiliary purpose 輔助性質

同義 adjuvant [ˋædʒəvənt] 形 輔助的　　**反義** dominant [ˋdɑmənənt] 形 支配的

例句 The crutches are auxiliary for the wounded patients to walk.
拐杖是為了輔助受傷的病患行走而使用的工具。

字義2 助手 名 　　　**片語** give a helping hand 伸出援手

同義 assistant [əˋsɪstənt] 名 助手　　**反義** supervisor [ˏsupɚˋvaɪzɚ] 名 主管

例句 I could use some auxiliaries to help me expedite the case.
我需要一些助手來幫我加速完成這個案件。

字義3 附屬機構 名 　　　**片語** affiliate to 附屬於…

同義 subsidiary [səbˋsɪdɪˏɛrɪ] 名 附屬機構　　**反義** headquarters [ˋhɛdˋkwɔrtɚz] 名 總公司

例句 The company in Taiwan doesn't make the call as it's the auxiliary company.
在台灣的公司沒有主導權，因為它是子公司。

字義4 (語)助動詞 名 　　　**片語** modal auxiliary 情態助動詞

近義 verb [vɝb] 名 動詞　　**相關** grammatical [grəˋmætɪk]] 形 文法的

例句 An auxiliary should be used with a main verb.
助動詞應該和主要動詞一起使用。

字義5 後備的；從屬的 形 　　　**片語** backup copy 備份的檔案

同義 supplementary [ˏsʌpləˋmɛntərɪ] 形 增補的　**反義** necessary [ˋnɛsəˏsɛrɪ] 形 必要的

例句 This auxiliary player proved his shooting skill has greatly improved.
這名替補球員證明了他的射球技術有長足的進步。

conduct
[kən`dʌkt / `kɑndʌkt]

Let's get started!

MP3 119

暖身選擇題

Q 請問下列兩例句中的conduct，
各代表什麼意思呢？

▶ I decided to **conduct** an experiment to see whether my assumption was correct.

▶ Every employee is asked to sign the **conduct** contract.

(A) 籌備 / 品行　　　(B) 指揮 / 指揮　　　(C) 傳導 / 經營

正確選答：(A)

一看就通！

圖解單字架構

字義3
指揮樂隊
動

字義2
引導
動

字義4
(物)傳導
動

字義1
經營；處理
動

conduct

字義5
品行
名

原來如此

conduct的核心字義為「經營」、「引導」，可當作「指揮樂隊」使用(指導樂隊演奏)，也可解釋為物質的「傳導」。此外，還能表達一個人的「品行」喔！

字義 1 經營;處理 🔵 　　**片語** rule sb./sth. out 排除某人／某物

同義 superintend [ˌsupərɪn`tɛnd] 🔵 管理　　**相關** career [kə`rɪr] 🔵 職業

例句 **The way you conduct business is going to drive your customers away.**
你經營公司的方式會讓你流失客人。

字義 2 引導;帶領 🔵 　　**片語** give advice to sb. 給予某人建議

近義 supervision [ˌsupə`vɪʒən] 🔵 管理　　**相關** mentor [`mɛntə] 🔵 良師益友

例句 **The waiter conducted us to the seats by the window.**
服務生帶我們到靠窗的位子。

字義 3 指揮樂隊 🔵 　　**片語** play a lead in sth. 在某處擔任主要角色

同義 direct [də`rɛkt] 🔵 指揮　　**相關** symphony [`sɪmfənɪ] 🔵 交響樂團

例句 **The choir of our school conducted by Mrs. Carlson won the national contest.**
我們學校由卡爾森太太所指揮的合唱團贏得全國比賽。

字義 4 (物)傳導 🔵 　　**片語** heat conduction 熱傳導

同義 transmit [træns`mɪt] 🔵 傳導　　**反義** insulate [`ɪnsə,let] 🔵 使絕緣

例句 **The metal sheet conducted heat and burned my hand.**
鐵片傳導熱度並燙傷了我的手。

字義 5 品行 🔵 　　**片語** on one's best behavior 表現有禮

同義 morality [mə`rælətɪ] 🔵 品行　　**反義** indecency [ɪn`disn̩sɪ] 🔵 無禮

例句 **Jason's excellent conduct won him "The Best Employee Award".**
傑森優秀的品性讓他贏得「最佳員工獎」。

UNIT 16

constitutional
[ˌkɑnstəˈtjuʃənl̩]

Let's get started!

MP3 120

暖身選擇題　**Q** 請問下列兩例句中的constitutional，各代表什麼意思呢？

▶ Although gun ownership has been under a lot of debate, it is still a **constitutional** right.

▶ Jogging with my dad at night is my daily **constitutional**.

(A) 體質的 / 作業　　(B) 有益身體的 / 慣例　　(C) 憲法的 / 運動

正確答案：(C)

一看就通！

圖解單字架構

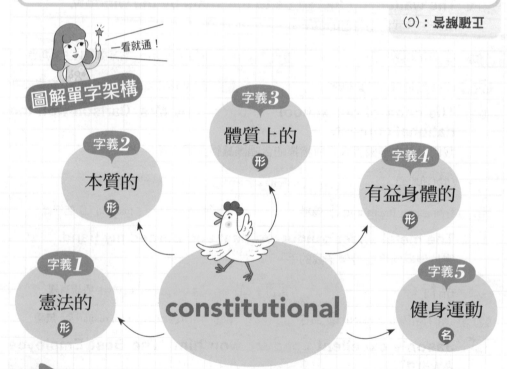

字義3
體質上的
形

字義2
本質的
形

字義4
有益身體的
形

字義1
憲法的
形

constitutional

字義5
健身運動
名

原來如此

constitutional在法律上表「憲法的」，憲法為國之根本，所以引申形容「本質的」與「體質上的」，從體質的概念出發，也轉而形容「有益身體的」以及「健身運動」喔！

字義1 憲法的 形　　**片語** play by the book 照著規則進行

近義 legislative [ˋlɛdʒɪsˏletɪv] 形 立法的　　**相關** interdict [ˏɪntɚˋdɪkt] 動 禁止

例句 **Based on the constitutional rights, the judge can pronounce sentences on crimes.**
依據憲法所賦予的權利，這名法官能夠宣判罪刑。

字義2 本質的 形　　**片語** belong to 屬於

同義 intrinsic [ɪnˋtrɪnsɪk] 形 本質的　　**反義** extrinsic [ɛkˋstrɪnsɪk] 形 非本質的

例句 **We all need to know the constitutional importance of the president's new ruling.**
我們都必須了解總統的新規定當中有何本質上的重要性。

字義3 體質上的 形　　**片語** under the weather 身體不適

近義 tangible [ˋtændʒəbl] 形 有實體的　　**反義** emotional [ɪˋmoʃənl] 形 心理的

例句 **Having asthma is his constitutional weakness passed down by his father's side.**
氣喘這個體質上的缺陷是從他爸爸那邊遺傳得來的。

字義4 有益身體的 形　　**片語** be safe and sound 身體很好

同義 beneficial [ˏbɛnəˋfɪʃəl] 形 有益的　　**相關** prefer [prɪˋfɝ] 動 寧願；更喜歡

例句 **Playing badminton is constitutional, especially for your cardiovascular system.**
打羽毛球有益身體，對你的心血管尤其有好處。

字義5 健身運動 名　　**片語** hit the gym 去健身房

同義 exercise [ˋɛksɚˏsaɪz] 名 運動　　**相關** inertia [ɪnˋɝʃə] 名 懶惰

例句 **Walking in the morning is my constitutional that I do no matter rain or shine.**
不論雨天還是晴天，晨走是我每天做的健身運動。

UNIT 17

fiddle
[`fɪdḷ]

Let's get started!

MP3 121

暖身選擇題

Q 請問下列兩例句中的**fiddle**，各代表什麼意思呢？

▶ Henry got caught **fiddling** the test score when the teacher was away.

▶ I'm not satisfied with Angie's **fiddling** her time away.

(A) 增加 / 佔用　　(B) 竄改 / 浪費　　(C) 塗掉 / 使用

正確解答：(B)

一看就通！

圖解單字架構

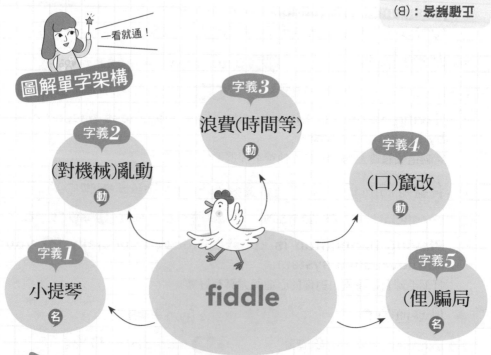

字義**3**
浪費(時間等)
動

字義**2**
(對機械)亂動
動

字義**4**
(口)竄改
動

字義**1**
小提琴
名

fiddle

字義**5**
(俚)騙局
名

原來如此

fiddle原指「小提琴」，必須撥弄琴弦才能演奏，所以也有「亂動」、「浪費(時間等)」及「竄改」等意(皆包含更動)，衍生此概念，當名詞時則產生「騙局」的俚語用法。

字義1 小提琴 名　　**片語** lend an ear to 注意聽

同義 violin [ˌvaɪəˈlɪn] 名 小提琴　　**相關** melodious [məˈlodɪəs] 形 悅耳的

例句 **Noah plays the fiddle in the club every weekend for perks.**
諾亞為了賺取津貼，每個週末會在夜總會裡演奏小提琴。

字義2 (對機械等)亂動 動　　**片語** mess around with sth. 亂動某物

同義 fidget [ˈfɪdʒɪt] 動 擺動；玩弄　　**相關** procedure [prəˈsidʒə] 名 程序

例句 **Stop fiddling with your pen. You are making me anxious.**
不要再甩筆了，你讓我感到很焦慮。

字義3 浪費(時間等) 動　　**片語** fiddle sth. away 浪費(時間等)

同義 dissipate [ˈdɪsəˌpet] 動 揮霍　　**反義** utilize [ˈjutḷˌaɪz] 動 利用

例句 **Sara regretted that she had fiddled away too much of her time in the past.**
莎拉後悔她以前浪費了太多時間。

字義4 (口)竄改 動　　**片語** phony up sth. 篡改某物

同義 tamper [ˈtæmpə] 動 竄改　　**相關** legitimate [lɪˈdʒɪtəmɪt] 形 合法的

例句 **Fiddling checks is a crime, and it can land you in jail.**
竄改支票是違法的，足以讓你進監獄。

字義5 (俚)騙局 名　　**片語** set sb. up 陷害、設計某人

近義 extortion [ɪkˈstɔrʃən] 名 敲詐　　**相關** frankness [ˈfræŋknɪs] 名 坦率

例句 **Eddy didn't smell a rat and lost his pension because of the fiddle.**
艾迪沒有發現不對勁，而因為這場騙局輸光了養老金。

gross

[gros]

Let's get started!

MP3 122

暖身選擇題　**Q** 請問下列兩例句中的gross，
各代表什麼意思呢？

▶ It was a **gross** accident! He should have been more careful.
▶ The annual **gross** income of the company beat expectations.

(A) 嚴重的 / 總量的　　　(B) 噁心的 / 茂密的　　　(C) 恐怖的 / 結算的

正確解答：(A)

一看就通！

圖解單字架構

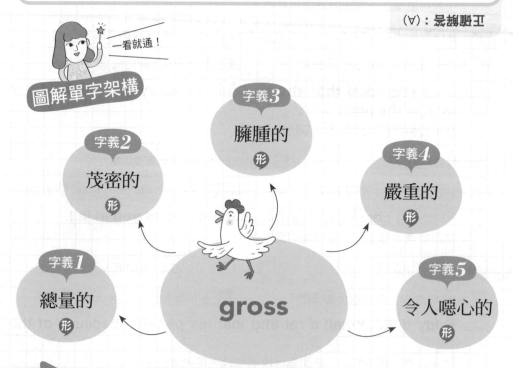

字義2
茂密的
形

字義3
臃腫的
形

字義4
嚴重的
形

字義1
總量的
形

gross

字義5
令人噁心的
形

原來如此

gross最常見的用法為「總量的」，衍生其『大量』的概念產生「茂密的」、「(身材)擁腫的」和「嚴重的」(因大量問題而變嚴重)；俚語用法也很常見，指「令人噁心的」。

字義1 總量的 形　　　**片語** one's number is up 某人死定了

同義 accumulative [əˋkjumjə͵letɪv] 形 積累的　**反義** specific [spɪˋsɪfɪk] 形 特定的

例句 Our **gross** income for this month is NT$200,000, which is pretty good.
我們這個月的總收入為新臺幣二十萬元，是很不錯的數字。

字義2 茂密的 形　　　**片語** no end of 很多的；大量的

同義 bristling [ˋbrɪslɪŋ] 形 林立的　　**反義** scattered [ˋskætəd] 形 稀疏的

例句 Due to the excessive logging, the once **gross** forest has gone sparse.
因為過度的砍伐，這個曾經茂密的森林變得林木稀疏。

字義3 臃腫的 形　　　**片語** work some weight off 減肥

同義 obese [oˋbis] 形 肥胖的；過胖的　**反義** underweight [ˋʌndɚ͵wet] 形 過輕的

例句 Renee feels inferior because of her **gross** body, but I think she's just a bit chubby.
芮妮因為自己臃腫的身形而自卑，但我覺得她只是有點豐滿罷了。

字義4 嚴重的 形　　　**片語** one's attitude to 某人對⋯的看法

同義 significant [sɪgˋnɪfəkənt] 形 重大的　**反義** flippant [ˋflɪpənt] 形 輕率的

例句 The driver suffered a **gross** concussion from the car accident.
那名駕駛因車禍而蒙受嚴重的腦震盪。

字義5 (俚)令人噁心的 形　　**片語** gross sb. out 使某人感到噁心

同義 vulgar [ˋvʌlgɚ] 形 粗俗的　　**反義** proper [ˋprɑpɚ] 形 得體的

例句 That critic only wanted to show off. What he said was so **gross**!
那個評論家只是想炫耀自己，他講的話真令人感到噁心！

manifest
[`mænə͵fɛst]

Let's get started!

MP3 123

暖身選擇題

Q 請問下列兩例句中的manifest，
各代表什麼意思呢？

▸ The newly found evidence **manifests** the police's inferences.
▸ Would you help put this shipment of handbags in the
manifest?

(A) 列入貨單 / 名單　　　(B) 證實 / 貨單　　　(C) 推翻 / 手推車

正確答案：(B)

 圖解單字架構 一看就通！

字義**3**
貨單
名

字義**2**
顯然的
形

字義**4**
乘客名單
名

字義**1**
顯示；證實
動

manifest

字義**5**
列入貨單
動

原來如此

manifest最常見的用法為「證實」，證實後通常會產生「顯然的」結果；另外可以表示一目瞭然的「貨單」以及「乘客名單」，當動詞則有「把…列入貨單」之意。

字義1 顯示；證實 **動**　**片語** stand for 代表

同義 demonstrate [ˋdɛmən͵stret] **動** 證明　**反義** distort [dɪsˋtɔrt] **動** 歪曲(事實)

例句 Can you **manifest** all the related data in one document?
你能不能將所有相關的資料呈現於同一份文件中？

字義2 顯然的 **形**　**片語** on the basis of 根據

同義 apparent [əˋpærənt] **形** 明顯的　**反義** equivocal [ɪˋkwɪvək!] **形** 模糊的

例句 This is a **manifest** mistake, which we should have caught easily.
這是一個明顯的錯誤，我們應該很容易發現才是。

字義3 貨單 **名**　**片語** have sth. in stock 有現貨

近義 invoice [ˋɪnvɔɪs] **名** 發貨單　**相關** payable [ˋpeəbl] **形** 應付的

例句 Please email me the **manifest**; I will process it right away.
請寄貨單給我，我會立刻處理。

字義4 (飛機的)乘客名單 **名**　**片語** be absent from 缺席

近義 passenger [ˋpæsn̩dʒɚ] **名** 乘客　**相關** attendant [əˋtɛndənt] **名** 侍者

例句 The flight attendant checked the **manifest** to make sure that all passengers were on board.
這位空姐檢查乘客名單，確定全部的乘客都已登機。

字義5 把…列入貨單 **動**　**片語** line sth. up 把某物排列好

近義 catalog [ˋkætələg] **動** 為…編目　**相關** classify [ˋklæsə͵faɪ] **動** 分類

例句 Please be sure to **manifest** all items in the inventory.
請確認將存貨清單上的所有物品列入貨單。

UNIT
20
prospect
[ˋprɑspɛkt]

Let's get started!

MP3 124

 **Q** 請問下列兩例句中的prospect，
各代表什麼意思呢？

▸ The **prospect** of Prague from the window is amazing.
▸ Her job today is to go down the **prospect** list and call each one of them.

(A) 遠見 / 熟客　　　(B) 前途 / 待辦清單　　　(C) 景色 / 潛在客戶

正確答案：(C)

一看就通！
圖解單字架構

字義**3**
潛在客戶
名

字義**2**
盼望的事物
名

字義**4**
勘察
動

字義**1**
前途
名

prospect

字義**5**
景色
名

原來如此

prospect抽象意義指「前途」，具體化為「盼望的事物」及「潛在客戶」(皆為有可能實現的對象)；當動詞有「勘查」之意；引申其『望向』的特質而有「景色」的意思。

260

字義1 前途 名　　　　**片語** come as a surprise 令人驚訝

同義 outlook [ˋaʊt͵lʊk] 名 展望；前景　　**相關** potential [pəˋtɛnʃəl] 名 潛能

例句 The family can see the prospect of his bright future.
家人看好他未來的光明前景。

字義2 盼望的事物 名　　　　**片語** have a hunch about sth. 對某事有期盼

同義 anticipation [æn͵tɪsəˋpeʃən] 名 預料　　**相關** astonish [əˋstɑnɪʃ] 動 使吃驚

例句 My brother is excited at the prospect of the delivery of his baby.
我哥哥興奮地盼望著他的小孩出生。

字義3 潛在客戶 名　　　　**片語** do one's best 盡某人所能

同義 customer [ˋkʌstəmɚ] 名 客戶　　**相關** negotiate [nɪˋgoʃɪ͵et] 動 交涉

例句 The list I've handed in has the prospects we obtained from the event.
我所繳交的名單是我們從活動中獲得的潛在客戶群。

字義4 勘察 動　　　　**片語** get to the bottom of 全面勘察

同義 traverse [ˋtrævɜs] 動 全面研究　　**相關** careful [ˋkɛrfəl] 形 仔細的

例句 The boss prefers to prospect the construction site on his own.
這位老闆喜歡親自去勘察工地。

字義5 景色 名　　　　**片語** in view of 鑒於；由於

同義 landscape [ˋlænd͵skep] 名 景色　　**相關** panorama [͵pænəˋræmə] 名 全景畫

例句 The prospect from the balcony is really good as there is nothing in the way.
因為沒有東西遮擋視線，所以從陽台看出去的景色很美。

sovereign
[`sɑvrɪn]

Let's get started!

MP3 125

暖身選擇題　Q　請問下列兩例句中的sovereign，各代表什麼意思呢？

▶ Taiwan is a **sovereign** country, just like Japan.
▶ There is no **sovereign** way to lose weight besides keeping a workout routine.

(A) 主權的 / 有效的　　(B) 獨立的 / 全然的　　(C) 君主的 / 至高的

正確選擇：(A)

一看就通！

圖解單字架構

字義**3**
至高無上的
形

字義**2**
主權的
形

字義**4**
出色的
形

字義**1**
君主；元首
名

sovereign

字義**5**
極有效的
形

原來如此

sovereign包含『在上位』的概念，能產生「元首」、「主權的」及「至高無上的」等意，一位「出色的」領導者，往往能掌控主權；另外還有「極有效的」意思。

這個單字能表達這些意思！

字義1 君主；元首 名 　　**片語** look up to 尊敬

同義 monarch [ˈmɑnək] 名 君主　　**相關** dominion [dəˈmɪnjən] 名 統治

例句 Henry VIII was the **sovereign** of England and Ireland.
亨利八世當時是英格蘭與愛爾蘭的君主。

字義2 主權的；自治的 形 　　**片語** on one's own 自力更生的

同義 autonomous [ɔˈtɑnəməs] 形 自治的　　**反義** dependent [dɪˈpɛndənt] 形 隸屬的

例句 The Vatican, despite how small it is, is a **sovereign** country in Europe.
無論梵蒂岡的領土有多小，它還是歐洲的一個自治國家。

字義3 至高無上的 形 　　**片語** be superior to 比…高一等

同義 supreme [səˈprim] 形 至上的　　**反義** subordinate [səˈbɔrdnɪt] 形 低等的

例句 In the parade, you can see that the queen wore a **sovereign** look on her face.
在遊行當中，你可以看到女皇臉上掛著至高無上的表情。

字義4 出色的；傑出的 形 　　**片語** correspond with 符合；一致

同義 excellent [ˈɛksḷənt] 形 出色的　　**反義** average [ˈævərɪdʒ] 形 普通的

例句 The audience stood up and clapped their hands because of the **sovereign** actors.
因為演員們的表現出色，所以觀眾都站起身來鼓掌。

字義5 極有效的 形 　　**片語** in effect 實施中；有效

同義 efficient [ɪˈfɪʃənt] 形 有效的　　**相關** useless [ˈjuslɪs] 形 無用的

例句 Having enough rest and water are a **sovereign** remedy for a cold.
對感冒的人來說，擁有足夠的休息與多喝水極有療效。

stock
[stɑk]

Let's get started!

MP3 126

暖身選擇題

Q 請問下列兩例句中的stock，
各代表什麼意思呢？

▸ We need to **stock** up on enough shoes so we don't run out.
▸ We have heard too many of your **stock** jokes.

(A) 裝上把手 / 新鮮的　　　(B) 庫存 / 陳腐的　　　(C) 抬高 / 臭的

正確選項：(B)

一看就通！

圖解單字架構

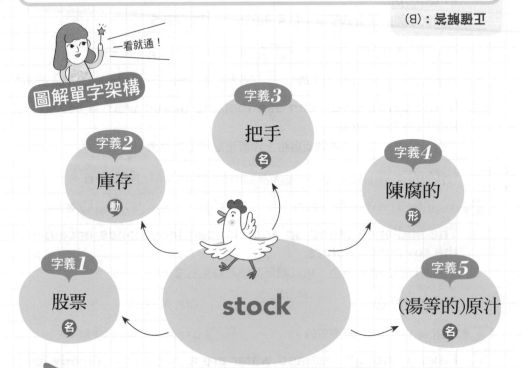

字義**3**
把手
名

字義**2**
庫存
動

字義**4**
陳腐的
形

字義**1**
股票
名

stock

字義**5**
(湯等的)原汁
名

原來如此

stock常見的用法有二，其一為「股票」，是「庫存」財富的方式，其二為「把手」；另外，若庫存放了很久，就可能變成「陳腐的」；還能指熬煮成的「原汁」喔！

字義1 股票；股份 **名**   **片語** invest in stock 投資股票

同義 equity [ˋɛkwətɪ] **名** 股票(常複數)   **相關** property [ˋprɑpətɪ] **名** 財產

例句 **Bill owns over 50% of the company stocks. He is our biggest stockholder.**
比爾持有公司超過百分之五十的股份，他是我們最大的股東。

字義2 庫存 **動**   **片語** stock up with sth. 庫存某物

同義 amass [əˋmæs] **動** 堆積   **反義** auction [ˋɔkʃən] **動** 拍賣

例句 **They need to stock more food before the typhoon comes.**
他們需要在颱風來襲之前貯存更多食物。

字義3 把手 **名**   **片語** hang on tight to sth. 緊抓住某物

同義 handgrip [ˋhænd͵grɪp] **名** 手把；柄   **相關** adhere [ədˋhɪr] **動** 黏附；緊黏

例句 **The suspect held a gun by the stock when the police broke into the house.**
警察破門而入的時候，那名嫌疑犯正握著槍的把手。

字義4 陳腐的 **形**   **片語** be in the habit of 習慣於

同義 hackneyed [ˋhæknɪd] **形** 陳腐的   **相關** novelty [ˋnɑvltɪ] **名** 新穎；新奇

例句 **This commentator's remarks on the fashion show were stock, which is quite disappointing.**
這個評論家對於這場時裝秀的評論很陳腐，真令人失望。

字義5 (湯等的)原汁 **名**   **片語** boil down to 歸根究柢為…

同義 broth [brɔθ] **名** 原汁；高湯   **相關** culinary [ˋkjulɪ͵nɛrɪ] **形** 烹飪的

例句 **The soup is made with a base of chicken stock.**
這個湯是用雞高湯做成的。

substantial
[səb`stænʃəl]

Let's get started!

MP3 127

暖身選擇題

Q 請問下列兩例句中的substantial，
各代表什麼意思呢？

▶ We were taken to have a substantial meal to celebrate graduation.

▶ The course is on the substantial of philosophy.

(A) 堅固的 / 大綱　　(B) 基本的 / 精華　　(C) 豐盛的 / 重要的東西

正確解答：(C)

一看就通！

圖解單字架構

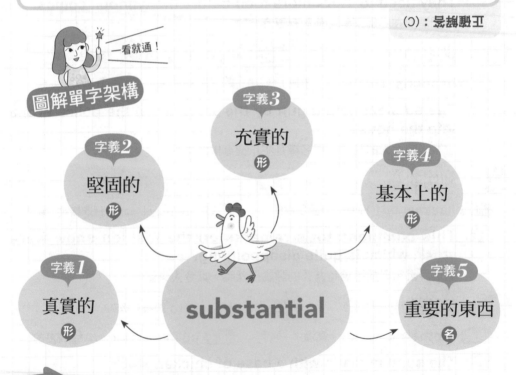

字義3
充實的
形

字義2
堅固的
形

字義4
基本上的
形

字義1
真實的
形

substantial

字義5
重要的東西
名

原來如此

substantial最核心的概念為「真實的」，可表示「(物體)堅固的」或「(內容)充實的」，還能引申出「基本上的」之意。若為最重要且有內涵的事物，就是「重要的東西」了。

這個單字能表達這些意思！

字義1 真實的 形　　　**片語** as a matter of fact 事實上

同義 authentic [ɔ`θɛntɪk] 形 真實的　　　**反義** counterfeit [`kaʊntɚˌfɪt] 形 偽造的

例句 **Although his dream may not sound substantial, he is working hard to realize it.**
雖然他的夢想聽起來不實際，但是他正努力地實踐。

字義2 堅固的 形　　　**片語** do me a solid 幫我一個大忙

同義 compact [kəm`pækt] 形 結實的　　　**反義** wobbly [`wɑblɪ] 形 不穩定的

例句 **The material of the latest bike is substantial but light.**
最新型腳踏車的材質很堅固，同時又很輕。

字義3 豐富的；充實的 形　　　**片語** pig out 大吃特吃

同義 bountiful [`baʊntəfəl] 形 豐富的　　　**反義** meager [`migɚ] 形 少量的

例句 **This B&B offers a very substantial breakfast that is beyond compare.**
這間民宿提供無比豐盛的早餐。

字義4 基本上的 形　　　**片語** one's bottom line 某人的底線

同義 fundamental [ˌfʌndə`mɛntl] 形 基本的　　　**反義** inessential [ˌɪnə`sɛnʃəl] 形 非必要的

例句 **Cutting down cost as much as possible is a substantial move for any company.**
盡量減低成本對任何公司來說都算是基本原則。

字義5 重要的東西 名　　　**片語** be of substantial …很重要

同義 significance [sɪg`nɪfəkəns] 名 重要性　　　**反義** pettiness [`pɛtɪnɪs] 名 瑣碎

例句 **One of the substantials for this couple is to respect each other no matter what happens.**
對這對夫妻而言，最重要的東西之一是無論如何都要尊重彼此。

tackle
[`tækḷ]

Let's get started!

MP3 128

暖身選擇題

Q 請問下列兩例句中的tackle，
各代表什麼意思呢？

▸ Charles is the guy that can **tackle** these complicated issues.
▸ I can't join you guys today because I forgot my diving **tackles**.

(A) 迴避 / 滑車　　　(B) 抓住 / 服裝　　　(C) 著手處理 / 裝備

正確解答：(C)

一看就通！

圖解單字架構

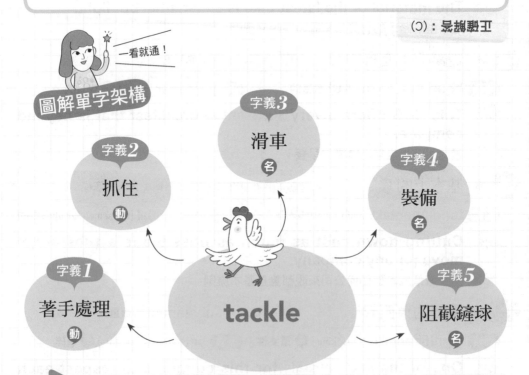

字義3
滑車
名

字義2
抓住
動

字義4
裝備
名

字義1
著手處理
動

tackle

字義5
阻截鏟球
名

原來如此

tackle最常見的用法為「著手處理」，更具體一點就是要「抓住」某物的動作；另外還能指「滑車」，為一種「裝備」；若衍生『抓住』的概念，就能表示「阻截鏟球」。

這個單字能表達這些意思!

字義1 著手處理 **動**　　　　**片語** work on sth. 處理;進行

同義 handle [ˋhænd!] **動** 處理;對待　　　　**反義** withhold [wɪðˋhold] **動** 抵制

例句 I will **tackle** this problem by myself. Please don't get involved.
我會自己處理這個問題,請不要涉入。

字義2 抓住 **動**　　　　**片語** grab sb. by the arm 抓著某人的手臂

同義 snatch [snætʃ] **動** 抓住　　　　**反義** unfetter [ʌnˋfɛtə] **動** 使自由

例句 The police officer **tackled** the criminal and threw him into the corner.
警員抓住那名罪犯,把他丟到角落。

字義3 滑車 **名**　　　　**片語** be on the rise 往上升

同義 pulley [ˋpʊlɪ] **名** 滑車　　　　**相關** upswing [ˋʌp͵swɪŋ] **動** 向上擺動

例句 It requires a **tackle** to lift up the refrigerator up high.
想要把冰箱高高吊起的話,需要一個滑車。

字義4 裝備 **名**　　　　**片語** supply with 供給

同義 equipment [ɪˋkwɪpmənt] **名** 裝備　　　　**相關** backpack [ˋbæk͵pæk] **動** 放入背包

例句 Claude often buys the newest and most expensive fishing **tackle**.
克勞德時常購買最新、最貴的釣魚裝備。

字義5 (足球的)阻截鏟球 **名**　　　　**片語** fend off sth. 擋住某物

近義 obstruction [əbˋstrʌkʃən] **名** 阻截　　　　**相關** superb [sʊˋpɝb] **形** 一流的

例句 The news shows Larry's amazing slide **tackle** repeatedly.
新聞一再重播賴瑞精彩的鏟球畫面。

UNIT 25

yield
[jild]

Let's get started!

MP3 129

暖身選擇題

Q 請問下列兩例句中的yield，
各代表什麼意思呢？

▸ The **yield** on the products this month has grown two-fold.
▸ I would never **yield** to any challenges under any circumstance.

(A) 利潤 / 屈服　　　(B) 收穫量 / 打擊　　　(C) 損失 / 遇到

正確解答：(A)

一看就通！

圖解單字架構

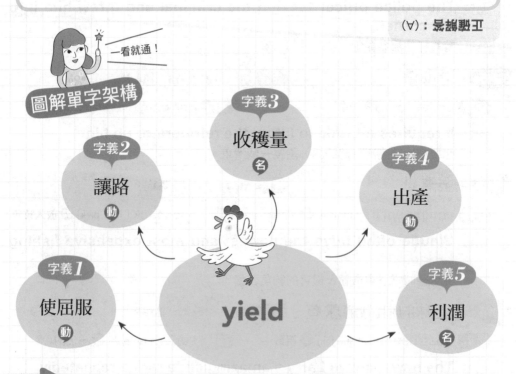

字義3
收穫量
名

字義2
讓路
動

字義4
出產
動

字義1
使屈服
動

yield

字義5
利潤
名

原來如此

yield常見的用法有二，第一個是「使屈服」，引申出「讓路」之意；第二個為「收穫量」，若「出產」的產品數量足夠，經由銷售之後當然就能產生「利潤」囉！

字義1 使屈服 🔊　　　**片語** give in to sb. 屈服於某人

同義 succumb [sə`kʌm] 🔊 屈服　　**反義** compete [kəm`pit] 🔊 競爭

例句 I would never **yield** to my manager if I were right.
如果我是對的，我不會屈服於經理的想法。

字義2 讓路 🔊　　　**片語** make way for 讓路給

近義 concede [kən`sid] 🔊 讓給　　**相關** courtliness [`kɔrtlɪnɪs] 🔊 禮讓

例句 You should have **yielded** the right-of-way to that car at the stop sign.
你早該在停止號誌處讓路給那台車通行。

字義3 收穫量 🔊　　　**片語** in demand 有需求

同義 production [prə`dʌkʃən] 🔊 產量　　**相關** fabricate [`fæbrɪˌket] 🔊 製造

例句 The **yield** of garlic this season is up by 40% as compared to last season.
這一季大蒜的產量與上一季比較，上升了40%。

字義4 出產 🔊　　　**片語** grow over 長滿

同義 produce [prə`djus] 🔊 出產　　**反義** abandon [ə`bændən] 🔊 放棄

例句 These apple trees **yield** two tons of apples every year.
這些蘋果樹每年生產兩噸的蘋果。

字義5 利潤 🔊　　　**片語** make a fortune 發財；致富

同義 revenue [`rɛvəˌnju] 🔊 收益　　**反義** arrears [ə`rɪrz] 🔊 欠款

例句 My brother told me that the **yield** on investing in this mutual fund has been great.
我弟弟告訴我，投資這個共同基金的利潤很不錯。

assumption
[əˋsʌmpʃən]

Let's get started!

MP3 130

暖身選擇題

Q 請問下列兩例句中的assumption，各代表什麼意思呢？

▶ The experiment has proved my assumption wrong.
▶ Henry leaves people with a sense of assumption; however, he is actually very friendly.

(A) 設想 / 自大　　　(B) 假裝 / 篡奪　　　(C) 決定 / 承擔

正確選項：(A)

一看就通！

圖解單字架構

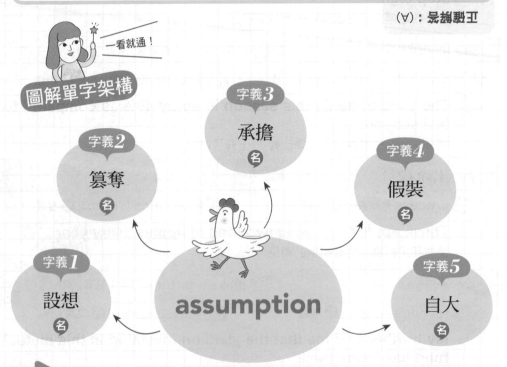

字義3
承擔
名

字義2
篡奪
名

字義4
假裝
名

字義1
設想
名

assumption

字義5
自大
名

原來如此

assumption常指「設想」，引申其『預想』的概念會得到「篡奪」之意，篡奪權力成功就必須「承擔」責任；另外也能形容「假裝」，過了頭就會給人「自大」感。

這個單字能表達這些意思！

字義1 設想 名　　　　**片語** conceive of 設想

同義 premise [ˋprɛmɪs] 名 假設　　　　**反義** conclusion [kənˋkluʒən] 名 結論

例句 On the **assumption** that Jay would not show up, we did not wait for him for dinner.
我們認為杰不會出現，所以沒有等他吃晚餐。

字義2 篡奪 名　　　　**片語** take sb. by storm 迅速征服某人

近義 seizure [ˋsiʒə] 名 佔領　　　　**反義** abdication [ˏæbdəˋkeʃən] 名 退位

例句 The king's brother is planning an **assumption** of the throne.
這位國王的弟弟正密謀篡奪王位。

字義3 承擔 名　　　　**片語** call the shots 做主

近義 undertaking [ˏʌndəˋtekɪŋ] 名 工作　　　　**相關** abscond [æbˋskɑnd] 動 潛逃

例句 Mr. Lin's voluntary **assumption** of responsibility has won him a good reputation.
林先生自願承擔責任的行為替他贏得好名聲。

字義4 假裝 名　　　　**片語** a stuffed shirt 裝模作樣的人

同義 feint [fent] 名 假裝；佯裝　　　　**相關** genuine [ˋdʒɛnjuɪn] 形 真誠的

例句 That woman's **assumption** of coldness comes from her insecurity.
那個女人之所以假裝冷酷，是因為她沒有安全感。

字義5 自大 名　　　　**片語** be full of oneself 某人很自大

同義 insolence [ˋɪnsələns] 名 傲慢　　　　**反義** humbleness [ˋhʌmblnɪs] 名 謙遜

例句 Henry is an outcast at school because of his **assumption**. I think he needs a change.
因為亨利太自大，所以他在學校被排擠，我覺得他必須改變。

concession
[kənˋsɛʃən]

Let's get started!

MP3 131

暖身選擇題 **Q** 請問下列兩例句中的concession，各代表什麼意思呢？

▸ The union's strike led to the **concession** from the company.
▸ The Shanghai French **Concession** was a foreign **concession** from 1849 until 1946.

(A) 懺悔 / 大使館　　　(B) 讓步 / 租界　　　(C) 衝擊 / 摩天輪

(B)：案答聯五

一看就通！

圖解單字架構

字義**3**
特許權
名

字義**2**
讓予物
名

字義**4**
租界
名

字義**1**
讓步
名

concession

字義**5**
認可
名

原來如此

concession最常用來指「讓步」，此種行為可能會牽涉到「讓予物」，「特許權」或「租界」不都是一種讓予物嗎？而且在讓予時，必須經由當事人的「認可」才生效。

這個單字能表達這些意思！

字義1 讓步 名　　**片語** meet sb. half-way 讓步

同義 compromise [ˋkɑmprə͵maɪz] 名 妥協　　**反義** discord [ˋdɪskɔrd] 名 不一致

例句 With other delegates' concession, we finally finished the project.
由於其他會議代表的妥協，我們終於完成了專案。

字義2 讓予物 名　　**片語** give up claim to sth. 讓出某物

近義 permission [pəˋmɪʃən] 名 允許　　**反義** snatch [snætʃ] 名 搶奪；奪取

例句 This baseball card with the player's autograph is Calvin's concession to me.
這張球員簽過名的棒球卡是凱文讓給我的。

字義3 特許權 名　　**片語** get down to 開始處理

同義 entitlement [ɪnˋtaɪtlmənt] 名 應得權利　　**反義** deprivation [͵dɛprɪˋveʃən] 名 剝奪

例句 After the victory, the knight was given a concession to this land.
在戰爭勝利後，這名騎士被賦予了管轄這塊土地的特許權。

字義4 租界 名　　**片語** consent to 同意

同義 settlement [ˋsɛtlmənt] 名 租界　　**相關** cession [ˋsɛʃən] 名 領土的割讓

例句 The corrupt government had finally lost its control over its concessions.
這個腐敗的政府終將還是失去了對租界的管轄權。

字義5 認可 名　　**片語** consult sb. on/about sth. 徵求意見

同義 approval [əˋpruvl] 名 認可；批准　　**反義** disfavor [͵dɪsˋfevə] 名 不贊成

例句 After serving his time in prison, he hardly got any concession from others.
他服完刑後，就很難得到其他人的認可。

constituent

[kən`stɪtʃuənt]

Let's get started!

MP3 132

暖身選擇題 **Q** 請問下列兩例句中的constituent，各代表什麼意思呢？

▸ The councilman got the most votes as he attends to his **constituents'** needs earnestly.

▸ The **constituent** parts of the wall were found made of foam.

(A) 里長 / 重要的 　　　　(B) 委託人 / 剪貼的 　　　　(C) 選民 / 組成的

正確解答：(C)

一看就通！

圖解單字架構

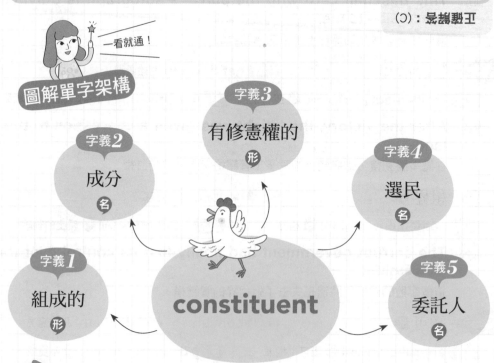

字義**3**
有修憲權的
形

字義**2**
成分
名

字義**4**
選民
名

字義**1**
組成的
形

constituent

字義**5**
委託人
名

原來如此

constituent指「組成的」的「成分」；因為constitution為憲法，所以也可以表示「有修憲權的」（修改法律關係的成分）；若是指人，就有可能指「選民」或「委託人」。

字義1 組成的 形　　**片語** go to pieces 破成碎片

同義 elemental [ˌɛləˈmɛnt]] 形 組成的　　**反義** complete [kəmˈplit] 形 完整的

例句 Steve used to break down the radio into its **constituent** parts when he was little.
史蒂夫小時候經常把收音機拆解成零組件。

字義2 成分 名　　**片語** mingle in with sb. 加入某人(或團體)

近義 subdivision [sʌbdəˈvɪʒən] 名 細分　　**相關** decompose [ˌdikəmˈpoz] 動 分解

例句 The **constituents** of these artificial products are mostly chemically made.
這些人造產品的成分大部份是經由化學製造的。

字義3 有修憲權的 形　　**片語** be above the law 不受法律限制

同義 legitimate [lɪˈdʒɪtəmɪt] 形 合法的　　**反義** illegal [ɪˈlig]] 形 不合法的

例句 The congress has the **constituent** right to propose for constitutional amendments.
依照憲法的規定，國會有權提出修憲。

字義4 選民 名　　**片語** vote against sb. 投票反對某人

近義 ballot [ˈbælət] 名 選票　　**反義** candidate [ˈkændədet] 名 候選人

例句 There are fifty thousand **constituents** in this district.
這個行政區內有五萬名選民。

字義5 委託人 名　　**片語** on behalf of 代表

同義 consigner [kənˈsaɪnə] 名 交付人　　**相關** represent [ˌrɛprɪˈzɛnt] 動 作為代表

例句 My mother is the **constituent** for the change of our residency address.
我媽媽是更改我們住戶地址的委託人。

277

initiative
[ɪˋnɪʃətɪv]

Let's get started!

MP3 133

暖身選擇題

Q 請問下列兩例句中的initiative，各代表什麼意思呢？

▸ I take the **initiative** to approach walk-in customers.
▸ He will be successful as he has the **initiative** required for an entrepreneur.

(A) 膽量 / 創意　　(B) 主動的行動 / 進取心　　(C) 消極的行為 / 資金

正確解答：(B)

一看就通！

圖解單字架構

字義3
主動的行動
名

字義2
主動權
名

字義4
進取心
名

字義1
創始的
形

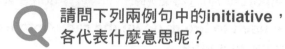
initiative

字義5
(律)創制權
名

原來如此

initiative有「創始的」之意，即掌握「主動權」而採取「主動的行動」。取其『主動』的概念衍生，可以形容抽象的「進取心」，在法律上則指「創制權」（創造新法律）。

字義1 創始的；初步的 形　　**片語** test the water 剛開始嘗試

同義 preliminary [prɪ`lɪməˌnɛrɪ] 形 初步的　　**相關** additional [ə`dɪʃən̩] 形 添加的

例句 This is just an initiative idea that we need to act on.
這只是一個初步的想法，必須經由我們去執行。

字義2 主動權 名　　**片語** give out 宣稱；分配

同義 domination [ˌdɑmə`neʃən] 名 支配　　**相關** authority [ə`θɔrətɪ] 名 權力

例句 The initiative belongs to me. I can decide whether to do it or not.
主動權在我身上，由我來決定做或不做。

字義3 主動的行動 名　　**片語** make the first move 主動行動

近義 headway [`hɛdˌwe] 名 進展　　**相關** enthusiasm [ɪn`θjuzɪˌæzəm] 名 熱情

例句 Hank is too shy. He never takes the initiative to approach girls.
漢克的個性太害羞，從不主動認識女生。

字義4 進取心 名　　**片語** be eager for 急切的

同義 ambition [æm`bɪʃən] 名 野心　　**反義** idleness [`aɪdl̩nɪs] 名 懶散

例句 Roy is a competent person, but he is lacking the initiative to get ahead of others.
羅伊是個有能力的人，但他缺乏超越他人的進取心。

字義5 (律)創制權 名　　**片語** propose sth. to sb. 向某人提議某事

近義 proposition [ˌprɑpə`zɪʃən] 名 提議　　**相關** refusal [rɪ`fjuzl̩] 名 拒絕

例句 Everyone can petition for something as we have the initiative.
由於我們擁有創制權，所以人人都可以提出請願。

obscure
[əb`skjʊr]

Let's get started!

MP3 134

暖身選擇題

Q 請問下列兩例句中的obscure，各代表什麼意思呢？

▶ Unfortunately, the security code was too **obscure** to read.
▶ Andy's cleverness and aggressiveness has **obscured** Peggy's hard work.

(A) 模糊的 / 使失色　　　(B) 無名的 / 幫助　　　(C) 暗的 / 使失敗

正確解答：(A)

 一看就通！

圖解單字架構

字義3
偏僻的
形

字義2
模糊的
形

字義4
無名的
形

字義1
暗的
形

obscure

字義5
使失色
動

原來如此

obscure指光線「暗的」，抽象意義則形容「模糊的或難解的」，衍生其『暗、模糊、不明顯』的概念而產生「偏僻的」、「無名的」以及「使失色」(變得不明顯)。

字義 1 暗的 形　　**片語** keep sb. in the dark 使某人不知

同義 shadowy [ˈʃædəwɪ] 形 朦朧的　　**相關** stream [strim] 名 光線；光束

例句 My mother asked me not to read novels in an obscure room.
母親要求我不要在昏暗的房間裡看小說。

字義 2 模糊的；難解的 形　　**片語** be puzzled over sth. 對某事感到疑惑

同義 esoteric [ˌɛsəˈtɛrɪk] 形 難解的　　**反義** fathomable [ˈfæðəməbl] 形 能理解的

例句 The image of Ellen in my mind is now obscure. It's been too long that we were together.
現在我對艾倫的印象很糢糊。我們在一起已是很久以前的事了。

字義 3 偏僻的 形　　**片語** off the beaten path 鮮少人去的地方

同義 remote [rɪˈmot] 形 偏僻的；遙遠的　　**反義** bustling [ˈbʌslɪŋ] 形 熱鬧的

例句 Mary asked her brother, Duke, to accompany her to this obscure store.
瑪麗要求他弟弟杜克陪她一起去這個所在地點偏僻的店家。

字義 4 無名的 形　　**片語** take notice of 注意到

近義 anonymous [əˈnɑnəməs] 形 匿名的　　**反義** well-known [ˈwɛlˈnon] 形 有名的

例句 Ang Lee was obscure when he directed that movie.
當李安執導那部電影時，他還是個默默無聞的導演。

字義 5 使失色 動　　**片語** be jealous of 嫉妒

近義 lessen [ˈlɛsn̩] 動 變小；貶低　　**反義** heighten [ˈhaɪtn̩] 動 使更顯著

例句 The new manager obscured George's performance.
這個新上任的經理使喬治的表現失了色。

profound
[prə`faund]

Let's get started!

MP3 135

暖身選擇題

Q 請問下列兩例句中的profound，各代表什麼意思呢？

‣ The car accident had a **profound** effect on the victim.
‣ Giselle has very **profound** features, making her the most sought-after girl in class.

(A) 徹底的 / 深奧的　　(B) 全然的 / 漂亮的　　(C) 深刻的 / 深邃的

正確解答：(C)

一看就通！

圖解單字架構

字義3
深奧的
形

字義2
深邃的
形

字義4
很深的
形

字義1
深刻的
形

profound

字義5
全然的
形

原來如此

profound的概念與『深度』有關，形容不同領域的事物時就產生「深刻的」、「深邃的」、「深奧的」、「很深的」等意，另外還有「全然的」意思喔！

這個單字能表達這些意思！

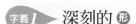

字義1 深刻的 形　　**片語** hard to slip one's mind 難忘記

同義 intense [ɪnˋtɛns] 形 強烈的　　**相關** remind [rɪˋmaɪnd] 動 使想起

例句 Giving birth to my daughter had a profound impact on my life.
女兒的出生對我的生活造成深刻的影響。

字義2 深邃的 形　　**片語** be born with 生來就具備…

近義 clear-cut [ˋklɪrˋkʌt] 形 輪廓清晰的　　**相關** appearance [əˋpɪrəns] 名 外觀

例句 Noah's profound facial features attracts many girls, including my sister.
諾亞深邃的五官吸引了很多女生，包括我的妹妹。

字義3 深奧的 形　　**片語** brush up on 複習

同義 abstruse [æbˋstrus] 形 深奧的　　**反義** shallow [ˋʃælo] 形 膚淺的

例句 You need to learn more profound knowledge in this field.
就這個領域，你還必須學習更深奧的知識。

字義4 很深的 形　　**片語** hit rock bottom (情況)跌到谷底

同義 deep [dip] 形 深的　　**相關** submarine [ˋsʌbməˌrin] 名 潛水艇

例句 The shipwreck lies at the profound depths of the sea.
這艘船的殘骸沈沒在海的深處。

字義5 全然的 形　　**片語** from head to toe 全部的

同義 thorough [ˋθɝo] 形 完全的　　**反義** deficient [dɪˋfɪʃənt] 形 缺乏的

例句 The soldiers were in profound shock when the general walked into the room.
當將軍走進房間時，士兵們都嚇傻了。

UNIT 32
radical
[`rædɪkl̩]

Let's get started!

MP3 136

 暖身選擇題

Q 請問下列兩例句中的radical，各代表什麼意思呢？

▸ Osama Bin Laden was a **radical** terrorist who originated some serious attacks.

▸ Have you learned the **radical** in your mathematic class?

(A) 根本的 / 部首　　　(B) 激進的 / 根號　　　(C) 強大的 / 直角三角形

正確解答：(B)

 一看就通！

圖解單字架構

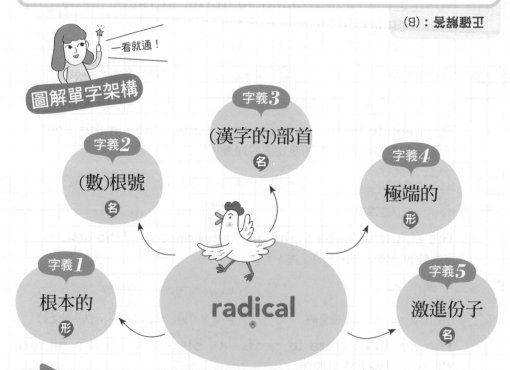

字義3
(漢字的)部首
名

字義2
(數)根號
名

字義4
極端的
形

字義1
根本的
形

radical

字義5
激進份子
名

原來如此

radical指「根本的」，衍生其『根本』的概念，當名詞時有「根號」及「部首」之意；若特別強調是在最靠近根部的地方，就產生「極端的」意思，也可指「極端份子」。

字義1 根本的；基本的 形　　**片語** in terms of 就…而論

同義 rudimentary [ˌrudəˋmɛntərɪ] 形 基本的　**反義** advanced [ədˋvænst] 形 高階的

例句 We have to solve the radical issues before we examine the complex ones.

我們在解決複雜的問題之前，應該要先解決基本問題。

字義2 (數)根號 名　　**片語** figure sth. up 加起來

同義 radix [ˋredɪks] 名 平方根　　**相關** equation [ɪˋkweʃən] 名 算式

例句 These students had trouble understanding the radical, so the teacher explained it in another way.

這些學生覺得根號很難理解，所以老師換了一種說法解釋。

字義3 (漢字的)部首 名　　**片語** twist one's words 誤解別人的意思

近義 component [kəmˋponənt] 名 部位　　**相關** dictionary [ˋdɪkʃənˌɛrɪ] 名 字典

例句 It's difficult for most foreigners to learn the Chinese radicals.

對大部分外國人來說，中文的部首很難學。

字義4 極端的；激進的 形　　**片語** go to the extreme 走向極端

同義 extreme [ɪkˋstrim] 形 激進的　　**反義** moderate [ˋmɑdərɪt] 形 不偏激的

例句 The murderer, according to the classmates, had turned radical since graduation.

根據同學們的說法，這名兇手自從畢業後就變得極端。

字義5 極端份子 名　　**片語** be on the far left 是極左派

同義 extremist [ɪkˋstrimɪst] 名 極端主義者　**相關** hawk [hɔk] 名 鷹派(成員)

例句 Aaron has become a radical in a political way ever since he left college.

亞倫自從離開校園後便成為了一名政治極端份子。

subtle
[`sʌtl̩]

Let's get started!

MP3 137

暖身選擇題 **Q** 請問下列兩例句中的subtle，
各代表什麼意思呢？

▶ Dominic is a **subtle** man that no one really understands.
▶ No one could trick her, even those with the most **subtle** schemes.

(A) 隱約的 / 艱深的　　　(B) 敏銳的 / 巧妙的　　　(C) 難捉摸的 / 狡猾的

(C)：案答題選正

一看就通！

圖解單字架構

字義**3**
精湛的
形

字義**2**
難捉摸的
形

字義**4**
狡猾的
形

字義**1**
隱約的
形

subtle

字義**5**
敏銳的
形

原來如此

subtle形容「隱約的」，由於太不明顯而「難捉摸」，也指鬼斧神工的「精湛」設計；強調其『隱晦』之意可指「狡猾的」；若連細微處都能發現，就是「敏銳的」人囉！

字義*1* 隱約的 形　　片語 be absorbed in 全神貫注於

同義 slight [slaɪt] 形 輕微的　　反義 noticeable [ˋnotɪsəb!] 形 顯著的

例句 I could sense something was wrong by the subtle change in Leo's attitude.
我透過里歐隱約轉變的態度察覺事有蹊蹺。

字義*2* 難捉摸的 形　　片語 a mystery to sb. 令某人難以捉摸

同義 elusive [ɪˋlusɪv] 形 難以捉摸的　　反義 candid [ˋkændɪd] 形 直率的

例句 Karen is very subtle with her facial expressions.
凱倫的表情令人難以參透。

字義*3* 精湛的；精巧的 形　　片語 be a match for 與⋯匹敵

同義 delicate [ˋdɛləkət] 形 精巧的　　反義 inexpert [ˏɪnɪkˋspɝt] 形 不熟練的

例句 Kyle has very subtle skills in carpentry. He has made a lot of amazing furniture.
凱爾的木工手藝非常精湛，他做了很多令人讚嘆的傢俱。

字義*4* 狡猾的 形　　片語 be sly as a fox 像狐狸般狡猾

同義 cunning [ˋkʌnɪŋ] 形 狡猾的　　反義 sincere [sɪnˋsɪr] 形 真誠的

例句 No one wants to deal with a subtle businessman.
沒有人想跟狡猾的商人做生意。

字義*5* 敏銳的 形　　片語 out of tune (with) 不協調；不合拍

同義 sensitive [ˋsɛnsətɪv] 形 敏銳的　　相關 vibration [vaɪˋbreʃən] 名 共鳴

例句 Miranda could be the most subtle scientist that I have ever met.
米蘭達可能是我見過最敏銳的科學家了。

Part 5
日常與休閒
Leisure

學習目標

讓日常休閒類單字更融入生活，進入活用英語的階段。

Follow me!

跟著這樣看

Step 1
暖身題目
猜猜看
Warming up!

Step 2
圖解架構
超清楚
Graphic!

Step 3
掌握字義，
進階補充
Level up!

buffet 除了美味的**「自助餐」**，還有**「揍」**的意思？
medium 除了**「媒體」**，還能表示**「中間的」**？
hood 除了衣服的**「兜帽」**，連**「鳥冠」**也能這樣說？

熟知的日常休閒類單字，還有更多有趣的意思等著你挖掘，
想在生活中與老外輕鬆聊，就要掌握溝通的關鍵，
生活英語的首選，就在這一章喔！

動 動詞　　**形** 形容詞

名 名詞　　**連** 連接詞

副 副詞

片語 與字義或單字有關的補充片語

同義 與字義具備相同意思的單字

近義 與字義的意思很接近的單字

反義 與字義意思相反的單字

相關 與字義有關的補充單字

beam
[bim]

Let's get started!

MP3 138

Q 請問下列兩例句中的beam，
各代表什麼意思呢？

▸ Did you see a **beam** of light coming from the sky?
▸ The **beam** on the mother's face shows her care for her baby.

(A) 熱能 / 眼淚　　　　　(B) 光線 / 笑容　　　　　(C) 閃爍 / 大笑

正確解答：(B)

圖解單字架構

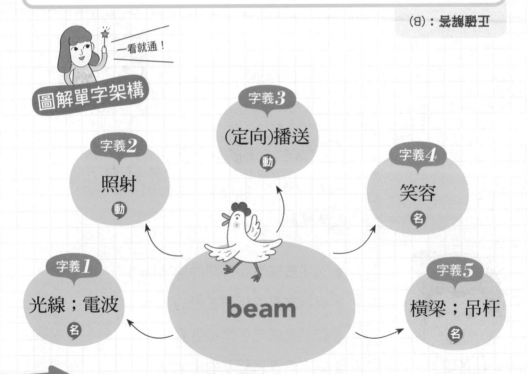

原來如此

beam有著「光線；電波」的基礎字義，由此發展出「光線的照射」以及「電波的傳送」等現象，也指開心時所散發出的「笑容」；另外，還可當建築物的「橫梁」使用喔！

字義 1 光線；電波 名　　　**片語** beam of light 一束光線

近義 glimmer [ˈglɪmɚ] 名 微光　　　**相關** indistinct [ˌɪndɪˈstɪŋkt] 形 不清楚的

例句 The beam from that lighthouse is quite distinct at night.
那座燈塔的光線在夜間很明顯。

字義 2 照射 動　　　**片語** shed light on 照亮

同義 radiate [ˈredɪ‚et] 動 照射　　　**相關** luminant [ˈlumɪnənt] 形 發光的

例句 I like it when the morning sun beams at my face.
我喜歡清晨的陽光照射在我臉上的感覺。

字義 3 (定向)播送 動　　　**片語** electric wave 電波

同義 broadcast [ˈbrɔd‚kæst] 動 散送　　　**相關** channel [ˈtʃænl] 名 頻道

例句 The transmitters in the mountain beam the waves all over this district.
這座山裡的基地台向整個區域發射無線電波。

字義 4 笑容 名　　　**片語** grin from ear to ear 咧嘴而笑

近義 simper [ˈsɪmpɚ] 名 傻笑；假笑　　　**反義** glower [ˈglauɚ] 名 怒視

例句 Look at the beam on Henry's face! He must have passed the exam.
看看亨利臉上的笑容！我猜他一定通過測驗了。

字義 5 橫梁；吊杆 名　　　**片語** hold back from sth. 退縮

近義 timber [ˈtɪmbɚ] 名 橫梁　　　**相關** pillar [ˈpɪlɚ] 名 柱子

例句 The mechanic put the beam inside the ship to support the deck.
這名修理工把梁柱放在船裡面以支撐船板。

UNIT 02
boot
[but]

Let's get started!

MP3 139

暖身選擇題　**Q** 請問下列兩例句中的**boot**，
各代表什麼意思呢？

▸ The snow **boots** with this brand are over-priced.
▸ The fireman **booted** open the door of the house that caught fire.

(A) 靴子 / 猛踢　　　(B) 防護罩 / 撬　　　(C) 汽車行李箱 / 鋸

正確解答：(A)

一看就通！

圖解單字架構

字義3
(電腦)開機
動

字義2
猛踢
動

字義4
汽車行李箱
名

字義1
靴子
名

boot

字義5
防護罩
名

原來如此

boot最常見的字義為「靴子」，可衍生為「猛踢」的動作；「電腦開機」也是boot常見的字義；在英式用法中，boot可當「汽車行李箱」用，此外，還能指「防護罩」喔！

字義1 靴子 名　　　　**片語** wear out the boots 穿壞靴子

同義 buskin [ˋbʌskɪn] 名 高筒靴　　　　**相關** leather [ˋlɛðɚ] 名 皮革

例句 You can tuck your jean legs into your boots.
你可以將牛仔褲的褲腳塞進靴子裡。

字義2 猛踢 動　　　　**片語** beat up on sb. 對某人拳打腳踢

近義 strike [straɪk] 動 打；擊　　　　**反義** defend [dɪˋfɛnd] 動 防禦；防衛

例句 The player booted the ball into the goal right before the game ended.
這名球員在比賽結束前把球踢進球門。

字義3 (電腦)開機 動　　　　**片語** start up 啟動；開始

近義 reboot [͵riˋbut] 動 重新開機　　　　**相關** malfunction [mælˋfʌŋkʃən] 名 故障

例句 Please help boot up the computer again so I know what issue you were facing.
請你重新開機，這樣我才能知道你遇到了什麼問題。

字義4 (英)汽車行李箱 名　　　　**片語** on business 出差辦公事

同義 trunk [trʌŋk] 名 行李箱　　　　**相關** automobile [ˋɔtəmə͵bɪl] 名 汽車

例句 The driver helped me lift the boxes out from the boot.
司機幫我把箱子抬出行李箱。

字義5 防護罩 名　　　　**片語** protect sth. from damage 保護；不損毀

近義 protection [prəˋtɛkʃən] 名 防護　　　　**相關** conductor [kənˋdʌktɚ] 名 導體

例句 The worker put the safety rubber boots around the tubes.
這名工人在管子周圍包上安全橡膠防護罩。

bubble
[`bʌbḷ]

Let's get started!

MP3 140

暖身選擇題 **Q** 請問下列兩例句中的**bubble**，各代表什麼意思呢？

▸ Tony **bubbled** nonstop about his newborn baby.
▸ Her **bubble** about marrying the singer has finally broken.

(A) 興致勃勃地說 / 虛幻之事　　(B) 吹噓 / 沸騰　　(C) 小聲地說 / 氣泡

正確解答：(A)

一看就通！

圖解單字架構

字義**3**
興致高地說
動

字義**2**
沸騰(聲)
名

字義**4**
虛幻之事
名

字義**1**
氣泡
名

bubble

字義**5**
圓形頂
名

原來如此

bubble指「氣泡」或開水冒出蒸氣時的「沸騰聲」，衍生出如滾水沸騰一般「興致勃勃地說著」；此外，也指如泡影般的「虛幻之事」及形似氣泡的「圓形屋頂」。

這個單字能表達這些意思！

字義1 氣泡 名　　　　**片語** bubble bath 泡泡浴

近義 foam [fom] 名 泡沫　　　　**相關** prickle [`prɪkl] 動 扎；戳

例句 **Bubble wraps can provide great protection for the vase.**
泡泡紙可以為這個花瓶提供最好的保護。

字義2 沸騰(聲) 名　　　　**片語** bubble over 過度沸騰而溢出

同義 boiling [`bɔɪlɪŋ] 名 沸騰；煮沸　　　　**反義** frosting [`frɔstɪŋ] 名 結霜

例句 **Are you boiling the water? I can hear the bubbling sound.**
你在煮水嗎？我聽到沸騰的聲音。

字義3 興致勃勃地說 動　　　　**片語** talk one's ear off 不停地跟某人講話

近義 enunciate [ɪ`nʌnsɪ͵et] 清晰地宣布　　　　**反義** withhold [wɪð`hold] 動 不吐露

例句 **She keeps on bubbling her achievements in front of people she barely knows.**
她一直興致勃勃地跟不太熟的人說著她的成就。

字義4 虛幻之事 名　　　　**片語** burst one's bubble 澆人冷水

同義 fantasy [`fæntəsɪ] 名 幻想　　　　**反義** existence [ɪg`zɪstəns] 名 實體

例句 **Even though I know he is not going to make it, I don't want to burst his bubble.**
雖然我知道他不會成功，但我不想戳破他的幻想。

字義5 圓形頂 名　　　　**片語** hit the ceiling 勃然大怒

近義 arcade [ɑr`ked] 名 (建)拱廊　　　　**反義** cusp [kʌsp] 名 尖頂

例句 **The ancient castle has a beautiful and colorful bubble on top.**
這座古老城堡的頂端有一個漂亮且多彩的圓形屋頂。

buffet
[`bʌfɪt / bu`fe]

Let's get started!

MP3 141

暖身選擇題

Q 請問下列兩例句中的buffet，
各代表什麼意思呢？

▶ Unfortunately, I don't have a stomach for a **buffet** right now.
▶ In all circumstances, we will **buffet** our way towards the goal.

(A) 羊排 / 退讓　　　(B) 自助餐 / 奮勇前進　　　(C) 西餐 / 逃避

正確解答：(B)

一看就通！

圖解單字架構

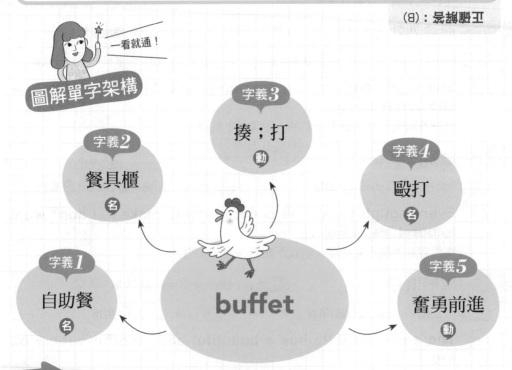

字義**3**
揍；打
動

字義**2**
餐具櫃
名

字義**4**
毆打
名

字義**1**
自助餐
名

buffet

字義**5**
奮勇前進
動

原來如此

buffet最常用來指「自助餐」，也指與用餐有關「餐具櫃」；當動詞時則有『出力』的概念，指「揍」以及「毆打」，並可以衍生出「奮勇前進」的意思。

這個單字能表達這些意思！

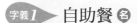

字義 1 自助餐 名　　　　**片語** at a discount 打折扣

近義 cafeteria [ˌkæfə`tɪrɪə] 名 自助餐館　　　**相關** select [sə`lɛkt] 動 選擇

例句 The most popular dish in the buffet is made of raw oysters.
自助餐裡最受歡迎的餐點是用生牡蠣做成的。

字義 2 餐具櫃 名　　　　**片語** shop for sth. 買東西

同義 cabinet [`kæbənɪt] 名 餐具櫃　　　**相關** arsenal [`ɑrsnəl] 名 堆積

例句 We need to replace the entire buffet when we move into the new house.
我們搬進新家時，會需要更換整組餐具櫃。

字義 3 揍；打 動　　　　**片語** get over 復原

同義 trounce [traʊns] 動 痛打　　　**相關** fracture [`fræktʃə] 名 骨折

例句 The guy was buffeted in the fight. Fortunately, it wasn't serious.
這個男的在爭執中被揍了，所幸沒有大礙。

字義 4 毆打 名　　　　**片語** strike a blow against 傷害

同義 thrash [θræʃ] 動 毆打　　　**相關** rescue [`rɛskju] 動 援救

例句 These students were suspended due to their buffet on their classmates.
這群學生因為毆打同學而被休學。

字義 5 奮勇前進 動　　　　**片語** keep one's head up 不要灰心

同義 struggle [`strʌgl] 動 奮鬥　　　**反義** surrender [sə`rɛndə] 動 放棄

例句 Those residents are buffeting to keep their business running.
那些居民為了他們的生意而奮鬥著。

UNIT 05

chip
[tʃɪp]

Let's get started!

MP3 142

暖身選擇題

Q 請問下列兩例句中的chip，各代表什麼意思呢？

▶ I cannot have enough of the potato **chips** with Salsa sauce.

▶ She didn't sell her pearl necklace because of the **chips** in it.

(A) 洋芋片 / 瑕疵   (B) 晶片 / 屑片   (C) 籌碼 / 晶片

正確解答：(A)

圖解單字架構

一看就通！

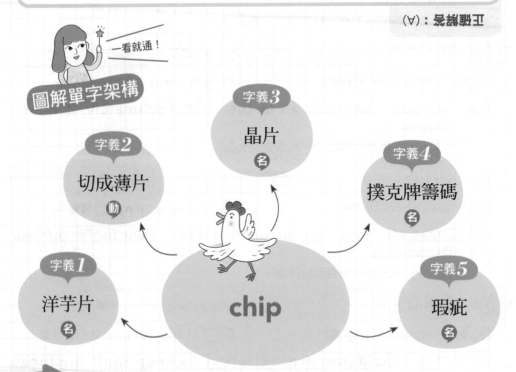

字義3
晶片
名

字義2
切成薄片
動

字義4
撲克牌籌碼
名

字義1
洋芋片
名

chip

字義5
瑕疵
名

原來如此

chip指「洋芋片」，可當動詞指「切成薄片」，也可指如薄片般的「晶片」與「籌碼」；另外還可解釋為「瑕疵」喔！

字義 1 屑片;洋芋片 名　　**片語** crumb sth. down 把某個東西弄成屑片

同義 flake [flek] 名 小薄片　　**反義** chunk [tʃʌŋk] 名 大塊

例句 My brother ate two bags of chips while watching TV this afternoon.

我弟弟今天下午看電視的時候,吃掉兩包洋芋片。

字義 2 把…切成薄片 動　　**片語** slice sth. away 把某物切成薄片

近義 carve [kɑrv] 動 切開　　**相關** culinary [ˈkjulɪˏnɛrɪ] 形 烹飪的

例句 The chef chipped the cheese into thin layers and put it aside.

這名廚師把起司切成薄片,再放到一旁。

字義 3 晶片 名　　**片語** integrated circuit 積體電路

同義 wafer [ˈwefɚ] 名 晶片　　**相關** microchip [ˈmaɪkroˏtʃɪp] 名 微晶片

例句 The newly developed chip will make computers run faster.

最新的晶片能讓電腦運作得快一點。

字義 4 (玩撲克牌用的)籌碼 名 **片語** at high stakes 風險很大

同義 token [ˈtokən] 名 籌碼;代幣　　**相關** gamble [ˈɡæmbl̩] 動 賭博

例句 The gambler lost all his chips while playing poker.

那名賭徒在玩撲克牌的時候,輸掉他所有的籌碼。

字義 5 瑕疵 名　　**片語** buy a lemon 買到瑕疵品

同義 defect [dɪˈfɛkt] 名 缺陷;缺點　　**反義** perfection [pɚˈfɛkʃən] 名 完美

例句 The appraiser said there are chips in this bracelet.

鑑價師說這個手鐲有瑕疵。

due
[dju]

Let's get started!

MP3 143

暖身選擇題

Q 請問下列兩例句中的due，
各代表什麼意思呢？

▶ Would you tell me when the payment is **due**?
▶ I still have to pay the government 100 dollars in **due** time.

(A) 欠款的 / 應得權益　　　(B) 到期的 / 稅金　　　(C) 下架 / 保險費

正確解答：(B)

一看就通！

圖解單字架構

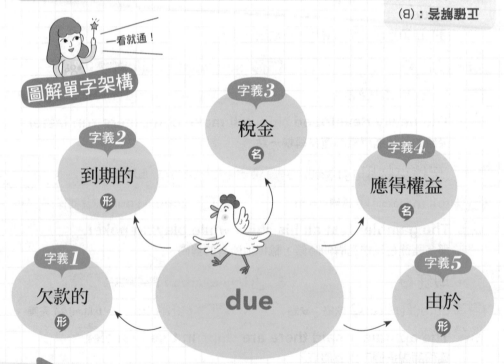

原來如此

due的意思為「欠款的」，而積欠的款項也會「到期」；轉為名詞時，指應繳的「稅金」
或者「應得的權益」；若在後面加上介系詞to，還能表達「由於」喔！

字義1 欠款的 形　　**片語** pay off 償清債務

同義 unsettled [ʌnˋsɛtld] 形 未付清的　　**相關** loan [lon] 名 貸款

例句 **The money is due to me, but she spent it on something else again.**
這筆錢是她欠我的，但她又花在其他地方了。

字義2 到期的 形　　**片語** expiration date 到期日

同義 mature [məˋtʃʊr] 形 (票據)到期的　　**反義** undue [ʌnˋdju] 形 未到期的

例句 **Don't forget that your utilities bill is due this week.**
不要忘記你水電費的繳納期限是這個星期。

字義3 稅金；應付款 名　　**片語** duty-free store 免稅商店

近義 tariff [ˋtærɪf] 名 關稅；稅金　　**相關** payment [ˋpemənt] 名 付款

例句 **Betty has to pay more dues this year since she made much more last year.**
貝蒂去年賺得很多，所以今年必須多付一點稅金。

字義4 應得權益 名　　**片語** give the devil his due 承認別人的優點

近義 prerogative [prɪˋrɑgətɪv] 名 特權　　**反義** obligation [ˏɑbləˋgeʃən] 名 義務

例句 **The due always comes with liability, so do expect to get your feet wet.**
權利跟義務始終是密不可分的，所以準備好幹活了。

字義5 由於 形　　**片語** owing to 由於

近義 because [bɪˋkɔz] 連 因為　　**相關** motive [ˋmotɪv] 名 目的

例句 **Many people died due to the serious drought.**
許多人因這場嚴重的乾旱而死亡。

UNIT 07

medium
[`midɪəm]

Let's get started!

MP3 144

暖身選擇題

Q 請問下列兩例句中的medium，各代表什麼意思呢？

▶ This online **medium** is blocked during the working hours.

▶ In ancient China, living among the **medium** isn't bad to most people.

(A) 課程 / 超前　　　　(B) 購物 / 後段　　　　(C) 媒體 / 中庸

正確解答：(C)

一看就通！

圖解單字架構

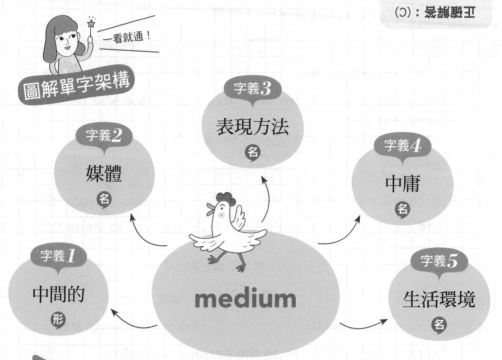

字義**3**
表現方法
名

字義**2**
媒體
名

字義**4**
中庸
名

字義**1**
中間的
形

medium

字義**5**
生活環境
名

原來如此

medium形容「中間的」以及具中介傳播性質的「媒體」；也可形容藝術的「表現方法」和平凡而「中庸」的性質。另外，還能指生物的「生活環境」喔！

302

字義 1 中間的 形　　**片語** in between 在中間

同義 median [ˈmidɪən] 形 中間的　　**反義** extreme [ɪkˈstrim] 形 極端的

例句 I will have my sirloin steak **medium** rare, please.
我的沙朗牛排要三分熟。

字義 2 媒體 名　　**片語** let sth. go public 讓某件事曝光

近義 press [prɛs] 名 新聞界　　**相關** paparazzi [ˌpɑpəˈrɑtsɪ] 名 狗仔隊

例句 The singer cares about the mass **media** coverage of the issue.
這位歌手關心這項大眾傳播媒體報導的議題。

字義 3 (藝術的)表現方法 名　　**片語** take on a new look 呈現新形象

同義 measure [ˈmɛʒɚ] 名 措施；手段　　**相關** display [dɪˈsple] 名 表現

例句 The internet provides a **medium** to present art.
網路現在提供了一個表現藝術的全新方法。

字義 4 中庸 名　　**片語** in contrast to/with 與…形成對比

近義 standard [ˈstændɚd] 名 標準　　**相關** mediocre [ˈmidɪˌokɚ] 形 平凡的

例句 In a way, it is not too bad to be among the **medium**.
從另一方面來看，平庸並不是件壞事。

字義 5 (生物的)生活環境 名　　**片語** live up to 符合(期望)

同義 habitat [ˈhæbəˌtæt] 名 棲息地　　**相關** climatical [klaɪˈmætɪk!] 形 氣候的

例句 To raise a healthy pet, you need to have a clean **medium**.
要讓寵物健康的成長，你必須維持環境的整潔。

UNIT
08

Let's get started!

riddle
[`rɪdl̩]

MP3 145

暖身選擇題

Q 請問下列兩例句中的riddle，各代表什麼意思呢？

▶ Tom noticed this morning that the garage door was riddled with bullet holes.

▶ Please give me some hints for the riddle.

(A) 打得滿是窟窿 / 謎語　　　(B) 裝飾 / 莫名的事情　　　(C) 扔 / 題目

正確選項：(A)

一看就通！

圖解單字架構

字義**3**
使困惑
動

字義**2**
莫名的事
名

字義**4**
連續質問
動

字義**1**
謎語
名

riddle

字義**5**
使滿佈窟窿
動

原來如此

riddle常指「謎語」，也表達「莫名其妙的事情」；當動詞時指「使困惑」，在困惑的情況下通常會發出「連續的質問」；此外，還能表達「打得滿是窟窿」的動作喔！

這個單字能表達這些意思！

字義1 謎語 名   片語 give a ballpark figure 給大概的猜測

同義 enigma [ɪˋnɪgmə] 名 謎   反義 explication [ˌɛksplɪˋkeʃən] 名 解釋

例句 If you get the **riddle** right, you can win the biggest prize tonight.
如果你能猜對這道謎語，就能贏得今晚最大的獎項。

字義2 莫名其妙的事情 名   片語 talk in riddles 說得讓人難以理解

同義 nonsense [ˋnɑnsɛns] 名 胡說；胡鬧   相關 sensible [ˋsɛnsəb]] 形 合情理的

例句 Please cut the **riddles**! I am trying to study now.
請不要講一些莫名其妙的事！我正在唸書。

字義3 使困惑 動   片語 at a loss 困惑；茫然

同義 perplex [pɚˋplɛks] 動 使困惑   反義 clarify [ˋklærəˌfaɪ] 動 使清楚

例句 I am **riddled** as to who is the bigger brother of the twins.
我對誰才是雙胞胎裡的哥哥感到困惑。

字義4 連續質問 動   片語 inquire into 查問；究問

同義 interrogate [ɪnˋtɛrəˌget] 動 質問   反義 retort [rɪˋtɔrt] 動 回嘴

例句 The policeman has been **riddling** the suspect for hours.
這名警察已經質問這名嫌犯好幾個小時了。

字義5 把…打得滿是窟窿 動   片語 gun sth. down 射倒某個東西

近義 shoot [ʃut] 動 開槍射擊   相關 gunshot [ˋgʌnˌʃɑt] 名 射擊

例句 The bulletproof vest is **riddled** with bullets, but Hank does not even have a scratch.
這件防彈衣被打得都是洞，但漢克連個擦傷都沒有。

snap
[snæp]

Let's get started!

MP3 146

暖身選擇題

Q 請問下列兩例句中的snap，
各代表什麼意思呢？

▶ Please take a snap of your screen and email it to me.
▶ The task is a snap to an experienced designer like Rita.

(A) 翻拍 / 艱深的工作　　(B) 繪畫 / 責罵　　(C) 快照 / 輕鬆的工作

正確解答：(C)

一看就通！

圖解單字架構

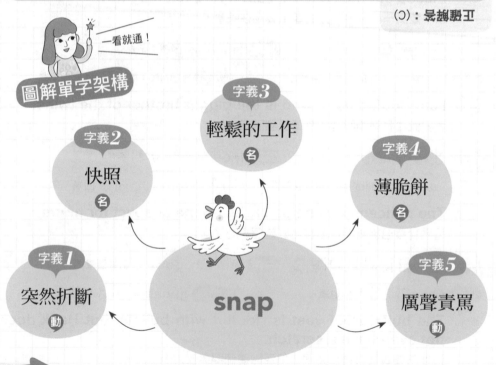

字義3
輕鬆的工作
名

字義2
快照
名

字義4
薄脆餅
名

字義1
突然折斷
動

snap

字義5
厲聲責罵
動

原來如此

snap指「突然折斷」與喀擦一聲拍下的「快照」，還能比喻彈指間完成的「輕鬆工作」，也形容「薄脆餅」；此外，還能指瞬間的「厲聲責罵」喔！

字義1 猛咬；突然折斷 動 　　**片語** break sth. off 把某物折斷

同義 crack [kræk] 動 折斷 　　　　**相關** sprain [spren] 動 扭傷

例句 That man's arm got snapped in the serious accident.
在那場嚴重的事故中，那名男子的手臂被折斷了。

字義2 快照 名 　　**片語** photo booth 快照亭

同義 snapshot [`snæp͵ʃɑt] 名 快照 　　**相關** selfie [`sɛlfɪ] 名 自拍照

例句 I need a snap of your phone screen in order to know your problem.
我需要你手機螢幕的快照，才能知道出了什麼問題。

字義3 輕鬆的工作 名 　　**片語** a cushy number 一份輕鬆的工作

同義 doddle [`dɑdl] 名 輕而易舉的事 　　**相關** burdensome [`bɝdṇsəm] 形 重的

例句 Painting is just a snap for James as he's been in the business for a long time.
對詹姆士而言，粉刷是相當容易的工作，因為他在這一行做很久了。

字義4 薄脆餅 名 　　**片語** cookie cutter 餅乾模具

近義 pretzel [`prɛtsl̩] 名 椒鹽脆餅 　　**相關** pastry [`pestrɪ] 名 酥皮點心

例句 The ginger snap is the best-selling product at the store.
薑餅是這家店最暢銷的產品。

字義5 厲聲責罵 動 　　**片語** go off at sb. 厲聲斥責某人

同義 reprimand [`rɛprə͵mænd] 動 斥責 　　**反義** appease [ə`piz] 動 撫慰

例句 The teacher used to snap at us when we misbehaved.
那位老師以前會在我們不乖的時候嚴厲斥責我們。

panel
[`pænḷ]

MP3 147

暖身選擇題

Q 請問下列兩例句中的**panel**，
各代表什麼意思呢？

▸ Since Mrs. Wang is on the **panel**, she might give some insightful opinions.

▸ The rider would like to buy a padded **panel** for her horse.

(A) 表演清單 / 籃子　　　(B) 隊伍 / 鈴鐺　　　(C) 評判小組 / 鞍墊

正確解答：(C)

一看就通！

圖解單字架構

字義**3**

(機)儀錶盤
名

字義**2**

鑲板；嵌板
名

字義**4**

評判小組
名

字義**1**

裝上鞍墊
動

panel

字義**5**

鞍墊
名

原來如此

panel最常見的意思為「裝上鞍墊」與「鑲板」，從鑲板的概念引申出「儀錶盤」的用法，此外，「評判小組」也可能像儀錶那般量化表現；此外，當名詞可指「鞍墊」。

字義 1 在(騾等)背上設鞍墊 🔵 **片語** saddle a horse up 幫馬架上馬鞍

同義 saddle [ˋsædl̩] 🔵 給(馬背)加鞍　　　　**相關** pillion [ˋpɪljən] 🟢 腳踏車後座

例句 The horse is **paneled** with a soft saddle for the female riders.
為了女騎士，這匹馬的背上已經設置了軟鞍墊。

字義 2 鑲板；嵌板 🟢　　　　**片語** solar panel 太陽能嵌板

同義 plank [plæŋk] 🟢 板(條)；厚板　　　　**相關** material [məˋtɪrɪəl] 🟢 材料；原料

例句 There is a frosted glass **panel** set in the center of the door.
有一片毛玻璃鑲板裝設在這扇門的中央。

字義 3 (機)儀錶盤 🟢　　　　**片語** speed up 加速

同義 dashboard [ˋdæʃ͵bɔrd] 🟢 儀錶盤　　　　**相關** odometer [oˋdɑmətə] 🟢 里程計

例句 You should make a habit of checking the **panel** to ensure traffic safety.
你應該經常性地檢查儀錶盤，以確保交通安全。

字義 4 評判小組 🟢　　　　**片語** make a judgement call 做出片面判斷

近義 adjudicator [əˋdʒudɪ͵ketə] 🟢 評判員　　**反義** contestant [kənˋtɛstənt] 🟢 參賽者

例句 Let's regroup for the **panel** discussion so we can make a timely decision.
讓我們重新分組討論，這樣才能及時做出決定。

字義 5 鞍墊 🟢　　　　**片語** be in the saddle 有掌控權

近義 harness [ˋhɑrnɪs] 🟢 馬鞍；機車後座　　**相關** gallop [ˋgæləp] 🔵 疾馳；飛跑

例句 My coach gave me this **panel** as my birthday present.
我的教練送我這個鞍墊作為生日禮物。

UNIT 11

register
[ˋrɛdʒɪstɚ]

Let's get started!

MP3 148

Q 請問下列兩例句中的**register**，
各代表什麼意思呢？

▸ Have you **registered** for the required courses yet?
▸ Please kindly take your groceries to the **register**.

(A) 上課 / 服務中心　　　(B) 登記 / 收銀機　　　(C) 取消 / 櫃台

正確答案：(B)

一看就通！

圖解單字架構

字義**3**
流露
動

字義**2**
掛號郵寄
動

字義**4**
收銀機
名

字義**1**
登記
動

register

字義**5**
音域
名

原來如此

register最常用來表達「登記」以及「掛號(登記)後郵寄」的動作，也能表示情感的「流露」；當名詞時，可指購物櫃檯的「收銀機」，以及表達聲音寬闊度的「音域」喔！

310

字義 1 登記 **動**　　　　　　　　**片語** sign up for 登記

同義 inscribe [ɪnˋskraɪb] **動** 註冊　　　　**反義** expel [ɪkˋspɛl] **動** 把⋯除名

例句 **Please register your name and address on this piece of paper.**
請在這張紙上登記您的姓名與地址。

字義 2 掛號郵寄 **動**　　　　　　**片語** registered mail 掛號信件

近義 mail [mel] **動** 郵寄　　　　**相關** parcel [ˋpɑrsl] **名** 包裹

例句 **I would like to have this letter registered since it's quite important.**
因為這封信件相當重要，所以我想要掛號郵寄。

字義 3 流露 **動**　　　　　　**片語** reveal one's feelings 流露情感

同義 reveal [rɪˋvil] **動** 顯露出　　　**反義** secrete [sɪˋkrit] **動** 隱藏

例句 **Maria's emotions never register on her face.**
瑪麗亞的情緒從來不會表現在她的臉上。

字義 4 收銀機 **名**　　　　　　**片語** pay back 償還；歸還

同義 checkout [ˋtʃɛk͵aut] **名** 結帳櫃台　　**相關** cashier [kæˋʃɪr] **名** 出納員

例句 **Please go to that register if you have less than five items.**
如果你買的商品不超過五樣，請去那個收銀台結帳。

字義 5 音域 **名**　　　　　　**片語** sing in a high register 唱高音

近義 spectrum [ˋspɛktrəm] **名** 範圍；幅度　　**相關** vocal [ˋvokl] **形** 歌唱的

例句 **The singer has a very wide vocal register.**
這位歌手的音域很廣。

UNIT
12

boom
[bum]

Let's get started!

MP3 149

暖身選擇題

Q 請問下列兩例句中的boom，
各代表什麼意思呢？

▶ The country is undergoing a **boom** in its economy.
▶ I cannot sleep with the huge **booming** noise from the construction nearby.

(A) 蕭條 / 聲名大噪　　(B) 柵欄 / 鳥叫聲　　(C) 景氣 / 發出隆隆聲

正確答案：(C)

一看就通！

圖解單字架構

字義**3**
景氣；激增
名

字義**2**
名聲大噪
動

字義**4**
起重機手臂
名

字義**1**
發出隆隆聲
動

boom

字義**5**
吊杆
名

原來如此

boom指的是「發出隆隆聲響」，也可表達一個人「名聲大噪」，以及商業景氣的「繁榮」。另外，boom也指長條狀的「起重機手臂」，以及船隻上的「吊杆」。

312

字義1 發出隆隆聲 **動** 　　**片語** boom sth. out 大聲講某事

同義 racket [ˋrækɪt] **動** 喧嚷　　**反義** whisper [ˋhwɪspɚ] **動** 小聲說

例句 **The music next door** boomed **through the wall and woke me up.**
隔壁音樂的隆隆聲穿過牆壁把我吵醒。

字義2 名聲大噪 **動** 　　**片語** sth. go viral 某物迅速普及流行

近義 popularize [ˋpɑpjələˏraɪz] **動** 普及　　**相關** unknown [ʌnˋnon] **形** 默默無聞的

例句 **The comedian's popularity** boomed **after the incident.**
這起事件過後，這名喜劇演員名聲大噪。

字義3 景氣；激增 **名** 　　**片語** make a killing 大賺一筆錢

同義 prosperity [prɑsˋpɛrətɪ] **名** 繁榮　　**反義** depression [dɪˋprɛʃən] **名** 不景氣

例句 **Many experts expect an economic** boom **next year.**
許多專家預期明年的經濟會繁榮起來。

字義4 (起重機的)臂 **名** 　　**片語** give sth. a lift 把某個東西吊起來

同義 arm [ɑrm] **名** (起重機的)臂　　**相關** crane [kren] **名** 起重機

例句 **I would suggest you avoid the street since there are a few working** boom **cranes.**
我建議你不要走那條街，因為那邊有好幾個起重機臂在運作。

字義5 吊杆 **名** 　　**片語** under control (被)控制住

同義 pole [pol] **名** 柱；竿　　**相關** sweep [swip] **名** (風、潮水等)流動

例句 **The sail fell off the** boom **again. Maybe we should fasten it tighter.**
帆又從吊杆掉下來了，也許我們應該綁緊一點。

bulk
[bʌlk]

Let's get started!

MP3 150

暖身選擇題

Q 請問下列兩例句中的bulk，
各代表什麼意思呢？

▶ The **bulk** of the employees voted "no" for the rule.
▶ My brother wants to **bulk** up his chest, so he works out every day.

(A) 少數 / 變小   (B) 資深 / 曬黑   (C) 主體 / 擴大

正確題解：(C)

一看就通！

圖解單字架構

字義 **3**
主體
名

字義 **2**
體積
名

字義 **4**
(船艙的)貨物
名

字義 **1**
擴大；膨脹
動

bulk

字義 **5**
大批的
形

原來如此

bulk當動詞常指「擴大」，名詞則表示物品的「體積」或「主體」，或者是置於「船艙的貨物」，船隻的貨物通常都不少，所以也用來形容「大批的」數量。

 這個單字能表達這些意思！

字義1 擴大；膨脹 動　　　**片語** bulk up sth. 擴大某物

同義 expand [ɪkˋspænd] 動 擴大　　　**反義** shrink [ʃrɪŋk] 動 縮小

例句 The government **bulked** up on the security zone due to the demonstration.
因為遊行，所以政府擴大了安管範圍。

字義2 體積 名　　　**片語** in great bulk 體積很大

同義 volume [ˋvɑljəm] 名 體積　　　**相關** capacity [kəˋpæsətɪ] 名 容量

例句 We need to move this box out because of its enormous **bulk**.
由於這個箱子的體積龐大，所以我們必須將它搬出來。

字義3 主體 名　　　**片語** above all 尤其是；最重要的

同義 majority [məˋdʒɔrətɪ] 名 多數　　　**反義** minority [maɪˋnɔrətɪ] 名 少數

例句 The **bulk** of the committee wants to raise the monthly cleaning fee.
委員會的主體成員想要提高每個月的清潔費支出。

字義4 (船艙的)貨物 名　　　**片語** by way of 經由

同義 merchandise [ˋmɝtʃən͵daɪz] 名 貨物　　　**相關** container [kənˋtenɚ] 名 容器

例句 The ship is unloading its **bulks** on the dock.
這艘船正在碼頭卸貨。

字義5 大批的 形　　　**片語** buy sth. in bulk 買大量的某物

同義 extensive [ɪkˋstɛnsɪv] 形 大規模的　　　**反義** miniature [ˋmɪnɪətʃɚ] 形 小規模的

例句 I went shopping at a **bulk** sale store with my family yesterday.
昨天我和家人到量販店採買。

flourish
[`flɝɪʃ]

Let's get started!

MP3 151

Q 請問下列兩例句中的flourish，各代表什麼意思呢？

▸ My business has started to **flourish** these past few months.
▸ The guy **flourished** his knife and scared away people around him.

(A) 興旺 / 揮舞   (B) 炫耀 / 收起   (C) 平穩 / 裝飾

(∀)：案答郵五

一看就通！

圖解單字架構

字義**3**
裝飾
動

字義**2**
揮舞
動

字義**4**
華麗的詞藻
名

字義**1**
茂盛；興旺
動

字義**5**
炫耀
名

flourish

原來如此

flourish蘊含多重字義，可指生物體的「茂盛」，也可指「揮舞」某物以吸引注意與「裝飾」的動作，並藉此衍生出裝飾性的「華麗詞藻」以及華而不實的「炫耀」等字義。

這個單字能表達這些意思！

字義1 茂盛；興旺 動　　**片語** be full of vitality 生氣蓬勃

同義 prosper [ˋprɑspɚ] 動 繁榮　　**相關** lush [lʌʃ] 形 蒼翠繁茂的

例句 The trees and flowers which flourish in the field attract a lot of tourists.
在牧場中盛開的樹木與花卉吸引了許多觀光客。

字義2 揮舞 動　　**片語** wave with sth. 手中揮舞著某物

同義 brandish [ˋbrændɪʃ] 動 揮舞　　**相關** attention [əˋtɛnʃən] 名 注意

例句 Henry flourished the stick and tried to scare the dog away.
亨利揮舞著棍子，試著把狗嚇跑。

字義3 裝飾 動　　**片語** be decorated with 裝飾著…

近義 festoon [fɛsˋtun] 動 以花綵裝飾　　**相關** ornament [ˋɔrnəmənt] 名 裝飾品

例句 My sister and I bought some light bulbs to flourish the Christmas tree.
我妹妹和我買了一些燈泡來裝飾聖誕樹。

字義4 華麗的詞藻 名　　**片語** polish an article 潤飾文章

同義 rhetoric [ˋrɛtərɪk] 名 浮誇之詞　　**反義** starkness [ˋstɑrknɪs] 名 樸實無華

例句 The author's writing is full of flourish, which makes the book very exciting to read.
這位作者所應用的詞藻很華麗，讓這本書引人入勝。

字義5 炫耀 名　　**片語** brag about sth. 炫耀某事

近義 pretension [prɪˋtɛnʃən] 名 做作；虛榮　　**反義** humility [hjuˋmɪlətɪ] 名 謙卑；謙遜

例句 Daniel isn't a man of flourish. We admire him for that.
丹尼爾不是一個愛炫耀的男人，我們都仰慕他這一點。

UNIT
15
foul
[faul]

Let's get started!

暖身選擇題

Q 請問下列兩例句中的foul，
各代表什麼意思呢？

▸ That player is suspended for the next game because of the flagrant **foul**.

▸ It's very easy for food to go **foul** in such a hot weather.

(A) 出局 / 過期的　　(B) 犯規 / 腐敗的　　(C) 爭吵 / 成熟的

正確解答：(B)

一看就通！

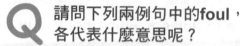
圖解單字架構

字義**3**
(天氣)惡劣的
形

字義**2**
(食物)腐敗的
形

字義**4**
(比賽中)犯規
名

字義**1**
骯髒的
形

foul

字義**5**
堵塞的
形

原來如此

foul用來當形容詞表「骯髒的」，衍生出「腐敗的食物」以及「惡劣的天氣」；當名詞使用則指運動比賽中的「犯規」，若水管堵塞，想必也令人不快吧！

這個單字能表達這些意思！

字義 1 骯髒的 形　　**片語** dirt cheap 廉價的；便宜的

同義 filthy [ˈfɪlθɪ] 形 骯髒的　　**反義** hygienic [ˌhaɪdʒɪˈɛnɪk] 形 衛生的

例句 The restaurant got a low rating because it's too foul.
這間餐廳的環境太骯髒，所以得到很差的評比。

字義 2 (食物)腐敗的 形　　**片語** be rotten to the core (人)壞透了

同義 stale [stel] 形 腐敗的；不新鮮的　　**相關** freshen [ˈfrɛʃən] 動 變得新鮮

例句 Something in the refrigerator must have gone foul. It's smelly.
在冰箱的某樣食物一定壞了，聞起來好臭。

字義 3 (天氣等)惡劣的 形　　**片語** moody weather 陰晴不定的天氣

同義 unpleasant [ʌnˈplɛzn̩t] 形 惡劣的　　**反義** agreeable [əˈgriəbl] 形 宜人的

例句 We cannot go on the previously planned trip due to the foul weather.
因為這樣的壞天氣，所以我們原本計劃好的旅行泡湯了。

字義 4 (比賽中)犯規 名　　**片語** call a foul on sb. 判某人犯規

同義 violation [ˌvaɪəˈleʃən] 名 犯規　　**相關** disciplinary [ˈdɪsəplɪnˌɛrɪ] 形 紀律的

例句 The judge cautioned the basketball player for a foul on his opponent.
裁判因那名籃球選手對其對手犯規而警告他。

字義 5 堵塞的 形　　**片語** be stuck with sth. 被某物卡住

同義 blocked [blɑkt] 形 堵塞的；被封鎖的　　**相關** facilitate [fəˈsɪləˌtet] 動 促進；幫助

例句 The toilet is foul, so I have to call the plumber.
馬桶堵塞住了，所以我需要找水電工。

UNIT 16 hood [hʊd]

Let's get started!

MP3 153

暖身選擇題

Q 請問下列兩例句中的hood，
各代表什麼意思呢？

▶ The celebrity wears his **hood** down because he doesn't want to be seen.

▶ You should not touch the car **hood** under the sun.

(A) 兜帽 / 車蓋　　　(B) 鳥的羽冠 / 油箱蓋　　　(C) 頭髮 / 後照鏡

正確解答：(A)

一看就通！

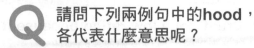

圖解單字架構

字義*3*
車篷
名

字義*2*
汽車車蓋
名

字義*4*
鳥的羽冠
名

字義*1*
兜帽
名

hood

字義*5*
加罩於
動

原來如此

hood其包含的『一片覆蓋物』的概念帶出這個單字的多種意思，分別為「(衣服的)兜帽」、「汽車車蓋」、「車篷」以及「鳥的羽冠」；當動詞用則有「加罩於」之意。

字義1 兜帽 名　　**片語** dress up 盛裝

近義 bonnet [`bɑnɪt] 名 無邊呢帽　　**相關** headscarf [`hɛdskɑrf] 名 頭巾

例句 Joseph took off the **hood** from his coat after the rain and put it into the basket.

雨停後，約瑟夫拆掉了他風衣的兜帽，放到籃子中。

字義2 (汽車的)車蓋 名　　**片語** be beyond repair 無法修理

近義 cover [`kʌvə] 名 遮蓋物　　**相關** varnish [`vɑrnɪʃ] 名 亮光漆

例句 Alex painted the **hood** of his car pink just to please his girlfriend.

艾力克斯只是為了取悅他女朋友，就把車蓋漆成粉紅色。

字義3 車篷 名　　**片語** provide with 裝備

近義 canopy [`kænəpɪ] 名 遮雨篷　　**相關** convertible [kən`vɝtəbl] 名 敞篷車

例句 Mary forgot to restore her car **hood** when she left the car.

瑪麗離開的時候，忘記收起她的車篷。

字義4 鳥的羽冠 名　　**片語** sit in the catbird seat 高枕無憂

同義 crest [krɛst] 名 (鳥禽的)冠毛　　**相關** plumage [`plumɪdʒ] 名 全身羽毛

例句 The **hood** of the bird is very eye-catching with its shape and color.

這鳥羽冠的形狀和顏色非常奪目。

字義5 加罩於；覆蓋 動　　**片語** under cover of 在…的掩護下

近義 curtain [`kɝtn] 動 (用簾子)遮蓋　　**反義** expose [ɪk`spoz] 動 使暴露於

例句 We couldn't see the thief's face in the surveillance video since he was **hooded**.

我們從監視器錄影帶中看不出小偷的長相，因為他遮掩起來了。

UNIT
17
issue
[`ɪʃju]

Let's get started!

MP3 154

暖身選擇題

Q 請問下列兩例句中的issue，
各代表什麼意思呢？

▸ In this session, we will discuss the main causes of this **issue**.
▸ Have you seen the latest **issue** of the magazine?

(A) 爭議 / 期號　　　　(B) 收益 / 頁面　　　　(C) 疾病 / 議題

正確解答：(A)

一看就通！

圖解單字架構

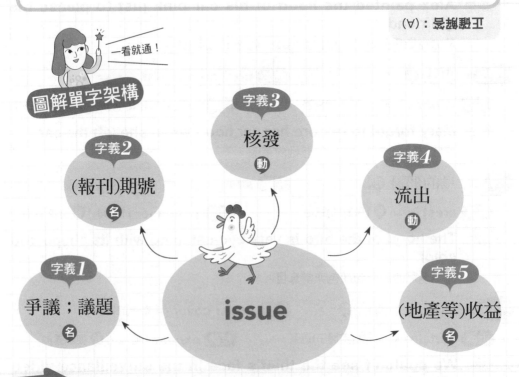

字義3
核發
動

字義2
(報刊)期號
名

字義4
流出
動

字義1
爭議；議題
名

issue

字義5
(地產等)收益
名

原來如此

issue最常見的意思為「議題」，也能表示刊登議題期刊的「期號」；當動詞常見的用法
為「核發(證件等)」，引申出「流出」之意；比較特別的是還能表示「收益」呢！

這個單字能表達這些意思！

Part 1　Part 2　Part 3　Part 4　Part 5　Part 6

字義1 ▸ 爭議；議題 名　　**片語** take issue with sb. 與某人爭論

同義 affair [əˋfɛr] 名 事情；事件　　**相關** mediate [ˋmidɪ.et] 動 調停解決

例句 Please clarify the essence of the **issue** before we start the meeting.
在我們開會之前，請先告訴我們這個議題的本質是什麼。

字義2 ▸ (報刊)期號 名　　**片語** flip through a magazine 翻雜誌

同義 number [ˋnʌmbɚ] 名 (雜誌等的)期；號　　**相關** periodical [.pɪrɪˋɑdɪk]] 名 期刊

例句 The new prime minister is the cover person of the latest **issue** of Time magazine.
新總理是最近一期《時代雜誌》的封面人物。

字義3 ▸ 核發 動　　**片語** give sb. the go-ahead for 批准某人⋯

同義 authorize [ˋɔθə.raɪz] 動 批准　　**反義** deny [dɪˋnaɪ] 動 拒絕給予

例句 My American friend was **issued** a Taiwanese passport last month.
我的美國籍朋友上個月被核發了台灣護照。

字義4 ▸ 流出 動　　**片語** flow across 流經(某地)

同義 outflow [ˋaut.flo] 動 流出　　**反義** absorb [əbˋsɔrb] 動 吸收

例句 You'd better keep your children from that fountain because the hot spring water is **issued** from it.
你最好讓小孩離那個噴水池遠一點，因為滾燙的溫泉水會從那裡流出。

字義5 ▸ (地產等的)收益 名　　**片語** make a profit out of sth. 用某物賺錢

同義 surplus [ˋsɝpləs] 名 盈餘　　**相關** accounting [əˋkauntɪŋ] 名 會計

例句 The **issues** my uncle made upon selling his apartment were significant.
我叔叔賣公寓的收益頗多。

UNIT
18

mint
[mɪnt]

Let's get started!

MP3 155

暖身選擇題

Q 請問下列兩例句中的mint，
各代表什麼意思呢？

▶ His parents gave a **mint** to the poor.
▶ These coins were **minted** during the Ching Dynasty, so they are worth a lot.

(A) 少量 / 設計　　　　(B) 巨額 / 鑄造　　　　(C) 薄荷 / 搶奪

(B) ：案答題暖身

一看就通！

圖解單字架構

字義3
鑄造(硬幣)
動

字義2
嶄新的
形

字義4
來源
名

字義1
薄荷
名

mint

字義5
(口)巨額
名

原來如此

mint最常見的名詞用法為「薄荷」，帶給人「嶄新」之感；動詞用法則指「鑄造(硬幣)」，鑄造是產生硬幣的「源頭」，而且通常都會大量產出，而有「巨額」數量。

字義 1　薄荷 **名**　　　　　**片語** live on 以…為主食

近義 herb [hɜb] **名** 草本植物　　　**相關** potting [ˋpɑtɪŋ] **名** 盆栽

例句 The cook spiced the mutton with mint and basil. That's his secret recipe.

廚師用薄荷和羅勒調味羊肉，那是他的獨家食譜。

字義 2　嶄新的 **形**　　　　**片語** dig up 開闢；發掘

近義 pristine [ˋprɪstin] **形** 清新的　　　**反義** decrepit [dɪˋkrɛpɪt] **形** 破舊的

例句 As for the wedding dress, the bride chose one with a fancy and mint pattern.

至於婚紗，新娘選了一件圖樣精緻又嶄新的禮服。

字義 3　鑄造(硬幣) **動**　　　**片語** in memory of 用以紀念…

近義 sculpt [skʌlp] **動** 雕刻；造型　　　**相關** fuse [fjuz] **動** 熔合；混合

例句 Before his retirement, the man's job was to mint the coins for the government.

在退休前，這名男子的工作是幫政府鑄造錢幣。

字義 4　來源 **名**　　　　**片語** country of origin 原產地

同義 derivation [ˌdɛrəˋveʃən] **名** 來歷　　　**反義** outgrowth [ˋaʊtˌgroθ] **名** 產物

例句 You should pay close attention to the manufacturing mint.

你應該要特別注意產品的產地。

字義 5　(口)巨額 **名**　　　**片語** cut down 削減

同義 multitude [ˋmʌltəˌtjud] **名** 許多　　　**反義** handful [ˋhændfəl] **名** 少量

例句 After the serious food poisoning, the restaurant was sued for a mint in compensation.

在嚴重的食物中毒事件過後，這家餐廳被索賠巨額的賠償金。

UNIT 19

mount
[maunt]

Let's get started!

MP3 156

暖身選擇題

Q 請問下列兩例句中的 **mount**，
各代表什麼意思呢？

▶ Henry **mounted** the motorcycle and rode away immediately.

▶ The terrorists are planning on **mounting** another attack.

(A) 發動 / 登上　　　　(B) 裱貼 / 預謀　　　　(C) 登上 / 發動

正確解答：(C)

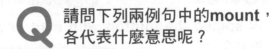

一看就通！

圖解單字架構

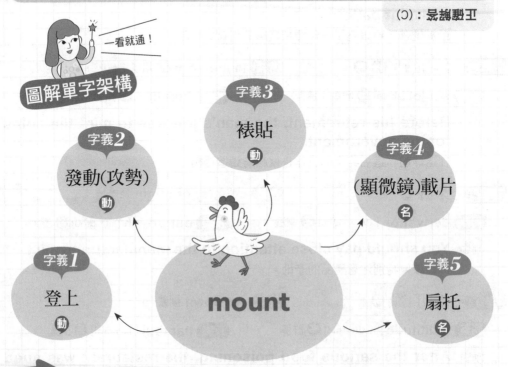

字義**3**
裱貼
動

字義**2**
發動(攻勢)
動

字義**4**
(顯微鏡)載片
名

字義**1**
登上
動

mount

字義**5**
扇托
名

原來如此

mount 指「登上」，所以能表示主動的「發動(攻勢)」；往上登會需要一個立足點，所以
隱含『固定的基準點』，因此能表示「裱貼」，以及具支持力的「載片」與「扇托」。

這個單字能表達這些意思!

字義1 登上 動　　　**片語** clamber up sth. 爬上某物

近義 soar [sor] 動 往上飛舞　　　**反義** subside [səbˋsaɪd] 動 退落

例句 Those climbers finally mounted the top of the mountain.
那群登山者終於爬上了這座山的山頂。

字義2 發動(攻勢) 動　　　**片語** ahead of time 提前

同義 invade [ɪnˋved] 動 侵入;侵略　　　**相關** confront [kənˋfrʌnt] 動 對抗

例句 Just three months after the war, the opposition is mounting another attack.
戰爭只過了短短三個月,反對軍又在發動另一波攻擊。

字義3 裱貼 動　　　**片語** hang sth. on the wall 在牆上掛某物

同義 append [əˋpɛnd] 動 貼上;掛上　　　**反義** detach [dɪˋtætʃ] 動 拆卸

例句 The newlyweds mounted their wedding pictures all over their house.
這一對新人在家裡各處裱貼了他們的結婚照。

字義4 (顯微鏡的)載片 名　　　**片語** distinguish between 辨別

同義 slide [slaɪd] 名 載片　　　**相關** microscope [ˋmaɪkrəˏskop] 名 顯微鏡

例句 The scientist is preparing a mount for examination with the microscope.
為了檢測,這名科學家正在為顯微鏡準備載片。

字義5 扇托 名　　　**片語** fan the flames 煽風動火

近義 handle [ˋhændl̩] 名 柄;把手　　　**相關** ventilate [ˏvɛntl̩ˋet] 動 使通風

例句 The maid carefully placed the fan on the mount because it is made of jewels.
女僕小心翼翼地將扇子放到扇托上,因為那全是用珠寶做成的。

nibble
[`nɪb!̣]

Let's get started!

MP3 157

暖身選擇題

Q 請問下列兩例句中的nibble，
各代表什麼意思呢？

▸ The five-month old puppy is **nibbling** his mother's ears.
▸ I am tired of hearing the pundits **nibbling** everything they observe.

(A) 磨蹭 / 評論　　　　(B) 聞 / 叫囂　　　　(C) 小口咬 / 吹毛求疵

正確解答：(C)

一看就通！

圖解單字架構

字義**3**
謹慎地對待
動

字義**2**
少量
名

字義**4**
吹毛求疵
動

字義**1**
一點點地咬
動

nibble

字義**5**
有意接受
動

原來如此

nibble指「一點點地咬」，其『小口咬』的概念能衍生出「少量」，還有「謹慎對待」及過於謹慎的「吹毛求疵」之意；另外，「有意接受」也包含著還想謹慎觀望的意思喔！

這個單字能表達這些意思！

字義1 ▶ 一點點地咬 動　　**片語** nibble away at sth. 慢慢吃

近義 scrunch [skrʌntʃ] 動 碾；咬嚼　　**反義** chomp [tʃɑmp] 動 大聲咀嚼

例句 **The girl started to nibble on a piece of pizza after a hard day's work.**
辛苦了一天之後，女孩開始慢慢品嚐一片披薩。

字義2 ▶ 少量 名　　**片語** set over 超過數量

近義 minority [maɪˋnɔrətɪ] 名 少數　　**反義** abundance [əˋbʌndəns] 名 大量

例句 **Based on the doctor's suggestion, the patient is only allowed to eat a nibble of food.**
根據醫師的建議，這個病人只能吃一點點食物。

字義3 ▶ 小心謹慎地對待 動　　**片語** give sth. more thought 謹慎思考

同義 consider [kənˋsɪdə] 動 仔細想　　**相關** discreet [dɪˋskrit] 形 謹慎的

例句 **I don't want to be in a rush, so I will nibble on the offer and then make a decision.**
我不想倉促決定，所以我會先仔細考慮，再做決定。

字義4 ▶ 吹毛求疵 動　　**片語** cut sb. some slack 對某人別太嚴苛

同義 criticize [ˋkrɪtɪˌsaɪz] 動 批評　　**反義** acclaim [əˋklem] 動 稱讚

例句 **Some people just won't stop nibbling when you make a mistake.**
在你犯錯的時候，有些人就是會一直批評你。

字義5 ▶ 有意接受 動　　**片語** object to 拒絕

近義 accept [əkˋsɛpt] 動 接受　　**反義** decline [dɪˋklaɪn] 動 婉拒

例句 **We tried to persuade Jenny since she seemed to nibble at the offer.**
珍妮看起來有意接受這個邀請，所以我們試著說服她。

UNIT 21

patch
[pætʃ]

Let's get started!

MP3 158

暖身選擇題

Q 請問下列兩例句中的patch，各代表什麼意思呢？

▶ A **patch** of land in this area can be worth a lot of money.
▶ Henry's mother helped him **patch** up his backpack.

(A) 小塊土地 / 補綴　　　　(B) 大面積 / 保護　　　　(C) 村莊 / 著色

正確解答：(A)

一看就通！

圖解單字架構

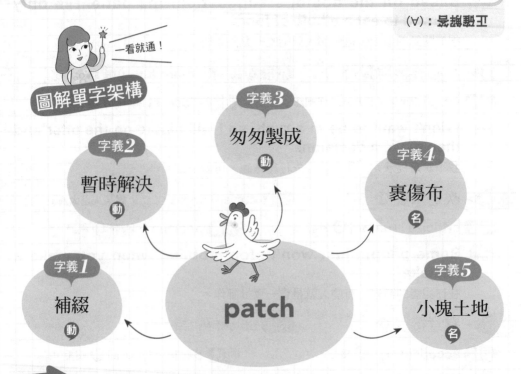

字義3
匆匆製成
動

字義4
裹傷布
名

字義2
暫時解決
動

字義5
小塊土地
名

字義1
補綴
動

patch

原來如此

patch通常指「補綴」，引申出抽象的「暫時解決」及「匆匆製成」，也可以形容「裹傷布」（處理傷口）；取其補綴時用的一塊塊布料的概念，則能表示「小塊土地」。

字義 **1** ► 補綴 動 　　　　 片語 patch sth. up 修補某物

近義 overhaul [ˌovɚˋhɔl] 動 大修 　　　反義 destroy [dɪˋstrɔɪ] 動 毀壞

例句 **The old lady stared at the patched clothes they wore.**
這位老婦人打量著他們身上穿著的衣服，上面全是補丁。

字義 **2** ► 暫時解決 動 　　　　 片語 a quick fix 暫時解決的方法

同義 solve [sɑlv] 動 解決；解答 　　　反義 worsen [ˋwɝsn̩] 動 使更糟

例句 **The relationship with the customer has been temporarily patched for now.**
我們與那名客戶的爭執現在暫時解決了。

字義 **3** ► 匆匆製成 動 　　　　 片語 in a hurry 匆忙地

近義 fabricate [ˋfæbrɪˌket] 動 製造 　　　相關 hastily [ˋhestɪlɪ] 副 倉促地

例句 **The raincoats were quickly patched up and sold at the night market.**
這些雨衣被倉促製成，在夜市販賣。

字義 **4** ► 裹傷布；眼罩 名 　　　　 片語 wear a patch 戴眼罩

近義 bandage [ˋbændɪdʒ] 名 繃帶 　　　相關 surgical [ˋsɝdʒɪk!] 形 外科的

例句 **Caroline wore a patch on her left eye to cover up the wound.**
卡洛琳為了遮住她的傷口，而在左眼裹了一個傷布。

字義 **5** ► 小塊土地 名 　　　　 片語 right as rain 一切正常；狀態良好

近義 estate [ɪsˋtet] 名 地產；財產 　　　相關 urban [ˋɝbən] 形 都市的

例句 **My brother dreams about buying a patch of land and growing vegetables.**
我的弟弟夢想著買一小塊土地來種菜。

puff
[pʌf]

Let's get started!

MP3 159

暖身選擇題

Q 請問下列兩例句中的puff，各代表什麼意思呢？

▸ The suit looks good, except for the bulky shoulder **puffs**.

▸ Alex **puffed** up himself in front of the girls, but none of them liked it.

(A) 裝飾 / 大吃　　　(B) 墊肩 / 吹捧　　　(C) 釦子 / 喝

正確選項：(B)

圖解單字架構

一看就通！

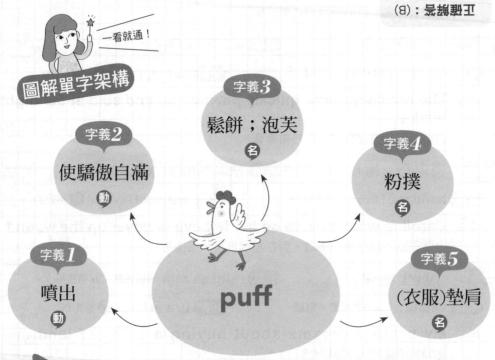

字義**3**
鬆餅；泡芙
名

字義**2**
使驕傲自滿
動

字義**4**
粉撲
名

字義**1**
噴出
動

puff

字義**5**
(衣服)墊肩
名

原來如此

puff當動詞指「噴出」，抽象意義會變成表現太過的「驕傲自滿」；形容物品則會與『外型稍膨』的物件有關，比如「泡芙」、「粉撲」以及「(衣服的)墊肩」等等。

這個單字能表達這些意思！

字義1 噴出 動　　　**片語** out of breath 喘不過氣

同義 erupt [ɪˋrʌpt] 動 噴出　　　**相關** deflate [dɪˋflet] 動 抽出⋯中的氣

例句 Harry smoked and **puffed** when he heard the bad news from Helen.
當哈利聽見海倫說的壞消息後，他吸了一口菸，然後吐出來。

字義2 使驕傲自滿 動　　　**片語** puff up oneself 自我吹噓

同義 elate [ɪˋlet] 動 使得意洋洋　　　**反義** embarrass [ɪmˋbærəs] 動 使窘

例句 I needed to warn Tony since he was **puffed** up by their dishonest compliments.
我必須提醒東尼，因為他們言不由衷的讚美讓他自滿了起來。

字義3 鬆餅；泡芙 名　　　**片語** at the table 在吃飯

同義 muffin [ˋmʌfɪn] 名 鬆餅　　　**相關** confection [kənˋfɛkʃən] 名 西點

例句 I am not a fan of **puffs**. They are too sweet.
我不是很喜歡吃泡芙，它們太甜了。

字義4 粉撲 名　　　**片語** brush up 刷拭

近義 foundation [faʊnˋdeʃən] 名 粉底　　　**相關** powder [ˋpaʊdɚ] 名 粉末

例句 You should make a habit of changing **puffs** from time to time.
你應該養成不定期換新粉撲的習慣。

字義5 (衣服的)墊肩 名　　　**片語** put on 穿上；戴上

近義 fender [ˋfɛndɚ] 名 (船的)碰墊　　　**相關** overcoat [ˋovɚ͵kot] 名 大衣

例句 Whenever I bought a new overcoat, I would remove the **puffs** from it first.
每次我買了新大衣，就會先把上面的墊肩拆掉。

UNIT 23
ragged
[`ræɡɪd]

Let's get started!

MP3 160

暖身選擇題

Q 請問下列兩例句中的ragged，各代表什麼意思呢？

▶ April gave the **ragged** man in the subway some coins.
▶ This **ragged** soccer team is doomed to fail.

(A) 衣衫襤褸的 / 不完善的　　(B) 刺耳的 / 有精力的　　(C) 疲倦的 / 強勁的

正確解答：(A)

一看就通！

圖解單字架構

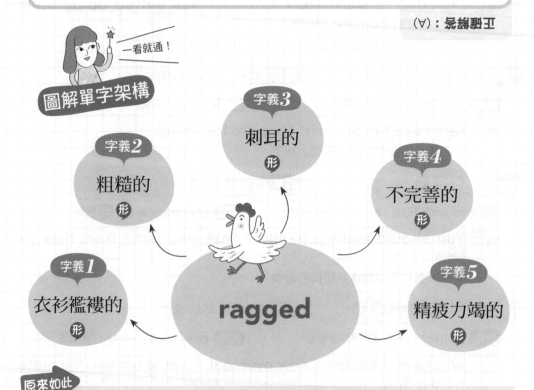

字義 3
刺耳的
形

字義 2
粗糙的
形

字義 4
不完善的
形

字義 1
衣衫襤褸的
形

ragged

字義 5
精疲力竭的
形

原來如此

ragged常見的意思為「衣衫襤褸的」，這類形象會與「粗糙的」有關，形容抽象人事物則引申出「刺耳的」及「不完善的」意思，甚至能表示狀態不佳的「筋疲力竭」。

這個單字能表達這些意思！

字義1 ▶ 衣衫襤褸的 形　　**片語** clothes in tatter 衣衫不整

同義 meager [ˋmigə] 形 粗劣的　　**反義** upscale [ˋʌpˏskel] 形 高檔的

例句 The poor old man is wearing a **ragged** shirt and a pair of damaged shoes.
那名可憐的老人穿著破舊的衣服與鞋子。

字義2 ▶ 粗糙的；鋸齒狀的 形　**片語** break down 故障；失敗

同義 rugged [ˋrʌgɪd] 形 粗糙的　　**反義** exquisite [ˋɛkskwɪzɪt] 形 精緻的

例句 You'd better buy something else. This is too **ragged** for a gift.
你最好買其他的東西，就禮物來說，這個東西太粗糙了。

字義3 ▶ 刺耳的 形　　　　**片語** hear of 聽說

同義 piercing [ˋpɪrsɪŋ] 形 尖厲的　　**反義** congenial [kənˋdʒinjəl] 形 協調的

例句 The song the contestant sang was **ragged** to the ears, so I switched to another channel immediately.
這個參賽者唱的歌很刺耳，所以我立刻轉到別的頻道。

字義4 ▶ 不完善的 形　　　　**片語** be short of 缺乏

近義 sloppy [ˋslɑpɪ] 形 (口)懶散的　　**反義** organized [ˋɔrgənˏaɪzd] 形 有組織的

例句 The minority communities in this region are a bit **ragged**.
這塊區域中的少數社區規劃得不甚完善。

字義5 ▶ 精疲力竭的 形　　　　**片語** doze off 打瞌睡

同義 exhausted [ɪgˋzɔstɪd] 形 精疲力竭的　　**反義** spirited [ˋspɪrɪtɪd] 形 生氣勃勃的

例句 Running errands and looking after the kids have run Ivy **ragged**.
做家事和照顧小孩這兩件事讓艾薇精疲力竭。

scramble
[`skræmb!̩]

Let's get started!

MP3 161

暖身選擇題 **Q** 請問下列兩例句中的scramble，
各代表什麼意思呢？

▶ I will have my eggs **scrambled**, please.
▶ Can you **scramble** over the wall and get the key?

(A) 煮 / 拆解　　　　　(B) 烤 / 跳躍　　　　　(C) 炒 / 攀爬

正確選擇是：(C)

一看就通！

圖解單字架構

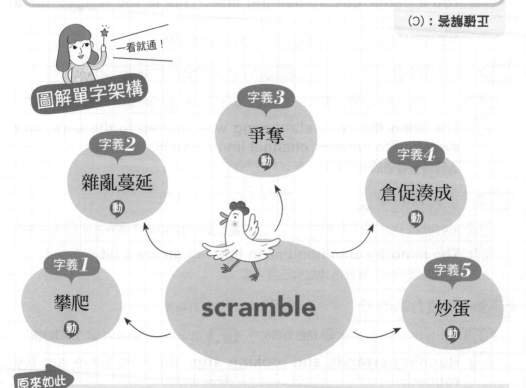

字義3
爭奪
動

字義2
雜亂蔓延
動

字義4
倉促湊成
動

字義1
攀爬
動

scramble

字義5
炒蛋
動

原來如此

scramble指「攀爬」，取其『無秩序』的概念，就產生「雜亂蔓延」、「爭奪」及「倉促湊成」的意思；另外，無特別順序而翻炒完成的「炒蛋」也包含同樣的概念喔！

這個單字能表達這些意思！

字義1 ▶ 攀爬 動　　　**片語** climb down 認輸；撤退

同義 ascend [əˋsɛnd] 動 攀登　　　**反義** slump [slʌmp] 動 倒下

例句 The boys were scrambling the fence when the teacher caught them.
當老師抓到這幾個男孩時，他們正在爬籬笆。

字義2 ▶ 雜亂蔓延 動　　　**片語** trail over sth. 蔓延到某物

同義 sprawl [sprɔl] 動 蔓延；蔓生　　　**相關** bedeck [bɪˋdɛk] 動 修飾

例句 The vine scrambled all over the walls and covered up the windows.
這藤蔓的生長蔓延到整面牆，並遮住了窗戶。

字義3 ▶ (亂糟糟地)爭奪 動　　　**片語** play hell with 損害

近義 hassle [ˋhæsl̩] 動 激烈爭論　　　**反義** harmonize [ˋhɑrmə͵naɪz] 動 協調

例句 The fans are scrambling for the last ticket for the concert.
粉絲在爭奪這場演唱會的最後一張門票。

字義4 ▶ 倉促湊成 動　　　**片語** gather sth. up 聚集某物

近義 hasten [ˋhesn̩] 動 趕緊做　　　**反義** scuttle [ˋskʌtl̩] 動 破壞

例句 I scrambled up my belongings and got off work quickly.
我快速地收好東西並下班。

字義5 ▶ (美)炒蛋 動　　　**片語** eat out 在外吃飯

近義 saute [soˋte] 動 嫩煎；嫩炒　　　**相關** dietary [ˋdaɪə͵tɛrɪ] 形 飲食的

例句 Do you want your eggs scrambled or sunny side up?
你想吃炒蛋還是太陽蛋？

soak
[sok]

Let's get started!

MP3 162

暖身選擇題　　**Q**　請問下列兩例句中的soak，各代表什麼意思呢？

▸ The pedestrians were **soaked** by the sudden thunderstorm.
▸ Ann was so **soaked** in reading the novel that she didn't hear the phone ring.

(A) 敲竹槓 / 使分心　　　(B) 浸泡 / 使熱衷　　　(C) 攻擊 / 使無趣

（B）：案答聯五

一看就通！

圖解單字架構

字義**3**
使熱衷
動

字義**2**
長時間泡浴
名

字義**4**
(俚)酒鬼
名

字義**1**
浸泡；吸收
動

soak

字義**5**
向⋯敲竹槓
動

原來如此

soak指「浸泡或吸收」，名詞同樣指「浸泡的狀態」；抽象涵義則有「使熱衷」的意思；俚語用法則指「酒鬼」；另外，若是吸收他人的物品，就產生「敲竹槓」之意。

字義1 浸泡；吸收 動　　　**片語** soak sb. to the skin 使某人溼透

同義 immerse [ɪˋmɜs] 動 浸泡　　　**相關** laundry [ˋlɔndrɪ] 名 洗衣店

例句 My roommate turned off the tap and left the dirty dishes to soak.
我的室友關上水龍頭，讓髒盤子浸泡著。

字義2 長時間泡浴 名　　　**片語** be drenched in sweat 汗流浹背

同義 drench [drɛntʃ] 名 浸泡　　　**相關** purge [pɜdʒ] 動 清除；清洗

例句 You will feel much better if you go have a good soak in the bath now.
如果你現在去好好泡個澡，感覺會舒服許多。

字義3 使熱衷 動　　　**片語** be soaked in 熱衷於

同義 addict [əˋdɪkt] 動 使醉心　　　**反義** distance [ˋdɪstəns] 動 使疏遠

例句 Marcus has soaked himself in setting up his own website.
馬可斯最近熱衷於設立自己的網站。

字義4 (俚)酒鬼 名　　　**片語** propose a toast to sb. 對某人敬酒

同義 drunkard [ˋdrʌŋkəd] 名 酒鬼　　　**相關** alcoholic [ˌælkəˋhɔlɪk] 形 酒精的

例句 Mike is such a soak. He came to work drunk this morning.
麥克真是一個酒鬼，他今天早上醉醺醺地來公司。

字義5 (口)向⋯敲竹槓 動　　　**片語** rip off sb. 剝削某人

同義 overcharge [ˋovəˋtʃɑrdʒ] 動 索價過高　　　**相關** premium [ˋprimɪəm] 名 (商)優惠

例句 The employee is trying to soak the supervisor with a huge salary raise.
這名員工嘗試對他主管敲竹槓，要求高價調薪。

sole
[sol]

Let's get started!

MP3 163

暖身選擇題

Q 請問下列兩例句中的sole，各代表什麼意思呢？

▶ I usually take my old shoes to the store for **soling**.
▶ The founder has the **sole** ownership of the company.

(A) 換鞋底 / 獨佔的　　(B) 編織 / 單獨的　　(C) 上蠟 / 未婚的

正確答案：(A)

一看就通！

圖解單字架構

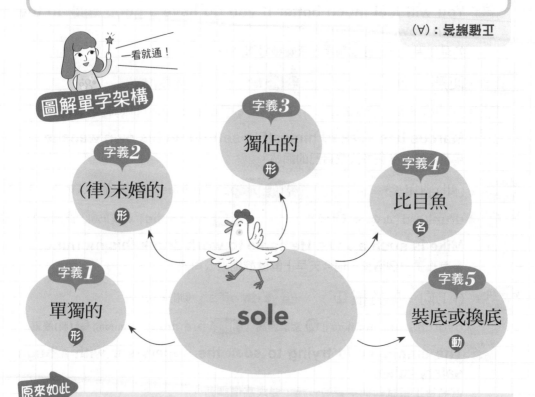

字義 3
獨佔的
形

字義 2
(律)未婚的
形

字義 4
比目魚
名

字義 1
單獨的
形

sole

字義 5
裝底或換底
動

原來如此

sole最常見的意思為「單獨的」，也可用來形容人的「未婚」，或表示「獨佔的」狀態；「比目魚」兩眼長在同一側，也隱含『單獨』的概念；另外還能表示「裝、換底」。

這個單字能表達這些意思！

字義1 單獨的 形　　**片語** a man of few words 沉默寡言者

同義 individual [ˌɪndəˈvɪdʒʊəl] 形 單獨的　　**反義** combined [kəmˈbaɪnd] 形 聯合的

例句 You are the sole reason for my coming all the way here.
你是我大老遠跑來這裡的唯一理由。

字義2 (律)未婚的 形　　**片語** get married to sb. 與某人結婚

同義 unmarried [ʌnˈmærɪd] 形 未婚的　　**反義** conjugal [ˈkɑndʒəgl] 形 結婚的

例句 Even though they have been together for ages, they are still sole under the laws of that country.
雖然他們在一起很久，但他們在那個國家的法律上還是未婚的。

字義3 獨佔的 形　　**片語** have sth. all to oneself 獨佔某物

同義 exclusive [ɪkˈsklusɪv] 形 獨家的　　**相關** liberty [ˈlɪbətɪ] 名 准許；自由

例句 The chain store owns the sole dealership for this brand.
這個連鎖店獨佔了這個品牌的代理權。

字義4 比目魚 名　　**片語** be a fish out of water 感到彆扭

同義 halibut [ˈhæləbət] 名 比目魚　　**相關** grouper [ˈgrupə] 名 石斑魚

例句 Lily suggested ordering raw sole with wasabi for our Japanese guests.
莉莉建議我們替日本籍的客人點一盤比目魚配山葵。

字義5 給(鞋等)裝、換底 動　　**片語** furbish sth. up 修繕某物

同義 resole [riˈsol] 動 裝底；換底　　**反義** rupture [ˈrʌptʃə] 動 使破裂

例句 My father needs to sole his shoes since they have been worn out.
我爸爸的鞋子需要換底，因為都被磨破了。

solitary
[`sɑləˌtɛrɪ]

Let's get started!

MP3 164

暖身選擇題　**Q** 請問下列兩例句中的solitary，各代表什麼意思呢？

▸ He leads a **solitary** life after his wife passed away.
▸ The prisoner got put in **solitary** after a fight with other inmates.

(A) 有趣的 / 宿舍　　　(B) 節儉的 / 緩刑　　　(C) 獨居的 / 單獨監禁

正確答案：(C)

 一看就通！

圖解單字架構

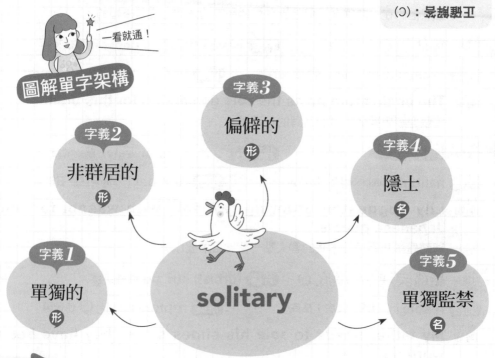

字義**3**
偏僻的
形

字義**2**
非群居的
形

字義**4**
隱士
名

字義**1**
單獨的
形

solitary

字義**5**
單獨監禁
名

原來如此

solitary最常見的意思為「單獨的」或「非群居的」，衍生其『遠離』的概念，就產生「(地點)偏僻的」以及「隱士」(遠離人群)之意，在法律上則表示「單獨監禁」的狀態。

這個單字能表達這些意思！

字義1 單獨的 形　　**片語** get alone with 相處融洽

同義 lone [lon] 形 單獨的；孤單的　　**相關** together [tə`gɛðɚ] 副 共同

例句 Peter likes to take a solitary walk in the afternoon. You can try to talk to him then.
彼德喜歡在下午的時候獨自去散步，你可以在那個時候找他談談。

字義2 非群居的；隱居的 形　　**片語** get sth. off one's chest 把話說出來

同義 reclusive [rɪ`klusɪv] 形 非群居的　　**反義** gregarious [grɪ`gɛrɪəs] 形 群居性的

例句 Cats are usually more of a solitary animal, as compared to dogs.
和狗比起來，貓通常為非群居性的動物。

字義3 偏僻的 形　　**片語** in middle of nowhere 鳥不生蛋之處

同義 secluded [sɪ`kludɪd] 形 偏僻的　　**反義** populated [`pɑpjə͵letɪd] 形 人多的

例句 The yogi likes to live somewhere solitary and be away from the crowd.
這位瑜伽大師喜歡隱居的生活，離人群遠一些。

字義4 隱士 名　　**片語** keep a low profile 低調

同義 loner [`lonɚ] 名 獨居者　　**相關** socialize [`soʃə͵laɪz] 動 交際

例句 That solitary seldom goes out or socializes with other people.
那名隱士鮮少出門或與人交際。

字義5 單獨監禁 名　　**片語** behind bars 坐牢

同義 confinement [kən`faɪnmənt] 名 禁閉　　**反義** liberation [͵lɪbə`reʃən] 名 解放

例句 The prosecutor argued that the criminal should be sentenced to a lifetime in solitary.
檢察官反駁說這名罪犯應該被判終生單獨監禁。

UNIT 28

stout
[staut]

Let's get started!

MP3 165

暖身選擇題

Q 請問下列兩例句中的stout，
各代表什麼意思呢？

▶ I think you are way too small and skinny for that **stout** shirt.
▶ Tony is very **stout** for doing the bungee jumping alone.

(A) 童裝 / 頑強的　　　(B) 特大號 / 大膽的　　　(C) 特小號 / 牢固的

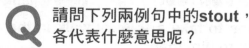

正確解答：(B)

一看就通！

圖解單字架構

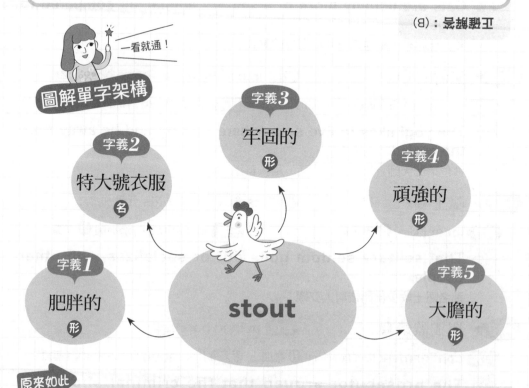

字義**3**
牢固的
形

字義**2**
特大號衣服
名

字義**4**
頑強的
形

字義**1**
肥胖的
形

stout

字義**5**
大膽的
形

原來如此

stout能形容人的身材「肥胖的」，當名詞則能指「特大號衣服」；實際的身材狀態抽象
化就產生堅定的「牢固的」、「頑強的」以及能夠面對挑戰的「大膽的」等意思。

這個單字能表達這些意思！

字義1 ▶ 肥胖的；粗壯的 形　　片語 on a diet 減肥

同義 corpulent [ˋkɔrpjələnt] 形 肥胖的　　反義 skinny [ˋskɪnɪ] 形 過瘦的

例句 The **stout** man sitting over there is the owner of this restaurant.
坐在那邊那個肥胖的男人是這家餐廳的老闆。

字義2 ▶ 特大號的衣服 名　　片語 deal in 交易；成交

同義 outsize [ˋaʊtˏsaɪz] 名 特大號　　相關 petite [pəˋtit] 形 嬌小的

例句 The **stout** clothes are on sale this week since they haven't been very popular.
這些特大號的衣服因為不怎麼受歡迎，所以這禮拜在打折。

字義3 ▶ 牢固的 形　　片語 hold one's ground 堅守立場

同義 substantial [səbˋstænʃəl] 形 堅固的　　反義 fragile [ˋfrædʒəl] 形 脆弱的

例句 The table is extremely **stout**. We've had it for ten years already.
這張桌子相當牢固，我們買了已經有十年了。

字義4 ▶ 頑強的 形　　片語 in the long run 最終

同義 stubborn [ˋstʌbən] 形 頑強的　　相關 hesitate [ˋhɛzəˏtet] 動 猶豫

例句 Johnny holds a **stout** confidence for his girlfriend even after the cheating incident.
就算發生過出軌事件，強尼對他的女朋友依然信心十足。

字義5 ▶ 大膽的 形　　片語 get up the nerve 鼓足勇氣

同義 courageous [kəˋredʒəs] 形 勇敢的　　反義 fearful [ˋfɪrfəl] 形 擔心的

例句 The boss is very **stout** yet very detail-oriented.
這位老闆個性大膽，同時也很注重細節。

UNIT 29

terminal
[`tɜmənḷ]

MP3 166

 暖身選擇題

Q 請問下列兩例句中的**terminal**，各代表什麼意思呢？

▸ I will wait for you at the **terminal** in case we miss each other.
▸ Most of my classmates are anxious about the **terminal** exam.

(A) 航空站 / 學期的　　(B) 終端機 / 終點的　　(C) 公車站 / 期中的

正確解答：(A)

 一看就通！

圖解單字架構

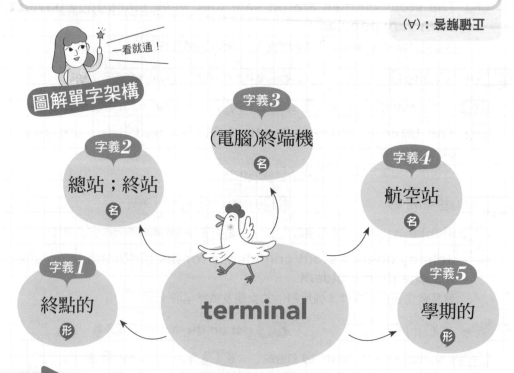

字義3
(電腦)終端機
名

字義2
總站；終站
名

字義4
航空站
名

字義1
終點的
形

terminal

字義5
學期的
形

原來如此

terminal表示「終點的」，當名詞會與表示『結尾』的物件有關，比如「總站」、「(電腦)終端機」及「航空站」；另一個很常見的用法為「學期的」(表示學期結束的期間)。

字義1 終點的 形　　**片語** at the end of sth. …的盡頭

同義 ultimate [ˋʌltəmɪt] 形 最終的　　**相關** procedure [prəˋsidʒə] 名 程序

例句 Don't worry. You won't miss the stop because that's the **terminal** station.
別擔心，你不可能會坐過頭，因為那一站是終點站。

字義2 總站；終站 名　　**片語** be in line 排隊

近義 terminus [ˋtɝmənəs] 名 末端　　**相關** approach [əˋprotʃ] 動 接近

例句 Tamsui station is the **terminal** of the subway line.
淡水站是這條捷運上的終站。

字義3 (電腦)終端機 名　　**片語** apply to 適用；與…有關

近義 modem [ˋmo͵dɛm] 名 數據機　　**相關** database [ˋdetə͵bes] 名 資料庫

例句 The IT manager carefully checks each **terminal** regularly to avoid possible crashes.
資訊部經理仔細地檢查每一台終端機，以防發生當機的情況。

字義4 航空站 名　　**片語** make a layover (at) (從某處)轉機

近義 airport [ˋɛr͵port] 名 機場　　**相關** aviation [͵evɪˋeʃən] 名 航空

例句 Our shuttle bus is heading for the third **terminal** at the airport.
我們的區間車正前往機場的第三航廈。

字義5 學期的 形　　**片語** as usual 照常；照例

近義 periodic [͵pɪrɪˋɑdɪk] 形 定期的　　**相關** academy [əˋkædəmɪ] 名 學院

例句 Todd was happy to know that he had passed all of the **terminal** exams.
陶德很開心知道他通過了所有的學期測驗。

trifle
[ˋtraɪfḷ]

Let's get started!

MP3 167

暖身選擇題

Q 請問下列兩例句中的trifle，
各代表什麼意思呢？

▶ There is no need to be mad over such a **trifle** at work.
▶ You shouldn't **trifle** away your time by waking up in the middle of the day.

(A) 小裝飾品 / 珍惜　　　(B) 意外 / 使用　　　(C) 瑣事 / 虛度

正確答案：(C)

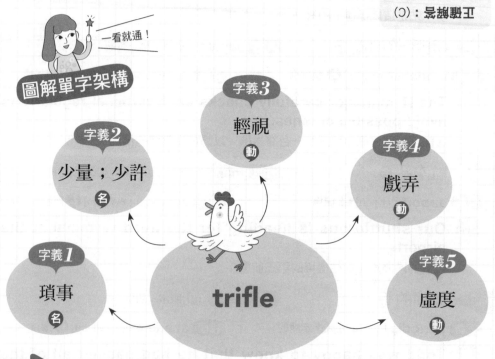

一看就通！

圖解單字架構

字義3 輕視 動

字義2 少量；少許 名

字義4 戲弄 動

字義1 瑣事 名

trifle

字義5 虛度 動

原來如此

trifle常指「瑣事」，可以引申形容「少量」；當動詞則有「輕視」與「戲弄」的意思(因為覺得不重要所以輕視)；另外也能指「虛度」(將時間花在不重要的事上)。

字義1 ── 瑣事 名　　　**片語** fight over a trifle 為了瑣事而吵

同義 trivia [ˋtrɪvɪə] 名 小事　　　**反義** ritual [ˋrɪtʃuəl] 名 儀式；典禮

例句 It is meaningless to argue the **trifle** for such a long time. Can we discuss the main issue now?
為了這種瑣事爭吵這麼久實在很沒意義，我們現在可以討論正題了嗎？

字義2 ── 少量；少許 名　　　**片語** amount to 總計為

近義 several [ˋsɛvərəl] 名 幾個；數個　　　**相關** quantity [ˋkwɑntətɪ] 名 數量

例句 The tourist took out his wallet and found he had only a **trifle** of money left.
那名觀光客拿出他的皮夾，發現他只剩下一點點的錢而已。

字義3 ── 輕視 動　　　**片語** take sb. lightly 輕視某人

同義 disrespect [ˌdɪsrɪˋspɛkt] 動 不敬　　　**反義** revere [rɪˋvɪr] 動 尊敬

例句 You can tell that Henry is **trifling** with this group of people by the look on his face.
你從亨利的表情可以看出他不重視這一群人。

字義4 ── 戲弄 動　　　**片語** trifle with 戲弄

同義 tease [tiz] 動 戲弄　　　**相關** annoyance [əˋnɔɪəns] 名 惱怒

例句 That girl cannot stop **trifling** her hair during class when she feels bored.
當那個女孩感到無聊時，就會在課堂上不停地玩弄她的頭髮。

字義5 ── 虛度 動　　　**片語** piddle around 閒混

同義 piddle [ˋpɪdl̩] 動 閒混　　　**反義** engross [ɪnˋgros] 動 全神貫注

例句 Your performance will be lowered if you keep **trifling** away your time like this.
如果你繼續這樣浪費時間，績效就會變差。

ward
[wɔrd]

Let's get started!

MP3 168

暖身選擇題

Q 請問下列兩例句中的ward，各代表什麼意思呢？

▶ More soldiers were ordered to keep **ward** over the presidential office after the bombing.

▶ The patient wants a private **ward** all to himself.

(A) 員工 / 行政區　　　(B) 保衛 / 病房　　　(C) 工友 / 監禁

正確選項：(B)

一看就通！

圖解單字架構

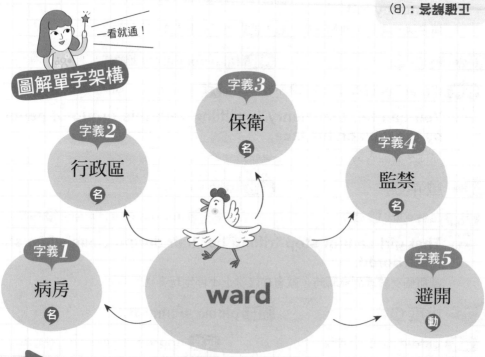

字義3
保衛
名

字義2
行政區
名

字義4
監禁
名

字義1
病房
名

ward

字義5
避開
動

原來如此

ward常指「病房」，取其『區塊』的概念引申出「行政區」；也因為其隱含的區塊概念，產生「保衛」及「監禁」之意；另外，為了保衛，可能必須「避開」某些事物。

這個單字能表達這些意思！

字義 1 病房 名　　　　**片語** keep an eye on 留意

近義 chamber [ˈtʃembɚ] 名 房間　　　**相關** hospital [ˈhɑspɪtl] 名 醫院

例句 **Amy was admitted to a maternity ward this morning and her husband was with her.**
艾咪今天早上被送進產科的病房，她老公一直在她身邊陪她。

字義 2 行政區 名　　　　**片語** two blocks down the street 兩條街後

同義 district [ˈdɪstrɪkt] 名 行政區　　　**相關** administrate [ədˈmɪnəˌstret] 動 管理

例句 **I've heard the housing prices in this ward have been going up a lot over the past several years.**
我聽說在這個行政區內的房價這幾年上漲很多。

字義 3 保衛 名　　　　**片語** have one's back 保護某人

近義 bulwark [ˈbulwɚk] 名 堡壘　　　**反義** demolition [ˌdɛməˈlɪʃən] 名 破壞

例句 **Their armed forces are no ward against a powerful invasion.**
如果遇到強勁的侵略，他們的戰力根本不足以保衛大眾。

字義 4 監禁 名　　　　**片語** take sb. into custody 監禁某人

同義 custody [ˈkʌstədɪ] 名 監禁　　　**反義** acquittal [əˈkwɪtl] 名 無罪釋放

例句 **The terrorists they caught were put in ward right after that massacre.**
被逮捕的恐怖份子在那場大屠殺後立刻被監禁。

字義 5 避開 動　　　　**片語** ward off sb. 避開某人

同義 avert [əˈvɝt] 動 避開；移開　　　**反義** affront [əˈfrʌnt] 動 勇敢地面對

例句 **Fortunately, the man's agility warded him from the serious car accident.**
幸運的是，那名男子的敏捷讓他避開了這場嚴重的車禍。

animate
[`ænə,met / `ænəmɪt]

Let's get started!

MP3 169

暖身選擇題 **Q** 請問下列兩例句中的animate，各代表什麼意思呢？

▶ I couldn't tell which scene that was entirely **animated** in the movie.

▶ Jerry makes friends easily because he always looks **animate**.

(A) 繪製 / 愉快的　　　(B) 書寫 / 熱情的　　　(C) 演出 / 好笑的

正確解答：(A)

一看就通！

圖解單字架構

字義**3**
鼓舞；驅動
動

字義**2**
繪製(卡通)
動

字義**4**
有生命的
形

字義**1**
使栩栩如生
動

animate

字義**5**
愉快的
形

原來如此

animate含有animal中『活的』概念，所以有「使栩栩如生地動作」與「繪製(卡通)」等意，抽象涵義則指「鼓舞」；形容詞能表示「有生命的」及「愉快的」活躍感。

字義 1 使栩栩如生地動作 動　**片語** make sth. come alive 使栩栩如生

同義 activate [ˈæktə,vet] 動 使活動　**反義** halt [hɔlt] 動 暫停；終止

例句 **I liked to animate my toys when I was little, before my brother was born.**
在我還小，弟弟又尚未出生的時候，很喜歡擺動這些玩具表演。

字義 2 繪製(卡通) 動　**片語** draw up 起草；制定

近義 vitalize [ˈvaɪtə,laɪz] 動 生動描繪　**相關** cartoon [kɑrˈtun] 名 卡通

例句 **Julian has a thing for animated and science fiction movies.**
朱利安特別喜歡看動畫片和科幻片。

字義 3 鼓舞；驅動 動　**片語** cheer sb. up 鼓勵某人

同義 invigorate [ɪnˈvɪɡə,ret] 動 鼓舞　**反義** discourage [dɪsˈkɝɪdʒ] 動 使洩氣

例句 **The coach's encouragement animated the whole team. I believe they'll have a great game.**
教練的鼓舞讓整個隊伍都振奮了起來，我相信今天的比賽會很精彩。

字義 4 有生命的 形　**片語** come alive 活了過來

同義 alive [əˈlaɪv] 形 活著的；有生氣的　**相關** breathing [ˈbriðɪŋ] 名 呼吸

例句 **All living creatures are animate, so we should not abuse them.**
所有生物都是有生命的，我們不應該虐待牠們。

字義 5 愉快的 形　**片語** have a blast 玩得高興

同義 cheerful [ˈtʃɪrfəl] 形 愉快的　**反義** depressed [dɪˈprɛst] 形 憂愁的

例句 **My roommate didn't change his mind. It would be easier if he was more animate.**
我室友沒有改變心意，如果他的心情更好一點的話，事情會容易的多。

smother
[`smʌðɚ]

Let's get started!

MP3 170

暖身選擇題

Q 請問下列兩例句中的smother，各代表什麼意思呢？

▶ The corrupt politician is trying to **smother** up the scandal.
▶ The post-mortem report says that the victim died due to the **smother**.

(A) 浮現 / 他殺　　　(B) 掩飾 / 濃煙　　　(C) 描述 / 自殺

正確解答：(B)

一看就通！

圖解單字架構

字義**3**
忍住
動

字義**2**
窒息的濃煙
名

字義**4**
掩飾
動

字義**1**
使窒息
動

smother

字義**5**
使大敗
動

原來如此

smother常表示「使窒息」，當名詞則指「令人窒息的濃煙」，抽象意義能表示「忍住」或「掩飾」(像濃煙蓋住，使人無法呼吸)；也可指「大敗」(因為窒息使人無法動作)。

字義1 使窒息；悶熄 動　　**片語** be choked up 窒息

同義 suffocate [ˋsʌfə͵ket] 動 窒息　　**反義** breathe [brið] 動 呼吸

例句 Be careful not to **smother** the baby with the thick blanket.
小心別讓嬰兒被這條厚毯子弄窒息了。

字義2 令人窒息的濃煙 名　　**片語** draw a long breath 深吸一口氣

同義 smog [smɑg] 名 煙霧　　**相關** oxygen [ˋɑksədʒən] 名 氧氣

例句 The excessive **smother** caused by the fire nearly killed Bob and his family.
因這場大火所造成濃煙差點斷送鮑伯與他家人的性命。

字義3 忍住 動　　**片語** put up with sth. 忍受某事

同義 sustain [səˋsten] 動 承擔；承受　　**反義** disclose [dɪsˋkloz] 動 使露出

例句 You need to practice **smothering** your emotions at work, or you might offend others.
你需要練習在工作時忍住情緒，否則有可能會冒犯他人。

字義4 掩飾 動　　**片語** cover up sth. 掩飾某事

同義 repress [rɪˋprɛs] 動 抑制　　**反義** incite [ɪnˋsaɪt] 動 激起

例句 The celebrity is trying to **smother** up the fact that he is married.
這位名人想要掩蓋他已經結婚的事實。

字義5 使大敗 動　　**片語** inflict a defeat on sb. 使某人大敗

同義 thwart [θwɔrt] 動 挫敗　　**相關** victory [ˋvɪktərɪ] 名 勝利

例句 It only took these trained troops three days to **smother** the enemy.
這幾支訓練精良的部隊只花了三天時間就打敗了敵人。

UNIT
34
blunt
[blʌnt]

Let's get started!

MP3 171

暖身選擇題

Q 請問下列兩例句中的blunt，各代表什麼意思呢？

▶ You might want to consider sharpening your **blunt** knife.

▶ The manager doesn't like April much because of her **blunt** questions.

(A) 尖銳的 / 遲鈍的　　　(B) 重的 / 生硬的　　　(C) 不鋒利的 / 直言的

正確解答：(C)

一看就通！

圖解單字架構

字義**3**
直言不諱的
形

字義**2**
遲鈍的
形

字義**4**
生硬的
形

字義**1**
不鋒利的
形

blunt

字義**5**
減弱
動

原來如此

blunt表示「(物)不鋒利的」或「(人)遲鈍的」，遲鈍的人說話有時會顯得太「直言不諱」，甚至「生硬」而不夠婉轉；另外，若是『使鈍』的概念，就有「減弱」之意。

這個單字能表達這些意思！

字義1 不鋒利的 形　　　**片語** watch out 小心

同義 obtuse [əbˋtjus] 形 鈍的　　**反義** aciculate [əˋsɪkjʊlɪt] 形 有刺的

例句 The **blunt** edge is made to protect children from getting hurt.
鈍的邊緣是用來保護孩童，以防他們受傷。

字義2 遲鈍的 形　　　**片語** a slow day 業績清淡

同義 insensitive [ɪnˋsɛnsətɪv] 形 遲鈍的　　**反義** susceptive [səˋsɛptɪv] 形 敏感的

例句 You would never find anyone who is that **blunt** from this company.
你在這公司找不到反應那麼遲鈍的人。

字義3 直言不諱的 形　　　**片語** be blunt with sb. 對某人說真話

同義 outspoken [aʊtˋspokən] 形 直言的　　**反義** tactful [ˋtæktfəl] 形 圓滑的

例句 As a businessman, Michell is too **blunt** and serious. I think that's something he has to change.
就一名商人來說，米契爾太直言不諱與正經了，我覺得他必須改掉這種個性。

字義4 生硬的 形　　　**片語** persist in 堅持；固執

同義 awkward [ˋɔkwəd] 形 生硬的　　**反義** slippery [ˋslɪpərɪ] 形 油滑的

例句 You can tell that the receptionist is a rookie by her **blunt** replies.
你可以從接待員生硬的回答看出她還是一個新人。

字義5 減弱 動　　　**片語** blunt one's body 使某人的身體變差

同義 weaken [ˋwikən] 動 減弱　　**反義** strengthen [ˋstrɛŋθən] 動 加強

例句 Her poor health and emotional state has **blunted** her strong execution.
她狀態不佳的身體與情緒狀況減弱了她原有的強勁執行力。

installment

[ɪn`stɔlmənt]

Let's get started!

MP3 172

暖身選擇題

Q 請問下列兩例句中的**installment**，各代表什麼意思呢？

▸ Please be aware that there is an extra charge for the **installment**.

▸ You can pay for the TV by **installments** with no interest.

(A) 就職 / 支票　　　　(B) 安頓 / 分冊　　　　(C) 安裝 / 分期付款

正確選項：(C)

一看就通！

圖解單字架構

字義**3**
就職
名

字義**2**
設置
名

字義**4**
分期付款
名

字義**1**
安裝
名

installment

字義**5**
分冊
名

原來如此

installment指「安裝」或「設置」，其『使穩定、安置』的概念能表示「就職」；「分期付款」是安置好的狀態(固定每一期繳錢)；「(書的)分冊」也包含同樣的概念。

這個單字能表達這些意思！

字義1 安裝 名　　　**片語** take apart 拆卸；拆開

同義 setup [ˋsɛt.ʌp] 名 安裝　　　**相關** repair [rɪˋpɛr] 動 修復

例句 I have made an appointment with Roy for my computer's **installment**.
我已經跟羅伊約了時間安裝我的電腦。

字義2 設置 名　　　**片語** settle down 安頓下來

近義 arrangement [əˋrendʒmənt] 名 安排　　　**相關** residence [ˋrɛzədəns] 名 居住

例句 The interior designer checked the **installment** of electric lights in the apartment with the workers.
那名室內設計師跟著工人一起確定電燈的安裝情況。

字義3 就職 名　　　**片語** meet halfway on 在…上妥協

同義 inauguration [ɪn.ɔgjəˋreʃən] 名 就職　　　**相關** assignment [əˋsaɪnmənt] 名 任務

例句 Did you watch the presidential **installment** ceremony yesterday?
你昨天有看總統的就職典禮嗎？

字義4 分期付款 名　　　**片語** charge for 為…收費

近義 repayment [rɪˋpemənt] 名 付還　　　**相關** outlay [ˋaut.le] 名 花費(額)

例句 We can purchase this home theater by six **installments** with zero interest.
我們可以分六期購買這個家庭劇院，不用付利息。

字義5 (分期出版的)分冊 名　　　**片語** come out 出版；傳出

同義 series [ˋsiriz] 名 (連續)集數　　　**相關** publish [ˋpʌblɪʃ] 動 出版

例句 The business magazine comes with 24 **installments** over two years.
這個商業周刊兩年會有二十四期。

UNIT 36

relish
[ˋrɛlɪʃ]

Let's get started!

MP3 173

暖身選擇題

Q 請問下列兩例句中的relish，各代表什麼意思呢？

▶ After Ann became sick, she started losing her **relish** for any dishes.

▶ The chef put **relish** into the pasta to improve the flavor.

(A) 味覺 / 酒 　　　　(B) 敏銳度 / 香料 　　　　(C) 食慾 / 佐料

正確解答：(C)

一看就通！

圖解單字架構

字義3
品味
動

字義2
食慾
名

字義4
嗜好
名

字義1
佐料
名

relish

字義5
含意；意味
名

原來如此

relish常用來指與調味有關的「佐料」，能增進人的「食慾」，抽象意思能形容人的「品味」與「嗜好」；或者表示事物的「含意」（就像佐料般，有其作用與特質）。

這個單字能表達這些意思！

字義1 佐料 名　　　　**片語** dish out 分到個人的盤子

同義 seasoning [ˈsizṇɪŋ] 名 佐料　　**相關** saucer [ˈsɔsɚ] 名 茶托；淺盤

例句 The chef usually uses quite a lot of **relish** in his dishes.
那名主廚通常會在他的菜餚上加很多佐料。

字義2 食慾 名　　　　**片語** have an appetite for 對…有食慾

同義 appetite [ˈæpə,taɪt] 名 食慾　　**相關** delicacy [ˈdɛləkəsɪ] 名 佳餚

例句 Don't worry about what to cook on Father's Day. My father has a good **relish** for any type of dishes.
不用煩惱父親節要煮什麼，我爸對任何料理都有食慾。

字義3 品味；欣賞 動　　　　**片語** prefer to 較喜歡

同義 appreciate [əˈpriʃɪ,et] 動 欣賞　　**反義** dislike [dɪsˈlaɪk] 動 不喜愛

例句 Foreigners all **relish** the food at the Chinese restaurant every time they come.
外國人每次來這間中國餐廳時，都津津有味地品嘗這裡的菜餚。

字義4 嗜好 名　　　　**片語** accept sth. with relish 開心地接受某物

同義 enjoyment [ɪnˈdʒɔɪmənt] 名 嗜好　　**反義** loathing [ˈloðɪŋ] 名 嫌惡

例句 Gary has no **relish** for swimming or any sports in general.
基本上，蓋瑞對游泳或任何運動都沒有興趣。

字義5 含意；意味 名　　　　**片語** read between the lines 體會弦外之音

同義 implication [,ɪmplɪˈkeʃən] 名 含意　　**相關** explicate [ˈɛksplɪ,ket] 動 解釋

例句 Can you understand the **relish** behind our supervisor's decision?
你可以理解我們主管決定背後的含意嗎？

Part 6

地點與自然
Location

學習目標

認識與地點、自然相關的多義字，進一步拓展英語力。

Follow me!

跟著這樣看

Step 1
暖身題目
猜猜看
Warming up!

Step 2
圖解架構
超清楚
Graphic!

Step 3
掌握字義，
進階補充
Level up!

capital 除了「**首都**」，也有「**資本**」的意思？
bush 除了「**灌木叢**」，還能形容「**蓬亂的頭髮**」？
deck 除了「**甲板**」，也指遊戲的「**一副（紙牌）**」？

與地點、自然有關的單字，可不一定只能表達地點，
用濃縮取代無止盡的背誦，自然提升效率，
加速效率的地點自然類單字，千萬不能錯過喔！

動 動詞　　**形** 形容詞

名 名詞　　**連** 連接詞

副 副詞

片語 與字義或單字有關的補充片語

同義 與字義具備相同意思的單字

近義 與字義的意思很接近的單字

反義 與字義意思相反的單字

相關 與字義有關的補充單字

UNIT 01

bush
[buʃ]

Let's get started!

MP3 174

暖身選擇題 **Q** 請問下列兩例句中的bush，各代表什麼意思呢？

▶ The half-day hiking trip really **bushed** us.
▶ The engineer put a **bush** on the cord to protect it from wearing down.

(A) 覆蓋 / 草叢　　(B) 拐彎抹角 / 水管　　(C) 使筋疲力盡 / 絕緣套管

正確解答：(C)

一看就通！

圖解單字架構

字義**3**
茂密地生長
動

字義**2**
蓬亂的頭髮
名

字義**4**
使筋疲力盡
動

字義**1**
灌木叢
名

bush

字義**5**
絕緣套管
名

原來如此

bush形容「灌木叢」，取其外觀用以形容「蓬亂的頭髮」，這通常都是「茂密生長」的結果；口語上還能表示「使筋疲力盡」；在電力的領域中則指「絕緣套管」。

這個單字能表達這些意思！

字義1 灌木叢 名　　**片語** beat about the bush 拐彎抹角
同義 shrub [ʃrʌb] 名 灌木　　**相關** cactus [ˋkæktəs] 名 仙人掌
例句 The bush is so thick that it hinders the door. I think we should trim it a little bit.
這灌木叢過於茂密，都擋到門了，我覺得我們應該修剪一下。

字義2 蓬亂的頭髮 名　　**片語** be in one's hair 惹人煩
近義 disarray [ˏdɪsəˋre] 名 衣冠不整　　**相關** dandruff [ˋdændrəf] 名 頭皮屑
例句 With his bush of hair, I don't think he'll be allowed to attend the conference.
頂著那一頭亂髮，我不覺得他能參加研討會。

字義3 茂密地生長 動　　**片語** bush out 長出小枝節
近義 flourish [ˋflɝɪʃ] 動 茂盛　　**反義** cultivate [ˋkʌltəˏvet] 動 耕作
例句 Even though the trees here are old, they are still bushing year by year.
雖然這裡的樹木年齡都很大了，它們每年還是茂密地生長著。

字義4 (口)使筋疲力盡 動　　**片語** be worn out 累壞了
同義 frazzle [ˋfræz!] 動 使疲憊　　**反義** energize [ˋɛnəˏdʒaɪz] 動 使精神充沛
例句 My friends were completely bushed after the marathon yesterday.
我的朋友們在跑完昨天的馬拉松後感到精疲力竭。

字義5 (電)絕緣套管 名　　**片語** isolate sth./sb. from 隔離某事/某人
近義 insulation [ˏɪnsəˋleʃən] 名 絕緣　　**相關** conductive [kənˋdʌktɪv] 形 傳導的
例句 This custom-made brass bush will reduce the friction of the parts.
這個客製化的絕緣銅管能減少零件的摩擦。

365

UNIT 02

capital
[`kæpətḷ]

Let's get started!

MP3 175

一看就通！

圖解單字架構

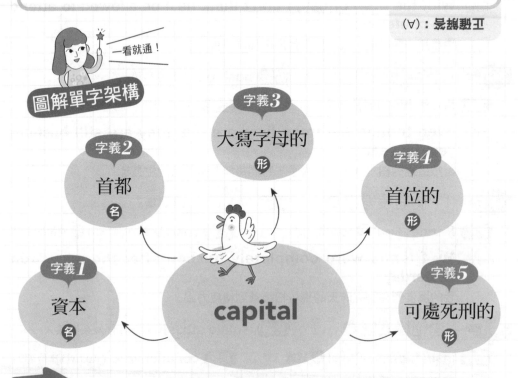

字義**2** 首都 名

字義**3** 大寫字母的 形

字義**4** 首位的 形

字義**1** 資本 名

capital

字義**5** 可處死刑的 形

原來如此

capital含有『重要的』意涵，在不同領域中就有「資本」、「首都」及「大寫字母」等意，當形容詞則有「首位的」意思；還能表示「可處死刑的」這類嚴重的罪行。

這個單字能表達這些意思！

字義 1　資本 名　　　　片語 be confident of 確信；有把握

同義 fortune [ˈfɔrtʃən] 名 財產　　　相關 bankruptcy [ˈbæŋkrəptsɪ] 名 破產

例句 Johnny set up his own company, and now he owns a variety of capital assets.
強尼成立了自己的公司，現在擁有多樣化的資產。

字義 2　首都 名　　　　片語 hustle and bustle 熙來攘往

同義 metropolis [məˈtrɑpl̩ɪs] 名 首府　　　反義 outskirt [ˈaʊt͵skɜt] 名 郊區

例句 Our teacher in geography gave us a test about the capitals of certain countries.
我們的地理老師考我們某些國家的首都名稱。

字義 3　大寫字母的 形　　　　片語 write off 勾銷；取消

同義 uppercase [ˈʌpə͵kes] 形 大寫的　　　反義 lowercase [ˈloə͵kes] 形 小寫的

例句 The customs officer asked me to fill out the form in capital letters.
海關人員請我用大寫字母填表格。

字義 4　首位的 形　　　　片語 above all 最重要的

同義 primary [ˈpraɪ͵mɛrɪ] 形 首要的　　　相關 secondary [ˈsɛkən͵dɛrɪ] 形 次要的

例句 Jason has to speak up about his capital concern on this merger.
傑森必須表明他對於這件併購案的首要顧慮。

字義 5　可處死刑的 形　　　　片語 death penalty 死刑

近義 penal [ˈpinl̩] 形 當受刑罰的　　　相關 probation [proˈbeʃən] 名 緩刑

例句 The criminal said nothing because he knew that he had committed a capital crime.
那名罪犯知道自己犯了一個足以被處死的罪刑，所以無話可說。

deck
[dɛk]

Let's get started!

MP3 176

Q 請問下列兩例句中的deck，
各代表什麼意思呢？

▶ Jack and Lisa were talking happily on the **deck**.
▶ The manager passed the dealer a new **deck** of cards for the game.

(A) 講台 / 一包　　　　(B) 陽台 / 一份　　　　(C) 甲板 / 一副

正確解答：(C)

一看就通！

圖解單字架構

字義**3**
唱片轉盤
名

字義**2**
一副(紙牌)
名

字義**4**
露天平臺
名

字義**1**
甲板；底板
名

deck

字義**5**
裝飾
動

原來如此

deck最常見的用法為「(船的)甲板」，取其『一片、一塊』的概念衍生，產生「(紙牌的)一副」、「唱片轉盤」及「露天平台」等意思；另外還可以指「裝飾」的動作喔！

這個單字能表達這些意思！

字義1 ▶ 甲板；底板 名　　　**片語** clear the deck 清空甲板

近義 platform [ˋplæt͵fɔrm] 名 平台　　　**相關** structure [ˋstrʌktʃə] 名 構造

例句 The sailors gathered on the **deck** after anchoring the ship.
船隻停泊後，水手們聚集在甲板上。

字義2 ▶ (紙牌的)一副 名　　　**片語** two decks of cards 兩副牌

同義 pack [pæk] 名 一副；一盒　　　**相關** recreation [͵rɛkrɪˋeʃən] 名 娛樂

例句 The dealer lets the players check the **decks** of cards.
發牌員讓玩家檢查這幾副牌。

字義3 ▶ 唱片轉盤 名　　　**片語** play back 重放；倒帶

同義 turntable [ˋtɝn͵tebl] 名 唱片轉盤　　　**相關** vinyl [ˋvaɪnɪl] 名 黑膠唱片

例句 My neighbor is fond of the vintage record **decks** and enjoys collecting them.
我的鄰居很喜歡也愛收藏老唱片的轉盤。

字義4 ▶ 露天平臺 名　　　**片語** in the open air 在戶外

同義 terrace [ˋtɛrəs] 名 露臺　　　**相關** auditorium [͵ɔdəˋtorɪəm] 名 禮堂

例句 The band you like is performing on the **deck**. Do you want to take a look?
你喜愛的樂團正在露天平臺上表演，要去看看嗎？

字義5 ▶ 裝飾 動　　　**片語** deck out sth. 裝飾某個東西

同義 decorate [ˋdɛkə͵ret] 動 裝飾　　　**反義** uglify [ˋʌglɪ͵faɪ] 動 使醜

例句 Tommy **decked** out the interior of his car for the prom dance.
湯米為了畢業舞會裝飾他的車子內部。

switch
[swɪtʃ]

Let's get started!

MP3 177

暖身選擇題 **Q** 請問下列兩例句中的switch，
各代表什麼意思呢？

▶ Please **switch** off the TV while I am talking on the phone.
▶ It's not easy for Betty to undergo a **switch** of careers.

(A) 使大聲 / 開關　　　(B) 關掉 / 轉換　　　(C) 拔掉插頭 / 長頭髮

正確解答：(B)

一看就通！

圖解單字架構

字義**3**
變更
名

字義**2**
打開/關掉
動

字義**4**
轉接(電話)
動

字義**1**
開關
名

switch

字義**5**
(女用)長假髮
名

原來如此

switch指「開關」，作用是用來「打開或關掉」，以「變更」開關狀態的；衍生這個單字
中所蘊含的『轉變』概念，就產生「轉接(電話)」與「(女用)長假髮」的意思。

這個單字能表達這些意思！

字義1 開關 名 　　**片語** turn on the light 打開燈

同義 button [`bʌtn̩] 名 開關；按鈕　　**相關** economize [ɪ`kɑnə͵maɪz] 動 節約

例句 My mother asked us to turn off the switch when we leave the room.
我母親要我們離開房間時關掉開關。

字義2 打開/關掉開關 動　　**片語** switch sth. on/off 打開/關掉…的開關

近義 convert [kən`vɝt] 動 轉換　　**相關** electricity [ͺɪlɛk`trɪsətɪ] 名 電

例句 Kimberley kept the radio switched on when she was taking a bath.
金柏莉在泡澡時讓收音機開著。

字義3 變更 名/動　　**片語** switch sb. back to 把某人換(位置)到

同義 alter [`ɔltə] 動 變更；修改；改變　　**反義** continue [kən`tɪnju] 動 繼續

例句 I asked the waitress to switch us back to the other table because we like the window seat better.
因為我們比較喜歡靠窗的座位，所以我請女服務生幫我們換到另一張桌子。

字義4 轉接(電話) 動　　**片語** put sb. through 幫某人轉接

近義 transfer [træns`fɝ] 動 轉換　　**相關** absence [`æbsn̩s] 名 不在

例句 Please hold for a few minutes while I switch you to customer service.
請稍待一會兒，我將替您轉接至客服部。

字義5 (女用)長假髮 名　　**片語** one of a kind 獨一無二的人或物

同義 toupee [tu`pe] 名 (男性的)假髮　　**相關** sparse [spɑrs] 形 稀疏的

例句 The singer likes to wear a brown hair switch over her own hair on special occasions.
這名歌手出席特殊場合時，喜歡在自己的頭髮上另外配戴咖啡色的長假髮。

trace

[tres]

Let's get started!

MP3 178

暖身選擇題 **Q** 請問下列兩例句中的**trace**，
各代表什麼意思呢？

▶ To find out the kidnappers' hideout, the police tried to **trace** the phone call.
▶ There is barely any **trace** of salt in this dish.

(A) 追蹤 / 微量　　　　(B) 接起 / 種類　　　　(C) 監聽 / 大量

正確解答：(A)

一看就通！

圖解單字架構

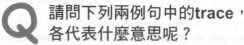

字義**3**
追蹤；追溯
動

字義**2**
微量
名

字義**4**
摹寫
動

字義**1**
痕跡
名

trace

字義**5**
韁繩
名

原來如此

trace指「痕跡」，不明顯的痕跡可能就只有「微量」，當動詞則有「追蹤」之意，抽象一點的用法就是「摹寫」（追蹤被摹寫的作品），另外還能表示掌控的「韁繩」呢！

這個單字能表達這些意思！

字義1 痕跡 名　　**片語** a trace of brawl 打鬥的痕跡

近義 vestige [ˋvɛstɪdʒ] 名 遺跡　　**相關** evident [ˋɛvədənt] 形 明顯的

例句 The case could be difficult since the police didn't find a trace of the fight at the crime scene.
這個案子可能不好處理，因為警方未在犯罪現場發現打鬥的痕跡。

字義2 微量 名　　**片語** search for 尋找

同義 scarceness [ˋskɛrsnɪs] 名 稀少　　**反義** affluence [ˋæfluəns] 名 富裕

例句 I don't like black coffee, so I prefer adding a trace of sugar in my coffee.
我不喜歡黑咖啡，所以我想加少許糖到咖啡裡。

字義3 追蹤；追溯 動　　**片語** track sb. down 追蹤某人

近義 investigate [ɪnˋvɛstə͵get] 動 調查　　**相關** explorer [ɪkˋsplorə] 名 探勘者

例句 Grace traced the footprints and then found out who the thief was.
葛瑞絲追蹤足跡，發現了小偷的真面目。

字義4 摹寫 動　　**片語** trace outline of sth. 描某物的輪廓

同義 imitate [ˋɪmə͵tet] 動 模仿　　**相關** practice [ˋpræktɪs] 名 練習

例句 The students' homework for today is to trace the calligraphy letters.
學生們今日的作業是描摹書法字體。

字義5 韁繩 名　　**片語** hold back one's anger 抑制憤怒

同義 bridle [ˋbraɪdl] 名 馬勒；彎頭　　**相關** freedom [ˋfridəm] 名 自由

例句 When the cowboy arrived at the farm, he locked up his horse with a trace.
這名牛仔抵達農場後，用韁繩綁住他的馬。

UNIT
06
trail
[trel]

Let's get started!

MP3 179

暖身選擇題

Q 請問下列兩例句中的trail，
各代表什麼意思呢？

▶ The hunters tracked down the animals by the **trail**.
▶ Our country is **trailing** behind in the development of technology.

(A) 小道 / 蔓延　　(B) 足跡 / 拖　　(C) 一長串 / 領先

正確解答：(B)

一看就通！

圖解單字架構

字義3
小道
名

字義2
(雜草)蔓生
動

字義4
足跡
名

字義1
拖；曳
動

trail

字義5
一長串
名

原來如此

trail當動詞表示「拖曳」，也可以形容「(雜草等)蔓生」的狀態；另外取其『拖曳』的概念形容因某些外力而形成的「小道」、「足跡」以及「一長串」等意。

這個單字能表達這些意思！

字義 1 拖；曳 動 　　**片語** drag one's heels 拖延時間

近義 crawl [krɔl] 動 慢慢地移動 　　**相關** forceful [`forsfəl] 形 強而有力的

例句 Whenever I walk my dog, I am almost **trailed** behind it.
我每次遛狗的時候，幾乎都是被狗拖著走。

字義 2 (雜草等)蔓生 動 　　**片語** step by step 逐漸地

同義 spread [sprɛd] 動 蔓延 　　**相關** prevail [prɪ`vel] 動 盛行

例句 After the family moved out, the plants gradually **trailed** the entire house.
在那一家人搬出去之後，植物逐漸蔓生，長滿了整棟房子。

字義 3 (踏出來的)小道 名 　　**片語** blaze a trail 開闢道路

同義 pathway [`pæθ,we] 名 小徑 　　**相關** desolate [`dɛs|ɪt] 形 荒蕪的

例句 Kristin got lost in the **trails** and could not find her way home.
克莉絲汀迷失在荒野的小道上，找不到回家的路。

字義 4 足跡 名 　　**片語** know one's way around 熟悉道路

同義 footmark [`fʊt,mɑrk] 名 腳印 　　**相關** precede [prɪ`sid] 動 領先

例句 Due to the snowfall hours ago, the police can follow the **trail** to nail down the perpetrator.
由於幾個小時前的降雪，警方得以沿著足跡來尋找罪犯。

字義 5 一長串 名 　　**片語** campaign trail 一系列的競選活動

同義 procession [prə`sɛʃən] 名 一(長)列 　　**相關** advance [əd`væns] 動 前進

例句 The children were excited to see the jet fly across the sky and leave a **trail** of vapor.
噴射機飛過天空，留下了一道飛機雲，這一幕讓孩子們感到興奮。

trunk

[trʌŋk]

Let's get started!

MP3 180

暖身選擇題 **Q** 請問下列兩例句中的trunk，各代表什麼意思呢？

▸ Tom sat on the **trunk** to catch his breath.

▸ Mary will need a much bigger **trunk** to fit in all her clothes.

(A) 幹線 / 貨車　　　　(B) 象鼻 / 住處　　　　(C) 樹幹 / 大皮箱

正確選項：(C)

一看就通！

圖解單字架構

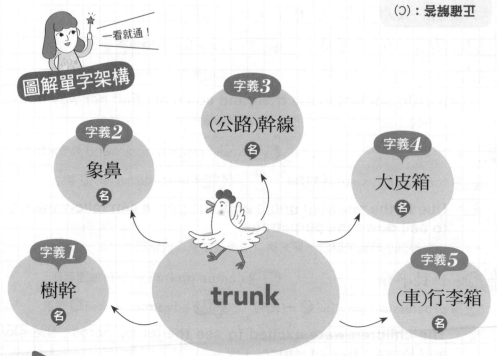

字義**3**

(公路)幹線

名

字義**2**

象鼻

名

字義**4**

大皮箱

名

字義**1**

樹幹

名

trunk

字義**5**

(車)行李箱

名

原來如此

trunk常見的用法有兩個，第一個為「樹幹」，衍生其外觀，也能指「象鼻」；或衍生其『粗大』的概念，形容「幹線」；第二個意思為「大皮箱」及車子的「行李箱」。

這個單字能表達這些意思！

字義1 樹幹 名　　　**片語** dry up 乾涸；枯竭

同義 stem [stɛm] 名 (樹)幹；莖　　**相關** branch [bræntʃ] 名 樹枝

例句 Did you see a woodpecker use its beak to make holes in a tree **trunk**?
你有看到啄木鳥用牠的鳥嘴在樹幹上鑿洞嗎？

字義2 象鼻 名　　　**片語** keep one's nose clean 別惹事

近義 snout [snaut] 名 (動物的)某鼻部　　**相關** nimble [ˋnɪmbḷ] 形 靈活的

例句 Paul drew a scene of an elephant picking up the stick with its **trunk**.
保羅畫出大象用鼻子撿起棍子的一幕。

字義3 (公路等的)幹線 名　　**片語** a backseat driver 愛指使他人者

近義 turnpike [ˋtɜn,paɪk] 名 高速公路　　**相關** route [rut] 名 路程；航線

例句 Go straight down the **trunk** line and you will hit the street.
沿著主幹道往前直走，就會碰到那條街。

字義4 (旅行用)大皮箱 名　　**片語** go on vacation 渡假

同義 luggage [ˋlʌgɪdʒ] 名 皮箱　　**相關** overweight [ˋovɚ,wet] 名 超重

例句 A **trunk** made of steel is very solid but heavy.
鐵製的皮箱很堅固，但也會很重。

字義5 (車子的)行李箱 名　　**片語** under repair 修理中

近義 compartment [kəmˋpɑrtmənt] 名 區隔　　**相關** wheel [hwil] 名 輪子；車輪

例句 Will you please pop open the **trunk**? I need to put my luggage in.
可以請你打開行李箱嗎？我必須把行李放進去。

basin
[`besn̩]

Let's get started!

MP3 181

 暖身選擇題

Q 請問下列兩例句中的basin，各代表什麼意思呢？

▶ The Yellow River **Basin** has had an enormous population since ancient China.

▶ Please clean the water **basin** after you use it.

(A) 流域 / 臉盆　　　　(B) 村落 / 浴缸　　　　(C) 水池 / 馬桶

正確答案：(A)

 一看就通！

圖解單字架構

字義**3**
水池
名

字義**2**
臉盆
名

字義**4**
(河川)流域
名

字義**1**
盆地
名

basin

字義**5**
船塢
名

原來如此

basin常見的用法為「盆地」，取其『低窪、凹陷』的意涵，可形容「臉盆」、「水池」以及「流域」；另外也可以表示「(帶閘的) 船塢」呢！

字義 1 盆地 名

片語 absolute humidity 絕對溼度

近義 lowland [`lolənd] 名 低地

相關 geology [dʒɪˋɑlədʒɪ] 名 地質學

例句 The Taipei Basin is the second largest basin in Taiwan.
臺北盆地是臺灣第二大的盆地。

字義 2 臉盆 名

片語 wash out 臉色蒼白

同義 washbowl [`waʃ͵bol] 名 臉盆

相關 towel [`tauəl] 名 毛巾

例句 My basin broke this morning, so I need to buy a new one for the Winter Program.
我的臉盆今天早上破了，所以我必須為了寒訓再買一個新的用。

字義 3 水池 名

片語 on Earth 在地球上

近義 lagoon [ləˋgun] 名 潟湖

相關 low-lying [`loˋlaɪɪŋ] 形 低窪的

例句 The landforms in this area could cause the formation of some basins.
這個區域的地形可能導致一些水坑的形成。

字義 4 (河川的)流域 名

片語 flood into 大量湧入

同義 catchment [`kætʃmənt] 名 流域

相關 prolific [prəˋlɪfɪk] 形 富饒的

例句 The government has mandated for better flood control in Shimen basin.
政府下令針對石門流域制定更好的防洪措施。

字義 5 (帶閘的)船塢 名

片語 dock the vessel 停泊船隻

近義 harbor [`hɑrbə] 名 港灣

相關 embark [ɪmˋbɑrk] 動 上船(或飛機)

例句 The captain pulled up his yacht at the basin to have it fixed.
船長把船停泊在船塢，以將船隻修理好。

UNIT
09

chamber
[`tʃembɚ]

Let's get started!

MP3 182

 請問下列兩例句中的chamber，各代表什麼意思呢？

▸ The queen has returned to her **chamber** for a nap.
▸ The soldiers were asked to put a round in the **chamber** of their guns.

(A) 辦公室 / 瞄準器　　(B) 寢室 / 彈膛　　(C) 會議室 / 把手

正確答案：(B)

圖解單字架構　一看就通！

字義**3**
會議廳
名

字義**2**
法官辦公室
名

字義**4**
室內音樂的
形

字義**1**
寢室
名

chamber

字義**5**
(槍的)彈膛
名

原來如此

chamber有「寢室」的意思，其空間的概念可衍生出「法官辦公室」及「會議廳」；當形容詞則有強調室內空間的「室內音樂的」；空間概念再縮小，可指「彈膛」。

380

這個單字能表達這些意思！

字義1 寢室 名 　　**片語** a spring bed 彈簧床

同義 bedroom [ˋbɛdˏrum] 名 寢室 　　**相關** drowse [drauz] 動 打瞌睡

例句 I didn't sleep much last night, so I'm going to take a nap in my **chamber**.
我昨晚沒什麼睡，所以我打算進房間小睡一下。

字義2 (美)法官辦公室 名 　　**片語** judge a book by its cover 以貌取人

近義 bureau [ˋbjuro] 名 事務處 　　**相關** document [ˋdɑkjəmənt] 名 公文

例句 The judge spoke to the attorney and the prosecutor privately in his **chamber**.
法官與律師及檢察官在他的辦公室裡進行私下談話。

字義3 會議廳 名 　　**片語** hold an event 舉辦活動

近義 antechamber [ˋæntɪˏtʃembə] 名 前廳 　　**相關** council [ˋkaunsl̩] 名 會議

例句 The president decided to give a speech at the **chamber** tomorrow to explain the current situation.
總統決定明天在會議廳演講，解釋目前的狀況。

字義4 室內音樂的 形 　　**片語** face the music 面對現實

近義 domestic [dəˋmɛstɪk] 形 家庭的 　　**相關** leisure [ˋliʒə] 名 閒暇

例句 In ancient Europe, a lot of nobles enjoyed **chamber** music in their leisure time.
在古代歐洲，許多貴族喜歡在閒暇時享受室內樂。

字義5 (槍的)彈膛 名 　　**片語** take aim at 瞄準

近義 cartridge [ˋkɑrtrɪdʒ] 名 彈藥筒；子彈 　　**相關** military [ˋmɪləˏtɛrɪ] 形 軍事的

例句 The policeman was asked to bring the gun with a loaded **chamber** with him.
這名警官被要求帶著一把已上膛的槍。

facility
[fə`sɪlətɪ]

Let's get started!

MP3 183

暖身選擇題　　**Q**　請問下列兩例句中的facility，各代表什麼意思呢？

▶ The **facilities** in this hotel are poorly maintained.
▶ Would you mind telling me where the women's **facility** is?

(A) 便利 / 宿舍　　　　　　(B) 設施 / 廁所　　　　　　(C) 服務 / 更衣室

正確選答：(B)

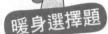

一看就通！

圖解單字架構

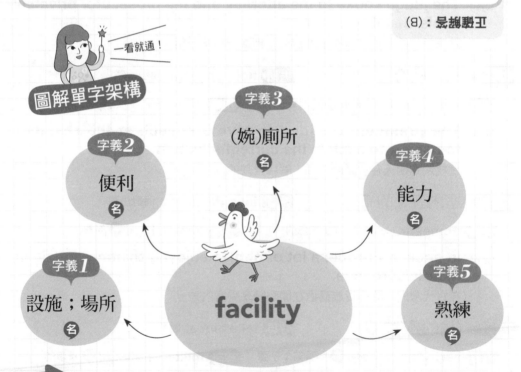

字義3
(婉)廁所
名

字義2
便利
名

字義4
能力
名

字義1
設施；場所
名

facility

字義5
熟練
名

原來如此

facility常見的意思為「設施」，提供眾人「便利」，也可以用這個單字委婉地表達「廁所」；引申其字義至人，則指人所具備的「能力」，像是「熟練」的技能等等。

這個單字能表達這些意思！

字義1 設施；場所 名　　　　**片語** charge for 為…收費

同義 amenity [əˋminətɪ] 名 便利設施　　　**相關** expense [ɪkˋspɛns] 名 費用

例句 As a tenant, you can use all the facilities in the hotel for free.
身為房客，你可以免費使用這間旅館所有的設備。

字義2 便利 名　　　　**片語** do sth. with facility 輕而易舉地做

近義 benefit [ˋbɛnəfɪt] 名 好處　　　**相關** luxury [ˋlʌkʃərɪ] 名 享受

例句 Generally speaking, an update to your software would provide you with more facilities.
一般而言，升級你的軟體功能將會帶來更多便利之處。

字義3 (婉)廁所 名　　　　**片語** nature's call 上廁所

同義 lavatory [ˋlævə͵torɪ] 名 廁所　　　**反義** hygiene [ˋhaɪdʒin] 名 衛生

例句 Would you please tell me where the closest facility is?
你可以告訴我最近的廁所在哪裡嗎？

字義4 能力 名　　　　**片語** cope with 處理

同義 adeptness [ˋædɛptnɪs] 名 能力　　　**相關** vision [ˋvɪdʒən] 名 前瞻

例句 The new manager has very good facility in interpersonal skills. You can learn a lot from him.
新任經理有著優異的人際關係處理能力，你可以從他身上學到很多。

字義5 熟練 名　　　　**片語** in practice 在實踐中

同義 proficiency [prəˋfɪʃənsɪ] 名 熟練　　　**反義** inability [͵ɪnəˋbɪlətɪ] 名 無能

例句 The players in the starting lineup are people who play soccer with exceptional facility.
被列在先發名單上的足球員都是些腳上功夫特別了得的人。

foundation
[faun`deʃən]

Let's get started!

MP3 184

暖身選擇題

Q 請問下列兩例句中的**foundation**，
各代表什麼意思呢？

▸ Bill Gates and his wife founded a **foundation** to help poor children.

▸ Girls like to put **foundation** on before going on dates.

(A) 創辦 / 裝飾　　　　(B) 基本原則 / 口紅　　　　(C) 基金會 / 粉底

正確選項：（C）

一看就通！

圖解單字架構

字義**3**
創辦
名

字義**2**
地基
名

字義**4**
基金會
名

字義**1**
基本原則
名

foundation

字義**5**
粉底霜
名

原來如此

foundation這個字所包含的『基底』概念，衍生到各領域就產生「(抽象)基本原則」、「(建築物的)地基」、「(機構等的)創辦」、「基金會」以及「(化妝用的)粉底霜」。

這個單字能表達這些意思！

字義 1 ▶ 基本原則 名　　**片語** abide by 遵守

同義 doctrine [ˋdɑktrɪn] 名 原理　　　**相關** criterion [kraɪˋtɪrɪən] 名 標準

例句 There are certain **foundations** for employees to follow in our company.
在我們公司，有幾項基本原則員工必須要遵守。

字義 2 ▶ (建築物的)地基 名　　**片語** touch base with 與相關人員聯絡

近義 bedrock [ˋbɛd͵rɑk] 名 底部　　　**相關** drilling [ˋdrɪlɪŋ] 名 鑽孔

例句 The building didn't collapse when the earthquake took place because of its strong **foundation**.
這座大樓的地基很穩固，所以地震發生時沒有被震垮。

字義 3 ▶ 創辦 名　　**片語** have sb. at one's back 有某人支援

同義 initiation [ɪnɪʃɪˋeʃən] 名 創始　　　**反義** termination [͵tɝməˋneʃən] 名 結束

例句 The **foundation** of the non-profit corporation took place after the epidemic.
這所非營利機構是在瘟疫之後創立的。

字義 4 ▶ 基金會 名　　**片語** for the benefit of 為了…的利益

近義 corporation [͵kɔrpəˋreʃən] 名 法人　　　**相關** variety [vəˋraɪətɪ] 名 種類

例句 That arts **foundation** holds many exhibitions every year. You can take a look at its website.
那個文藝基金會每年舉辦許多展覽，你可以瀏覽他們的網站。

字義 5 ▶ 粉底霜 名　　**片語** powder one's nose 去洗手間

近義 powder [ˋpaʊdə] 名 化妝用粉　　　**相關** sunblock [ˋsʌnblɑk] 名 防曬油

例句 Daisy never wears any makeup, not even **foundation**.
黛西脂粉不施，連粉底霜都不用。

UNIT 12

frost
[frast]

Let's get started!

暖身選擇題 **Q** 請問下列兩例句中的frost，各代表什麼意思呢？

▸ The windshields **frosted** due to the low temperature.
▸ I was really disappointed at their performance. It was a **frost**!

(A) 破損 / 冷淡　　　　(B) 結霜 / 失敗　　　　(C) 霧 / 缺點

正確解答：(B)

一看就通！

圖解單字架構

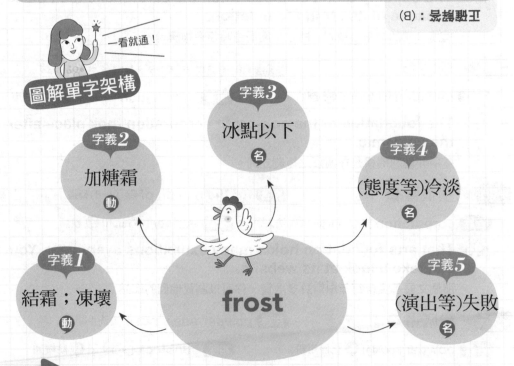

字義**3**
冰點以下
名

字義**2**
加糖霜
動

字義**4**
(態度等)冷淡
名

字義**1**
結霜；凍壞
動

frost

字義**5**
(演出等)失敗
名

原來如此

frost有「結霜」之意，也可以用來形容「加糖霜」的動作；另外衍生其結霜的含意，就產生「冰點以下的溫度」、「(態度)冷淡」以及「(演出等的)失敗」等意。

這個單字能表達這些意思！

字義1 結霜；凍壞 動　　　**片語** ice sth. up 結冰

同義 freeze [friz] 動 冷凍　　　**反義** inflame [ɪn`flem] 動 使燃燒

例句 The trees were **frosted** over, so it was pretty difficult for us to trim them.
樹上結了一層霜，所以修剪樹木對我們而言變得相當困難。

字義2 加糖霜混合物 動　　　**片語** have a sweet tooth 喜好甜食

近義 glaze [glez] 動 澆糖汁　　　**相關** ingredient [ɪn`gridɪənt] 名 原料

例句 The baker is almost done with the cake. He is **frosting** it now.
麵包師傅快要把蛋糕做好了，他正在加糖霜。

字義3 冰點以下的溫度 名　　　**片語** in decline 下降中

近義 frigidness [`frɪdʒɪdnɪs] 名 寒冷　　　**相關** physics [`fɪzɪks] 名 物理學

例句 The weather forecast said there will be **frost** tonight. We'd better grab more blankets.
氣象預報說今晚的溫度會降到冰點以下，我們最好多拿幾條毯子。

字義4 (態度等的)冷淡 名　　　**片語** frost in one's tone 冷淡的語氣

同義 coldness [`koldnɪs] 名 冷淡　　　**相關** attitude [`ætətjud] 名 態度

例句 I can tell your friend is not interested in this exhibition from the **frost** in her voice.
我可以從你朋友冷淡的語氣中判斷出她對這場展覽沒有興趣。

字義5 (演出等的)失敗 名　　　**片語** end up with 以…結束

同義 fiasco [fɪ`æsko] 名 完全失敗　　　**反義** triumph [`traɪəmf] 名 (大)成功

例句 The performance was a complete **frost**. It was a waste of time to me.
這場表演一團糟，真是浪費我的時間。

UNIT
13
gallery
[`gælərɪ]

Let's get started!

MP3 186

暖身選擇題

Q 請問下列兩例句中的gallery，
各代表什麼意思呢？

▶ The **gallery** exhibited several prominent paintings of that artist.
▶ The **gallery** seats do not have the best view.

(A) 畫廊 / 頂層樓座　　　(B) 迴廊 / 前排　　　(C) 博物館 / 包廂

(A)：案答鄴五

一看就通！

圖解單字架構

字義3
室內靶場
名

字義2
迴廊
名

字義4
頂層樓座
名

字義1
畫廊
名

gallery

字義5
(議會)旁聽席
名

原來如此

gallery最常見的意思為「畫廊」，其長型的空間也被用來形容「迴廊」與「室內靶場」；
另外，「(劇場等的)頂層樓座」與「(議會等的)旁聽席」也通常頗為狹長呢！

388

這個單字能表達這些意思！

字義1 畫廊 名　　　**片語** raise the bar 提升表現、品質

同義 salon [sə`lɑn] 名 美術展覽館　　　**相關** publicize [`pʌblɪ͵saɪz] 動 宣傳

例句 **The master's work was exhibited in the best gallery in Taipei from June 21 to August 31.**
這位大師的作品在臺北最好的畫廊展出，展期為六月二十一日至八月三十一日。

字義2 迴廊 名　　　**片語** in the corner 在角落

同義 corridor [`kɔrɪdə] 名 迴廊　　　**相關** narrow [`næro] 形 狹窄的

例句 **Your room is at the end of the gallery. Lucy will lead you there.**
你的房間位於迴廊的盡頭，露西會帶你過去。

字義3 室內靶場 名　　　**片語** shoot up 迅速成長

同義 range [rendʒ] 名 靶場　　　**相關** target [`tɑrgɪt] 名 攻擊的目標

例句 **The police officer goes to the gallery to practice his shooting skill every weekend.**
那名警員每個週末都會去室內靶場，磨練自己的射擊技巧。

字義4 (劇場等)頂層樓座 名　　　**片語** be concentrated on 專注於

同義 balcony [`bælkənɪ] 名 樓廳　　　**相關** theater [`θɪətə] 名 劇場；電影院

例句 **The man would like to purchase a gallery seat ticket.**
那名男子想要買一張頂層樓座的票。

字義5 (議會等)旁聽席 名　　　**片語** commit a crime 犯罪；作案

近義 spectator [spɛk`tetə] 名 觀看者　　　**相關** facilitator [fə`sɪlə͵tetə] 名 協調者

例句 **Although William wasn't in charge of the case, he sat in the gallery to watch the court case.**
雖然威廉不負責這個案件，他還是坐在旁聽席觀看案件審理。

grave
[grev]

MP3 187

暖身選擇題

Q 請問下列兩例句中的grave，
各代表什麼意思呢？

▶ We visit our grandfather's **grave** once a year.
▶ This **grave** car accident led to the deaths of three people.

(A) 車庫 / 驚人的　　(B) 房子 / 嚴肅的　　(C) 墳墓 / 重大的

正確答案：(C)

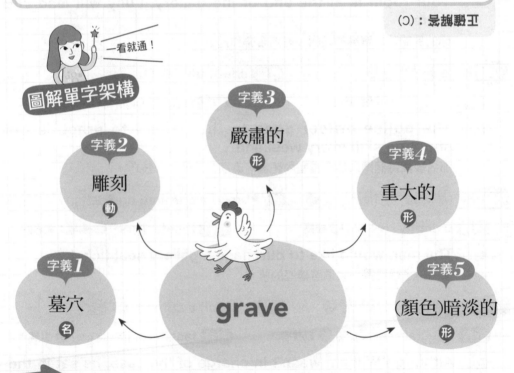

一看就通！

圖解單字架構

字義**3**
嚴肅的
形

字義**2**
雕刻
動

字義**4**
重大的
形

字義**1**
墓穴
名

grave

字義**5**
(顏色)暗淡的
形

原來如此

grave最常見的用法是「墓穴」，墓碑上通常都「雕刻」著死者的資訊；取其『肅穆』的含意，可用以形容「嚴肅的」、「重大的」以及「暗淡的」等意思。

這個單字能表達這些意思！

字義 1 墓穴 名　　　　**片語** be scared to death 嚇死了

同義 tomb [tum] 名 墓穴　　　　**相關** mortuary [`mɔrtʃʊ͵ɛrɪ] 名 太平間

例句 My brothers and I used to visit our grandfather's grave twice a year.
我和我的兄弟們以前一年會去掃祖父的墓兩次。

字義 2 雕刻 動　　　　**片語** place an emphasis on 強調

同義 engrave [ɪn`grev] 動 雕刻　　　　**相關** sculptor [`skʌlptə] 名 雕刻家

例句 The sculptor is very good at graving the wood into different shapes.
那名雕刻家很擅長將木頭刻成不同的形狀。

字義 3 嚴肅的 形　　　　**片語** get bent out of shape 生氣

同義 austere [ɔ`stɪr] 形 嚴厲的　　　　**反義** attentive [ə`tɛntɪv] 形 體貼的

例句 People usually take Taylor wrong, especially when he speaks with his grave face.
人們經常誤解泰勒，尤其是當他帶著嚴肅的表情說話的時候。

字義 4 重大的 形　　　　**片語** have an effect on 對…有影響

同義 severe [sə`vɪr] 形 重大的　　　　**反義** minor [`maɪnə] 形 不重要的

例句 The teenager has committed a grave crime and is waiting for the hearing.
這名青少年犯下重大的罪行，現在正等著開聽證會。

字義 5 (顏色等)暗淡的 形　　　　**片語** black out 不省人事

同義 somber [`sɑmbə] 形 暗淡的　　　　**反義** colorful [`kʌləfəl] 形 多彩的

例句 This painting is way too grave for the purposes of the exhibition.
這幅畫作太暗淡了，不符合這次展覽的目的。

gulf
[gʌlf]

Let's get started!

MP3 188

暖身選擇題

Q 請問下列兩例句中的gulf，各代表什麼意思呢？

▸ A huge **gulf** developed between the twin sisters as they grew up.

▸ A big oil spill took place in the **Gulf** of Mexico.

(A) 爭執 / 陸地　　　　(B) 裂口 / 漩渦　　　　(C) 分歧 / 海灣

正確解答：(C)

一看就通！

圖解單字架構

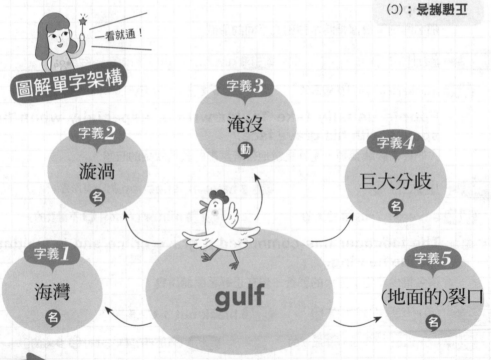

字義3
淹沒
動

字義2
漩渦
名

字義4
巨大分歧
名

字義1
海灣
名

gulf

字義5
(地面的)裂口
名

原來如此

gulf最常用來指「海灣」，連帶著也可以表達海洋的「漩渦」；轉為較為抽象的概念則可用以形容「淹沒」的動態、「巨大的分歧」；甚至可以指「(地面的)裂口」喔！

這個單字能表達這些意思！

字義1 海灣 名　　　　**片語** get access to 能接近

近義 wharf [hwɔrf] 名 碼頭；停泊處　　**相關** voyage [ˋvɔɪɪdʒ] 名 航海

例句 The liner will leave the **Gulf** of Mexico tomorrow afternoon.
這艘客輪將於明天下午駛離墨西哥灣。

字義2 漩渦 名　　　　**片語** spin one's wheels 白費功夫

同義 whirlpool [ˋhwɝlˏpul] 名 漩渦　　**相關** current [ˋkɝənt] 名 水流；流動

例句 Didn't you notice the **gulf** in the water? It would be dangerous to go fishing.
你沒看到水裡的漩渦嗎？在這裡釣魚會很危險。

字義3 淹沒 動　　　　**片語** like ducks to water 如魚得水

同義 submerge [səbˋmɝdʒ] 動 淹沒　　**相關** tsunami [tsuˋnɑmɪ] 名 海嘯

例句 The fire spread so rapidly that a lot of houses were **gulfed** in it late last night.
火勢蔓延得太快，許多房屋在昨天深夜被大火給吞沒了。

字義4 (意見的)巨大分歧 名　　**片語** on account of 由於；因為

同義 disparity [dɪsˋpærətɪ] 名 不同　　**相關** aspect [ˋæspɛkt] 名 方面；觀點

例句 Bill noticed that a **gulf** between him and his family occurred after he got married.
當比爾結婚後，他發現自己與原生家庭產生很大的分歧。

字義5 (地面的)裂口 名　　**片語** blow up 爆炸

同義 chasm [ˋkæzəm] 名 (地表的)裂口　　**反義** junction [ˋdʒʌŋkʃən] 名 連接

例句 There is an obvious **gulf** in the lobby floor after the earthquake.
地震過後，大廳的地板上出現一道明顯的裂口。

compass
[`kʌmpəs]

Let's get started!

MP3 189

暖身選擇題　**Q** 請問下列兩例句中的compass，各代表什麼意思呢？

▸ We used a **compass** to check the directions.
▸ It is not within the **compass** of my authority to let you return the used product.

(A) 指南針 / 範圍　　　(B) 地圖 / 內容　　　(C) 手錶 / 責任

正確解答：(A)

一看就通！

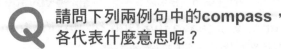

圖解單字架構

字義**3**
範圍
名

字義**2**
圓規
名

字義**4**
達到
動

字義**1**
指南針
名

compass

字義**5**
圖謀
動

原來如此

compass常用來表示「指南針」或文具的「圓規」，想像圓規畫圓的時候不就畫出一塊「範圍」嗎？因為指南針能指向目標，所以當動詞有「達到」與「圖謀」之意。

這個單字能表達這些意思！

字義1 ▶ 指南針 名 　　**片語** arrive at/in 抵達

近義 guide [gaɪd] 名 指南；指導 　　**相關** magnetic [mæg`nɛtɪk] 形 磁性的

例句 The compass always points south. That's how we found our way out.
指南針永遠指向南方，這是我們之所以能找到出口的原因。

字義2 ▶ 圓規 名 　　**片語** circle the wagons 嚴陣以待

近義 dividers [də`vaɪdəz] 名 兩腳規 　　**相關** circular [`sɝkjələ] 形 圓形的

例句 The architect used a compass to draw some circles on the graph.
這名建築師用圓規在圖表上畫了一些圓。

字義3 ▶ 範圍 名 　　**片語** on one's radar 在某人監控範圍內

同義 ambit [`æmbɪt] 名 範圍；界線 　　**相關** extension [ɪk`stɛnʃən] 名 擴大

例句 I am afraid this is not within the compass of my ownership. Maybe you can ask Nina.
這恐怕不在我的所有權範圍裡，也許你可以問問妮娜。

字義4 ▶ 達到 動 　　**片語** achieve a goal 達成目標

同義 accomplish [ə`kɑmplɪʃ] 動 實現 　　**反義** resign [rɪ`zaɪn] 動 放棄

例句 Noah said he would do whatever it takes to compass his goals.
諾亞說，為了達到目標，他願意做任何事。

字義5 ▶ 圖謀 動 　　**片語** plot sth. against sb. 密謀對某人不利

同義 scheme [skim] 動 策畫；密謀 　　**相關** collude [kə`lud] 動 串通

例句 The insider reported that they are trying to compass a scheme against the king.
內部人員回報說他們正在設計對國王不利的陰謀。

UNIT 17

gorge
[gɔrdʒ]

Let's get started!

MP3 190

暖身選擇題

Q 請問下列兩例句中的gorge，各代表什麼意思呢？

▸ My sister could **gorge** on any type of sweets.
▸ I cannot forget the breath-taking views in Taroko **Gorge**.

(A) 做噁 / 河川　　　　(B) 狼吞虎嚥 / 峽谷　　　　(C) 細嚼 / 咽喉

正確答案：(B)

一看就通！

圖解單字架構

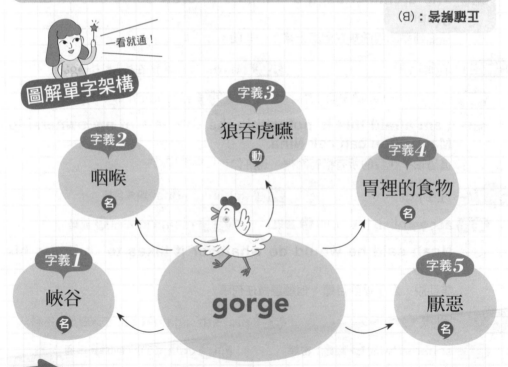

字義**3**
狼吞虎嚥
動

字義**2**
咽喉
名

字義**4**
胃裡的食物
名

字義**1**
峽谷
名

gorge

字義**5**
厭惡
名

原來如此

gorge指「峽谷」，進一步形容人狹窄的「咽喉」，衍生出與吃有關的「狼吞虎嚥」與「胃裡的食物」；另外，一副狼吞虎嚥的模樣可是很容易遭人「厭惡」的喔！

這個單字能表達這些意思！

字義1 ▶ 峽谷 名   **片語** take a picture of 照…的相

同義 gulch [gʌltʃ] 名 峽谷   **相關** waterfall [ˋwɔtəˏfɔl] 名 瀑布

例句 According to the map, Mr. and Mrs. Lin's villa is on the opposite side of the gorge.
就地圖上看來，林先生和林太太的別墅在峽谷的對面。

字義2 ▶ 咽喉 名   **片語** be stuffed 吃得很飽

同義 gullet [ˋgʌlɪt] 名 咽喉   **相關** organism [ˋɔrgənˏɪzəm] 名 生物

例句 I had a sore throat, so the doctor took a careful look at my gorge.
我喉嚨痛，所以醫生小心地檢查我的咽喉。

字義3 ▶ 狼吞虎嚥 動   **片語** binge on sth. 狼吞虎嚥

同義 devour [dɪˋvaur] 動 狼吞虎嚥地吃   **相關** digestion [dəˋdʒɛstʃən] 名 消化

例句 The little boy gorged on the snacks we prepared because he was so hungry.
那名小男孩狼吞虎嚥地吃掉我們準備的點心，因為他太餓了。

字義4 ▶ 胃裡的食物 名   **片語** eat one's head off 吃得很多

同義 aliment [ˋæləmənt] 名 食物；養料   **相關** stomach [ˋstʌmək] 名 胃

例句 The X-ray showed that there is gorge in my stomach. That's why I felt like vomiting.
X光照片顯示出我胃裡有食物，所以我才會想吐。

字義5 ▶ 厭惡 名   **片語** have a thing about 特別討厭；很喜歡

同義 disgust [dɪsˋgʌst] 名 厭惡   **反義** preference [ˋprɛfərəns] 名 偏愛

例句 I can easily feel my gorge rises when I do the same thing over and over again.
當我反覆做著同一件事情時，很容易感受到自己的厭煩。

hedge
[hɛdʒ]

Let's get started!

MP3 191

暖身選擇題　**Q** 請問下列兩例句中的**hedge**，各代表什麼意思呢？

▶ We set up the **hedges** so that the coyote wouldn't come in.
▶ I am tired of the **hedges** he is so accustomed in saying.

(A) 籬笆 / 模稜兩可的話　　　(B) 松樹 / 真心話　　　(C) 遮雨棚 / 吹牛

正確解答：(A)

一看就通！

圖解單字架構

字義 **3**
防備措施
名

字義 **2**
籬笆；障礙
名

字義 **4**
兩面下注
動

字義 **1**
圍住
動

hedge

字義 **5**
模稜兩可
名

原來如此

hedge有「圍住」之意，引申出有防護作用的「籬笆」及「防備措施」，甚至在「兩面下注以防損失」的情況也可以這麼用，或形容「模稜兩可的話」(以防說錯話)。

字義1 ▶ 圍住 **動**　　**片語** find a way out 找到出路

同義 besiege [bɪˋsidʒ] **動** 包圍　　**相關** coercion [koˋɝʃən] **名** 強迫

例句 Because of the reconstruction, the swimming pool is **hedged** in by the fences.
這座游泳池由於重建工程而被柵欄圍起來。

字義2 ▶ 籬笆；障礙(物) **名**　　**片語** fence sth./sb. off 用柵欄隔開

同義 fence [fɛns] **名** 籬笆　　**相關** partition [pɑrˋtɪʃən] **動** 隔開

例句 That driver drove so fast that I had to jump back into the **hedge** right away.
那名駕駛開得太快，害得我必須立刻閃入籬笆內。

字義3 ▶ 防備措施 **名**　　**片語** hedge against 採取防備措施

近義 protection [prəˋtɛkʃən] **名** 防護　　**反義** insecurity [͵ɪnsɪˋkjʊrətɪ] **名** 危險

例句 The pension serves as a **hedge** against loss of job when people grow old.
退休金的用途是為了人們年老失去工作後的一個防備措施。

字義4 ▶ 兩面下注以防損失 **動**　　**片語** gamble on sth./sb. 押注；賭在…身上

近義 gamble [ˋgæmbl] **動** 賭博；打賭　　**相關** deliberate [dɪˋlɪbərɪt] **形** 謹慎的

例句 The player knows the importance of **hedging** his bets at the right time.
這名賭徒了解在對的時機兩面下注的重要性。

字義5 ▶ 模稜兩可的話 **名**　　**片語** assure sb. of sth. 向某人保證某事

近義 enigma [ɪˋnɪgmə] **名** 難以理解的事物　　**相關** inquiry [ɪnˋkwaɪrɪ] **名** 詢問

例句 Please stop talking about the **hedges**. You are wasting my time.
請不要再說模稜兩可的話了，你這是在浪費我的時間。

UNIT
19
institute
[`ɪnstətjut]

Let's get started!

MP3 192

暖身選擇題

Q 請問下列兩例句中的institute，各代表什麼意思呢？

▸ You'll find more information in the **institute**.
▸ They will **institute** a plan to place more police in the metro stations.

(A) 慣例 / 使就職　　(B) 協會 / 著手　　(C) 法規 / 抑制

(B)：案答題五

一看就通！

圖解單字架構

字義**3**
使就職
動

字義**2**
創立；著手
動

字義**4**
慣例
名

字義**1**
協會；機構
名

institute

字義**5**
法規匯編
名

原來如此

institute常指「協會」，也可以用來表示「創立」協會的過程，與其相關的概念還有「使就職」；另一方面，創設機構會產生「慣例」，所以也有「法規匯編」的意思。

400

這個單字能表達這些意思！

字義1 協會；機構 名　**片語** on behalf of 以…的名義

同義 association [ə͵soʂɪˋeʃən] 名 協會　**相關** community [kəˋmjunətɪ] 名 社區

例句 **Mandy set up the institute to benefit women. You'll find something helpful there.**
為了伸張婦女的權益，曼蒂成立了這個機構，你可以在那裡找到有用的資訊。

字義2 創立；著手 動　**片語** get down to 開始處理

近義 organize [ˋɔrgə͵naɪz] 動 組織　**相關** founder [ˋfaʊndə] 名 奠基者

例句 **Peter instituted the processes that are suitable for this company.**
彼得著手制定了適合這個公司的作業流程。

字義3 使就職 動　**片語** be capable of 有能力

同義 inaugurate [ɪnˋɔgjə͵ret] 動 就職　**反義** resign [rɪˋzaɪn] 動 辭職

例句 **The president was instituted last year after a close race with another candidate.**
總統去年以些微的差距打敗另一名候選人後就職。

字義4 慣例 名　**片語** of the old school 守舊的

同義 convention [kənˋvɛnʃən] 名 慣例　**反義** exception [ɪkˋsɛpʃən] 名 例外

例句 **It is a Chinese institute that the bride and the groom kneel down to their parents.**
新郎和新娘向父母跪別是中國人的慣例。

字義5 法規匯編 名　**片語** follow suit 照辦

近義 charter [ˋtʃɑrtə] 名 憲章　**相關** mandate [ˋmændet] 名 授權

例句 **The lawyers and several experts are leading the institute's tasks.**
這些律師與幾名專家正指導著法規匯編的作業。

UNIT 20

lodge
[lɑdʒ]

Let's get started!

MP3 193

一看就通！

圖解單字架構

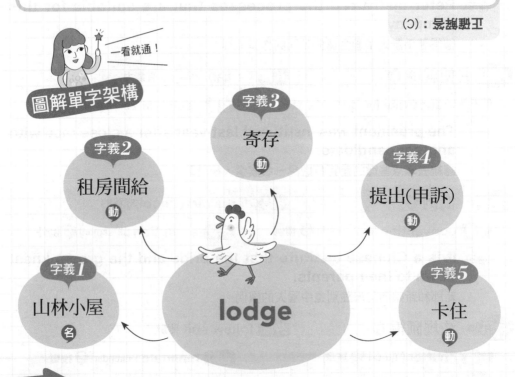

字義3 寄存 動

字義2 租房間給 動

字義4 提出(申訴) 動

字義1 山林小屋 名

lodge

字義5 卡住 動

原來如此

lodge常用來指「山林小屋」，也有「租房間給…住」之意，衍生其『租、暫寄』的概念，就能表達「寄存」；比較特別的是還能表示「提出」與「卡住」這兩種意思呢！

這個單字能表達這些意思！

字義1 山林小屋 名　　　　**片語** leave sb. alone 不要打擾某人

同義 cabin [ˋkæbɪn] 名 山林小屋　　　**反義** skyscraper [ˋskaɪˏskrepɚ] 名 摩天樓

例句 It was so lucky that the hunter let us spend one night in his hunting lodge.
那名獵人願意讓我們在他的狩獵小屋住一晚，真是太幸運了。

字義2 租房間給…住 動　　　　**片語** free of rent 免付租金

近義 sublet [sʌbˋlɛt] 動 轉租；分租　　　**反義** dwell [dwɛl] 動 居住

例句 Will you lodge us your room at a cheaper price? We can't afford that much.
你願意便宜出租你的房間給我們嗎？我們負擔不起那麼貴的價格。

字義3 寄存 動　　　　**片語** at one's disposal 供任意使用

同義 deposit [dɪˋpɑzɪt] 動 寄存　　　**相關** locker [ˋlɑkɚ] 名 衣物櫃

例句 I would rather lodge my luggage in the train station for five dollars a day.
我寧願花五塊錢，將我的行李寄放在火車站一整天。

字義4 提出(申訴等) 動　　　　**片語** buy one's story 相信某人的話

近義 appeal [əˋpil] 動 (律)上訴　　　**相關** plaintiff [ˋplentɪf] 名 原告

例句 The labor union is lodging a complaint against the company for unpaid work hours.
工會對這家公司無酬工時的作法提出抗議。

字義5 卡住 動　　　　**片語** stick out 伸出；忍受

近義 seize [siz] 動 抓住；卡住　　　**反義** dislodge [dɪsˋlɑdʒ] 動 移出

例句 That man sitting next to me could barely talk because a fish bone was lodged in his throat.
因為喉嚨卡著魚刺，坐在我旁邊的男子幾乎無法開口說話。

UNIT 21

rumble
[`rʌmbl̩]

Let's get started!

MP3 194

暖身選擇題

Q 請問下列兩例句中的**rumble**，
各代表什麼意思呢？

▶ The **rumbling** noise from the thunder scared my dog.

▶ There's a huge **rumble** over education reform in Taiwan.

(A) 隆隆聲 / 普遍的怨聲　　　(B) 咕嚕 / 意見　　　(C) 鳥叫聲 / 支持

正確解答：(A)

一看就通！

圖解單字架構

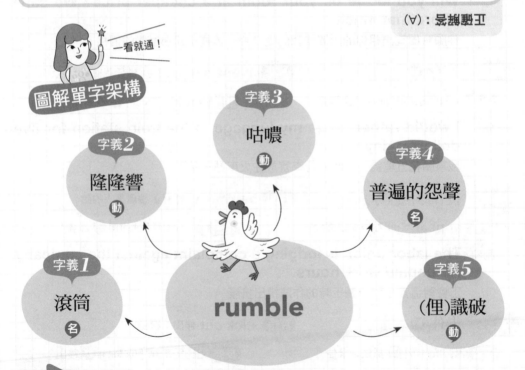

字義**3**
咕嚕
動

字義**2**
隆隆響
動

字義**4**
普遍的怨聲
名

字義**1**
滾筒
名

rumble

字義**5**
(俚)識破
動

原來如此

rumble有兩個常見的意思，其一為「滾筒」，第二為「隆隆響」，衍生其『聲音』的概念，產生「咕嚕」以及「普遍的怨聲」之意；俚語用法還有「識破」的意思呢！

這個單字能表達這些意思！

字義1 滾筒；轉筒 **名**　　**片語** on a roll 好運當頭

近義 roller [ˋrolɚ] **名** 滾筒　　**相關** gadget [ˋgædʒɪt] **名** 小機件

例句 The worker checked our washing machine and said we need to change the **rumble**.
工人查看我們的洗衣機，告訴我們必須換個新滾筒了。

字義2 (雷、砲等)隆隆響 **動**　　**片語** wake the dead 震耳欲聾

同義 grumble [ˋgrʌmbl] **動** 轟隆響　　**相關** sizzle [ˋsɪzl] **動** (熱油等)發嘶嘶聲

例句 When the war took place, we could hear the cannons **rumbling** far away.
戰爭爆發的時候，我們能聽見遠處大砲隆隆作響的聲音。

字義3 咕噥 **動**　　**片語** rumble sth. out 咕噥地說

同義 murmur [ˋmɝmɚ] **動** 低聲說　　**反義** shriek [ʃrik] **動** 尖叫；喊叫

例句 The patient **rumbled** out something that the doctor could not hear.
這位病人低聲說了些醫生聽不見的東西。

字義4 普遍的怨聲 **名**　　**片語** make a scene 大吵大鬧

同義 discontent [dɪskənˋtɛnt] **名** 不滿　　**相關** complain [kəmˋplen] **動** 抱怨

例句 Sending American troops to Iraq has brought **rumbles** of discontent in the homeland.
派送美國部隊前往伊拉克在國內引起了普遍的怨聲。

字義5 (俚)識破 **動**　　**片語** see through 識破；看穿

近義 recognize [ˋrɛkəg͵naɪz] **動** 認出　　**反義** disguise [dɪsˋgaɪz] **動** 假扮

例句 Nancy **rumbled** her husband's white lie, but she didn't say a word about it.
南西識破她老公善意的謊言，但她完全沒有多說什麼。

405

UNIT 22

stall
[stɔl]

Let's get started!

MP3 195

暖身選擇題

Q 請問下列兩例句中的stall，各代表什麼意思呢？

▶ The project has **stalled** since the manager left the team.
▶ Please park your car at **stall** number 7.

(A) 向前 / 貨攤　　　(B) 動彈不得 / 車位　　　(C) 繼續 / 房子

正確解答：(B)

一看就通！

圖解單字架構

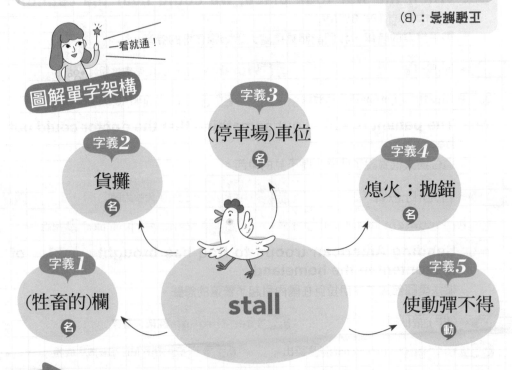

字義3
(停車場)車位
名

字義2
貨攤
名

字義4
熄火；拋錨
名

字義1
(牲畜的)欄
名

stall

字義5
使動彈不得
動

原來如此

stall常見的意思有「(牲畜的)欄」與「貨攤」，皆不離『小塊區域』的概念，也能引申至「車位」；另外還有與車相關的「熄火」，其停止的狀態也表達了「動彈不得」。

406

字義1 (牲畜的)欄；棚 名　　**片語** hold one's horses 別急

同義 stable [`steb!] 名 畜舍　　**相關** pasturage [`pæstʃərɪdʒ] 名 畜牧

例句 **We have rebuilt the stalls housing the cattle, so they are in wonderful condition.**
我們重建過牛棚，所以棚子的狀態良好。

字義2 貨攤 名　　**片語** a good bargain 很便宜

同義 booth [buθ] 名 (有篷的)貨攤　　**相關** peddler [`pɛdlə] 名 小販

例句 **You will find some real bargains at the stalls if you go to the square.**
如果你去廣場那邊，就能在貨攤買到一些便宜好貨。

字義3 (停車場的)車位 名　　**片語** out of stalls 車位都滿了

近義 location [lo`keʃən] 名 位置　　**相關** vacant [`vekənt] 形 空著的

例句 **If you can't find a place to park your car, you can park in my stall temporarily.**
如果你找不到地方停車，可以暫時停在我的車位。

字義4 熄火；拋錨；失速 名　　**片語** out of order 壞掉了

同義 malfunction [mæl`fʌŋkʃən] 名 故障　　**相關** maintain [men`ten] 動 保養

例句 **I cannot believe my well-maintained car went into a stall on the freeway.**
我不敢相信我勤於保養的車子居然在高速公路上拋錨了。

字義5 使動彈不得 動　　**片語** be anxious about 為⋯感到焦急

近義 detain [dɪ`ten] 動 使耽擱　　**相關** dilemma [də`lɛmə] 名 困境

例句 **Our truck is stalled in the mud. Let's go find someone to help us!**
我們的卡車陷在泥濘中動彈不得，我們去找人來幫忙吧！

UNIT 23

swamp
[swamp]

Let's get started!

MP3 196

暖身選擇題

Q 請問下列兩例句中的swamp，
各代表什麼意思呢？

▶ I didn't go to the party as I was terribly **swamped**.
▶ Many living creatures can be found in the **swamp**.

(A) 煩惱／植物園　　　(B) 生病／河川　　　(C) 忙得不得了／沼澤

正確答案：(C)

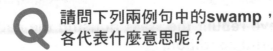

一看就通！

圖解單字架構

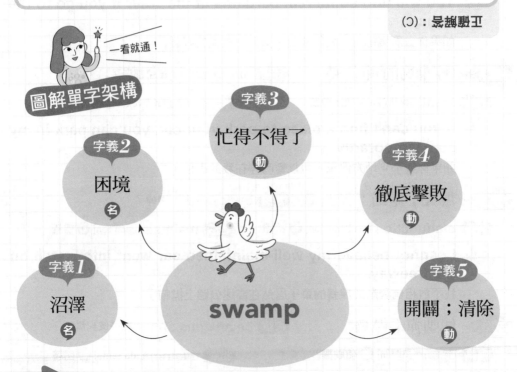

字義3
忙得不得了
動

字義2
困境
名

字義4
徹底擊敗
動

字義1
沼澤
名

swamp

字義5
開闢；清除
動

原來如此

swamp指「沼澤」，其『讓人陷入』的特質引申出「困境」及「忙得不得了」之意，若陷入困境出不來，就彷彿被「徹底擊敗」；還能表示清理環境的「清除」喔！

這個單字能表達這些意思！

字義1 沼澤 名　　　**片語** go green 有助於生態的生活方式

同義 wetland [ˋwɛt.lənd] 名 沼地　　　**相關** desert [ˋdɛzət] 名 沙漠

例句 **Bullfrogs can be found in the swamp. I once took my children there.**
在沼澤區可以找到牛蛙，我曾經帶我的孩子去那邊看過。

字義2 困境 名　　　**片語** have one's back to the wall 陷入困境

近義 impasse [ˋɪmpæs] 名 僵局　　　**相關** construe [kənˋstru] 動 分析

例句 **Debby should save her money more, or her debt might become an ever-deepening swamp.**
黛比應該要節省一點，不然她的債務會變成像無底洞那般深。

字義3 使忙得不可開交 動　　　**片語** have one's hands full 忙碌

近義 partake [pɑrˋtek] 動 參與　　　**反義** idle [ˋaɪd] 動 無所事事

例句 **I was swamped with work last month and couldn't make time for my family.**
我上個月為工作忙得不可開交，完全沒有時間陪家人。

字義4 徹底擊敗 動　　　**片語** triumph over sb. 擊敗某人

同義 vanquish [ˋvæŋkwɪʃ] 動 擊敗　　　**相關** attacker [əˋtækə] 名 進攻者

例句 **The troops have swamped their enemy in a matter of days.**
軍隊在幾天內就徹底擊敗敵軍。

字義5 開闢；清除 動　　　**片語** clean up 清掃；整理

近義 purge [pɝdʒ] 動 清除；清洗　　　**相關** shambles [ˋʃæmb!z] 名 毀壞

例句 **They swamped out a soccer field for the students.**
為了學生，他們清出一塊足球場的場地。

UNIT 24
vapor
[`vepɚ]

Let's get started!

MP3 197

暖身選擇題

Q 請問下列兩例句中的vapor，各代表什麼意思呢？

▶ The firefighters can hardly see with the **vapor** in the house.
▶ He needs to consult with a doctor for his **vapors**.

(A) 火 / 計劃　　　(B) 煙霧 / 幻想　　　(C) 臭味 / 夢想

正確選項：(B)

圖解單字架構

一看就通！

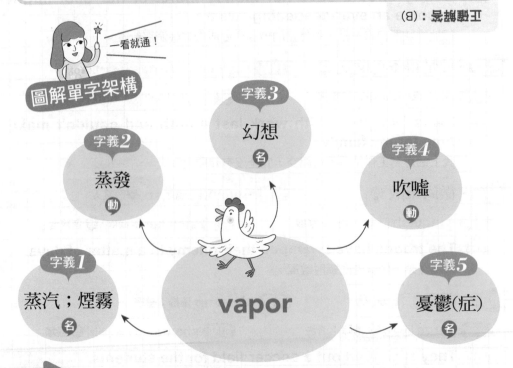

- 字義1 蒸汽；煙霧 名
- 字義2 蒸發 動
- 字義3 幻想 名
- 字義4 吹噓 動
- 字義5 憂鬱(症) 名

vapor

原來如此

vapor指「蒸氣」，轉為動詞則為「蒸發」；佈滿蒸氣，一片霧濛濛的景象很夢幻，所以也能表示「幻想」或「吹噓」(負面)；另外也能衍生這種氣氛，表示「憂鬱」。

這個單字能表達這些意思！

字義1 蒸汽；煙霧 名　　**片語** blow hot and cold 搖擺不定

同義 steam [stim] 名 蒸汽；水汽　　**相關** moisture [ˋmɔɪstʃɚ] 名 潮氣

例句 Water **vapor** in the sky will condense to form clouds soon.
空氣中的水蒸氣很快就會凝結成雲。

字義2 蒸發 動　　**片語** come to naught 成為泡影

同義 evaporate [ɪˋvæpə͵ret] 動 蒸發　　**相關** dampen [ˋdæmpən] 動 弄濕

例句 The water left on the car surface **vapored** very quickly under the sun.
車子表面留下的水很快就在大太陽底下蒸發了。

字義3 (舊)幻想 名　　**片語** indulge in fantasy 異想天開

同義 fantasy [ˋfæntəsɪ] 名 幻想　　**反義** reality [rɪˋælətɪ] 名 實際

例句 Please get over your **vapor** and get down to work now. We have a lot to do today.
請停止幻想，開始工作吧！我們今天可有的忙了。

字義4 吹噓 動　　**片語** boast about sth. 吹噓

同義 bluster [ˋblʌstɚ] 動 誇口　　**反義** deprecate [ˋdɛprə͵ket] 動 輕視

例句 I can't stand Andy because he keeps on **vaporing** about all the places he's been to.
安迪不停吹噓他去過多少地方，我實在受不了他。

字義5 (舊)憂鬱(症) 名　　**片語** down in the dumps 感到沮喪

同義 dejection [dɪˋdʒɛkʃən] 名 沮喪　　**相關** excite [ɪkˋsaɪt] 動 使興奮

例句 The teacher tried her best to soothe the students who were having the **vapors**.
老師盡力去安慰那些心情沮喪的學生們。

UNIT 25

bleak
[blik]

Let's get started!

MP3 198

暖身選擇題

Q 請問下列兩例句中的bleak，各代表什麼意思呢？

▶ They built many underground facilities due to the **bleak** weather.

▶ This vacation has been so **bleak** so far! I haven't gone anywhere.

(A) 寒冷的 / 乏味的 　　(B) 荒涼的 / 無希望的 　　(C) 炎熱的 / 嚴峻的

正確解答：(A)

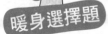

一看就通！

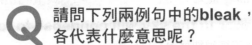

圖解單字架構

字義**3**
嚴峻的
形

字義**2**
寒冷刺骨的
形

字義**4**
無希望的
形

字義**1**
荒涼的
形

bleak

字義**5**
乏味的
形

原來如此

bleak最常用來形容「荒涼的」，這種景象往往與「寒冷刺骨的」天氣有關；引申其義至抽象的領域，就能形容事情「嚴峻的」或「無希望的」，也能表示「乏味的」。

這個單字能表達這些意思！

字義1 ▶ 荒涼的 形　　　**片語** be in blossom 開花

同義 desolate [ˋdɛslɪt] 形 荒蕪的　　　**反義** fruitful [ˋfrutfəl] 形 肥沃的

例句 **Except for the oasis, the desert is bleak in general.**
除了綠洲區之外，沙漠一般來說都很荒涼。

字義2 ▶ 寒冷刺骨的 形　　　**片語** wind up 落得…的下場

同義 freezing [ˋfrizɪŋ] 形 極冷的　　　**反義** tropical [ˋtrɑpɪkl] 形 酷熱的

例句 **Although the wind by the ocean is bleak, Jenny insisted on going there for a walk.**
儘管海邊的風寒冷刺骨，珍妮還是堅持到海邊散步。

字義3 ▶ 嚴峻的 形　　　**片語** be hard on sb. 對某人過分嚴厲

同義 severe [səˋvɪr] 形 嚴峻的　　　**反義** effortless [ˋɛfətlɪs] 形 容易的

例句 **The global economic situation is expected to be even bleaker next year.**
明年全球的經濟情況預計會更加嚴峻。

字義4 ▶ 無希望的 形　　　**片語** abandon oneself to 沉溺於

同義 hopeless [ˋhoplɪs] 形 無希望的　　　**反義** promising [ˋprɑmɪsɪŋ] 形 有望的

例句 **According to the criminal's confession, his life in prison has been bleak and hopeless.**
根據那名罪犯的自白，他在監獄裡的日子既淒涼又絕望。

字義5 ▶ 乏味的 形　　　**片語** dry as dust 枯燥乏味的

同義 dismal [ˋdɪzml] 形 沉悶的　　　**反義** colorful [ˋkʌləfəl] 形 多采多姿的

例句 **The summer vacation was bleak for James as he spent all his time tutoring.**
這個暑假對詹姆士來說很乏味，因為他所有的時間都花在家教的工作上。

provincial
[prəˋvɪnʃəl]

Let's get started!

MP3 199

Q 請問下列兩例句中的provincial，
各代表什麼意思呢？

▸ Being a **provincial** person won't win others' respect.
▸ Ann should socialize with others more often and stop being a
provincial.

(A) 省的 / 鄉下人　　(B) 粗野的 / 眼界狹窄者　　(C) 樸素的 / 偏激者

正確解答：(B)

 一看就通！

圖解單字架構

字義3
眼界狹窄者
名

字義2
鄉下人
名

字義4
粗野的
形

字義1
省的
形

provincial

字義5
樸素的
形

原來如此

provincial常指「省的」，衍生其『區域性』的概念，可指「鄉下人」(具體區域)及「眼界狹窄者」(抽象範圍)；其鄉下人的意思也引申出「粗野的」與「樸素的」之意。

字義1 省的 形 　　　**片語** nominate sb. for sth. 推舉某人做某事

近義 county [ˈkaʊntɪ] 形 郡的 　　　**相關** prefecture [ˈprifɛktʃə] 名 府；縣

例句 **The office building of the provincial government is located on Park Street.**
省政府的辦公大樓位於公園街。

字義2 鄉下人 名 　　　**片語** in the distance 在遠處

同義 rustic [ˈrʌstɪk] 名 鄉下人 　　　**反義** urbanite [ˈɜbən‚aɪt] 名 都市人

例句 **Coming to the city really opened up the eyes of the provincials.**
到城市一遊真的替這些鄉下人開了眼界。

字義3 興趣、眼界狹窄者 名 　　**片語** in one's opinion 就某人看來

近義 weirdo [ˈwɪrdo] 名 怪人 　　　**相關** insular [ˈɪnsələ] 形 與世隔絕的

例句 **Kevin is a provincial, and he doesn't know the competition outside of the country.**
凱文是一個眼界狹窄的人，他不清楚國外的競爭狀況。

字義4 粗野的 形 　　　**片語** rough sb. up 粗魯地對待某人

同義 boorish [ˈburɪʃ] 形 粗野的 　　　**反義** graceful [ˈgresfəl] 形 得體的

例句 **Amy likes to tease Matt by calling him a provincial man, but I think she's actually the one being rude.**
艾咪喜歡嘲笑麥特是一個粗野的人，但我覺得她才無禮呢！

字義5 (傢俱等)樸素的 形 　　**片語** for a change 換換環境(花樣等)

同義 plain [plen] 形 簡樸的；樸素的 　　**相關** luxury [ˈlʌkʃərɪ] 名 奢華

例句 **We are into interior that is more provincial than luxurious.**
和奢華風比起來，我們比較喜歡樸素一點的室內設計。

shed
[ʃɛd]

Let's get started!

MP3 200

暖身選擇題 **Q** 請問下列兩例句中的shed，各代表什麼意思呢？

▸ The **sheds** in the farm were built solidly, so they won't be ruined easily.
▸ Thanks for **shedding** your precious insights with me.

(A) 分水嶺 / 放射 　　　　(B) 豪宅 / 去除 　　　　(C) 棚 / 傾吐

正確解答：(C)

圖解單字架構

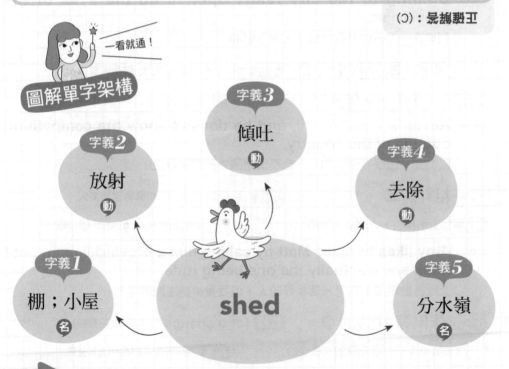

字義**2**
放射
動

字義**3**
傾吐
動

字義**4**
去除
動

字義**1**
棚；小屋
名

shed

字義**5**
分水嶺
名

原來如此

shed最常見的用法為「棚」，也有「放射」的用法，取其『向外』的概念就產生「傾吐」的意思；特別的是能指「去除」，衍生其『分割』的概念而產生「分水嶺」之意。

這個單字能表達這些意思！

字義1 ▶ 棚；小屋 名　　　**片語** pull along 牽；拉

近義 shanty [ˈʃæntɪ] 名 簡陋小屋　　　**相關** haystack [ˈheˌstæk] 名 乾草堆

例句 **There is a disused railway shed near the train station.**
火車站附近有一個廢棄的鐵路廠房。

字義2 ▶ 放射 動　　　**片語** confine to 限制於某範圍內

同義 emanate [ˈɛməˌnet] 動 放射　　　**相關** radiation [ˌredɪˈeʃən] 名 輻射

例句 **All the climbers are waiting for the sun to shed its first light. It must be amazing.**
所有登山者都在等待破曉的陽光，那一幕肯定令人驚嘆。

字義3 ▶ 傾吐 動　　　**片語** get if off one's chest 一吐心事

同義 unload [ʌnˈlod] 動 傾吐(心事)　　　**反義** reserve [rɪˈzɝv] 動 保留

例句 **Tina just shedded the thoughts she had been holding back from me.**
蒂娜剛剛向我傾吐了她一直都不願意告訴我的想法。

字義4 ▶ 去除 動　　　**片語** get rid of 處理掉

同義 abolish [əˈbɑlɪʃ] 動 徹底破壞　　　**反義** augment [ɔgˈmɛnt] 動 增加

例句 **I am happy that I have shedded ten pounds in the past two months.**
過去兩個月我已經少了十磅，這讓我感到很開心。

字義5 ▶ 分水嶺 名　　　**片語** next to sth./sb. 在某物／某人的旁邊

同義 watershed [ˈwɑtɚˌʃɛd] 名 分水嶺　　　**相關** mountain [ˈmauntṇ] 名 山

例句 **Based on the map, the shed we'll soon see diverts water in different directions.**
就地圖看來，我們將看到的分水嶺引導河水往不同的方向流。

A

單字 / 音標	詞性	中譯
act [ækt]	動	做事
	動	演戲
	名	行為
	名	(常大寫)法案
address [əˋdrɛs]	動	向…致詞
	動	稱呼
	動	向…提出
	名	住址
article [ˋɑrtɪkl]	名	(物品的)一件
	名	文章
	名	(契約裡的)條款

B

單字 / 音標	詞性	中譯
band [bænd]	名	繫繩;橡皮圈
	名	條紋
	名	樂團
bark [bɑrk]	動	(狗等)吠叫;咆哮
	動	剝去(樹等的)皮
	名	樹皮
bat [bæt]	動	用球棒打
	動	揮打
	名	球棒
	名	蝙蝠
bear [bɛr]	動	承受(重量或壓力)
	動	生小孩
	動	懷有
	名	熊;魯莽的人
bill [bɪl]	名	帳單
	名	匯票
	名	(美)鈔票
	名	議案
blank [blæŋk]	動	刪去
	名	空白
	名	(表省略的)破折號
	形	無表情的;單調的

單字 / 音標	詞性	中譯
blind [blaɪnd]	動	使失明
	動	使失去理智
	名	百葉窗
	形	瞎的;盲目的
block [blɑk]	動	阻塞;封鎖;妨礙
	動	凍結
	名	塊
	名	(美)街區
book [buk]	動	預定
	動	登記
	名	書本
board [bord]	動	上(船、車等)
	名	木板
	名	佈告牌
	名	委員會
bow [baʊ]❶ [bo]❷	動	❷彎曲;用弓拉(曲等)
	動	❶鞠躬
	名	❷弓;弓狀物
	名	❷蝴蝶結
break [brek]	動	毀壞
	動	衝破;違反
	動	破解(密碼)
	名	破裂;決裂
	名	休息
bug [bʌg]	動	煩擾
	名	蟲子
	名	故障;(電腦程式的)錯誤
build [bɪld]	動	建築
	動	發展
	名	體格

C

單字 / 音標	詞性	中譯
call [kɔl]	動	呼叫
	動	打電話
	動	(紙牌)叫牌

單字 / 音標	詞性	中譯
	動	(宣布) 召開
	動	導致；引起
cause [kɔz]	名	原因；動機
	名	目標
	動	改變
	動	換 (衣服)
change [tʃendʒ]	動	兌換 (錢)
	動	換乘 (車等)
	名	零錢
	動	索價
charge [tʃɑrdʒ]	動	充電
	動	控告
	名	費用
	動	檢查
check [tʃɛk]	名	(美) 支票
	名	(美) 帳單
	動	把…分類
class [klæs]	名	(社會的) 階級
	名	班級
	名	(一節) 課
close [kloz] ❶ [klos] ❷	動	❶ 關閉
	名	❶ 結束
	形	❷ 接近的；親密的
	形	❷ 嚴密的
	動	指導
coach [kotʃ]	名	巴士
	名	教練；家庭教師
	名	四輪大馬車
count [kaunt]	動	計算
	動	有重要意義
	動	看作
	名	路線
course [kors]	名	過程
	名	(競賽的) 跑道
	名	科目
	動	遮蓋；掩飾
cover [ˋkʌvə]	動	包含
	動	給…保險
	名	蓋子

單字 / 音標	詞性	中譯
	名	封面
	名	掩蔽處；偽裝
	動	把…打成乳脂狀
cream [krim]	名	奶油
	名	乳霜；乳膏
	名	精華
	名	奶油色
	動	越過
cross [krɔs]	動	交叉；(祈福) 畫十字於
	名	十字架；十字型
	名	習俗
	名	(顧客對商店的) 惠顧
custom [ˋkʌstəm]	名	(常大寫) 海關
	名	關稅
	形	訂做的

D

單字 / 音標	詞性	中譯
	動	註明日期於
date [det]	動	和…約會
	名	日期；年代
	名	約會對象
	動	(紙牌遊戲) 發牌
deal [dil]	動	經營
	動	處理
	名	交易
	動	投遞
deliver [dɪˋlɪvə]	動	宣布
	動	生 (嬰兒)
	動	實現 (期望)
	動	❶ 遺棄
desert [dɪˋzɝt] ❶ [ˋdɛzət] ❷	動	❶ 擅離 (職守等)
	名	❷ 沙漠
	形	❷ 無人居住的；沙漠的
	動	死亡；(植物) 枯萎
die [daɪ]	動	(機器) 突然停轉
	動	(口) 渴望
	動	管理
direct [dəˋrɛkt]	動	導演；指示
	形	筆直的；直接的

419

單字 / 音標	詞性	中譯
down [daʊn]	形	情緒低落的
	形	向下的
	形	(分期付款)第一期的
	介	在…下方
	介	沿著
drag [dræg]	動	拖曳
	動	慢吞吞地行進
	動	用拖網等打撈
	名	(俚)令人厭倦的事物或人
draw [drɔ]	動	畫圖
	動	拉
	動	吸引
	名	平局
	名	抽籤
dress [drɛs]	動	穿衣；打扮
	動	包紮
	動	調製(沙拉、菜)
	動	裝飾(櫥窗等)
	名	連衣裙
drive [draɪv]	動	開車
	動	驅趕
	動	迫使
	名	兜風
	名	(人的)本能慾望；幹勁
drop [drɑp]	動	掉落；丟下
	動	中斷
	動	(口)下車；卸貨
	動	遺漏
	名	(一)滴
	名	滴劑(常複數)

E

單字 / 音標	詞性	中譯
even [ˋivən]	動	使平坦
	動	使相等
	形	平坦的；平穩的
	形	一致的；對等的
	形	偶數的
	副	甚至

單字 / 音標	詞性	中譯
excuse [ɪkˋskjuz]	動	原諒
	動	准許…離去
	名	理由
exercise [ˋɛksɚ͵saɪz]	動	運動
	動	運用
	名	習題
	名	(軍)演習
express [ɪkˋsprɛs]	動	表達
	名	快車
	名	快遞
	形	快遞的
	形	直達的
	形	高速的
eye [aɪ]	動	注視；看
	名	眼睛
	名	視力
	名	見解
	名	颱風眼

F

單字 / 音標	詞性	中譯
face [fes]	動	面向
	動	勇敢地對付
	名	臉；表情
	名	面子
fair [fɛr]	形	公正的
	形	一般的
	形	(天氣)晴朗的
	副	公平地
fall [fɔl]	動	減退
	動	跌倒
	動	(政府等)垮臺
	動	(臉色)變陰沉
	名	秋天
	名	瀑布
	名	下降；墮落
figure [ˋfɪgjɚ]	動	計算
	名	體態
	名	人物

單字 / 音標	詞性	中譯
	名	數字；價格
	名	圖表；圖形
	動	開(槍、砲)
	動	解僱
fire [faɪr]	動	激起；點燃
	動	加添燃料
	名	火；火災
	名	熱情
	動	固定
fix [fɪks]	動	修理
	動	安排；操縱(選舉、賽馬等)
	動	閃爍
	動	(想法等)掠過
flash [flæʃ]	名	閃光；(攝)閃光燈
	名	新聞快報
	形	突如其來的
	名	平面；淺灘
	名	平底鞋
flat [flæt]	名	(樓房的)一層
	形	平坦的；平臥的
	形	(容器)淺的
	形	(輪胎)洩了氣的
	動	跟隨；追趕
	動	接在…之後
follow [ˋfɑlo]	動	密切注意
	動	聽懂
	動	聽從
	動	強迫；勉強作出
force [fors]	名	力氣
	名	勢力；軍事力量
	動	形成；組織
	動	排(隊)
form [fɔrm]	名	形狀
	名	類型
	名	表格
	動	使自由；使解脫
free [fri]	形	自由的；隨意的
	形	免費的

單字 / 音標	詞性	中譯
	形	空閒的
	形	未被佔用的
	形	無…的
fresh [frɛʃ]	形	新鮮的；(空氣)清新的
	形	精力充沛的；氣色好的
	形	無經驗的
	動	朝向
front [frʌnt]	名	正面
	名	(戰爭)前線
	名	鋒面
	形	前面的

單字 / 音標	詞性	中譯
	形	一般的；大體的
general [ˋdʒɛnərəl]	形	公眾的
	形	(職位)首席的
	名	將軍
gift [ɡɪft]	動	向…贈送；賦予
	名	禮品
	名	天賦
	動	(船)擱淺
ground [ɡraʊnd]	名	地面；土壤
	名	場地
	名	基礎
	動	成長
grow [ɡro]	動	增大
	動	漸漸變得
	動	種植
	動	擔任嚮導；引導
guide [ɡaɪd]	動	管理；支配(人)
	名	導遊
	名	指南；入門書

H

單字 / 音標	詞性	中譯
	動	傳遞
	動	攙扶
hand [hænd]	名	手
	名	(鐘錶等的)指針
	名	幫助

單字 / 音標	詞性	中譯
hard [hɑrd]	形	硬的
	形	努力的
	副	緊緊地
hit [hɪt]	動	擊中;(精神上的)打擊;抨擊
	動	(棒)安打
	動	(口)被…想起
	名	成功而風行一時的事物
hold [hold]	動	持續;頂住
	動	佔據;擁有
	動	舉行
host [host]	動	主辦
	名	主人
	名	節目主持人
	名	(生)宿主

I

單字 / 音標	詞性	中譯
inside [ˋɪnˋsaɪd]	介	在…裡面;(時間)在…以內
	名	裡面;(道路)內側
	名	(口)腸胃
	形	裡面的
interest [ˋɪntərɪst]	動	使發生興趣
	名	興趣;趣味性
	名	利益
	名	利息;股份
iron [ˋaɪən]	動	熨衣
	名	鐵
	名	熨斗

K

單字 / 音標	詞性	中譯
kind [kaɪnd]	形	親切的;體貼的
	名	種類
	形	富有同情心的

L

單字 / 音標	詞性	中譯
land [lænd]	動	登陸
	名	陸地;田地
	名	國土
lap [læp]	動	使部分重疊
	動	比…領先一圈

單字 / 音標	詞性	中譯
	動	(波浪)輕輕拍打
	名	(競賽場的)一圈;(游泳池的)一個來回
	名	膝部
lead [lid]	動	領路;領導
	動	致使
	名	領先地位
	名	主角
leaf [lif]	名	葉子
	名	(書籍等的)一頁
	名	(門、窗等的)頁扇
lid [lɪd]	動	蓋上
	名	蓋子
	名	眼瞼
light [laɪt]	動	點燃;照亮
	名	光亮;日光;火花
	形	明亮的
	形	淺色的
line [laɪn]	動	排隊
	名	繩;線條
	名	行列;(詩文的)一行
	名	電話線
	名	(口)短函
	名	臺詞
live [lɪv] ❶ [laɪv] ❷	動	❶活著;過活
	動	❶居住
	形	❷有生命的
	形	❷實況轉播的
look [luk]	動	看;看起來
	動	注意
	名	表情
	名	外表;面貌

M

單字 / 音標	詞性	中譯
manner [ˋmænə]	名	方式
	名	舉止
	名	禮貌
mark [mɑrk]	動	做記號於;記錄
	動	(給試卷等)打分數

單字 / 音標	詞性	中譯
	名	符號
	名	卓越；著名
	名	(田徑賽) 起跑線
	動	控制
master	動	精通
[ˋmæstɚ]	名	主人
	名	大師
	名	碩士
	動	意指
mean	形	平均的
[min]	形	吝嗇的
	形	卑鄙的
	動	測量
	名	尺寸
measure	名	度量單位
[ˋmɛʒɚ]	名	措施
	名	(音) 小節
	動	留意；介意
	動	專心於
mind	名	頭腦
[maɪnd]	名	主意
	動	開礦；挖坑道
	動	佈置地雷
mine	名	礦山；寶庫
[maɪn]	名	地雷
	代	我的東西
	動	將…記錄下來
minute	名	分 (鐘)
[ˋmɪnɪt]	名	會議紀錄
	動	混合；調製
	動	搞混
mix	名	混合 (物)
[mɪks]	名	(已調配好的) 做蛋糕等的材料
	名	歌曲混音
	動	離開；搬家
	動	行動
move	動	提議
[muv]	名	對策
	名	棋子的一步棋

N

單字 / 音標	詞性	中譯
	動	將…釘牢
nail	動	使 (目光、注意力等) 集中於
[nel]	名	釘子
	名	指甲
	動	取名；說出…的名字
	動	提名；指定
name	動	列舉
[nem]	名	名字
	名	聲譽
nature	名	大自然
[ˋnetʃɚ]	名	純真
	名	天性
	動	變狹窄
neck	名	脖子；(瓶、壺等的) 頸
[nɛk]	名	衣領
	動	注意
	動	記下；對…加註釋
note	動	筆記；便條
[not]	名	紙幣
	名	音符
	動	注意
notice	動	通知
[ˋnotɪs]	名	公告；警告
	名	短評

O

單字 / 音標	詞性	中譯
	名	❶ 物體
object	名	❶ 目標
[ˋɑbdʒɪkt] ❶	名	❶ (語) 受詞
[əbˋdʒɛkt] ❷	動	❷ 反對
	動	打開
open	形	敞開的
[ˋopən]	形	營業的
	形	空缺的
	動	運作
operate	動	經營
[ˋɑpəˏret]	動	動手術

單字 / 音標	詞性	中譯
order [ˋɔrdə]	動	下命令
	動	點菜；訂購
	名	順序；整齊
	名	治安
	名	匯票
over [ˋovə]	介	在…之上；(職位等)高於
	介	遍及
	介	通過…媒介
	形	結束的
	副	過分；太

P

單字 / 音標	詞性	中譯
pass [pæs]	動	通過；經過
	動	(消息)傳開
	動	傳球；傳遞
	動	不叫牌
	名	通行證
	名	及格
past [pæst]	介	(時間、數量等)通過
	介	(範圍、程度、能力等)超過
	名	往事；昔日
	名	(語)過去式
	形	過去的；以前的
pattern [ˋpætən]	動	以圖案裝飾
	名	圖案；形態
	名	模範
	名	模式
pay [pe]	動	付款
	動	給予(注意、問候、訪問)
	名	薪水
period [ˋpɪrɪəd]	名	期間；週期
	名	時代
	名	句號
	感	(用於句末，表斷定的語氣)就這樣
plain [plen]	名	平原
	形	樸素的
	形	直率的
	形	(委婉)相貌平常的

單字 / 音標	詞性	中譯
plant [plænt]	動	栽種
	名	植物
	名	工廠
plate [plet]	名	盤子；一盤食物
	名	金屬板
	名	(醫生等的)名牌；車牌
	名	(棒)投手；本壘
play [ple]	動	玩耍
	動	彈奏
	動	上演(戲劇)
	名	遊戲
	名	戲劇
	名	比賽；運動
point [pɔint]	動	瞄準
	動	指出；強調
	名	尖端
	名	比分
	名	論點
post [post]	動	貼出(佈告等)
	名	郵件
	名	杆；柱
	名	職位
present [prɪˋzɛnt] ❶ [ˋprɛznt] ❷	動	❶ 呈現
	名	❷ 禮物
	形	❷ 目前的
	形	❷ 出席的
press [prɛs]	動	按壓；緊握
	動	強迫
	動	用模子壓製
	名	新聞界；報刊
principal [ˋprɪnsəpḷ]	名	校長
	名	資本
	形	主要的
	形	資本的
private [ˋpraɪvɪt]	形	私下的
	形	非官方的；平民的
	形	隱蔽的
	形	喜歡獨處的

單字 / 音標	詞性	中譯
	名	士兵
	名	私下

R

單字 / 音標	詞性	中譯
raise [rez]	動	舉起
	動	增加；提高 (賭注)
	動	籌 (款)
	動	養育
	動	提出
	名	加薪
range [rendʒ]	動	排列
	動	漫遊於；放牧
	動	(在一定的範圍內) 變動
	名	山脈
	名	幅度；範圍
record [rɪ`kɔrd] ❶ [`rɛkəd] ❷	動	❶ 記載
	動	❶ (將聲音、影像等) 錄下
	名	❷ 記錄
	名	❷ 成績
	名	❷ 唱片
refuse [rɪ`fjuz] ❶ [`rɛfjus] ❷	動	❶ 拒絕；不願
	名	❷ 垃圾
	形	❷ 無用的
regard [rɪ`gɑrd]	動	把…看作；認為
	動	與…有關
	名	關心
	名	問候
respect [rɪ`spɛkt]	動	尊重；尊敬
	動	遵守
	動	涉及
	名	方面
return [rɪ`tɜn]	動	返回；回答
	動	反射 (光、聲等)
	名	歸還
	名	恢復
	名	退貨
	名	(英) 來回票
right [raɪt]	名	右邊；右手
	名	正確；正義

單字 / 音標	詞性	中譯
	名	權利
	形	正確的；適當的
ring [rɪŋ]	動	按鈴
	動	打電話給
	動	成環形；包圍
	名	鈴聲
	名	戒指
rocky [`rɑkɪ]	形	岩石的
	形	困難重重的
	形	不穩定的
roll [rol]	動	打滾；轉動
	動	(時間) 流逝
	動	擲 (骰子)
	名	捲餅
	名	名單
	名	一卷鈔票
round [raʊnd]	動	變圓
	動	環繞…而行
	名	一輪
	名	巡視
	形	圓的；(聲音) 圓潤的
	形	大概的
run [rʌn]	動	跑
	動	競選
	動	(機器) 運轉
	動	經營
rush [rʌʃ]	動	衝；倉促行動
	動	(河水等) 奔騰
	名	奔；匆忙
	名	(交通等的) 繁忙
	名	激增；大量
	形	緊急的

S

單字 / 音標	詞性	中譯
save [sev]	動	儲蓄；節約
	動	挽救
	動	保留
	名	救球

單字 / 音標	詞性	中譯
score [skor]	動	得分;評分
	動	贏得
	名	(電影等的)配樂
	名	(賽跑等的)起跑線;終點線
	名	宿怨
screen [skrin]	動	掩蔽
	動	放映
	動	拍攝
	動	篩;選拔
	名	紗窗;門
	名	螢光幕
	名	篩子
second [ˋsɛkənd]	動	支持
	名	秒;片刻
	名	第二名
	名	另一人(或物)
	形	第二的;從屬的
serve [sɝv]	動	服役;服(刑)
	動	招待
	動	任(職)
	名	發球(權)
set [sɛt]	動	(日、月等)落
	動	出發
	動	安裝
	動	樹立(榜樣)
	名	一套
	形	固定的
settle [ˋsɛtl]	動	安頓;定居
	動	使(雜質)沉澱;(心情)平靜
	動	解決
	動	還清欠款
share [ʃɛr]	動	分享
	動	均攤;(工作、費用等的)分擔
	名	股份
	名	市場佔有率
shock [ʃɑk]	動	使震驚
	動	使電擊
	動	使休克
	名	衝擊

單字 / 音標	詞性	中譯
	名	(醫)休克;中風
short [ʃɔrt]	形	矮的;短的
	形	不足的
	形	(母音)短音的
	名	短褲
shot [ʃɑt]	名	開槍;砲彈
	名	(體)射門;投籃
	名	照片;拍攝
	名	注射
	名	(烈酒等的)一小杯
sight [saɪt]	動	看見;觀測
	名	視力
	名	景色
	名	觀光地
	名	見解
sign [saɪn]	動	簽名
	動	做手勢通知
	名	符號
	名	招牌
	名	暗號
	名	前兆;(醫)症候
single [ˋsɪŋgl]	名	單打比賽
	名	(棒)一壘安打
	名	(口)獨角戲演員
	形	單一的
	形	單身的
	形	獨特的
sink [sɪŋk]	動	下沉
	動	降低(聲音等)
	動	摒除(分歧等)
	動	(疲倦地)坐下;躺下
	名	水槽;陰溝
slide [slaɪd]	動	滑動
	動	悄悄地走
	動	(棒)滑壘
	名	滑坡;山崩;雪崩
	名	幻燈片
	名	(顯微鏡用)載玻片

單字 / 音標	詞性	中譯	單字 / 音標	詞性	中譯
slip [slɪp]	動	滑動；滑跤	stand [stænd]	動	站立
	動	匆忙地穿 (或脫)		動	仍有效
	動	把…塞給		動	抵抗；忍受
	動	無意中講出		名	架子
	名	疏忽		名	攤子；候車亭
	名	(劇場的) 舞臺邊門		名	(美) 法院證人席
soft [sɔft]	形	柔軟的；(聲音) 輕柔的	star [stɑr]	動	主演
	形	(天氣等) 溫暖的		動	用星號標出
	形	溫柔的		名	恆星；星形物
	形	不含酒精的		名	明星
soil [sɔɪl]	動	弄髒；玷污	state [stet]	動	陳述
	名	污斑		名	狀況
	名	肥料		名	國家；政府
	名	泥土；土壤	steam [stim]	動	蒸；散發 (蒸汽)
	名	溫床		名	蒸汽
sour [ˋsaʊr]	動	使變酸；使發酵		名	情緒的緊張
	名	酸味；酸味酒		名	輪船
	形	酸味的	step [stɛp]	動	步行；踏進
	形	發酵的		動	踩住
	形	脾氣壞的		名	腳步；足跡
spirit [ˋspɪrɪt]	動	鼓舞		名	臺階
	名	(時代等的) 風氣		名	步驟
	名	勇氣	stick [stɪk]	動	黏貼
	名	烈酒		動	堅持
	名	心靈；靈魂		動	伸出
spot [spɑt]	動	(口) 發現		名	棍棒
	動	用聚光燈照	still [stɪl]	名	(口) 靜物畫
	名	斑點；污漬		形	(酒) 不起泡的
	名	場所		形	不動的；平靜的
	形	現場報導的		副	仍舊
square [skwɛr]	名	正方形		連	然而
	名	(方形) 廣場	straight [stret]	名	直線
	名	(數) 平方		名	(紙牌) 順子
	形	正方形的；成直角的		名	(拳擊) 直拳
	形	正直的；直截了當的		形	筆直的；整齊的
stamp [stæmp]	動	貼郵票於		形	坦率的
	動	蓋章於		副	立刻
	名	郵票	stream [strim]	動	流動；飄動
	名	圖章		名	溪流

單字 / 音標	詞性	中譯
	名	光線
	名	潮流
stress [strɛs]	動	強調
	動	用重音讀
	名	壓力
	名	重要性
	名	(語)重音
stretch [strɛtʃ]	動	伸縮
	動	延續;展開
	名	伸懶腰
	名	伸縮性
strike [straɪk]	動	打擊
	動	突然想到
	動	達成(協議)
	名	罷工
	名	走運
study [ˋstʌdɪ]	動	學習
	名	研究;課題
	名	書房
subject [səbˋdʒɛkt] ❶ [ˋsʌbdʒɪkt] ❷	動	❶ 使隸屬
	名	❷ 主題;科目
	名	❷ (語)主詞
	形	❷ 易患…的;受支配的
suit [sut]	動	適合
	名	(一套)衣服
	名	訴訟
sweep [swip]	動	打掃
	動	席捲
	動	(軍)掃射
	名	(手等的)一揮
	名	壓倒性的勝利
swing [swɪŋ]	動	搖擺;轉向
	名	擺動;振幅
	名	鞦韆
	名	韻律

T

單字 / 音標	詞性	中譯
table [ˋtebl̩]	動	把…放在桌上
	動	擱置(議案等)

單字 / 音標	詞性	中譯
	名	桌子
	名	表
take [tek]	動	取得
	動	修(學科)
	動	吃飯;喝水;服藥
	動	花費
	動	乘坐
	名	一次拍攝的電影(電視)鏡頭
tank [tæŋk]	動	把…貯放在櫃(或罐)內
	名	(貯水、油、氣等的)大容器
	名	坦克
	名	(俚)牢房
tape [tep]	動	用膠帶黏牢
	動	用磁帶為…錄音;錄影
	動	纏繃帶於
	名	磁帶
	名	膠帶
	名	捲尺
tear [tɛr] ❶ [tɪr] ❷	動	劃破
	動	❶ 撕掉
	動	❶ 使精神不安
	動	❶ 流淚
	名	❷ 撕裂處
	名	❷ 眼淚
temple [ˋtɛmpl̩]	名	寺廟;教堂
	名	太陽穴
	名	眼鏡腳
term [tɝm]	動	把…稱為
	名	期限
	名	學期;任期
	名	(契約等的)條款
	名	術語
thick [θɪk]	形	厚的;濃的
	形	茂密的
	形	口齒不清的
	形	(口)思路不清的
	副	厚厚地
	副	強烈地

單字 / 音標	詞性	中譯
thin [θɪn]	形	薄的；稀薄的
	形	稀疏的
	形	不能令人信服的
	動	變薄、稀、淡
through [θru]	介	通過
	介	憑藉
	介	遍及
	形	直達的
	形	貫穿的
	形	(英)電話接通的；(美)電話通話完畢的
	副	徹底；從頭至尾
throw [θro]	動	扔；投擲
	動	匆匆穿上 (或脫下)
	動	舉行 (宴會等)
	動	大發 (脾氣)
tie [taɪ]	動	繫上
	名	領帶；繩索
	名	關係
	名	束縛
	名	平手
tip [tɪp]	動	輕擊
	動	踮著腳走
	動	使傾斜
	名	提示；秘密消息
	名	頂端；尖端
	名	小費
title [ˋtaɪtl]	動	加標題於
	動	用頭銜稱呼
	名	字幕
	名	標題；書名
	名	頭銜
toast [tost]	動	舉杯祝酒
	動	烤；烘
	名	吐司
	名	敬酒
	名	祝頌詞
	名	極受歡迎的人 (或事)
tour [tʊr]	名	旅遊
	名	巡迴演出；比賽

單字 / 音標	詞性	中譯
track [træk]	名	(在國外的) 任職期
	名	(工廠等的) 輪值班
	動	追蹤
	動	沿著 (道路) 走
	名	足跡
	名	小徑
	名	鐵軌
	名	(體) 跑道
	名	思路；行動路線
trap [træp]	動	設陷阱捕捉
	名	陷阱；陰謀
	名	(排水管等的)U 或 S 形彎管
	名	困境
treat [trit]	動	對待
	動	治療
	名	請客
	名	難得的樂事
trial [ˋtraɪəl]	名	審判
	名	嘗試
	名	試驗；考驗；棘手的事
	形	試驗的
	形	審判的
trick [trɪk]	動	哄騙；戲弄
	名	竅門
	名	詭計；把戲
	名	癖好
	形	特技的；欺詐的
tube [tjub]	動	用管輸送
	動	給…裝上管子
	名	(英) 地下鐵
	名	(俚) 香菸
	名	管；(裝牙膏等的) 軟管
	名	輪胎的內胎
type [taɪp]	動	打字
	動	作為…的典型
	動	測定血型
	名	類型
	名	(印) 字體

V			
單字 / 音標	**詞性**		**中譯**
value [ˋvælju]	動		評價
	動		珍視
	名		價格
	名		價值觀
	名		數值

W			
單字 / 音標	**詞性**		**中譯**
watch [wɑtʃ]	動		觀看
	動		留心
	名		錶
	名		監視；看守
wave [wev]	動		揮手示意
	動		起伏
	動		捲髮；燙髮
	動		飄揚
	名		波浪；浪潮
	名		(活動等的) 高潮
wear [wɛr]	動		穿戴
	動		磨損
	動		使厭煩
	名		穿戴；服裝
wheel [hwil]	動		突然轉變方向
	動		(鳥) 盤旋飛行
	名		車輪
	名		(汽車的) 方向盤
wild [waɪld]	名		荒野
	形		野生的；粗野的
	形		無人煙的
	形		狂風暴雨的
	形		瘋狂的；荒唐的
	形		熱衷的
will [wɪl]	助		將要
	名		意志
	名		心願
	名		遺囑

單字 / 音標	**詞性**		**中譯**
wind [wɪnd] ❶ [waɪnd] ❷	名		❶ 風
	動		❷ 纏繞；包；裹
	動		❷ 轉動 (把手)
	動		❷ 上緊⋯的發條
	動		❷ 吹響號角
wing [wɪŋ]	名		翅膀；機翼
	名		(體) 邊鋒位置
	名		(建) 側廳
	名		派系
wire [waɪr]	動		用金屬絲縛
	動		拍電報給
	名		金屬線；電線
	名		(口) 電報
wonder [ˋwʌndɚ]	動		納悶；想知道
	名		驚奇
	名		奇蹟
	形		不可思議的
work [wɝk]	動		工作
	動		(機器等) 運轉；起作用
	動		經營
	動		計算出
	名		功課
	名		著作

國家圖書館出版品預行編目資料

一眼多記!英單王翻倍記憶術 / 張翔 編著. -- 初版. --
新北市:知識工場出版 采舍國際有限公司發行,
2017.03　面;　公分. --（Excellent；85）
ISBN 978-986-271-752-3（平裝）

1.英語　　2.詞彙

805.12　　　　　　　　　　　　　　　106000539

知識工場 · Excellent 85

一眼多記！
英單王翻倍記憶術

出 版 者／全球華文聯合出版平台・知識工場
作　　者／張翔　　　　　　　印 行 者／知識工場
出版總監／王寶玲　　　　　　英文編輯／何牧蓉
總 編 輯／歐綾纖　　　　　　美術設計／蔡憶盈

郵撥帳號／50017206 采舍國際有限公司（郵撥購買，請另付一成郵資）
台灣出版中心／新北市中和區中山路2段366巷10號10樓
電話／（02）2248-7896
傳真／（02）2248-7758
ISBN-13／978-986-271-752-3
出版日期／2017年3月初版

全球華文市場總代理／采舍國際
地址／新北市中和區中山路2段366巷10號3樓
電話／（02）8245-8786
傳真／（02）8245-8718

港澳地區總經銷／和平圖書
地址／香港柴灣嘉業街12號百樂門大廈17樓
電話／（852）2804-6687
傳真／（852）2804-6409

全系列書系特約展示
新絲路網路書店
地址／新北市中和區中山路2段366巷10號10樓
電話／（02）8245-9896
傳真／（02）8245-8819
網址／www.silkbook.com